Maarten 't Hart
Das Wüten der ganzen Welt

Maarten ’t Hart
Das Wüten der ganzen Welt

Roman

Aus dem Niederländischen
von Marianne Holberg

Arche

Die Übersetzung erscheint mit freundlicher Unterstützung des
Nederlands Literair Produktie- en Vertalingenfonds.

Sonderausgabe

Die niederländische Originalausgabe erschien 1993
u. d. T. *Het woeden der gehele wereld*
bei B. V. Uitgeverij De Arbeiderspers, Amsterdam

Umschlagmotiv: Claude Monet,
Damm und Schleusen am Achterzaan (Ausschnitt)
Satz: KCS, Buchholz/Hamburg
Druck, Bindung: Clausen & Bosse, Leck
Printed in Germany
ISBN 3-7160-2399-X

Unterwegs aber, da wo er übernachtete, trat
ihm der Herr entgegen und suchte ihn zu töten.
Exodus 4, Vers 24

Teil 1

Prolog

Am Dienstag, 14. Mai 1940, legte ein Heringskutter nachmittags um halb fünf in einem Hafenstädtchen am Nieuwe Waterweg ab. An Bord waren sieben Mann Besatzung, ein »Prickenbeißer«*, eine Engländerin und drei jüdische Ehepaare. Eines der Ehepaare war nach der Kristallnacht aus Deutschland geflohen. Der Mann war ein begabter Geiger. Ein Vetter, selber Bratschist an der Rotterdamer Philharmonie, hatte ihm eine vorübergehende Anstellung bei diesem Orchester besorgt. Der Geiger war noch so jung, daß er, wie man in Rotterdam sagt, »gerade eben über seine Holzschuhe pinkeln kann, aber spielen, unglaublich... er kann seine Geige singen lassen wie eine Nachtigall, die mit Singfutter aufgezogen worden ist...« Bereits drei Wochen später bat ihn ein Gastdirigent, den grippekranken betagten Konzertmeister zu vertreten.

Die Frau des Geigers war noch jünger. Wer sie einmal gesehen hatte, vergaß sie nicht so leicht. Sie war groß und schlank, sie hatte langes dunkles Haar, sie hatte prachtvolle Zähne, sie hatte ein kleines, willensstarkes Kinn. Doch alles das war nichts gegen

* *prikkenbijter*, Junge, der beim Kabeljaufang die Pricken, eine Art Lamprete, totzubeißen hatte, die als frischer Köder für den Kabeljau verwendet wurden. (Anm. d. Übers.)

ihre hinreißende, tiefe, volle, ein wenig heisere Altstimme.

Als der geflohene Geiger am 10. Mai 1940 in aller Frühe durch die sonnigen Straßen von Rotterdam schlenderte und mit eigenen Augen sah, wie die Fallschirme jenseits des Flusses friedlich vom Himmel herabschwebten, beschloß er, nochmals zu fliehen. Seine Ehefrau wollte in den Niederlanden bleiben, sie wies auf seine guten Zukunftsaussichten hin.

»Schon bald wirst du Konzertmeister sein«, sagte sie am zweiten Pfingsttag.

»Man wird mich niemals offiziell zum Konzertmeister ernennen«, sagte er. »Dazu bin ich noch zu jung. Außerdem würden sich dann mindestens zehn erste Geiger übergangen fühlen. Nein, laß uns so schnell wie möglich nach England fliehen. Simon hat heute früh *angerufen**. Er sagt, daß er einen Platz für uns auf einem Heringskutter wüßte. Der kann uns nach Harwich bringen.«

»Und dann? Dann stehen wir da mit unseren Koffern. Wir kennen niemanden. Was sollen wir dort machen?«

»Es kommen noch andere Freunde von Simon mit, die gute Kontakte in London zu haben scheinen. Sie würden sich um uns kümmern, hat Simon versprochen. Die Engländer lieben Musik...«

Sie ließ sich von ihm überreden. Am Dienstagmorgen, 14. Mai, kurz nach halb elf verließ ihr Zug den Bahnhof Delftse Poort. Dadurch entkamen sie dem

* Einzelne Wörter bzw. Sätze, die im niederländischen Originaltext auf deutsch stehen, werden wie hier auch im folgenden jeweils durch Kursivschrift gekennzeichnet. (Anm. d. Übers.)

Bombardement. Als sie am Nachmittag auf dem Waterweg fuhren, sahen sie die riesigen Rauchwolken. Damit war ihr jeder Zweifel genommen, ob es vernünftig sei, nochmals zu fliehen.

Wenige Stunden, bevor sie die trägen Rauchwolken gewahr wurden, waren sie an den hochgelegenen Mühlen von Schiedam entlanggefahren, vorbei an den Fischlagerhäusern von Vlaardingen und durch frische grüne Polder, die in der strahlenden Maisonne glänzten. In dem Hafenstädtchen wurden sie von dem Pharmazeuten Simon Minderhout abgeholt, der sich hier vor zwei Jahren als Apotheker niedergelassen hatte. Er versäumte kein einziges Konzert des Rotterdamer Philharmonischen Orchesters. Trotz seines jugendlichen Alters war er bereits im Vorstand des Orchesters. So hatte er das aus Deutschland geflohene Ehepaar kennengelernt. Er hatte sich mit dem Geiger angefreundet. Und nachdem er dessen Frau zum erstenmal gesehen hatte, habe ihm, wie er Jahre später erzählte, »sein Herz nicht in der Kehle, sondern dröhnend im rechten Ohr geklopft«. Immer wenn sie ihm zulächelte, schien es ihm, wie er später formulierte, »als schickte sie mich mit einer Balancierstange über den Waterweg«. Ging er kurz vor Kriegsbeginn in der Abenddämmerung zum Fluß hinunter, wunderte er sich, daß er sich ihr Gesicht nicht vorzustellen vermochte, während er gleichsam als schwachen Trost den salzigen Geruch des Flußwassers einsog.

Ganz selbstlos war seine Vermittlung bei diesem erneuten Fluchtversuch also nicht: »Wenn sie mir aus den Augen ist, wird sie mir wohl auch aus dem Herzen verschwinden«, hatte er bitter zu sich selbst gesagt, als er sich am zweiten Pfingsttag im Rasierspiegel betrachtete.

Minderhout kam aus Drenthe, hatte aber trotzdem schon persönliche Freunde in dem Hafenstädtchen. Nachdem er eines Samstagabends im Jahr 1939 die Witwe Vroombout, ohne daß eigens ein Arzt kommen mußte, bei einem Asthmaanfall vor dem Ersticken gerettet hatte, wurde er regelmäßig nach dem Kirchgang von der Witwe und ihren beiden Söhnen zu einer Tasse Kaffee und einem Schnaps eingeladen. An Winterabenden spielte er mit Willem Vroombout, dem Schiffer der »Majuba 2«, Dame. Mühelos wurde er von dem Fischer mit »Doppelopfern« und anderen trickreichen Zügen vom Brett gefegt. Danach spielte er mit Arend Vroombout, Matrose auf der »Majuba 2«. Gegen ihn gewann er nach einem meist nervenaufreibenden Endspiel, bei dem nur noch Damen auf dem Brett standen.

Am Samstag, 11. Mai, dem Samstag vor Pfingsten, war *vlaggetjesdag**. Wären die Deutschen nicht am 10. Mai ins Land eingefallen, wäre die Heringsflotte am Dienstag, 14. Mai, ausgelaufen. Nach dem deutschen Überfall beschlossen die Reeder, die Heringsflotte im Hafen zu lassen. Da die Witwe Vroombout Eignerin der »Majuba 2« war, konnte Willem nach Rücksprache mit seiner Mutter selbst entscheiden, ob er ausfahren wollte oder nicht. Schon am Samstag, 11. Mai, beschloß er, doch zu fischen. Simon Minderhout erfuhr davon am ersten Pfingsttag bei der üblichen Tasse Kaffee nach dem Kirchgang.

Minderhout überlegte eine Weile. Als er seinen

* Festlich begangener Flaggentag vor dem Auslaufen der Heringsflotte. (Anm. d. Übers.)

Schnaps vorgesetzt bekam, fragte er Willem, ob er eventuell bereit wäre, Flüchtlinge in Harwich oder Hull an Land zu setzen. Schiffer Vroombout nannte einen hohen Betrag; Minderhout meinte darauf, das sei zuviel, und halbierte den Preis. »Das ist ein Judenbakschisch«, sagte Willem Vroombout. Er fügte hinzu, daß er für einen solchen Spottpreis sein Schiff und seine Mannschaft nicht einem derartigen Risiko aussetzen könne. Woraufhin ihm Minderhout, der erst nach dem Krieg wirklich begriff, wie schrecklich es gewesen war, das Wort »Judenbakschisch« zu verwenden, vorschlug, für den zuerst genannten Betrag mehr Flüchtlinge mitzunehmen. Dem stimmte Vroombout zu. Minderhout telefonierte am Tag darauf frühmorgens zuerst mit einem jüdischen Studienfreund und danach mit dem Geiger. Und anschließend besuchte er in dem Hafenstädtchen noch ein jüdisches Ehepaar, von dem er wußte, daß beide Todesangst vor Hitler hatten. Außerdem ging er am zweiten Pfingsttag auch zu einer Engländerin, die in Hull einen niederländischen Lotsen kennengelernt hatte. Sie war in England mit dem Lotsen getraut worden. Anschließend war sie zu ihm in die Niederlande gekommen. Nach zwei Jahren war ihr Ehemann mit einem niederländischen Mädchen durchgebrannt. Seitdem erwähnte die Engländerin manchmal, daß sie plane, nach Hull zurückzukehren. »Das ist deine Chance«, sagte Minderhout. »Ja«, sagte sie.

Am Dienstag nachmittag, 14. Mai, standen die sieben Flüchtlinge an der Kade, dem Kai des Außenhafens. Sie stellten einander vor und gingen dann an Bord der »Majuba 2«.

»Am Samstag ist das Lotsenboot bei Schiedam auf eine Mine gelaufen«, sagte der Prickenbeißer auf dem Vordeck nervös.

»Ja, und zehn sind dabei ertrunken«, sagte Robbemond ruhig.

»Also, dann...«, fing der Prickenbeißer an.

»Warum gehst du nicht zu Muttern zurück, hier hält dich keiner, wir brauchen dich überhaupt nicht, wir fahren ja nicht auf Kabeljau oder Stockfisch«, sagte Robbemond.

Schiffer Vroombout kam hinzu. Er fragte: »Was ist los?«

»Unser Prickenbeißerchen hat Angst vor Minen«, sagte Robbemond.

»Ja, es scheint voll davon zu liegen«, sagte Vroombout.

»Meinst du, daß du sie umfahren kannst?« fragte Robbemond.

»Ich glaube schon«, sagte Vroombout, »die Minen liegen in der Fahrrinne. Wenn wir nah an Land kreuzen – und das geht, denn wir haben nicht geladen –, kann uns nichts passieren. Um halb fünf ist Flut, wir können also unterhalb von Rozenburg fahren.«

Sie fuhren an der Insel Rozenburg vorbei. Die Flüchtlinge starrten auf die blühenden Heckenrosen an der Deichböschung dieses Erdbeer- und Kartoffelparadieses, das erst später, in Friedenszeiten, vollständig zerstört werden sollte. Sie konnten von diesem Paradies nur den hohen Deich und die niedrigen Dächer der Häuser sehen, die auf der Landseite der

Deichböschungen gebaut worden waren. Sie sogen die Luft des salzigen Wassers ein, sahen Schwärme von Uferläufern unter einem hellen, diesigen blauen Himmelsgewölbe. Deutsche Flugzeuge flogen über sie hinweg. Das Brummen der Motoren klang überraschend friedlich unter dem sonnigen, trügerisch sommerlichen Himmel.

Als sie auf offener See waren, teilte Vroombout einen Rachenputzer aus. »Um zu feiern, daß wir mit heiler Haut an den Minen vorbeigekommen sind«, sagte er.

Vielleicht hätte er das besser nicht tun sollen. Noch bevor sie in internationalen Gewässern waren, entdeckte der jüngere Bruder von Vroombout ein graues dunkles Gebilde. Er rief Matrose Leen Varekamp, der für seine außergewöhnlich scharfen Augen bekannt war.

»Kannst du sehen, was das ist?« fragte Arend Vroombout.

»Also, wenn du mich fragst«, sagte Varekamp, »ist das ein Walfisch!«

»Der hat doch gar nicht Luft genug, um so lange über Wasser zu bleiben«, sagte Arend Vroombout, der offenkundig nicht viel Ahnung von Walfischen hatte.

»Nee, da hast du recht«, sagte Leen Varekamp, der ebenfalls nicht viel Ahnung von Walfischen hatte.

Sie standen nebeneinander und schauten auf die dunkle Silhouette. Schiffer Vroombout trat zu ihnen, blickte kurz hin und sagte: »Das ist ein Unterseeboot, es hält direkt auf uns zu.«

Sie änderten ihren Kurs. Das Unterseeboot näherte sich jedoch schnell. Es war ein deutsches U-Boot, das, vom Atlantischen Ozean kommend, auf dem Weg nach Hamburg war. Als der Abstand keine zwei Meilen mehr betrug, gab das U-Boot einen Schuß ab.

»Wir sollen beidrehen«, sagte Fischer Vroombout ruhig.

Eins der beiden Beiboote der »Majuba 2« wurde ausgesetzt. Vroombout fuhr, zusammen mit seinem Bruder und Varekamp und Robbemond, an das U-Boot heran. In dem friedlichen Licht der immer noch warmen, aber schon im Westen stehenden Sonne erklommen sie die schmale Brücke. Der Kommandant, ein freundlicher, gesetzter, schon etwas älterer Deutscher, prüfte ihre Schiffspapiere und fragte nach dem Bestimmungsort des Kutters.

»Doggersbank, *om haring te vissen*«, sagte Vroombout.

»Ach so«, sagte der deutsche Kommandant, »Hering.«

»*Jawohl*«, sagte Vroombout, »*Hering*«, und griff einen imaginären Hering beim Schwanz, hielt ihn über seinen geöffneten Mund und ließ das unsichtbare Fischchen laut schmatzend in seiner Kehle verschwinden.

Der Kommandant lachte. Er sagte: »*Machen Sie weiter!*«

»*Nein*«, sagte ein Offizier. Er zog seinen Kommandanten beiseite, wies auf die »Majuba 2«, flüsterte ihm etwas ins Ohr. Der Kommandant antwortete. Der Offizier flüsterte wieder. Vroombout erzählte später, der Kommandant habe immer wieder gesagt: »Ach, laß doch die Fischer«, und der Offizier habe immer wieder geantwortet: »Man kann nie wissen, ob es wirklich Fischer sind. Laß uns das Gewisse für das Ungewisse nehmen. Wenn wir das Schiff in die Luft jagen, kann uns hinterher niemand den Vorwurf machen, wir hätten unsere Pflicht nicht erfüllt.«

»Sie standen da und redeten ganz gemütlich miteinander«, erzählte Vroombout später, »genau so, als ginge es darum, ob sie sich noch einen Schluck gönnen sollten, bevor sie in die Falle kriechen. Es sah aus, als ginge es überhaupt nicht um die ›Majuba‹, als debattierten sie über etwas völlig Alltägliches. Am Schluß kam der Kommandant wieder zu uns. Er sagte: ›Es tut mir sehr leid, aber wir sind mit Ihrem Land im Krieg. Wir müssen das Gewisse für das Ungewisse nehmen, es tut mir sehr leid, aber wir müssen Ihr Schiff doch sprengen.‹«

»Und da sagte ich zu ihm«, erzählte Vroombout später, »›Mann, unsere erste ›Majuba‹, die ›Majuba 1‹, ist '14–'18 von euch torpediert worden, mein Vater hat noch bis '25 darunter gelitten. Und dann hat sich der alte Herr verabschiedet.‹ Na ja, das letzte kapierte der Kommandant nicht, aber er wurde doch wieder unsicher. Aber na ja, dieser zweite Mann, diese Rotznase, quengelte immer weiter, und das einzige, was der Kommandant dann noch zu sagen wußte, war: ›*Leider, leider, leider.*‹«

Vroombout fuhr mit seinen drei Mann Besatzung zurück. Das andere Boot wurde zu Wasser gelassen. Fünfzehn Menschen verteilten sich auf die beiden Boote. Ein paar deutsche Matrosen ruderten zur »Majuba 2«. Einer von ihnen befestigte eine Bombe am Vorsteven. Sie ruderten zurück. Die Bombe explodierte, schlug ein Leck oberhalb der

Wasserlinie des Schiffes, so daß die »Majuba 2« nicht sank.

»Wir dachten damals«, erzählte Vroombout später, »daß es dabei wohl bleiben würde und daß wir wieder an Bord hätten gehen dürfen. Mit dem Leck hätten wir leicht nach England fahren können. Dann hätten wir es dort provisorisch abdichten können. Und notfalls hätten wir es mit Leck und allem auch noch hin und zurück geschafft. Wir fanden, daß es jetzt reichte. Und der Kommandant da drüben fand das offenbar auch. Doch da fing das gleiche Spielchen wieder an, da sah man den Kommandanten wieder mit diesem zweiten Mann herumreden, man sah sie auf der kleinen Brücke hin und her stapfen und in einem fort debattieren. Zuerst hatte ich ja noch ein bißchen Vertrauen, dachte, der Kommandant sitzt doch am längeren Hebel, aber als es schließlich immer länger dauerte, wurde mir ganz elend, und wirklich wahr, sie brachten eine zweite Bombe an. Jetzt hatten sie eine aus ihrem Laderaum geholt, die um einiges stärker war. Als die explodierte, hatte unser Kutter nichts mehr zu melden. Doch dauerte es noch eine Dreiviertelstunde, bis er völlig gesunken war. Dann verschwand das U-Boot, und wir ruderten also auch aus der Sonne. Spätabends waren wir zurück in Hoek. Wir haben niemals auch nur einen Cent von der Versicherung bekommen, die Bombe stünde nirgends in der Police, sagten sie, ich habe mit dem Vergrößerungsglas alles Kleingedruckte nachgelesen, aber sie hatten recht… na, jetzt ist man drüber weg, das sind so Sachen…«

Teil 2

Moses

Oft kostet es mich Mühe zu glauben, daß ich im Hoofd aufgewachsen bin, in dem Lumpenhandel an der Ecke President Steynstraat und Cronjéstraat. Es war eine so fremde Welt, diese Welt meiner Kindheit; ein Junge wie ich wurde als *gassie* bezeichnet; einen Polizisten nannte man *juut*, Bulle. Die verheiratete Frau, die man daran erkennen konnte, daß sie immer eine Schürze trug, wurde *juffrouw* genannt. Eine ansehnliche Frau hieß *mokkel.* Eine offensichtlich häßliche Frau wurde verächtlich als *jodenbed* bezeichnet. Die wunderlichen Wesen mit Haarschleifen, die anderswo als Mädchen bezeichnet wurden, hießen bei uns *hittepetitjes.* Heiratete solch ein *hittepetitje* einen *gassie*, der inzwischen ein *goser* geworden war, dann bildeten sie *een spannetje.* Ein solches Gespann setzte sodann hurtig ein halbes Dutzend *wurmen* oder *aposteltjes* in die Welt.

An den nach früheren Bürgermeistern benannten Kaden und in den nach Helden aus dem Burenkrieg benannten Straßen wohnten gutmütige Teerjacken, die sich selbst stolz als Seeleute bezeichneten. Sie fuhren auf Lotsenbooten oder Küstendampfern, sie waren selten länger als drei Tage von zu Hause fort. Waren sie an Land, dann schlenderten sie oder, wie sie es nannten, »stackerten« sie durch die Straßen auf der Suche nach einem *akkefietje* oder einem *jan-*

karretje. Man hörte sie dann zueinander sagen: »Na, ich will sehen, ob ich das für dich hinkriegen kann, aber hast du denn vielleicht noch ein Fitzelchen Tabak für mich?« Erst nach Jahren habe ich verstanden, daß ein »Fitzelchen« dort dasselbe bedeutete wie woanders »ein bißchen«, und noch immer weiß ich nicht genau, was im Hoofd *akkefietje* und *jankarretje* bedeuteten.

Obwohl die Seeleute ab und zu einen Rachenputzer oder einen Kurzen oder einen zum Abgewöhnen kippten, wurde nicht wirklich getrunken. Es gab nur eine Gaststätte, das Café Veerhoofd, aber das schloß immer um zehn Uhr abends. Und weil nichts konsumiert wurde, gab es auch keine Schlägereien. Zu mehr als »Balgereien« kam es nicht. Eigenartig war auch, daß man oft Sätze aus der klassischen niederländischen Literatur zitierte. Bekam man an der Hafenmole einen Stoß, weil man zu dicht am Rand der Kade stand, wurde er oft von der Bemerkung begleitet: »*Pats,* sagte Jacob Cats*!«, und wenn jemand, der bisher kerngesund gewesen war, plötzlich todkrank wurde, hörte man mit Sicherheit jemanden sagen: »Jaja, es kann sich alles ändern, wie Bredero** schon sagte.«

Mein Vater und meine Mutter stammten aus Rotterdam. Sie sprachen anfangs noch nicht die Sprache vom Hoofd. Mein Vater bezeichnete eine Frau als *frommes*; das Wort gebrauchte sonst niemand im

* Jacob Cats (1577–1660), niederländischer Dichter, schrieb Verse und Theaterstücke mit erzieherisch-moralischem Duktus.

** Gerbrant Adriaensz Bredero (1585–1618), niederländischer Dichter, schrieb vorwiegend komisch-satirische Theaterstücke. (Anm. d. Übers.)

Hoofd. Aber oft sagte mein Vater zu mir, wenn ich im Lagerhaus zwischen den Lumpen spielte: »Na, was pusselst du da schon wieder rum?«, und er sagte auch nie: »Das ist meins«, »das ist seins«, sondern »das ist mir« und »das ist ihm«. Und meine Mutter benutzte oft das Wort »Schwung« im Sinne von »viel«. »Da hab ich wieder einen Schwung Kartoffeln geschält.«

An »pusseln« und »Schwung« wurde deutlich, daß meine Eltern anfingen, die Sprache vom Hoofd zu sprechen. Aber sie konnten, wie mein Vater oft bedauernd sagte, »ihren Hintern hier noch nicht richtig wärmen«. Meine Mutter fügte verdrießlich hinzu: »Das ist mir schnuppe.« Oft murmelte mein Vater nach weniger gelungenen Transaktionen: »Hier lernst du erst mal: Mache dich vertraut, aber vertraue niemandem!«, und mit schöner Regelmäßigkeit hieß es: »Wären wir nur in Rotterdam geblieben, hier ist es ein ewiges Auf und Ab.« Darauf sagte meine Mutter trocken: »Ja, aber wir mußten da weg.«

»Ja, verdammt schade«, sagte mein Vater, »denn die werden uns hier immer schief angucken!«

»Ja«, sagte meine Mutter dann, »wir sind den Leuten hier nicht gut genug.«

Da blickte mein Vater mich an und sagte: »Aber, Muttern, du mußt zugeben, daß der Herr uns, bevor wir uns hierher verziehen mußten, noch ein *apostelije* geschenkt hat, ich schon Ende Vierzig, du gerade vierzig, und doch noch so ein *aposteltje*, wer hätte je davon träumen mögen, wir hatten schon zwanzig Jahre darum gebetet, wir beteten nicht einmal mehr darum, und dann doch noch...«

Wenn mein Vater das gesagt hatte, betrachtete er

gewöhnlich eine Zeitlang die blauen Adern auf seinen Handrücken und sagte dann: »Nur schade, daß wir ihn nicht »erneuert« haben taufen lassen können.«

In all den Jahren meiner Kindheit blieb das ein Kummer. In Rotterdam waren meine Eltern Mitglieder der »erneuerten« evangelisch-lutherischen Gemeinde gewesen, aber im Hoofd fehlte eine solche Religionsgemeinschaft. Deshalb waren meine Eltern nach ihrem Umzug dann in Ermangelung eines Besseren »reformiert« geworden. »Viel lieber wäre ich ›erneuert‹ geblieben«, sagte mein Vater immer, »denn die Reformierten – na ja, ich will nichts Schlechtes über sie sagen: Gewöhnliche Muscheln gehen nun einmal schneller weg als Austern, und, ach, es ist wahr, auch ihre guten Sachen sind irgendwann abgetragen und landen bei mir, und im übrigen sind sie ganz brav.«

Letzteres mochte für die Teerjacken gelten, die selten oder nie auf die offene See hinausfuhren, aber es galt nicht für ihre Nachkommen, für die *gassies*, die die Straßen im Hoofd unsicher machten. Da die Teerjacken und die »Schürzen« meine Eltern weiterhin schief ansahen und sie schlichtweg als »Import« bezeichneten, fand ihre Nachkommenschaft, daß sie mich soviel wie möglich quälen, triezen und piesacken müßte. Wenn ich mich auf die Straße wagte, kamen sie in Schlachtordnung aus der Generaal de Wetstraat angerannt, um mir eine blutige Nase, ein blaues Auge oder aufgeschlagene Knie zu verpassen. Jeder Schulweg hin oder zurück war ein Wagnis. Meist rannte ich kurz vor Schulbeginn, wenn die *gassies* schon längst auf dem Schulhof waren, durch die leeren Straßen zur Boone-Schule. Und als ich in der dritten, vierten, fünften und sechsten Klasse war, wurde – nach Fürsprache von *juut* Vroombout – eine besondere Regelung getroffen. In all den Jahren durfte ich fünf Minuten, bevor die Schulglocke um vier Uhr läutete, die Schule verlassen, so daß ich durch die noch leeren Straßen nach Hause sausen konnte.

Hätte *juut* Vroombout sich nicht meiner angenommen, dann hätte vielleicht Exodus 2, Vers 6 (»und siehe, das Knäblein weinte«) tagaus, tagein für mich gegolten. Dank seiner konnte ich mich ab und an auf die Straße wagen, konnte manchmal sogar über die glatten Basaltblöcke an der Uferböschung dem Waterweg klettern. Er war fast immer in der Nähe; er hat mich viele Male gerettet, wenn die *gassies* mich bedrängten.

Juut Vroombout war ein stattlicher, muskulöser Mann von etwa dreißig Jahren. Sein Dienstfahrrad neben sich, schritt er durch die Straßen vom Hoofd, und wenn wir einander begegneten, lächelte er mich immer lange an, so daß ich mich irgendwie genierte. Auch die *gassies* sahen dieses Lächeln und nannten mich daraufhin verächtlich: »Der kleine Liebling vom *juut*!«

So wurde ich von ihnen auch an jenem Tag im Sommer 1952 genannt, an dem sie mich fast ertränkt hätten. Ich erinnere mich noch genau, daß Lehrer Mollema am Morgen dieses Tages aus der Bibel über Moses' Rückkehr nach Ägypten vorlas. Eine Bibelstelle spukte mir den ganzen Tag im Kopf herum. »Unterwegs aber, da wo er übernachtete, trat ihm der Herr entgegen und suchte ihn zu töten.« Der Herr suchte ihn zu töten. Das begriff ich überhaupt nicht. Wenn Gott jemanden töten wollte, brauchte er doch nur mit den Fingern zu schnippen? Dann brauchte er doch nicht nach einer Gelegenheit zu suchen, jemanden zu töten? Und warum suchte er ihn zu töten? Die Bibelstelle kam für mich wie aus heiterem Himmel; offenbar konnte es plötzlich geschehen, daß Gott aus unerklärlichen Gründen auf einmal wütend auf dich war, und dann suchte er dich zu töten. Wenn er sogar Moses hatte umbringen wollen, dann war niemand jemals sicher vor ihm. Dann konnte er auch mich eines Tages zu töten suchen.

Vielleicht wäre die Bibelstelle weniger gut haftengeblieben oder hätte mich weniger beeindruckt, wäre ich nicht mittags im Schwimmbad beinahe ertrunken. Normalerweise war ich, da Bademeister Jacobs über uns wachte, im Schwimmbad ziemlich sicher. An diesem Sommernachmittag schwamm ich nach einem Sprung aus der Höhe gerade ins Tiefe. Es war warm, drückend warm. Ab und an strich ein glühendheißer Windhauch über das Wasser. Laut klang der Lärm der vielen Kinderstimmen. Auch das Wasser war warm, und ziemlich langsam schwamm ich zu einer der kleinen Treppen. Als ich nah am Rand war, hörte ich jemanden schreien: »He, da haben wir den *gassie* von Goudveyl, den wolln wir mal, den wolln wir mal...«

»Nicht rauslassen«, schrie eine andere Jungenstimme, »halt ihn fest, zieh ihn unter Wasser, den kleinen Liebling von unserm *juut*.« Bevor sie mich jedoch unter Wasser ziehen konnten, war ich schon an der Treppe. So schnell wie möglich versuchte ich, aus dem Wasser zu klettern, aber von allen Seiten krallten sich Finger um meine Hände. Obwohl ich meine Hände noch ziemlich lange um das Eisen klammern konnte, mußte ich mich nach einer Weile geschlagen geben. Klatschend fiel ich ins Wasser zurück, hörte das Gejauchze am Rand und fühlte dann, wie sich zwei Füße auf meine Schultern stellten und ich unter Wasser gedrückt wurde. »Mach ihn fertig, mach ihn fertig, Kurt«, hörte ich es johlen, »mach ihn nun endlich ein für allemal fertig, den blöden Bullenliebling!«

Wie merkwürdig, daß ich nicht die Geistesgegenwart hatte, unter seinen Füßen wegzutauchen. Aber vielleicht hätte mich das, selbst wenn es mir gelungen wäre, auch nicht retten können. Links und rechts klatschten *gassies* ins Wasser. Wäre ich unter den Füßen von Kurt Boog weggetaucht, dann hätten sie mich immer noch ein Stück weiter unter Wasser festhalten können. Wie dem auch sei: Bei dem Namen eines meiner schlimmsten Quälgeister, Kurt Boog, geriet ich erst recht in Panik. Verzweifelt versuchte ich hochzukommen, aber Kurts Füße drückten schwer auf meine Schultern. Ich hatte nicht die geringste Chance, und es war, als würde ich ersticken, ich mußte Luft holen, und ich tat es, und meine Lungen füllten sich mit Wasser. Danach wurde alles zuerst feuerrot und dann tiefschwarz, und von dem Augenblick an weiß ich nichts mehr.

Als ich wieder zu mir kam, lag ich auf dem schmalen Betonrand zwischen dem Becken für Nichtschwimmer und dem für Schwimmer. Bademeister Jacobs bewegte meine Arme abwechselnd auf und ab. Ich spuckte Wasser, schaute in den blauen Himmel und wußte, daß Gott von dort, aus unendlich weiter Ferne, überheblich aus dem Himmel auf mich niederblickte. Auch mich suchte er offenbar zu töten. Während ich dort lag und mir vorstellte, wie er, unzufrieden über seinen Fehlschlag, mich zu töten, die ganze Zeit auf mich niederblickte, hörte ich Kurt Boog zu Bademeister Jacobs sagen: »Ich hab ihn da rausgeholt, ich hab ihn da rausgeholt!«

So verwandelte er sich selbst von einem Peiniger in einen Retter. Später war es, als müsse er im nachhinein die Rolle des Retters wahrmachen. Er schlug sich auf die Seite von Vroombout und stellte sich vor mich, wenn die *gassies* es auf mich abgesehen hatten. Dennoch habe ich ihn in der Zeit, in der er mein Peiniger gewesen ist, weniger gehaßt als später, da er sich als mein Retter aufspielte.

Bei Tisch erzählte ich, ohne allerdings den Text von Moses zu erwähnen, daß die *gassies* versucht hätten, mich zu ertränken. Nach meinem Bericht sagte mein Vater: »Na, ich will für dich hoffen, daß es nicht deine letzte Niederlage ist.« Und meine Mutter sagte trocken: »Du wirst es wohl dementsprechend getrieben haben.«

Varekamp

Montag morgens strömten Hausfrauen und *hitte-petitjes* gegen sechs Uhr mit leeren Eimern zum Eingang der Wäscherei De Vries. Sobald der Betrieb neben unserem Lagerhaus geöffnet wurde, verschwand die lange Reihe der Wartenden in einer Dampfwolke, die sich träge nach draußen wälzte. Abwartend blieb der Wolkenschleier zunächst in der President Steynstraat hängen. Dann fiel er auf einmal in Nebelschwaden auseinander. Träge stiegen sie auf, bis sie über den Schornsteinen zu sehen waren. Schließlich führte der Südwestwind sie eilig mit sich fort.

Als erste betrat immer *juffrouw* Varekamp die Wäscherei. Meistens wartete sie in ihrem Hauskittel, über dem sie je nach Wetterlage eine oder zwei gewöhnliche Schürzen trug, schon von halb sechs an, obgleich die Familie Varekamp neben uns in der Cronjéstraat wohnte und sie nur an unserem Wohn- und Lagerhaus entlangzugehen brauchte, um zur Wäscherei zu kommen.

Mit der Familie Varekamp teilten wir uns, sparsam wie wir waren, eine Zeitung, und ich hatte die Aufgabe, die Zeitung kurz nach dem Abendessen zu holen. Aus dem senkrechten schmalen Schlitz des Briefkastens hingen die beiden Seilenden, mit denen die Tür aufgezogen werden konnte. Hatte man die

Haustür geöffnet, schlug einem ein Geruch entgegen, den ich nirgendwo sonst gerochen habe, eine bedrohliche, säuerliche Fischluft, von der einem ganz übel wurde, noch bevor man den Flur betreten hatte.

Im Wohnzimmer war es fast immer dunkel. Elektrisches Licht – das brannte bei Familie Varekamp so gut wie nie, und es ist mir ein Rätsel, wie sie in den Herbst- und Wintermonaten die Zeitung haben lesen können.

Etwa einmal im Monat traf ich alle Varekamps – Eltern, vier Kinder –, über diverse Lehnstühle verstreut, leise stöhnend an. Ihre Köpfe ruhten, weit nach hinten gebeugt, auf den Rückenlehnen: Sie hatten alle sechs auf einmal Kopfschmerzen. Auf ihren Stirnen lag, um den Schmerz zu lindern, ein nasser Waschlappen. Von mir erwartete man, daß ich die sechs Waschlappen wieder frisch machte. Bei *juffrouw* Varekamp beginnend, sammelte ich die sechs Waschlappen ein. In der Küche ließ ich kaltes Wasser darüber laufen, wrang sie halb aus und drapierte sie, wieder bei *juffrouw* Varekamp beginnend, vorsichtig auf den leidenden Köpfen. Ohne etwas zu sagen, schnappte ich mir die Zeitung und rannte aus dem Haus.

Hatten sie keine Kopfschmerzen, saßen die sechs Varekamps, wenn ich das Wohnzimmer betrat, maulend im Dunkeln um den Eßtisch herum. Vater Varekamp trug dann stets eine Mütze mit Ohrenklappen.

»So, holst du jetzt schon die Zeitung?« brummte Varekamp mißmutig. »Ich hab kaum Zeit gehabt, um reinzugucken!«

»Da steht sowieso nie was drin«, sagte *juffrouw* Varekamp, »nimm sie in Gottes Namen nur schnell mit!«

»Nein, ich will sie noch lesen«, sagte der älteste Sohn.

»Und ich auch, und ich auch, und ich auch!« riefen die drei anderen Kinder.

»Mund halten, das ist ja wie in der Judenschule!« schrie *juffrouw* Varekamp, während sie die Träger ihrer Schürze hochschob.

Sie lief zum Kaminsims, wo die Zeitung noch ordentlich zusammengelegt auf der Bibel ruhte, nahm sie, kam auf mich zu, drückte sie mir in die Hand und sagte: »Weg damit! Nachrichten sind Ärger, Politik ist Schmutz!«

Mit der Zeitung unterm Arm trotzte ich dem säuerlichen Geruch auf dem Flur. Wieder auf der Straße, holte ich tief Luft.

Manchmal brannte bei den Varekamps über dem Eßtisch die mit gerafften Falten aufwendig drapierte Lampe. Die Varekamps saßen vergnügt um den Tisch herum. Mit uralten Fischermessern hämmerten die vier Kinder auf den Rand ihrer Abendbrotteller. Vater Varekamp brüllte: »Nur herbei, nur herbei an die Festtafel!«

Mit einer seiner riesigen Hände hielt er ein Schwarzbrot fest und strich Margarine auf die Schnittfläche. Danach schnitt er eine Scheibe Brot ab. So oft ich das mit angesehen habe, jedesmal war ich wieder verblüfft. Es schien mir viel logischer und einfacher, zuerst eine Scheibe Brot abzuschneiden, sie auf den Teller zu legen und dann Margarine darauf zu schmieren, statt das ganze Brot mit einer

Hand auf Schulterhöhe festzuhalten und mit der anderen Hand Margarine darauf zu schmieren, so daß ich einmal stolz bemerkte: »Bei uns zu Hause schneiden wir zuerst die Brotscheibe ab. Dann schmieren wir, das ist viel einfacher.«

»Hör dir diesen Naseweis an«, sagte Varekamp, »so, so, das ist viel einfacher? Und was tut ihr, wenn so ein Butterbrot schon abgeschnitten ist und es dann keiner mehr will? Dann sitzt du ganz schön da mit der abgeschnittenen Brotscheibe, die sofort steinalt wird. Dann kannst du sie gleich wegwerfen. Nichts da: erst schmieren, dann schneiden.«

»Ja, erst schmieren, dann schneiden«, johlten die vier Varekamp-Kinder.

»Ihr eßt zu Hause sicher auch Blutwurst?« fragte *juffrouw* Varekamp.

»Manchmal«, sagte ich.

»Das hab ich mir gedacht«, sagte *juffrouw* Varekamp, »wo sie erst schneiden und dann schmieren, essen sie auch Blutwurst, hab ich schon oft gesehen!«

»Igitt, Blutwurst!« riefen die Varekamp-Kinder.

»Also, das kann ich dir sagen«, sagte *juffrouw* Varekamp, während sie mich drohend anblickte und kämpferisch ihre Schürzenträger hochschob, »wir essen prinzipiell keine Blutwurst. Steht in der Bibel, gleich am Anfang, in Genesis: ›Alles, was sich regt und lebt, das sei eure Speise; nur Fleisch, das seine Seele – sein Blut – noch in sich hat, dürft ihr nicht essen.‹«

»Wenn ihr zu Hause Blutwurst eßt«, sagte Vater Varekamp, »dann seid ihr, es tut mir leid, daß ich das sagen muß, keine guten Christenmenschen. Das hätte ich nun niemals von euch gedacht, ehrlich nicht.«

»Du faßt es nicht«, sagte *juffrouw* Varekamp, »daß fast alle Christenmenschen einfach Blutwurst essen! Aber na ja, man hört auch nie einen Pastor darüber predigen, die übersehen das glattweg alle, obwohl es doch sozusagen das Nullte Gebot ist, denn es steht in der Bibel noch vor den Zehn Geboten.«

»Nun, ich bin froh, Mutti«, sagte Varekamp zu seiner Frau, »daß wir uns darin so rührend einig sind. In dieses Haus hier kommt keine Blutwurst. Stell dir mal vor, daß ich mit irgendeiner Mamsell verheiratet wäre, die Blutwurst auftischen wollte... Ach, Mutti Var, wenn ich dich nun nicht hätte...«

Er seufzte, hielt das Brot hoch, hob mit der anderen Hand das Messer, das, so wußte ich, gleich darauf wie eine Flußschwalbe in die Margarine eintauchen würde, und sagte: »Und doch hat nicht viel gefehlt, und es wäre nichts mit uns geworden. Du hättest rein gar nichts von mir wissen wollen, wenn ich nicht mit diesen meinen Fäusten...«

Er legte Brot und Messer hin und breitete dann seine beiden riesigen Hände auf dem Tischtuch aus.

»Mit diesen beiden Fäusten«, sagte er, während er seine Hände kurz auf und ab bewegte, »ja, mit diesen beiden Fäusten habe ich den ganzen Kasten von irgendwo bei Doggerbank nach Hoek zurückgerudert, Vroombout wollte mich dauernd ablösen, und dann sagte ich: ›Nee, Schiffer, ich bin noch nicht müde, es geht sehr gut, solange es noch geht, würde ich gern eben an den Riemen bleiben.‹

Und Vroombout sagte zu mir: ›Ja, Leen‹, sagt er, ›da findet man an der ganzen Wasserstraße keinen, der strammer rudern kann als du!‹ sagt er. ›Also wenn's noch geht, dann ruder man weiter!‹ sagt er.«

Vater Varekamp rieb sich mit der linken Hand liebkosend über den Spann seiner rechten Hand.

»Mit diesen beiden Fäusten«, sagte er, seine Stimme erhebend.

Und im Hafen tutete wie zur Bestätigung dessen, was Varekamp gesagt hatte, zweimal das Lotsenboot.

»Da fährt die Sirius«, sagte Vater Varekamp.

Dann blickte er wieder auf seine Hände.

»Wo war ich noch mal stehngeblieben?« fragte er.

»Da, wo Sie nach Hoek ruderten«, sagte ich.

»O ja«, sagte er, »na, um es kurz zu machen, ich hab den ganzen Kasten mitten aus Doggerbank nach Hoek gerudert, und darüber haben sie hier im Hoofd hinterher noch tagelang geredet, und Mutti Var hat es damals auch gehört...«

Fragend schaute er *juffrouw* Varekamp an. »Wo hast du's noch gleich zuerst gehört?«

»Am nächsten Montag, als ich so um sechs in der Schlange für heißes Waschwasser anstand«, sagte *juffrouw* Varekamp.

»Ach ja, da... das hätte ich nun direkt vergessen, wie ist das möglich, na ja, um es kurz zu machen, sie bekam da tatsächlich wohl ein bißchen Lust auf mich, nicht wahr?«

»Ein bißchen«, sagte *juffrouw* Varekamp mürrisch.

»Genau, du gingst doch nicht mehr ein so großes Stück zur Seite, wenn ich mich neben dich stellte, am Sonntag nach der Kirche, wo wir uns zufällig bei einem Schwätzchen trafen. Aber ich hab noch den ganzen Krieg dazu gebraucht, um dich zu bekommen, den ganzen Krieg. Und nachdem die Scheißmoffen dann abgehauen waren, hattest du immer noch irgendwie ein Auge auf so ’nen Mistkanadier geworfen... Na ja, als dieser Schwächling sich auch davongemacht hatte, konntest du mich Gott sei Dank nicht schnell genug heiraten... aber der Anfang war, als hier im Hoofd plötzlich jeder davon sprach, daß ich ganz allein die ganze Nacht... ja, Jungens, wenn dieser Scheißmoff unsern Kutter nicht versenkt hätte, säßet ihr vielleicht gar nicht hier. Dann würdet ihr vielleicht irgendwo sitzen, wo ihr Blutwurst fressen müßtet.«

Beim Anblick der Triefnasen von vier Varekamp-Kindern, die mit ihren Migränegesichtern auf ihre blutwurstlosen Brotteller starrten, konnte ich mir nicht verkneifen zu denken, daß es vielleicht gar nicht so schlimm gewesen wäre, wenn sie nicht geboren wären. Vater Varekamp dachte offenbar anders darüber, denn er fügte vergnügt hinzu: »Schiff zerronnen, Frau und Kind gewonnen, der Krieg hat wirklich nicht nur Schlechtes mit sich gebracht!«

»Das kannst du jetzt so sagen«, sagte *juffrouw* Varekamp, »aber ich glaube, daß Willem Vroombout aus Trauer über sein Schiff Krebs bekommen hat.«

»Des einen Brot ist des andern Tod«, sagte Varekamp philosophisch.

»Und seinem Bruder ist es auch nicht allzugut gegangen nach...«

»Wie kommst du denn darauf?« sagte Varekamp. »Dieser Knilch, dieser Arend, das war überhaupt kein Fahrensmann, der war verflixt froh darüber, daß sie ihn danach bei der Polizei haben wollten, das hatte er schon gewollt, bevor er über seine Holzschuhe pinkeln konnte. Ich kapier nur nicht, warum sie ihm nicht sofort als Schupo hier im Hoofd ein Dienstfahrrad unter den Hintern geschoben haben. Hier kannte er doch jeden, hier wohnte seine Mutter... nee, das kapier ich nicht, was hatte er bloß da in Rotterdam zu suchen? Er selber behauptet, das hätte zu seiner Ausbildung gehört. Als ob man ausgebildet werden müßte, um *juut* zu sein. Mich würde man dazu nicht auszubilden brauchen, zieh mir so eine Uniform an, gib mir ein Dienstfahrrad, und ich bin Schupo. Aber er hat den ganzen Krieg da gehockt. Na ja, heutzutage ist er hier bei uns Streifenpolizist, und wir haben es gut mit ihm getroffen, wirklich gut... er ist wie ein Vater zu uns.«

»Es gibt genug Leute, die anders drüber denken«, sagte *juffrouw* Varekamp, während sie die wieder heruntergerutschten Träger ihrer Schürze stramm über die Schultern zog.

»Das sind all die Blutwurstesser, Mutti«, sagte Vater Varekamp. Streng blickte er in die Runde, stellte das Brot auf den Tisch, sagte: »Jeder genug gehabt?«

Er erwartete keine Antwort. Er faltete seine Hände, schloß die Augen und brüllte ein Dankgebet:

»O Großer Schiffer im Weltenall,
wir danken fürs Brot im Tränental,
vor Hochmut hüte unsre Herzen,
beschütze uns vor Schmach und Schmerzen.
In Demut preisen wir deinen Namen,
führ' uns zu dir ins Licht, Herr, Amen!«

Sparsamkeit

»Durch Sparsamkeit«, sagte mein Vater mindestens einmal die Woche, »ist noch nie jemand arm geworden.«

»Du sagst es«, sagte meine Mutter dann, »an dem Geld, das man ausgibt, hat man nur ein einziges Mal seine Freude!«

Deshalb gaben sie nie Geld aus. Deshalb sagten sie warnend: »Kost' Geld«, wenn es etwas gab, das ein normaler Mensch vielleicht hätte anschaffen wollen. Deshalb wurden die Lumpen, die mein Vater in dem Hafenstädtchen einsammelte, immer, wie meine Mutter sagte, »mit einer Taschenlampe nachgesehen«, um festzustellen, ob brauchbare Hosen, Röcke, Oberhemden oder passende Unterwäsche darunter waren. Übrigens wurde für dieses »Nachsehen« niemals wirklich eine Taschenlampe verwendet; meine Mutter besah sich die Lumpen vorn am Fenster im Wohnzimmer.

»Was die Leute heutzutage doch alles so wegwerfen!« pflegte sie zu sagen und legte einen Rock oder ein Oberhemd beiseite. Auch meine Kleider rekrutierten sich aus den Lumpen. Bestimmt habe ich abgetragene Sachen meiner Klassenkameraden zur Schule angehabt. Vielleicht sahen mich die *gassies* auch deshalb schief an. Doch nie hat ein *gassie* gesagt: »He, du hast meine alte Hose an!« Kam das, weil ich schon damals sehr groß für mein Alter war und möglicherweise immer Kleidung von *gassies* trug, die eine Klasse über mir waren? Das ist nicht unwahrscheinlich, aber weil niemand sagte: »Du hast meinen alten Pullover an«, bin ich ständig mit dem Gefühl herumgelaufen, daß die *gassies* absichtlich ihren Mund hielten. Sie sahen und wußten es, aber redeten nicht. Erst das war das Beängstigende. Sie waren wie Gott, der auch niemals etwas von sich hören ließ, dich aber auf dem Wege – oder im Schwimmbad – zu töten suchte.

Daß er mich wirklich zu töten suchte, mußte offenbar immer und immer wieder von meinem Vater bestätigt werden, wenn er im Lagerhaus regelmäßig liebkosend über die Deckel der beiden Särge strich, die in der dunkelsten Ecke auf Böcken standen.

»Hab ich am Ende des Krieges für einen Pappenstiel ergattern können«, murmelte er mir manchmal zu. »Sie waren eigentlich für zwei Knilche aus dem Widerstand vorgesehen, aber bevor sie hingerichtet werden konnten, war der Krieg wegen Befreiung schon vorbei, also daher, schade nur, daß ich nicht auch für dich einen kleinen Kindersarg beschaffen konnte, na ja, für Muttern und meine Wenigkeit habe ich schon mal einen parat, wenn du so einen heutzutage kaufen wolltest, würde er eine schöne Stange Geld kosten.«

Die beiden Särge, an denen übrigens nach der Großen Sturmflut (dabei stand unser Lagerhaus unter Wasser, und die Särge wurden durch die Flut von ihren Böcken gehoben) zum Entsetzen meines Vaters Holzwurm festgestellt wurde (er entdeckte ihn, als er die Särge wieder auf ihre Böcke hob), blieben vorerst noch leer, weil meine Mutter alle Leiden abwechselnd und spottbillig mit einer Messerspitze Cuprum D3 oder einigen Tröpfchen Apis D4 zu heilen wußte. Dank dieser »Hömopathen«, wie meine Mutter die beiden Mittel nannte, waren wir kerngesund, auch wenn wir aus Sparsamkeitsgründen immer das Allerbilligste aßen: Griebenschmalz, Stippgrütze und die von *juffrouw* Varekamp verabscheute Blutwurst. Stippgrütze oder auch Buchweizengrütze gab es sogar mehr als einmal in der Woche als warme Mahlzeit. Nach der Stippgrütze strich sich mein Vater immer zufrieden über seinen Bauch und rief dann: »Bäuchlein, Bäuchlein, was hast du es wieder gut gehabt!«

Inzwischen bin ich geneigt zu glauben, daß mein Vater sich deshalb so zufrieden zeigte, weil ein Paket Grütze damals nur fünfzehn Cent kostete und ein halber Liter Buttermilch nur zwanzig Cent, aber damals fand auch ich Buchweizengrütze herrlich, und wenn ich wirklich Hunger habe und allein zu Hause bin, mache ich mir auch heute noch gern Stippgrütze. Bedauerlich ist, daß nur noch wenige Händler Buchweizengrütze in ihren Regalen stehen haben.

Daß mein Vater und meine Mutter unvorstellbar sparsam waren, hat mir nie etwas ausgemacht. Sogar, daß ich anderer Leute abgelegte Sachen tragen mußte, konnte ich, von der ewigen Angst vor dem vielsagenden Schweigen der *gassies* abgesehen, billigen. Was meine Mutter aus den Lumpen heraussuchte, war immer noch heil, und bevor sie es mich anziehen ließ, wurde es gründlich mit grüner Seife gewaschen. »Ich sorg schon dafür«, sagte sie stets, »daß du nicht schlampig herumläufst«, und das war zweifellos wahr. Mit grüner Seife brauchte sie nicht zu sparen. Die bekam sie gratis von Wäscher De Vries, als Gegenleistung für das Bruchholz, mit dem er seinen Kessel heizte. Sie nähte, flickte, stopfte, konnte Ärmel verlängern und kürzen, Hosenbeine kürzen und verlängern und konnte fast jedes Kleidungsstück, das sie den Lumpen abrang, in ein Oberhemd oder eine Hose verwandeln, so daß sie für den ursprünglichen Besitzer nicht mehr zu erkennen waren. Vielleicht haben die *gassies* deshalb niemals auch nur eines ihrer Kleidungsstücke wiedererkannt.

Dank ihrer beängstigenden Sparsamkeit waren mein Vater und meine Mutter beinahe immer gut gelaunt. Fast jeden Tag gelang es ihnen, an irgendwas zu sparen, und daran wurde abends bei Tisch stolz erinnert. Und wenn an einem Tag keine Gelegenheit gewesen war zu sparen, konnte mein Vater immer noch zu meiner Mutter sagen: »Sie wollen einführen, daß man jedes Jahr einen festen kirchlichen Beitrag gibt. Wie kommen sie bloß darauf! Es ist doch verflixt schade, daß wir hier nicht ›erneuert‹ haben bleiben können, denn bei den ›Erneuerten‹ kennen sie solche Verrücktheiten nicht, das kannst du mir glauben, na ja, wenn sie nur wissen, daß hier aber auch rein gar nichts zu holen ist!«

»Nein, ein kahles Kinn kann man nicht scheren«, sagte meine Mutter.

»Genau so ist es«, sagte mein Vater, »und nun zieh ich mir erst mal einen Splitter aus der Ritze.«

Er stand auf und ging zur Toilette, und dabei murmelte er: »Feste kirchliche Beiträge! Feste kirchliche Beiträge! Die sind nicht ganz bei Trost, wie können sie es wagen! Also, wenn es jemanden gibt, der kein Geld nötig hat, dann Gott. Wofür sollte der es denn ausgeben?«

Auf der Toilette konnte man ihn manchmal ausrufen hören: «Wer hat, will mehr!« Ob das auch für Gott galt oder nur für den Kirchenrat, weiß ich nicht, aber das war auch gleich. Wir wollten nicht mehr, wir sparten. Wir sparten sogar an Wasser und an Sunlichtseife. Einen um den anderen Tag mußte ich »Katzenwäsche« machen. Bei einer Katzenwäsche benutzte man keine Seife, sondern spritzte sich morgens ein paar Wassertropfen ins Gesicht.

Daß wir – jedenfalls erweckte mein Vater immer den Anschein – bitterarm waren, wurde für mich vollständig durch einen wunderbaren Gegenstand kompensiert, der links neben den Särgen im Lagerhaus stand. Mein Vater murrte manchmal darüber, sagte, daß er schon dastand, als er den Trödelladen im Krieg hatte übernehmen können, aber Gott sei Dank hat in den Jahren vor dem Mord an *juut* Vroombout nie jemand einen Blick auf den phantastischen und merkwürdigerweise niemals ganz verstimmten Blüthner geworfen. Daher blieb das Instrument dort stehen, und ich konnte darauf spielen, sooft ich wollte. Außerdem lag auf dem Blüthner neben einem Gedichtband von Guido Gezelle* ein Stapel Klaviernoten. Eines der Bücher, ein riesiger, in rotes Leder gebundener Foliant, war eine

* Guido Gezelle (1830–1899), flämischer Dichter, katholischer Priester, schrieb Naturlyrik mit meist religiösem Grundduktus. (Anm. d. Übers.)

»vollständige Anleitung, um ohne Lehrer Klavier spielen zu lernen«, wie jemand mit Bleistift in niederländisch über den deutschen Untertitel geschrieben hatte. Alles, was das phantastische Riesenwerk außerdem noch an Text – in Fraktur gedruckt – enthielt, war für mich unleserlich. Aber eine feste Hand hatte mit Bleistift unter und über den Text Übersetzungen geschrieben. Außer den Übersetzungen enthielt das Werk auch noch Anmerkungen des Bleistiftschreibers. Als Kind wußte ich das nicht; ich habe es erst später entdeckt. Wie dem auch sei: Mit diesem Buch habe ich mir selber das Klavierspielen beigebracht. Alles stand darin, Dur- und Molltonleitern, Harmonielehre, Kontrapunkt und auffallend kluge Übungen und raffinierte Etüden. Es war meine Bibel, mein Buch der Bücher, mein Gradus ad Parnassum, meine Via Regia in die Welt der Kreuze und Bs, der Dreiklänge und verminderten Septimenakkorde. Wenn ich darin studierte, war es, als schaute mir der anonyme Wohltäter, der mit Bleistift in seinen gut lesbaren Zwergenbuchstaben überall den ursprünglichen, deutschen Text ergänzt hatte, über die Schulter.

Das riesige rote Buch tröstete mich über alles hinweg, was ich als Kind entbehrte, auch wenn ich kaum wußte, was ich entbehrte. Freunde? Brüder und Schwestern? Großeltern? Andere Kinder hatten Großeltern und Onkel und Tanten. Meine Großeltern waren schon lange tot, und mein Vater und meine Mutter waren wie ich Einzelkinder gewesen, so hatte ich keine Onkel und Tanten und keine Vettern und Cousinen. Schlug ich das Buch auf, dann vergaß ich, wie verwaist wir waren. Blätterte ich darin, dann verschwamm sogar die irgendwie irreale und erst durch den Mord an *juut* Vroombout konkretere Wahnvorstellung, daß Gott mich, ebenso wie Moses, zu töten suchte. Und je weiter ich in dem Buch vordrang, desto sicherer wußte ich, daß es noch eine andere Welt gab als die enge Welt vom Hoofd, eine Welt mit anderen Namen, Namen, die man im Hoofd nie hörte: Bach, Mozart, Beethoven, Schubert; und von jenem Bach, über dessen Namen der Bleistiftschreiber schwungvoll »schwere Kost« geschrieben hatte, stand in dem Buch ein Stück mit der Überschrift *Allegretto quieto*, das man spielen und spielen konnte und das einen doch niemals langweilte. Man konnte es auf der Straße nachpfeifen, und dann war es, als beschützte es einen vor den *gassies* und *gosern*, beschützte vor dem Lächeln von Vroombout, sicherte ab gegen Gott, der danach suchte, einen zu töten. Und von jenem anderen Mann, Schubert, stand in dem Buch ein Stück mit der einfachen Überschrift *Trio*, ein Stück in As-dur und wahnsinnig schwer zu spielen. Das beschützte gerade nicht, im Gegenteil, das machte einen wehrlos, das zog einem die Haut ab. Wenn man es nachpfiff, bekam man jedesmal wieder Tränen in die Augen. Dann schien es, als löse sich die ganze Welt in süßen Schmerz auf. Dann war es, als würde es immer November bleiben und als wanderte man immer weiter im Abendlicht auf Straßen, die vom Nieselregen glänzten.

Wenn ich Samstag nachmittags am Blüthner saß, passierte es oft, daß mein Vater mit einer Papiertüte, die er schon im Wohnzimmer aufgeblasen hatte, ins Lagerhaus schlich. Direkt hinter mir schlug er dann auf die Tüte, und ausführlich genoß er danach meinen Schreck über den dröhnenden Knall. Er tat das so regelmäßig, daß ich mich an diesen Samstagnachmittags-Knall gewöhnte. Um ihm eine Freude zu machen, simulierte ich nach einiger Zeit, daß ich mich erschrak, denn über einen gelungenen Knall und meinen anschließenden Todesschrecken konnte er sich noch stundenlang amüsieren. Ohne diesen Samstagnachmittags-Knall hätte er es wahrscheinlich gar nicht akzeptieren können, daß ich so viele Stunden hinter dem Blüthner vertat, der nicht einmal in Mitleidenschaft gezogen wurde, als in der Nacht vom 31. Januar auf den 1. Februar 1953 Salzwasser in unser Lagerhaus strömte.

Zugeständnis

Ich erinnere mich an einen Tag des Herrn im Sommer 1953. Weit weg wütete noch immer der Koreakrieg. »Ob sie wohl am Sonntag auch kämpfen?« fragte ich mich. Meine Mutter und mein Vater saßen im hohen Gras an der Deichböschung bei der Booner-Schleuse; ich lag neben ihnen, ganz und gar erfüllt von dem weiten, weiten Himmel und dem Weltall, diesem schwindelerregenden Weltall, über das Lehrer Mollema gar nicht aufhören konnte zu reden. Jedesmal wenn er davon erzählte, schien es noch größer geworden zu sein. Daß Gott nach Moses suchen mußte, schien in einem solch unermeßlichen Weltall verständlich.

Das Gras duftete, es war ein sonniger Tag. Über mir glänzte ein strahlendblauer, wolkenloser Himmel. Dort war das Weltall, mit all den Sternen und Planeten, und mir wurde schwindlig. Ich schloß die Augen und roch den trostreichen Duft der Rapsblüten. Dumpf begann die schwere Glocke der evangelischen Kirche zu läuten. Wenig später stimmte die schnelle Glocke der reformierten Kirche mit ein.

»Kirchzeit«, sagte meine Mutter.

»Ich geh nicht«, sagte mein Vater, »wir waren heute morgen schon.«

Hell und klar schloß sich jetzt die Glocke der christlich-reformierten Kirche an, die schon läutete.

»Warum nicht?« fragte meine Mutter.

»Hörst du eine ›erneuerte‹ Glocke?« fragte er.

»Bist du immer noch nicht darüber weg?« sagte sie.

Eifrig schlug plötzlich auch das Glöcklein der römischen Kirche.

»Es ist überhaupt keine Messe«, rief mein Vater empört, »der Pfarrer läßt die Glocke nur läuten, weil all die anderen Glocken ebenfalls läuten. Er will nicht zurückstehen.«

»Laß ihn!« sagte meine Mutter.

»Ich wollte, ich würde eine ›erneuerte‹ Glocke hören!« sagte mein Vater.

»Ach, komm«, sagte meine Mutter. »Was macht das schon? Überall dienen sie demselben Gott!«

»Ja, aber unter verschiedenen Dächern«, sagte mein Vater.

Eine fünfte Glocke ließ sich hören. Mein Vater fragte verblüfft: »Welche Kirche ist das?«

»Der Protestantenbund«, sagte meine Mutter.

»Den gibt's hier nicht«, sagte er, »nee, und wenn es den hier gäbe, würden sie doch keine Glocke läuten. Nee, das ist 'ne andere Kirche, aber welche? Ich versteh überhaupt nichts mehr. Wer... welcher Tempel...?«

Er stand auf, schnüffelte wie ein Hund, sagte: »Ich komm einfach nicht dahinter, welche Kirche das nun sein könnte. Oder ob hier doch eine ›Erneuerte‹...«

»Diese Glocke klingt nicht ›erneuert‹«, sagte meine Mutter, »und ich wollte, daß du jetzt endlich aufhörtest, darüber zu trauern, daß du hier nichts ›Erneuertes‹ hast. Wir sind jetzt reffermiert, und die Pastoren, die sie hier haben, predigen ganz ordentlich, vor allem Pastor Dercksen, also hör auf zu quengeln.«

»Ich bin gar nicht so versessen auf die Reffermierten«, sagte mein Vater, »ich würde mich da ganz gern heimlich und still verdrücken. Was kann das nur für eine Glocke sein? Sie klingt lange nicht so grob wie das giftige reffermierte Glöckchen, es ist doch ein schöner, runder Klang, aber nicht so sumpfig wie die evangelische Glocke. Es ist verrückt, aber an diesen Glocken kann man hören, wie sie Gott dienen. Ich wollte, ich wüßte... he, da ist Vroombout, der weiß bestimmt, in welchem Tempel diese Glocke bimmelt. Mal fragen.«

Er stieg die Deichböschung hinauf. Er winkte Vroombout zu. Der Polizist winkte zurück, kurvte über den Deich, hielt an der Stelle an, wo mein Vater heraufkommen würde, wenn er weiter auf geradem Weg hochkletterte. Vroombout blieb auf seinem Fahrrad sitzen. Ein Fuß stand auf dem Deich, der andere noch auf dem Pedal. Dort saß er, hoch über uns, und es schien, als sei er die Verbindung zwischen dem riesigen Weltall und der kleinen, sonnigen, sommerlichen, nach Gras und Raps duftenden Welt, in der so viele Glocken bunt durcheinanderläuteten.

Mein Vater kam bei ihm an, und Vroombout, der auf seinem Dienstfahrrad sitzen blieb, überragte ihn weiterhin. Mein Vater wies nachdrücklich in den blauen Himmel. Vroombout schüttelte den Kopf. Mein Vater gestikulierte heftig mit beiden Armen, wies in die Luft, aus der soviel Glockengeläut auf uns niedertönte. Vroombout zuckte mit den Schultern, nahm seine Dienstmütze ab und kratzte sich am Kopf. Er setzte die Mütze wieder auf, und zugleich sagte er etwas zu meinem Vater. Die Arme meines Vaters fielen schlaff an seinem Körper herunter. Er schien auf einmal einen Buckel zu haben. Jetzt gestikulierte Vroombout; mein Vater hörte schweigend zu, nickte ab und an, schüttelte manchmal den Kopf. Vroombout stieß sich mit dem Fuß, der auf dem Deich stand, ab. Ruhig radelte er in die Richtung des Glockengeläuts davon. Mein Vater kam langsam die Deichböschung herab, gesellte sich wieder zu uns, setzte sich ins Gras, schlang die Arme um die Knie.

»Vroombout sagt, daß er heute morgen in den Nachrichten gehört habe, sie hätten da einen Waffenstillstand geschlossen«, sagte mein Vater mißmutig.

»Wo?« fragte meine Mutter.

»Da hinten in Korea«, sagte mein Vater.

»Da bin ich aber froh«, sagte meine Mutter.

»Ich nicht«, sagte er, »ich überhaupt nicht. Morgen ist das Alteisen nur noch die Hälfte von dem wert, was es letzte Woche eingebracht hat.«

Er schluckte ein paarmal. Ich blinzelte in den blauen Himmel. Die Glocken läuteten. Mein Vater murmelte: »Er wollte wieder Geld leihen.«

»So«, sagte meine Mutter.

»Was können wir da machen?« sagte mein Vater.

»Nichts«, sagte sie.

»Dieses Ekel«, sagte mein Vater.

»Viel?« fragte meine Mutter.

»Kein Pappenstiel«, sagte mein Vater.

Wütend zog er ein ganzes Grasbüschel und ein paar Stengel Sauerampfer aus dem Boden. Er sagte:

»Ich würde keine Träne vergießen, wenn er ins Gras beißen würde, ich habe keine Nachsicht mehr mit ihm, wirklich nicht...«

»Ach, reg dich nicht auf«, sagte meine Mutter, »du kannst dich drehen und wenden, wie du willst, du kannst doch nichts dran tun, dir sind Hände und Füße gebunden. Ich würde einfach die Augen schließen und die Hand in den Spartopf stecken.«

»Aber wann hört das auf?«

»Es ist erst das dritte Mal«, sagte meine Mutter, »und er hat immer versprochen, daß er es zurückzahlen wird.«

»Glaubst du das?«

»Ja, warum nicht? Wenn die bewußten Leute damit überkommen...«

»Kommen sie nicht.«

»Doch, sicher, aber wenn nicht: Wir haben doch keine Wahl. Wenn er den Mund aufmacht...«

»Wäre das nun so schlimm?«

»Ich denke schon, ich denke, daß wir dann hier wegmüssen, ich denke, daß wir dann vielleicht sogar...«

»Ich glaub kein Wort davon!«

»Ich denke, daß es vernünftig ist, wenn wir jetzt mal unsern Mund halten. Kleine Kinder haben große Ohren. Hast du denn wenigstens nach dieser Glocke gefragt?«

»Er wußte nicht, welche Glocke es war. Vielleicht eine von Rozenburg, sagt er.«

»Würde man die hier hören können?«

»Vielleicht, bei Südwind.«

»Es ist kein Südwind, wir haben Ostwind!«

»Nee, jetzt, wo du's sagst... Er wußte es nicht, er

sagte, daß er keine Ahnung hätte. Er hatte die Glocke bisher auch noch nie gehört, er sagte, es sei vielleicht die Glocke von Arnemuiden.« Mein Vater sang traurig: »... bim, bam, bim, bimbam, o trauriger Graus...«

»... versunken das Schiff mit Mann und Maus«, sang meine Mutter vergnügt.

»Und du machst immer noch deine Witze«, sagte mein Vater empört.

»Ach, Mann, du siehst überall Gespenster, du läßt dich von jedem bißchen aus dem Gleichgewicht bringen.«

»Bißchen? Das soll ein ›bißchen‹ sein? Du bist nicht ganz bei Trost!«

»Gut, kein bißchen«, sagte meine Mutter, »aber trotzdem würde ich mich an deiner Stelle nicht so darüber aufregen, er wird schon den Mund halten. Wenn er anfängt zu reden, ist er seine Milchkuh los.«

»Findest du es schön, eine Milchkuh zu sein?«

»Ach, es hat auch seine Vorteile. Er hört alles. Wenn er weiß, daß irgendwo ein Posten Kupferdraht rumliegt, steht er noch am selben Tag bei uns auf der Matte. Was er sich leiht, zahlt er mit guten Tips zurück, sag selbst. Irgendwo ist er ganz anständig.«

»Ich wollte, er würde ins Gras beißen!«

»Wenn er das täte, weißt du mit Sicherheit, daß er nie etwas zurückzahlen wird.«

»Na, ich hab da so meine eigenen Vermutungen...«

»Halt doch die Klappe, *Feind hört mit*!«

Meine Mutter summte das Lied von der Glocke

von Arnemuiden. Noch immer läuteten die fünf Glocken in der warmen Sommerluft. Ich erinnere mich an die fünf Glocken. Wenn es Sommer ist und Sonntag nachmittag und sich das große Himmelsrund strahlend blau über meinem Kopf wölbt, und dort, wo ich in dem Augenblick bin, auch noch Kirchenglocken läuten, kehrt jener heitere, sonnige Sonntagnachmittag glasklar wieder in meine Erinnerung zurück. Dann ist es, als würden all die Glocken, die damals so ohne Ordnung und wie in Verzweiflung durcheinanderdröhnten, die Stille der unendlichen Räume, vor denen Pascal sich so fürchtete, heraufbeschwören. Dann fürchte ich mich noch rückwirkend, dann fühle ich mich unvorstellbar nichtig in diesem gewaltigen Weltall mit seinen unzählbaren Milchstraßensystemen und seinen noch weniger zählbaren Sternen und seinen Milliarden Planeten, die sich um die Sterne drehen und deren Existenz wir nur vermuten. Dann kann ich mir nicht vorstellen, daß bei einem solchen Überfluß an Planeten allein auf der Erde Leben entstanden ist. Dann stelle ich mir vor, wie weit und breit im Weltall Glocken verzweifelt läuten, und dann fürchte ich mich mit größerer Furcht als die Hirten, die bei Nacht auf dem Felde lagen. Dann kann ich den angstvollen Schauer, der mich umfängt, ein wenig beschwören, indem ich immer wieder murmele: »Gott *suchte* Moses zu töten, Gott *suchte* Moses zu töten.«

Vroombout

Wenn ich an meine Kindheit zurückdenke, kann ich auch kaum glauben, daß ich eine ganze Saison hindurch mit ziemlich großer Begeisterung geangelt habe. Übrigens auf Drängen meines Vaters. Unter dem von ihm gesammelten Altmetall fand er ein komplettes Angelgerät. Er gab es mir und sagte: »Geh doch fischen!« Und – wie die Jünger – fischte ich. Trotz ihres modrigen Geschmacks ließ sich mein Vater, genau wie meine Mutter, die grätigen Rotfedern, die ich mit nach Hause brachte, gut schmecken. Alles, was ich aus dem Wasser zog, war ja gratis! Und dennoch: Habe ich wirklich ein ganzes Frühjahr, einen ganzen Sommer, einen ganzen Herbst lang fast alle meine freien Stunden mit einer Angel am Ufer zugebracht? Oder ging es mir gar nicht so sehr ums Angeln, sondern darum, in einem vollkommen verwilderten, mit hohem rostigem Maschendraht eingezäunten Garten zu sein, der im Hoofd die »Gärtnerei« genannt wurde? Das wild überwucherte Gelände lag in der Nähe eines Dieselschöpfwerks; es war nicht einfach, dorthin vorzudringen. Die Pforte war immer verschlossen. Sie war mehr als zwei Meter hoch und oben mit einer doppelten Reihe Stacheldraht versehen. Aber hinter einem Fliederbusch kannte ich eine Öffnung im Zaun. An freien Mittwoch- und Samstagnachmittagen wand ich mich mit meiner Angel hindurch. Und dann bahnte ich mir einen Weg zwischen Fliederbüschen, Brombeeren und kindshohen Brennesseln, die durch die wild wuchernde Zaunwinde dem Auge entzogen waren. Am Ufer angekommen, war hinter mir eine schier undurchdringliche, mit Tausenden von Ackerwinden geschmückte Brombeerhecke, und mir schien es, als ob Gott selber, wenn er mich zu töten suchte, mich nicht mehr zu finden wüßte. Und wenn er wirklich hierherkäme, könnte ich in dem braunen Ruderboot wegfahren, das neben einer Trauerweide festgemacht war. Es stand voll Wasser, aber wer sollte mich daran hindern, es leer zu schöpfen, falls notwendig?

Es ist unbegreiflich, daß ich mich eine ganze Saison lang auf etwas gestürzt habe, was nichts mit Schnelligkeit oder Hast zu tun hatte. Zu Hause bekam ich von meinem Vater bei allem, was ich tat, immer nur zu hören: »Du tust, als wenn du dafür bezahlt würdest!« Und zog ich für meine Mutter Brechbohnen ab, dann sagte sie unter Garantie: »Was bist du doch wieder ungeduldig, mach es doch in Ruhe!« Bei Tisch wurde mir immer vorgehalten, daß ich es »später mit dem Magen kriegen« würde, »weil ich viel zu hastig aß«, und wie oft habe ich zu hören bekommen: »Immer mit der Ruhe, die Welt wurde auch nicht an einem Tag geschaffen!« Meistens wurden diese Zurechtweisungen um den Reim ergänzt: »Immer Geduld bei allen Sachen, das andre wird sich von selber machen.« Auch wenn ich etwas trank, bekam ich neun von zehn Malen zu hören: »Muß das nun so hastig sein? Kind, Kind, Eile mit Weile, nicht Hast ohne Rast!«

Trotzdem gab mein Vater anderen gegenüber so manches Mal mächtig an mit meinem Tempo. Zu Wäschereibesitzer De Vries hörte ich ihn einmal voller Stolz sagen: »Wie der Junge Lumpen sortieren kann! Zwei Säcke im Handumdrehen, unglaublich, jaja, wir brauchen keine Angst zu haben, daß er sich mal unter Marktwert verkaufen wird!« Übrigens sprach er das Wort »Markt« wie »Mart« aus.

Auch meine Mutter pries meine Geschwindigkeit. »Der verkauft sich nie unter Martwert, bei dem geht alles mit der heißen Nadel!« sagte sie zu *juffrouw* Varekamp. Von diesem »Martwert« und dieser merkwürdigen »heißen Nadel« war jedoch nicht die Rede, wenn sie mir auftrug, Kartoffeln zu schälen. Dann sagte sie: »Wenn du's dir endlich mal aus dem Kopf schlagen würdest, holterdiepolter zu schälen. Du schälst viel zu dick! Denk dran: Sie hängen keinen, sie hätten ihn denn.«

Und doch habe ich, wie hastig ich auch veranlagt sein mochte, an zahlreichen Sommernachmittagen, mutterseelenallein und von keinem Menschen gestört, am stillen Wasser gesessen. Mit dem kleinen Boot in Reichweite und gleich neben der Trauerweide, deren aus dem Wasser ragende Wurzeln mir einen Sitzplatz boten. Verzückt schaute ich, um mit Gezelle zu sprechen, dem sich kräuselnden Wasser nach und fischte mit meinem Köder Rotfedern, Brachse und Karpfen, es sei denn, daß ich rote Regenwürmer hatte ausgraben können. Dann versuchte ich, Aale zu fangen. Meistens aber bissen die ungenießbaren Barsche in meine sich windenden Würmer, und ich verwickelte mich in einen zähen Kampf mit diesem eigenartigen Fisch und seinen orangeroten Bauchflossen. Wie sehr er sich auch sträubte, ich wollte ihn ans Ufer bekommen. Hatte ich ihn einmal an Land, dann löste ich vorsichtig den Haken und warf den Fisch wieder ins Wasser. Nichts schien nutzloser zu sein, nichts befriedigte mehr.

Manchmal, wenn das Dieselwerk pumpte und das Wasser strömte und Gewitter drohte und die ersten Wassertropfen Kringel aufs Wasser zauberten, mußte ich daran denken, was Gezelle geschrieben hatte: »Wenn die Seele lauscht, spricht alles, was lebt, eine Sprache.« An einem solchen Nachmittag fing man Aale.

An einem dieser sommerlichen Samstage im Jahr 1955, »als das zarteste Geflüster schon Sprache gab und Zeichen«, strömte das Wasser. Es strömte sogar so schnell, daß die Wellen in der Strömung laut und freundlich plätscherten und man Strudel sah. Das braune Boot zerrte an der Vertäuung. Ich fing zwei Barsche, die ich zurückwarf, ich fing einen Gründling, den ich wütend zurückschmiß, und schon biß wieder einer an. Sofort wußte ich fast sicher: ein Aal. Ein Aal schwimmt nicht weg wie ein Barsch, ein Aal gräbt sich ein. Du siehst es an deinem Schwimmer. Der verschwindet ganz langsam unter Wasser. Zuerst merkst du kaum, daß einer angebissen hat. Du fühlst nichts, kein Zerren und kein Ziehen; dein Schwimmer scheint sich von selbst im Wasser aufzulösen.

Am besten ist es dann, die Angel irgendwo sicher zu befestigen und zu versuchen, den Aal mit der Hand zu packen. Ziehst du, dann gehst du das Risiko ein, daß dir die Schnur reißt. Leider entdeckte ich an jenem Nachmittag in dem wunderbaren durchsichtigen Sommersonnenlicht nichts, woran ich meine Angel befestigen konnte. Vorsichtig ziehen, noch einmal vorsichtig ziehen, das schien die einzige Möglichkeit zu sein. Da saß ich nun in diesem Sommersonnenlicht, und die Blätter an den Bäumen tuschelten miteinander, und die Strudel strömten vorbei, und über dem Wasser flogen Libellen, und mir zu Füßen tanzte »das wiegende, wirbelnde Wassergewinde«, und die ganze Zeit über zog ich, und in der Tiefe zog der Aal ebenfalls.

Da hörte ich den Warnruf der Amseln. Eine Katze? Eine Eule? Oder Gott?

Die Brombeersträucher raschelten, die Zaunwinden tanzten. Zwischen Brennesseln, Flieder und Zaunwinde kam jemand näher. Ein *juut* stapfte durch die Brennesseln. Erst als er ganz nahe bei mir aus den sich wiegenden Zaunwinden auftauchte, sah ich, daß es Vroombout war. Mein Herz klopfte. Durfte ich überhaupt hier angeln? War die »Gärtnerei« vielleicht verbotenes Gelände? Würde er mich fortjagen, vielleicht sogar anzeigen?

»Beißen sie einigermaßen?« rief er.

»Ich glaube, ich habe einen Aal«, rief ich zurück, »aber ich kann ihn nicht rauskriegen.«

»Ich komm und helf dir ein bißchen«, rief er.

Mit einer einzigen Handbewegung stieß er einen Fliederbusch beiseite, wich einem Brombeerstrauch aus und stand neben mir.

»Gute Stelle hier?« fragte er.

»Es geht«, sagte ich.

Er griff nach meiner Angel. Wir zogen gemeinsam. Paarweise stiegen Luftblasen auf. Der Aal blieb, wo er war.

»So geht das nicht!« sagte er.

Er zog seine Uniformjacke aus. Er krempelte den Ärmel seines Diensthemds hoch. Langsam ließ er sich der Länge nach am Uferrand nieder. Sein weißer Arm verschwand in dem trüben, strömenden Wasser. Er zog Seerosen nach oben. Sie lösten sich, trieben mit der Strömung davon. Eine einzelne weiße Blüte kreiste in einem Strudel.

»Ich glaube, daß ich alles weghabe, wo er sich verstecken kann«, sagte er, »ich werd's noch einmal probieren, und wenn ich ihn zu fassen kriege, bist du ein gemachter Mann!«

Wieder verschwand der weiße Arm im Wasser.

»Ja«, rief er, »ich hab ihn!«

Mit einem heftig sich windenden, absurd dicken Aal, braun wie eine Kirchenbank, in der Faust kam sein Arm wieder nach oben.

»Donnerwetter«, sagte Vroombout, »was für ein Riesending. Was machst du damit?«

»Mitnehmen«, sagte ich, »die zu Hause sind versessen auf Aal.«

»Wer nicht? Ich verachte ihn auch nicht gerade. Kann ich ihn dir nicht abkaufen?«

»Nein«, sagte ich.

»Ich geb dir ein Quartje dafür«, sagte er.

Ich zögerte einen Augenblick. Er lächelte mich an und sagte: »Du verachtest bestimmt kein Geld. Also zwei Quartjes.«

»Nein, nein«, sagte ich fast verzweifelt, »sie sind zu Hause verrückt danach, und dies ist so ein dicker Jonny!«

»Na ja, schade«, sagte er, »ich hätte heute abend gern einen Teller Aal gegessen, aber kein Streit unter

Freunden, und vielleicht fängst du ja noch einen. Wie lange bleibst du noch?«

»Noch den ganzen Nachmittag«, sagte ich.

»Ich komm nachher noch mal vorbei«, sagte er.

Widerstrebend ließen es die raschelnden Brombeeren zu, daß er sich einen Weg dorthin zurückbahnte, von wo er gekommen war. Und noch widerstrebender klangen die Brombeeren, als er eine gute Stunde später wieder auftauchte.

»Und?« fragte er. »Noch mehr Aale?«

»Nee«, sagte ich.

»Oh«, sagte er, »na ja, schade, ich… ich…«

Er seufzte, und dieser Seufzer klang genau wie das Geräusch des strömenden Wassers.

»Willst du vielleicht doch ein Quartje?« fragte er.

Ich antwortete nicht. Das »schmatzende Wasser rauschte«, und immer wieder mußte ich meinen Schwimmer, der mit der Strömung fortgezerrt wurde, aus den Strudeln holen.

»Na?« fragte er.

Vorsichtig ließ ich meinen Schwimmer wieder sinken. Das Wasser trug ihn sofort mit sich. Eigentlich müßte man, wenn es strömte, am Ufer entlang mitlaufen. Dann finge man phantastisch viel.

»Wenn du jetzt deine Hose und deine Unterhose vor mir ausziehst, kriegst du von mir ein Quartje«, sagte Vroombout.

Warum er dafür bezahlen wollte, um mich halb nackt zu sehen, kapierte ich nicht, aber ich lechzte nach dem Quartje, der mit dem Aal schon in Reichweite gewesen war. Nichts wollte ich lieber, als Musikstunden nehmen, aber darüber konnte zu Hause unmöglich gesprochen werden. Dann würde nur gezischt werden: »Kost' Geld!« Mit einem Quartje konnte ich keine Musikstunden bezahlen, das wußte ich natürlich, aber ich würde es den Centen und Gulden hinzufügen können, die ich ab und an in den Hosentaschen von Lumpen fand. Daß ich manchmal in den alten Fetzen auf Geld stieß, hatte ich meinem Vater und meiner Mutter nie gesagt. Dieses Geld versteckte ich immer sorgfältig hinter der Tapete in meiner Dachkammer.

Vorsichtig zog ich meinen Schwimmer hoch. Ich lehnte meine Angel an die Trauerweide. Ohne etwas zu sagen, ohne ihn anzusehen, stellte ich mich hin und zog, hastig veranlagt, wie ich nun einmal bin, in Windeseile meine Hose und meine Unterhose aus. Dann stand ich da, und es war Sommer, und »Wind und Weh und Wolken wiegten sich«, und er schaute, aber es machte mir nichts aus, das Wasser strömte, und die festsitzenden Seerosen wollten mitströmen, und überall webten die hellweißen Ackerwinden. Er sagte: »Setz dich doch mal hin!«

Als ich mich hinsetzte, griff ich zufällig einen der Stengel, die er am Mittag herausgezogen hatte. Sofort roch ich den prickelnden Duft des Kalmus, und dieser Duft gab mir Mut, stand mir bei, gab mir sogar die Kraft, das durchzustehen, was dann folgte. Er holte aus der linken Jackentasche seiner Uniform eine Taschenlampe, knipste sie an und leuchtete mit dem durch das Sommersonnenlicht fast unsichtbaren Lichtstrahl auf mein Geschlecht. Dieser Lichtstrahl glich fast einem Finger. Er tastete meinen Penis und meine Hoden rundum ab. Die ganze Zeit über roch ich an dem Kalmus. Dann sagte er: »Zieh's mal wieder an!«

Rasend schnell zog ich Unterhose und Hose an.
»Bitte sehr«, sagte er, »hier ist dein Quartje.«
Als ich es in meine Hosentasche gesteckt hatte, legte er mir den Zeigefinger unters Kinn, hob meinen Kopf und sagte: »Denk daran, daß du hierüber mit niemandem sprichst. Wenn ich merke, daß du darüber gesprochen hast, kommst du ins Kittchen.«
Er brauchte mir nicht zu drohen. Wem hätte ich erzählen sollen, was mir geschehen war? Meinen Eltern? Das wäre mir nie eingefallen. Außerdem hatte ich Angst, daß ich, wenn ich es erzählen würde, meinen dürftigen Lohn für so wenig Arbeit abtreten müßte. Dennoch ging ich mit einem bleischweren Herzen nach Hause. Mein Vater merkte nichts, war nur außer sich über das sich windende Ungetüm. Er ließ einen Eimer voll Wasser laufen, tat den Aal hinein, legte eine Glasplatte darauf und sagte liebkosend: »Eine Nacht in sauberem Wasser, mein lieber Junge, dann bist du morgen deinen Sumpfgeschmack los.«
Nach diesem Samstagnachmittag bekam ich, als ich das nächste Mal in der »Gärtnerei« angelte, wieder Besuch von Vroombout. Sobald er sich zwischen den widerstrebenden Brombeeren hindurchgewunden hatte, sagte er: »Man kann kaum erkennen, was hier wirklich wächst, alles ist von der Zaunwinde überwuchert.« Danach machte er eine Bemerkung über das Wetter, er fragte, ob ich schon etwas gefangen hätte, und sagte dann beiläufig und nervös: »Und? Willst du noch ein Quartje?«
Wie viele Quartjes habe ich in dem Sommer und in dem Herbst verdient? Wie viele Male hat er mit dem

Strahl seiner Taschenlampe mein Geschlecht angeleuchtet? Rückblickend erscheint es mir, als wäre er hundertmal durch die Brombeeren gekommen. Und doch kann das Ritual sich nicht häufiger als etwa fünfzehnmal vollzogen haben.

Beim zweitenmal fehlte der ermutigende Duft des Kalmus. Beim drittenmal zog ich, noch ehe Vroombout erschien und bevor ich mich auf dem Weidenstumpf niederließ, Kalmus heraus. Ich knickte den Stengel, legte ihn neben mich.

Mit dem Duft von Kalmus konnte ich meine Heimsuchung durchstehen. Ein einziges Mal kam er nicht, und ich merkte, daß ich ein bißchen enttäuscht war.

Es war schon Herbst, und es wuchs kein Kalmus mehr, als er an einem Samstagnachmittag nicht in Uniform, sondern in Zivil erschien. Das erschreckte mich, aber er sagte: »Schönes Wetter heute, was?« und fragte dann: »Und? Wollen sie heute einigermaßen beißen?«

Ohne auf seine Frage zu warten, ob ich ein Quartje wolle, stand ich auf. Schnell ließ ich meine Hose und meine Unterhose fallen. Er knipste seine Taschenlampe an. Es war ein dunkler, trüber Nachmittag. Man sah den Lichtstrahl viel besser als an all den vorangegangenen Nachmittagen. Sobald der Lichtstrahl mein kleines faltiges, ordentlich zusammengelegtes Geschlecht erreichte, richtete sich mein Penis auf.

»Der kommt ganz von allein hoch«, sagte Vroombout verblüfft. »Sieh dir das an, so jung noch, und doch kommt er ganz von allein hoch!«

Er knipste die Taschenlampe aus.

»Darf ich ihn mal eben festhalten?« fragte er.

»Einen Gulden«, sagte ich schroff.

Er nickte.

Mit geschlossenen Augen stand ich da, und ich fühlte, wie er vorsichtig meinen steifen Penis betastete. Er fragte schmeichelnd: »Kannst du schon spritzen?«

Hastig trat ich einen Schritt zurück. Mein Geschlecht hing frei, er wollte es wieder packen, aber ich sagte: »Los, gib den Gulden!«

Bevor er das Geld überhaupt nur hatte rausholen können, hatte ich Unterhose und Hose schon wieder an. Er gab mir das Geld, blinzelte mir zu, klopfte mir leicht auf die Schulter und ging dann zwischen den widerstrebenden Brombeeren fort. Schmerzlich vermißte ich den Duft von Kalmus, aber Gott sei Dank wurde es an jenem Tag früh dunkel, und ich konnte nach Hause schleichen. Die Straßen waren schon in das Licht der Gaslaternen getaucht, das für soviel lieblichere und trostreichere Schatten sorgte, als es später elektrisches Licht tun würde. Zu Hause angekommen, war es, als hätte es gar nicht geschehen sein können, und wenn es doch geschehen war, so war die Angelsaison vorbei, und ich brauchte keine Angst zu haben, daß es je wieder würde geschehen können. Außerdem wurden noch in demselben Winter die Weiden geschlagen. Der rostige Zaun wurde entfernt, die Brombeersträucher wurden verbrannt. Und ein Jahr später standen da schon kleine Bungalows mit makellosen Rasenflächen, und die Zaunwinde war ausgerottet.

So angelte ich ein einziges Frühjahr, einen einzigen Sommer, einen einzigen Herbst, ich, der ich viel zu hastig veranlagt war, um je die Geduld aufzubringen, am Wasser zu sitzen und auf einen Schwimmer zu starren. Doch träume ich manchmal von der »Gärtnerei«. Dann bahne ich mir einen Weg zwischen Brombeeren, Winden und Fliederbüschen, und es ist, als zählte nichts als allein: Sommer, strömendes Wasser, das Summen von Insekten, die hellweiße Farbe der Tausende von Zaunwinden, der Duft von Kalmus, die orangeroten Flossen der Barsche, die du garantiert zurückwirfst, und das wunderbare Gefühl, daß selbst Gott, auch wenn von seinem heiligen Fuß Wind und Weh und Wellen, wie Gezelle sagt, bewegt werden, nicht weiß, wo er dich suchen muß, wollte er dich umbringen.

Kreuzzug

Am vorletzten Samstagnachmittag des darauffolgenden Jahres, am 22. Dezember 1956, fand die Kreuzzugskampagne statt. An demselben Nachmittag wurde *juut* Vroombout erschossen.

Schon im Sommer hatten die Vorbereitungen für die Kreuzzugskampagne begonnen. Auch mein Vater hatte sich bereit erklärt, dabei mitzumachen. »Ich hab nicht die Bohne Lust dazu, aber dann sehen die mich hier vielleicht nicht mehr so schief an«, sagte er. So versammelte sich die Abteilung Hoofd des Evangelisationskomitees unter dem Vorsitz von Koevoet regelmäßig bei uns zu Hause. Daher wußte ich, welches Ziel die Kampagne hatte. Man beabsichtigte nicht mehr und nicht weniger, als daß alle Ungläubigen, die unter uns waren (ungefähr fünfhundert Menschen), sich zu Jesus bekehren sollten. Würde es nicht gelingen, alle fünfhundert, wie Bruder Koevoet sagte, »am Fuße von Gristus' Greuz niederzuwerfen«, dann würde alles vergeblich gewesen sein.

»Du kannst aber nicht damit rechnen, daß wirklich jeder unserem hehren Herren zu Füßen fällt«, sagte Brückenwärter Van Aalst in unserem Wohnzimmer.

»Bruder«, sagte Koevoet, »nicht so kleingläubig. Wir haben eigens den Samstag vor Weihnachten für den Greuzzug ausgesucht. Gibst du den Ungläubigen gerade an dem Samstag ordentlich eins drauf, dann ist danach beinahe nichts mehr nötig, um sie zu Weihnachten alle miteinander in die Kirche zu bekommen. Wenn wir jetzt schon anfangen zu beten, und wenn der Herr uns reichlich segnet, werden wir sie wie Sprotten zum Thron der Gnade bringen.«

»Kann sein«, sagte Van Aalst, »aber ich weiß von einem Kommunisten, der in der Cronjéstraat wohnt und den ich neulich noch im Zigarrenladen Speyer habe sagen hören, es sei unmöglich, daß Jona drei Tage in dem Magen von diesem Walfisch gesessen hat.«

»Und auch nicht zwei Tage?« fragte Bruder Koevoet.

»Oh, das weiß ich nicht«, sagte Van Aalst, »danach habe ich nicht gefragt.«

»Frag dann nächstes Mal. Guck mal, wenn so'n Mann überhaupt nicht glaubt, daß Jona im Walfisch gesessen hat, dann ist es ziemlich hoffnungslos, aber wenn er nun doch noch glauben kann, daß er zwei, notfalls einen einzigen Tag in diesem Walfisch...«

»Ja, ja, ich verstehe schon«, sagte Van Aalst, »dann ist es nur ein kleiner Schritt zu den drei Tagen.«

»Genau. Eins kannst du mir glauben: Ein Ungläubiger ist oft weniger ungläubig, als er denkt.«

»Aber in der De La Reystraat«, sagte mein Vater, »wohnt ein Gottesleugner, der kauft alte Bibeln auf und benutzt die Seiten, um sich daraus seine Zigaretten zu drehen, damit kommt er billiger weg, sagt er, als wenn er Mascotte kauft. So einer, das ist doch ziemlich hoffnungslos...«

»Nein, nein«, rief Koevoet, »nicht verzweifeln und immer weiter beten. Gerade um solch einen Mann mußt du dich kümmern. Sieh dir die Sonnenseite an: Er verachtet die Heilige Schrift ja gar nicht! Heute oder morgen dreht er sich eine, und wenn er gerade das Zigarettenpapier mit etwas Spucke zuklebt, fällt sein Auge auf die Stelle: ›Gehet ein durch die enge Pforte!‹«

»Ob das hilft?« fragte Bruder Everaarts.

»Und ob«, sagte Bruder Koevoet, »aber soweit braucht es gar nicht zu kommen, wir werden ihn schon jetzt tüchtig in die Mangel nehmen. Er hat den Ehrenplatz oben auf der Liste aller Ungläubigen, und wir werden alle diese verflixten Ungläubigen an dem Samstag einzeln persönlich besuchen. Wie Sprotten werden sie dem Thron der Gnade zuströmen. Wie Sprotten.«

»Ich für meinen Teil sehe da schwarz«, sagte Everaarts, »alle zusammen, das geht meiner Meinung nach nicht, das ist etwas zuviel verlangt.«

Bruder Koevoet faltete die Hände. »Ich spreche jetzt sofort ein Gebet«, sagte er, »dann flehen wir Gristus an, euch davon zu überzeugen, daß es uns gelingen wird.«

Und er flehte mindestens fünf Minuten lang, und nach diesen fünf Minuten waren auch Van Aalst und Everaarts davon überzeugt, daß die Kreuzzugskampagne bis in die Cronjéstraat hinein Gläubige »wie Sprotten« an den Thron der Gnade strömen lassen würde.

Grandios sollte die Veranstaltung werden. Am vorletzten Samstag im Dezember würde in jedem Viertel der Stadt Punkt drei Uhr an einem strategisch günstigen Ort ein Bruder eine Gemüsekiste besteigen. Unterstützt von einem Mikrofon und einem Lautsprecher, würde er alsdann so kernig wie möglich das Evangelium verkünden. Da es jedoch mehr Stadtviertel gab, als die Firma Hees & Co. an Mikrofonen und Lautsprechern zur Verfügung stellen konnte, wurde anfangs beschlossen, nur im Hoofd und im Stort Lautsprecheranlagen zu installieren. Später allerdings wurde beschlossen, den Gebrauch einer Lautsprecheranlage von der Anzahl der Ungläubigen in einem bestimmten Viertel abhängig zu machen. Im Hoofd sollte, weil da erstaunlich viele Heiden wohnten, in jedem Fall ein Lautsprecher aufgestellt werden. Andernorts sollte man mit Megafonen arbeiten.

Im Gebäude der reformierten Evangelisationsbibliothek an der Generaal de Wetstraat bereitete Bruder Koevoet regelmäßig die Mitglieder des Evangelisationskomitees auf ihre Gemüsekistenverkündigung vor. Manchmal begleitete ich meinen Vater, um dem Schnellkurs in Evangelisation zuzuhören. Ich erinnere mich noch, wie Bruder Koevoet am ersten Abend mit einer Namensliste der Ungläubigen wedelte.

»Wir sind hier neuntausend Seelen«, rief er. »Dreitausend Reformierte, dreitausend Evangelische, eintausend Papisten, eintausend Christlich-Reformierte und dann noch so irreguläres Zeugs, so fünfhundert Menschen, die apostolisch, Siebentagechristen oder Mennoniten sind oder zur Heilsarmee gehören. Dann bleiben immer noch 458 übrig, die weder Gott noch Gebot kennen, und die stehen hier alle auf der Liste, die werden wir beim Schlafittchen packen, die werden wir am ›Frommen Samstag‹ allesamt bekehren. Wie Sprotten werden sie uns zuströmen, alle 458, wie Sprotten.«

Er rollte seine Liste zusammen, rollte sie wieder auf, schwenkte sie, faltete sie wieder zusammen und sagte, während er mit dem Finger an den Namen entlangstrich, zu den Missions-Aspiranten: »Weist sie vor allem auf das Greuz hin, drückt sie mit der Nase auf das Greuz, nehmt sie beim Wickel und werft sie nieder am Fuße des Greuzes. Das Greuz, das Greuz und noch einmal das Greuz. Darum geht es, der Rest kommt später.«

Es verwunderte und störte mich damals übrigens, daß er das Wort Kreuz wie »Greuz« aussprach; jetzt, nach all den Jahren, erstaunt es mich weniger. Dennoch kann ich kaum glauben, daß ich diese Kreuzzugskampagne wirklich mitgemacht habe. Habe ich da als Kind gesessen, in diesem kleinen Saal mit den schmuddeligen weißen Wänden, auf denen grüne Bibeltexte angebracht waren? »Siehe, ich stehe vor der Tür und klopfe an.« Habe ich Koevoet wirklich sagen hören: »Zuerst und vor allem das Greuz, dann kommt der Rest von selbst«?

»Aber was sollen wir denn über das Kreuz sagen?« fragte Everaarts zaghaft.

»Ihr sagt, wo es gestanden hat und wer mit Händen und Füßen daran festgenagelt war«, sagte Koevoet, »dann seid ihr schon ein ganzes Stück weiter. Eventuell könnt ihr auch noch sagen, daß damit unsere Sünden abgewaschen sind, aber seid vorsichtig, nicht zuviel auf einmal. Ihr müßt sie nicht überfüttern. Erst das Greuz, wenn sie das erst mal wissen.«

»Ich würde meinen«, sagte Van Aalst, »erst der Gekreuzigte.«

»Nein«, sagte Koevoet ärgerlich, »dann bist du schon einen Schritt zu weit, dann setzt du schon den zweiten Schritt vor den ersten. Erst das Greuz selber, das hämmerst du ihnen ein, da sind haufenweise Leute dabei, die wirklich keine Ahnung haben, die haben wirklich noch nie vom Greuz gehört. Wenn du dann sofort mit dem Gegreuzigten anfängst, ist es, als wenn du ihnen Brüche aufgibst, während sie doch erst rechnen lernen müssen, begreifst du. Nicht gleich ins Tiefe, erst in das Nichtschwimmerbecken, erst das Greuz.«

»Da seh ich schwarz, wenn das man gutgeht«, sagte Everaarts.

»Gut«, sagte Koevoet, »ich will mal ein bißchen nachhelfen. Wenn es zu schwierig für dich ist, sofort beim Greuz anzufangen, fang beim Roten Meer an. Von da kommst du direkt nach Golgatha. Paß auf, kein Mensch hier im Hoofd hat die Große Sturmflut vergessen. Sie wissen alle noch, wie sie hier klatschnasse Füße gekriegt haben. Also, wenn du ihnen ein bißchen vom Roten Meer erzählst und von einer riesigen Menge Wasser und von dem Volk Gottes, das trocknen Fußes da hindurch geführt wurde, bewegst du dich auf bekanntem Boden. Na ja, und von da ist es nur ein einziger kleiner Schritt...«

»Zum Kreuz«, sagte Everaarts.

»Genau«, sagte Koevoet, »du kapierst es allmählich, aber fang notfalls mit dem Roten Meer an. Das darf man, das ist gut.«

Die Kreuzzugskampagne, anfangs eine Initiative des reformierten Evangelisationskomitees von Ebenezer, wurde im Oktober ökumenischer organisiert. Das Evangelisationskomitee der evangelischen Kirche, Maranatha, beschloß mit neun gegen drei Stimmen mitzumachen. Die Heilsarmee schloß sich der Kampagne an. Die Christlich-Reformierten nahmen Abstand. Der Pfarrer der römischen Kirche fragte an, ob er auch eine von den Gemüsekisten besteigen dürfe. Das wurde vom Kreuzzugskomitee mit großer Entrüstung abgelehnt.

Ab Oktober wurden die vorbereitenden Versammlungen im großen Saal des Gebäudes Sursum Corda abgehalten. Bei der letzten großen Versammlung, am Freitagabend, der dem Frommen Samstag voranging, waren mein Vater und ich dabei. Auch ich durfte mitmachen, auch ich sollte am nächsten Tag, wie Pastor Dercksen sagte, »mannhaft vorwärtsstürmen für den lebendigen Herrn«.

»Er sagt ›Herrn‹ statt ›Herren‹«, flüsterte mein Vater ärgerlich.

Nach den Eröffnungsworten des evangelischen Pastors Vogel gab Bruder Koevoet eine Übersicht über die zu führende Kampagne. In allen acht Stadtteilen sollte am Frommen Samstag Punkt drei Uhr die Frohe Botschaft verkündet werden, und zwar von acht Brüdern auf acht Gemüsekisten. Unter ihnen auch Brüder von woandersher, wie Pastor Zelle aus Rockanje. Der sollte im Stadtteil Goudsteen predigen. Dann Pastor Van Nordt aus Vlaardingen. Der sollte die Gegend um Zuid- und Noordvliet übernehmen. Und Pastor Potjer aus Maasland. Gut für den Neubau in Sluispolder. (»Warum haben sie den nun aus dem Stall geholt?« flüsterte mein Vater. »Der redet auf Raten, was haben wir denn davon?«) In den acht Stadtteilen würden sechs Harmoniums, von denen fünf ein Händler aus der Damstraat zur Verfügung stellen würde, und ein Klavier und ein Akkordeon den Lobgesang begleiten. Im Hoofd, in der President Steynstraat, würde das einzige Klavier erklingen. Es würde von Bruder Goudveyl aus dem Lumpenlagerhaus nach draußen gebracht und von dessen Sohn gespielt werden.

»Ho, du wirst ausdrücklich vermerkt«, sagte mein Vater.

»Leider ist es uns nicht gelungen«, sagte Bruder Koevoet, »in allen Stadtteilen Lautsprecher aufzuhängen. Soviel konnten wir nicht zusammenkratzen. In drei Stadtteilen werden wir mit Flüstertüten oder Megafonen das Greuz verkündigen.«

Er ließ die letzten Worte auf uns wirken und sagte dann: »Überall, wo Ungläubige wohnen, werden zwei Brüder klingeln. Sie werden persönlich das Greuz...«

Er schwieg, er suchte nach einem neuen Wort, konnte offenbar keines finden, schaute uns verzweifelt an, sagte zum Schluß: »...verkünden«.

Frommer Samstag

Am Frommen Samstag wehte ein rauher Wind. Es nieselte.

»Naßkalt ist es«, sagte mein Vater, »aber so schlimm kann gar kein Samstag sein, früher oder später kommt Sonnenschein.«

Von Sonnenschein konnte jedoch den ganzen Tag über keine Rede sein. Es war so stark bewölkt, daß es mittags um zwei Uhr bereits Abend zu sein schien. In vielen Wohnzimmern brannte schon um drei Uhr Licht. Und von ungefähr zehn Uhr morgens an waren im Hoofd fast ununterbrochen Knallfrösche zu hören, die von den *gassies* und *gosern* gezündet wurden. Während ich die Evangelisationstexte bei Sursum Corda abholte, schlug mir auf der Straße der Wind einen so aasig kalten Regen ins Gesicht, daß ich völlig durchfroren heimkehrte.

Als ich mich um halb drei im Lagerhaus ans Klavier setzte, waren meine Finger steif und taub. Lange blies ich auf meine Knöchel. Draußen explodierten die verfrühten Knallfrösche zum Jahreswechsel. Endlich waren mein Hände warm genug, um schon einmal »Da rauscht in den Wolken« und *Befiehl du deine Wege* zu üben.

Aber wer sollte eigentlich singen da draußen auf der Straße, in diesem kalten, unfreundlichen Regen? Warum hatte Gott, für den wir dies alles taten, nicht für besseres Wetter gesorgt? Wenn er, wie es in *Befiehl du deine Wege* hieß, »Wolken, Luft und Winden Wege, Lauf und Bahn wies«, warum hatte er diesen nieselnden Wolken dann befohlen, tief über unserer Stadt hängen zu bleiben? Und warum solche Wolken, Wolken, schwer von schauderhaft kaltem Regen?

Da es regnete, hatten mein Vater und ich darauf verzichtet, den Blüthner nach draußen zu befördern. Bei offenstehenden Lagerhaustüren mußte es auch möglich sein, den Kreuzzugsgesang zu begleiten. Wenn man mich nur gut hören konnte, reichte das aus. Übrigens konnte ich, wenn ich eine der Türen halb schloß, von meinem Platz am Klavier aus zwischen Türspalt und Türrahmen hindurch die naß glänzende Gemüsekiste sehen, die schon an der Ecke President Steynstraat und Cronjéstraat hingestellt worden war.

Mit durchnäßten Kopftüchern liefen *hittepetitjes* vorbei. Sie trugen schwere Einkaufstaschen. Um Viertel vor drei war noch niemand zu sehen. Dann aber kamen die Reformierten und die Evangelischen zum Vorschein. In Regenmäntel gehüllt und mit Regenschirmen über ihren Köpfen, scharten sie sich um die Gemüsekiste. Durch den Spalt sah ich nur noch die Rücken. Um fünf vor drei erschien Bruder Everaarts. Er trat hinter die Gemüsekiste. Drei Minuten später testete ein Angestellter der Firma Hees & Co., ob Mikrofon und Lautsprecher funktionierten.

Während des dritten und letzten Schlags der Kirchturmglocke sah ich den Kopf von Bruder Everaarts über den Rücken auftauchen. Mit sich überschlagender Stimme rief er: »Liebe Freunde!«

Er wartete. Ich hörte das Geräusch der Fahrradreifen. Dann erklangen Stimmen, und wahrhaftig: Es kamen noch mehr Menschen hinzu. Apotheker Minderhout ging an den geöffneten Lagerhaustüren vorbei, begleitet von einer Frau, die im Hoofd ein *mokkel* genannt wurde. Sie wohnte in einer Oberwohnung an der Burgemeester de Jonghkade. Sie hatte zwei Söhne, war aber nicht verheiratet. Sie stammte ursprünglich aus England.

»Liebe Freunde«, sagte Everaarts nochmals.

Jetzt wurde ein Fahrrad vorn an unser Haus gelehnt, Fußschritte waren zu hören. Everaarts sagte: »Liebe Freunde, wir singen: ›Da rauscht in den Wolken‹.«

Mir war aufgetragen worden, nach dieser Ankündigung ein langes Vorspiel zu improvisieren. In dieser Zeit konnten dann die Kopien mit den Liedertexten ausgeteilt werden. Eine Frau mit einer Regenhaube, die ich durch den Türspalt sehen konnte, bekam eine solche Kopie und ließ sie, nachdem sie einen Blick darauf geworfen hatte, in eine Pfütze fallen. Langsam drehte sich das Blatt im flachen Wasser.

Da setzte ich mit »Da rauscht in den Wolken« ein. Draußen ertönte zögernder Gesang. Beherzt spielte ich weiter. Bei der Zeile »...der Himmel und Erde vereint« hörte ich hinter mir Schritte. Jemand kam ins Lagerhaus. Erst nach dem kurzen Nachspiel drehte ich mich um. Lächelnd, mit erhobenen Händen, als wolle er »Halleluja« sagen, trat Vroombout auf mich zu. Ruhig stand ich auf, ging zu den Türen des Lagerhauses; vorläufig sollte nicht gesungen werden, warum sollte ich mich nicht draußen hinstellen. Aber Vroombout versperrte mir den Weg, flüsterte: »Bleib doch hier!«

Von dort aus, wo ich stand, konnte ich durch den Spalt gerade noch den Kopf von Everaarts sehen. Er wies in Richtung des Nieuwe Waterweg und rief: »Liebe Freunde, da steht ein Kreuz, ein Kreuz, das uns Heil bringt, ein Kreuz, das uns reinwäscht, ein Kreuz, das uns entsündigt. Ja, liebe Freunde«, er wies noch einmal mit Entschiedenheit zum Waterweg, »da steht ein Kreuz.«

Er schwieg einen Augenblick, weil gerade ein Motorroller vorbeifuhr.

Dann wies er zum drittenmal zum Waterweg und rief mit sich überschlagender Stimme: »Dort, meine Geliebten, steht ein Kreuz.«

Vroombout stellte sich neben mich, legte einen Arm um meine Schulter. Hastig trat ich einen Schritt beiseite. Er blieb stehen, wo er stand, lächelte mich an. Mir war, als müßte ich vor Scham umfallen. Wir lauschten der merkwürdigen geographischen Ansprache von Everaarts. Er wiederholte unaufhörlich, daß dort ein Kreuz stehe, und er fing auch vom Roten Meer an und zählte dann in wechselnder Reihenfolge das auf, was uns das Kreuz und das Rote Meer beschert hätten und uns, wenn wir an das Kreuz glaubten, nach dem Tode bescheren würden. Er führte auch in aller Schärfe aus, was uns erwartete, wenn wir das Kreuz verwarfen: ewige Pein, Höllenfeuer, Würmer. Seine Worte wurden immer wieder übertönt vom lauten Krachen der Knallfrösche und Schwärmer der *gassies*, die offenbar ihren Spaß daran hatten, die Kreuzzugskampagne durch ein Feuerwerk zu erleuchten.

»Immer wieder das Kreuz und das Rote Meer«, sagte Vroombout.

»Das soll so, hat Koevoet gesagt«, sagte ich.

»Da hören überhaupt nur Reffermierte zu«, sagte er.

»Evangelische auch«, sagte ich.

»Aber bitter wenig Heiden sind dabei, soweit ich das übersehen konnte«, sagte er.

»Die englische Frau, die an der Burgemeester de Jonghkade wohnt, steht auch da«, sagte ich. »Und der Apotheker, der ist auch in keiner Kirche, genau wie diese Frau.«

»Ach ja, Alice.« (Er sprach den Namen wie Eilies aus.) »Oh, aber die ist keine Ungläubige, die ist... die ist... ach komm, die ist bestimmt von irgendeiner englischen Kirche. Und Simon? Ist Simon ungläubig? Weißt du das bestimmt?«

»Er gehört zu keiner Kirche, er kennt weder Gott noch Gebot, sagt mein Vater immer.«

Wir hörten eine Weile zu. Vroombout sagte: »Was für ein Theater. Schon drei Monate steht hier alles kopf wegen dieser Evangelisationskampagne. Und guck dir das an: Kein Heide setzt dafür einen Fuß vor die Tür.«

Everaarts sagte: »Und dann singen wir jetzt: *Befiehl du deine Wege.*«

Hastig schoß ich ans Klavier. Diesmal konnte ich mich auf ein kurzes Vorspiel beschränken. Hinter mir wußte ich Vroombout. Während ich spielte, hörte ich ihn langsam näher kommen. Dann hörte ich andere Schritte; noch jemand kam ins Lagerhaus. Vroombout blieb unbeweglich bei dem schmalen Gang stehen, der zu unserem Wohnhaus führte. Der andere ging weiter. Ich hörte Vroombout verblüfft sagen: »Was tun Sie hier?«, und ich setzte mit dem Lied ein. Draußen wurde tatsächlich laut mitgesungen, und deshalb traute ich mich, etwas lauter zu spielen. Vielleicht waren es auch meine Unruhe, der Schreck wegen Vroombouts Erscheinen, was mich dazu brachte, einfach loszuhämmern. Schräg hinter mir ertönte ein scharfer Knall. Einen kurzen Augenblick dachte ich, daß mein Vater eine Papiertüte kaputtschlug, aber dann wurde mir klar, daß er woanders war. Nach dem Drehbuch der Kreuzzugskampagne sollte er schon bei den Ungläubigen vom Hoofd klingeln. Dann dachte ich: Ach, ein *gassie* hat einen Knallfrosch hereingeworfen. Unmittelbar nach dem Knall schien es, als fiele etwas um.

Da ich das Lied auswendig spielte, konnte ich es mir leisten, mich kurz umzusehen. Vor der halbgeöffneten Lagerhaustür stand ein Mann. Er trug, tief in die Stirn gezogen, einen Schlapphut. Mit einem dunklen Schal hatte er seinen Mund bedeckt. Ich sah ihn dort stehen, sah seine glühenden, dunklen Augen, sah seine schweren Augenbrauen, sah auch die Gebärde, mit der er etwas auf mich richtete, sah auch, wie er mit der anderen Hand seinen Schal höher um seinen Mund zog.

Warum erschrak ich da nicht? Wurde es mir damals einfach nicht klar, daß der Mann auf Vroombout geschossen hatte und möglicherweise noch einmal schießen würde? Konnte ich mir so etwas schlichtweg nicht vorstellen? Oder war ich, dank Moses und dem Schwimmbad, schon darauf vorbereitet? Würde ich, wenn ich mich damals wirklich erschrocken hätte, später weniger gelitten haben unter der Erinnerung an den flüchtigen Augenblick, als ich mich umblickte? Ich weiß nur, und daran erinnere ich mich genau, daß ich nicht erschrak. Auch weiß ich, daß ich sofort wieder auf die Tasten blickte und ruhig weiterspielte. Manchmal meine ich mich zu erinnern, daß ich damals gedacht haben muß: Solange ich spiele, kann er nicht schießen, denn dann merken sie draußen, daß das Klavierspiel auf einmal aufhört, aber ich bin mir dessen überhaupt nicht sicher, daß ich das wirklich gedacht habe. Daß auf Vroombout geschossen worden war, wußte ich da ja immer noch nicht. Allerdings erinnere ich mich sehr gut daran, daß ich ein endlos langes Nachspiel improvisierte und mich, während ich spielte, dauernd fragte: Wo ist Vroombout auf einmal abgeblieben?

Als ich schließlich aufstand, war es dunkel im Lagerhaus, weil jemand die Türen zugezogen hatte. Auf dem Weg nach draußen stieß ich mit den Füßen gegen etwas, das nahe am Gang neben den beiden Särgen lag. Es war ein großer, dunkler Gegenstand. Da hatte doch vorher nichts gelegen? Vorsichtig bückte ich mich. Ich tastete mit meiner Hand nach unten. Meine Finger berührten rauhen Stoff. Höchst erstaunt trat ich ein paar Schritte zurück. Schnell lief ich zum Lichtschalter. Bevor ich allerdings Licht anmachte, war mir klar, wer da zwischen den beiden Särgen den Durchgang blockierte.

Im Licht der Hängelampe sah alles gleich ganz anders aus. Vroombout lag reglos auf dem Bauch im Durchgang. Keinen Augenblick kam mir der Gedanke, daß er tot war.

Eilig lief ich nach draußen. Die Gemüsekiste war

schon weg. Everaarts war nirgends mehr zu sehen. Auch von den Zuhörern war nicht ein einziger zurückgeblieben. Auf der Wasserstraße tutete ein Schiff, es regnete ziemlich stark, die President Steynstraat war völlig verlassen, die Pflastersteine glänzten im Licht, das aus unserem Lagerhaus nach draußen fiel. Da tauchte Varekamp, von der Cronjéstraat her, auf.

»Können Sie mal eben herkommen, Nachbar?« bat ich. »Vroombout liegt bei uns im Lagerhaus.«

Varekamp kam mit in das erleuchtete Lagerhaus. Er beugte sich zu Vroombout herunter, drehte ihn vorsichtig auf den Rücken, sagte dann völlig fassungslos: »Ich glaube bei allem, was wahr ist, daß Arend tot ist.«

Selbst in dem Augenblick erschrak ich nicht. Erst als ich abends im Bett lag, begann ich, sobald ich wegdämmerte, heftig zu zittern. Gott hatte, wußte ich, wieder einmal gesucht, mich zu töten, und, wieder hellwach geworden, aber noch an allen Gliedern bebend, lag ich mit offenen Augen im Dunkeln und versuchte, mich zu erinnern, ob die Armbewegung jenes Mannes, den ich nur ganz kurz angeschaut hatte, die Gebärde eines Menschen gewesen war, der eine Pistole auf jemanden richtete.

Graswinckel

Wenn ich an die erste Woche nach dem Mord an Vroombout zurückdenke, erscheint mir alles, was ich damals durchgemacht habe, als Sinnestäuschung. Nach dem Abendessen tauchte regelmäßig Inspektor Graswinckel auf. Er war ein etwas förmlicher, aber gemütvoller grauhaariger Mann, der sich oft die Hände rieb. Immer blies er eine seiner Wangen auf. Dann schlug er sich kräftig seitlich ins Gesicht. Die Luft entwich wie ein geräuschvoller Furz aus seinen zusammengekniffenen Lippen. Als er an einem Montagabend zum erstenmal durch das Lagerhaus zu uns in die Küche kam, sagte er aufgeräumt: »Na, Leute, habt ihr schon geschlemmt? Ja? Das paßt ja gut. Kommst du dann mal eben mit, mein Junge, nur ein kleiner Gang zum Hafen?«

Gemeinsam gingen wir durch die President Steynstraat und die De La Reystraat zur Hafenmole. Es hatte leicht gefroren, die Luft war klar, es war Neumond. Die Sterne glänzten über dem weiten Wasser.

Graswinckel fragte: »Kennst du die Sternbilder?«

»Sternbilder?«

»Du hast noch nie etwas von Sternbildern gehört?«

»Nein«, sagte ich.

»Na, dann werd ich dir die erst mal beibringen. Hier über unserem Kopf steht das W der Kassiopeia, und daneben siehst du die Andromeda, und dort, alle die Sternchen nebeneinander, das sind die Plejaden, und das ist Perseus, und daneben siehst du den Fuhrmann mit dem einen hellen Stern, das ist die Kapella, und ein Stück weiter sind die Zwillinge. Es ist schade, daß der Orion noch nicht da ist, dazu ist es noch zu früh, und den Schwan sehe ich auch nicht, der sitzt irgendwo hinter Rozenburg. Aber der Große Bär hängt da hinten fast auf dem Kopf über Hoek van Holland.«

Er zeigte und zeigte und ließ mich die Namen wiederholen. Dann schauten wir eine Weile schweigend auf den mächtigen Fluß. Windstöße kräuselten das Wasser, und er sagte: »Das ist mir was! Wird da unser eigener Arend Vroombout einfach in eurem Lagerhaus erschossen! Mit einer einzigen Kugel! Wer kann das nun aber getan haben? Ein Mann mit einer festen Hand, soviel ist sicher. Aber warum? Nun sag mir mal: Hast du wirklich keine Ahnung, wer das gewesen sein könnte?«

»Nein«, sagte ich, »ich hab ihn nur ganz kurz gesehen, er hatte einen Hut auf und einen dunklen Schal vor dem Mund.«

»War er groß, war er klein?«

»Ich hab ihn nur ganz kurz gesehen, ich weiß es nicht.«

»Ach, nun komm«, sagte er händereibend, »du hast doch sicher irgendeine Vorstellung.«

»Er war größer als der Schrank, neben dem er stand«, sagte ich.

»Ha, da haben wir doch wenigstens etwas, na bitte, werd nachher gleich mal den Schrank ausmessen. War er viel größer?«

»Er war größer.«

»Ich kann aber nicht verstehen«, sagte Graswinckel, »daß keiner gesehen hat, wie er bei euch hereinspaziert ist. Es stand dort doch alles in allem 'ne ganz hübsche Menge Leute.«

»Sie blickten alle auf Everaarts«, sagte ich.

»Wir haben eine Liste mit so ziemlich allen Menschen, die da zugehört haben, wir haben sie alle, einen nach dem andern, ins Gebet genommen, und niemand, niemand hat etwas gesehen. Ich kapier das nicht. Und was ich auch nicht verstehe, ist, warum so ein Schütze Vroombout während einer Evangelisationskampagne umlegt. Wer begeht denn einen Mord mit so vielen Zeugen in nächster Nähe? Zehn zu eins rennen die Menschen nach dem Knall ins Lagerhaus, und wohin sollst du dann als Mörder?«

»Vielleicht haben die Menschen den Knall nicht gehört. Oder nicht darauf geachtet. Überall ballerten die Knallfrösche. Und sie haben gesungen, und ich spielte ziemlich laut Klavier, vielleicht...«

»Kann ich nicht glauben. Sogar der Knall eines Damenrevolvers klingt wie ein Donnerschlag. Oder sollte der Schütze einen Schalldämpfer... Ach was, nein, wir sind hier nicht im Wilden Westen, nein, das geht nicht. Das muß ein ordentlicher Knall gewesen sein. Ja, sie können draußen natürlich gedacht haben, daß da ein Knallfrosch... aber... Warst du nicht erschrocken?«

»Nein, ich war nicht erschrocken, ich spielte ganz normal weiter, ich dachte zuerst, daß mein Vater eine Papiertüte kaputtschlug, die er aufgeblasen hatte, das macht er immer am Samstag.«

»Was? Warum macht er das?«

»Um mir einen Schrecken einzujagen, das macht ihm Spaß, sagt er immer.«

»Na, hör mal...« Er rieb sich die Hände, blies seine rechte Wange auf und ließ die Luft nach einer Weile aus seinem Mund entweichen. Er sagte: »Du dachtest zuerst, daß dein Vater... und was dachtest du danach?«

»Daß irgendein *gassie* einen Knallfrosch bei uns reingeworfen hatte. Einen feucht gewordenen Frosch, der nicht mehr so laut knallte. Der Knall von einem normalen Knallfrosch klingt lauter als der Knall bei uns im Lagerhaus.«

»Also, so kommen wir nicht viel weiter, wir wollen erst mal wieder zurückgehen.«

Einen Tag später, am ersten Weihnachtstag nota bene, standen wir wieder unter einem wolkenlosen Himmel auf der Hafenmole. Er zeigte nach oben und fragte mich nach den Namen der Sternbilder. Er wunderte sich, daß ich all die Namen mühelos aufsagen konnte. »Was hast du für ein gutes Gedächtnis«, sagte er. Worauf ich, sozusagen als Entschuldigung, murmelte: »Aber da hat sich doch nichts verändert?« Danach schauten wir wieder den Windböen nach und betrachteten die Wasserkräuselungen, und Graswinckel sagte: »Junge, ich kann so schwer glauben, daß Vroombout von irgendeinem Kerl von außerhalb abgeknallt worden ist. Es muß jemand von hier gewesen sein, jemand, der schnell einen großen Hut aufgesetzt und einen Schal umgebunden hat, um seine Drecksvisage sowenig wie möglich sehen zu lassen.«

»Aber Vroombout erkannte ihn, ich hörte ihn sagen: ›Was tun Sie hier?‹«

»Und das sagst du jetzt erst! Siehst du wohl, es war also jemand, den wir natürlich alle mit Vor- und Nachnamen kennen, aber wie verrückt... Sie, Sie, was tun Sie hier... zu wem kann Arend denn Sie gesagt haben? Der sagt Sie nur zu meiner Wenigkeit, zum Bürgermeister und zur Königin. Es ist wirklich zum Rasendwerden. Weißt du wirklich ganz sicher, daß Arend sagte: ›Was tun Sie hier?‹«

»Ja«, sagte ich.

Da standen wir, und er fragte immer weiter, und doch konnte ich dem, was ich gesagt hatte, nichts mehr hinzufügen. Daß Vroombout fragte: »Was tun Sie hier?«, daß ein Knall ertönte wie von einer Papiertüte, die man kaputtschlägt, und daß ein Mann da gestanden hat mit einem Schlapphut auf und mit einem Schal vor dem Mund. Hätte ich doch auch die Gebärde erwähnt! Dann hätte sie mir abends vor dem Schlafen weniger Angst eingejagt. Aber ich glaube, ich schämte mich damals, daß auch ich bedroht war. Es kann auch sein, daß ich es nicht erwähnte, weil ich, wenn ich hellwach war, es selbst kaum glauben konnte. Oder daß ich nicht darüber sprach, weil es dann so schien, als wäre es gar nicht geschehen. Oder vielleicht war es sogar so, daß ich den Tod von Vroombout und meine eigene Bedrohung als eine Strafe ansah für das, was in der »Gärtnerei« geschehen war, und deshalb lieber schwieg. Darüber reden wäre ein Schuldbekenntnis gewesen.

Am zweiten Weihnachtstag spazierten wir wieder unter einem wolkenlosen Himmel zur Hafenmole, und das wiederholte sich noch zweimal, und dann war es Samstag, und ich brauchte die Namen der

Sternbilder nicht zu nennen. Auch am Sonntag erschien er nicht, aber am Silvesterabend war er wieder da, und es schien fast, als würden wir von jetzt an immer an Werktagen nach dem Abendessen zur Hafenmole gehen, um Sternbilder anzusehen.

An diesem Montag sagte er, als wir unter einem stark bewölkten Himmel den Fluß erreicht hatten: »Junge, nun was ganz anderes: Hast du vielleicht mal Kleingeld angenommen... nein, nein, ich will es anders ausdrücken: Hat Arend dir ein paar Groschen angeboten, wenn er dir in die Hose gucken durfte?«

Während er das fragte, machte er eine Vierteldrehung. Er blies seine rechte Wange auf und ließ die Luft mit einem Faustschlag entweichen. Er nahm mich bei den Schultern, sah mir geradewegs in die Augen und sagte dann triumphierend, während ich noch lange nicht antworten konnte: »Ja, hast du.«

Er ließ mich los und wiederholte zweimal laut: »Hast du.« Es klang wie das Zischen eines Dampfkessels. Dann sagte er: »Aber nun sind wir ein Stück weiter, nun bekommt das Ganze Konturen. So, so, also du auch... wer hätte das nun jemals von unserem eigenen Arend gedacht... Also, du bist nicht der einzige, er hat alles in allem eine hübsche Summe Kleingeld verteilt an einen ganzen Schwung *gassies* hier.«

Wieder nahm er mich bei den Schultern. Er sah mir in die Augen, fragte barsch: »Hast du auch von anderen Männern Kleingeld angeboten bekommen?«

»Nein«, sagte ich.

»Wirklich nicht?«

»Nein.«

»Ich will dir mal was unter vier Augen sagen: Außer unserem Arend gibt es hier, soweit wir wissen, noch drei Männer, die links und rechts Kleingeld, Groschen und Quartjes an kleine Jungens austeilen. Und hier und da noch so ein paar Muschelchen. Möglich wäre es, daß einer dieser Kerle... aus Eifersucht... oder wegen was weiß ich, woher soll ich wissen, was die Kerle treibt, die solche Dinge ausfressen... In jedem Fall suche ich so ein bißchen in dieser Ecke. Es kann sehr wohl stimmen, daß es so wahr ist wie das Amen in der Kirche und du von niemandem sonst jemals Kleingeld angenommen hast, aber warum dann Muschelchen von Arend und nie von anderen Kunden seines Schlags...? Es kann kaum Zufall sein, daß Arend abgeknallt wird, als er zu Besuch ist bei einem seiner... ja, wie soll ich das nun sagen, bei einem seiner Augäpfelchen, einem seiner Poposchätzchen. Dann meint man doch gleich, daß so ein Poposchätzchen vielleicht auch bei anderen Knilchen aus dem Schüsselchen aß und daß es vielleicht Spannungen zwischen Arend und einem dieser anderen Kumpane wegen des Poposchätzchens gab.«

Er rieb sich ausdauernd die Hände. Er blies die linke Wange auf, schlug mit der Faust auf die rechte Seite seines Gesichts. Auch das tat seine Wirkung. Es war, als würde er rülpsen. Auf dem Waterweg fuhr ein kleines Schiff mit einem knallroten Licht auf der Spitze des Mastes vorbei. Ich folgte dem Schiff mit den Augen, und Graswinckel sagte: »Punkt eins: Der Mann kann kein Unbekannter gewesen sein, denn außer dir hat niemand an diesem Samstagnachmittag hier einen fremden Kauz gesehen. Punkt zwei: Der Mann schießt Arend in einem Augenblick tot, den nicht einmal der größte Trottel für einen Mord aussuchen würde. Da muß dann doch ein sehr, sehr wichtiger Grund vorgelegen haben. Und was für ein anderer Grund kann das nun sein, als daß dieser Mann es gründlich satt hatte, weil Arend zu seinem Poposchätzchen hineinging? Punkt drei: ...was war noch Punkt drei? Das einzige, was ich überhaupt nicht verstehe, ist, daß Arend sagte: ›Was tun Sie hier?‹ Oder sollte Arend das gar nicht gesagt haben? Denkst du dir das aus, um... nein, nein, so durchtrieben kannst du doch nicht sein... es ist zum Verrücktwerden... Nun sag mir mal, hast du wirklich nie von anderen Männern Muschelbelohnungen angenommen? Und wie kommt es dann, daß du dir dennoch von Arend hast Kleingeld in die Hand drücken lassen?«

Während das Wasser träge dahinplätscherte, erzählte ich von meinem Angelplätzchen in der »Gärtnerei«, über die Besuche von Vroombout, und auf dem Fluß wendete das kleine Schiff mit dem roten Licht oben am Mast – es ist verrückt, daß ich mich daran so gut erinnere, während ich kaum noch weiß, was ich dachte oder fühlte, als Graswinckel mich Augäpfelchen und Poposchätzchen nannte und mir unterstellte, daß auch ich Kontakte zu anderen Männern hatte, ich, der ich damals noch kaum wußte, daß solche Dinge existierten. Vielleicht dachte ich oder fühlte ich dort an dem breiten, wogenden Fluß überhaupt nichts, weil es mir größtenteils entging, worauf Graswinckel abzielte. Ich erinnere mich nur, daß ich einfach dastand und den

Fluß roch und ab und an zitterte und, völlig verstört, dennoch so gut wie möglich versuchte, auf die Fragen zu antworten, die Graswinckel weiterhin stellte. Was ich damals als selbstverständlich empfand, ist mir heute ein Rätsel: Daß Graswinckel mich nicht auf der Polizeiwache verhörte, sondern immer mit mir an den Fluß ging. Glaubte er vielleicht, daß ein solches unübliches Verhör am Flußufer mehr Aussicht auf Erfolg bot?

Wie dem auch sei: Auch im neuen Jahr wanderten wir an den Fluß. Es war damals immer bewölkt. Über die Sternbilder wurde nicht mehr gesprochen.

An einem dieser Abende sagte er: »Entweder bist du ein geborener Schauspieler, oder du sagst die Wahrheit. Wenn du die Wahrheit sagst und wirklich nicht weißt, wer der Schütze war, dann bleibt mir nichts anderes übrig, als dir die Namen der drei Kerle zu geben, von denen wir wissen, daß sie nichts dagegen hätten, wenn wir sie eine Nacht lang mit kleinen Jungen zusammen in eine Zelle sperren würden. Du könntest mir dann vielleicht erzählen, wer von diesen drei Kerlen dem Schützen am meisten ähnelt. Ach ja, warum auch nicht. Erzählst du nicht die Wahrheit und hast du auch mit diesen Knilchen geangelt, dann weißt du ohnehin, wer es ist, also... Aber ja, das beste wäre natürlich, daß ich die drei Kerle ins Büro kommen ließe, ihnen einen Hut aufsetzte und einen Schal vor den Mund halten lassen würde, aber na ja, dann weiß am nächsten Tag jeder hier...«

»Ich werde bestimmt nichts erzählen«, sagte ich.

»Ach, ob du nun etwas erzählst oder nicht, wenn ich die drei Leute zur Polizei kommen lasse, pfeifen die Spatzen ihre Namen von den Dächern. Also, das geht sowieso nicht, denn wir wollen auch nicht, daß diese drei Herrschaften erfahren, wir wüßten, daß sie es nicht verachten, mit kleinen *gassies* zu pimpern. Das einzige, was ich tun kann, ist, daß ich dir ihre Namen gebe, und dann mußt du sie dir mal gut ansehen, wenn du ihnen auf der Straße begegnest. Setz ihnen in Gedanken einen Hut auf, halte ihnen in Gedanken einen Schal vor den Mund. Kann ich mich darauf verlassen, daß du die drei Namen niemals jemandem weitersagen wirst?«

»Ja«, sagte ich.

»Hand drauf?« fragte er.

»Ja«, sagte ich.

Lange hielt er, dort am Fluß, meine Hand fest. Er blies beide Wangen auf, aber schlug die Luft nicht heraus. Dann sagte er: »Du spielst gern Klavier, oder?«

»Ja«, sagte ich.

»Nun, dann werde ich dir folgendes sagen: Wenn ich jemals merke, daß du die Namen nicht für dich behalten hast, werde ich dir persönlich alle Knochen in deinen zehn Fingern brechen, so daß du nie wieder Klavier spielen kannst. Hast du das richtig verstanden?«

»Ja«, sagte ich.

»Gut so«, sagte er, »also, es sind Bäcker Schilder aus der Govert van Wijnkade, Klaas Hoekstra, der im Wijden Slop wohnt, und Willem Brikke, der Organist an der Grote Kerk. Wir haben schon vorsichtig nachgeforscht, wo sie sich an dem Samstagnachmittag herumgetrieben haben. Schilder ist den ganzen Nachmittag hinter seinem Brotkarren im Stort und im Hoofd herumgelaufen, ja, es könnte sein, daß er seinen Karren mal eben unbeaufsichtigt hat stehenlassen und Arend nieder... nein, ich kann es fast nicht glauben; Hoekstra scheint den ganzen Nachmittag im Café De Moriaan Billard gespielt zu haben, das scheint er immer Samstag nachmittags zu tun. Nach Aussage des Cafébesitzers ist er nicht mal auf dem Örtchen gewesen, geschweige denn, daß er ein Viertelstündchen zwischendurch ausgekniffen wäre, und doch, du, es gibt viele, die so etwas mal schnell unbemerkt fertigbringen... Und Willem Brikke hat am Samstagnachmittag um die Zeit irgendeinem Jungen Unterricht... Unterricht, tja, ja... na, er hat all die Kerlchen im Unterricht... aber auch er könnte gut zwischendurch einmal ausgekniffen sein...«

Er schwieg einen Augenblick, seine Wangen blähten sich. Er schlug mit beiden Fäusten die Luft heraus, sah mich an, sagte: »Schilder läuft immer hinter seinem Brotkarren durch die Straße. Kein Kunststück für dich, ihn dir gut anzusehen. Hoekstra ist ’ne andere Marke. Weißt du, was du machst? Geh am Samstagnachmittag ins Café De Moriaan und sag, daß du deinen Vater suchst. Dann siehst du einen Mann am Billardtisch in einer glänzendschwarzen Weste. Das ist Hoekstra. Und Brikke? Geht immer von seinem Haus an der Reegkade zur Grote Kerk und wieder zurück. Kannst du gar nicht verpassen, wenn du ab und an durch die Schans läufst. Und sonst wartest du, bis er nach dem Gottesdienst hinter seiner Orgel zum Vorschein kommt.«

Vor allem abends, wenn ich im Bett lag und keinen Schlaf finden konnte, jagte mir der Auftrag Angst ein. Beiläufig hatte er gesagt: »Wenn du ihnen auf der Straße begegnest, mußt du sie dir mal gut ansehen.« Sogar davor scheute ich zurück, geschweige denn, daß ich, was er später vorgeschlagen hatte, mich getraut hätte, einfach ins Café De Moriaan hineinzuspazieren. War Hoekstra der Mörder, dann würde er auf der Stelle durchschauen, daß ich ihn ausspionieren wollte, wenn ich ins De Moriaan kam. Dann würde für ihn nachträglich Grund genug sein, mich wie Vroombout umzubringen. Und dasselbe galt auch, wenn ich dem Organisten Brikke in der Schans begegnen oder an Bäcker Schilder vorbeigehen würde, während er seinen knarrenden Brotkarren durch die Burgemeester de Jonghkade schob.

Zum erstenmal in meinem Leben sehnte ich mich nach so etwas wie einem Freund, einem älteren Bruder notfalls, einem Vertrauten, der mich auf meinem Gang zur Schans und ins Café De Moriaan begleiten würde. Zwölf Jahre war ich alt, und da erst begriff ich, daß nahezu jeder Freunde und Brüder und Vettern und Onkel hatte. Nie hatte es mir etwas ausgemacht, daß es sie nicht gab, im Gegenteil, ich war immer stolz darauf gewesen und würde, dessen war ich gewiß, auch wieder stolz darauf sein, wenn ich diesen Auftrag zu einem guten Ende gebracht haben würde.

Um meinen Stolz wiederzuerlangen, mußte ich den Auftrag ausführen. Die Tage verstrichen, ohne daß ich mich Samstag nachmittags traute, auch nur einen Schritt vor die Tür zu setzen. Es war schon gegen Ende Februar, als es an einem Samstag gegen Mittag leicht schneite. Unmittelbar danach klarte der Himmel auf. Die Sonne schien auf eine verzauberte Welt. Eine dünne Schicht unberührten Schnees bedeckte die President Steynstraat. Dank der weißen Pflastersteine schien alles möglich, nichts gefährlich, es war, als ob man in dieser verzauberten Welt, in der alle Geräusche gedämpft klangen, Wunder vollbringen könnte. Als ich die Lagerhaustüren öffnete, hörte ich außer Kinderstimmen das dumpfe Knirschen des Bäckerkarrens mit seinen eisenbeschlagenen Rädern. Ganz in der Nähe der Hafenmole fuhr Schilder in die De La Reystraat, und unbekümmert schlenderte ich durch die dünne Schicht Schnee, in der meine Fußabdrücke zurückblieben. Ich hatte Bäcker Schilder natürlich schon oft gesehen, und doch hätte ich nicht sagen können, ob er Statur und Aussehen des Mörders hatte. Um das zu erfahren, mußte ich ihn sorgfältig von nahem betrachten, mußte ich ihm, wenn irgend möglich, in die Augen blicken. Über den Schnee gleitend, überholte ich ihn so langsam wie möglich. Ein einziger Blick genügte. Er konnte es nicht gewesen sein. Sicher, er war mindestens so groß wie der Mann, den ich nur so kurz angesehen hatte, aber jener Mann hatte kerzengerade hinter mir gestanden. Bäcker Schilder dagegen zog beim Gehen die Schultern hoch. Außerdem hatte er blaßblaue, wäßrige Augen, während jener Mann mich mit dunkelbraunen Augen unter mächtigen Brauen zornig angeblickt hatte.

Der Bäcker schob seinen Karren weiter durch den unberührten Schnee. Die eisenbeschlagenen Räder kamen dauernd ins Gleiten. Der Bäcker fluchte, blickte nicht auf, als ich an ihm vorbeikam, sondern hielt seine wäßrigen Augen nur auf die Räder gerichtet, und ich glitt schnell weiter über den Schnee, der im Sonnenlicht funkelte. Vor mir dehnte sich der Fluß, und das glitzernde Wasser blendete in der niedrig stehenden Sonne. Tief atmete ich die prickelnde, kalte Luft ein, und ich roch den Fluß, und es schien, als könnte ich alles wagen. Ganz nah am Rand der Kade lief ich zur Stadt zurück. Hinter den Bahnschranken mußte ich mich doch wieder ermannen, mußte ich doch wieder diese spröde, kalte Luft tief einatmen, ehe ich mich weiterwagte, am Binnenhafen entlang bis dorthin, wo das große Haupt von De Moriaan an einem Giebel angebracht war. Beim Café angekommen, schien mein Mumm verflogen zu sein. Es fehlte mir der Mut hineinzugehen. So stand ich da, ganz dicht am dunklen Portal, das zum eigentlichen Eingang führte, und ich schaute über das Hafenwasser, auf dem eine Ölschicht glänzte, schaute zum Dach der Grote Kerk hoch, das mit seiner Schneeschicht in der Sonne glitzerte. Neben mir tauchte aus dem Wijden Slop in schlackernder Streifenhose und viel zu großem schwarzem Colbert, eine schwarze Melone auf dem Kopf, ein Männlein auf.

»Einen guten Tag, junger Mann«, sagte er. »Im

Namen der sieben Geister hoffe ich nicht, daß Sie, während Sie noch in den Tagen Ihrer Jugend wandeln, schon nach den eitlen Freuden dieser bösen Stätte trachten.«

»Nein, nein«, stammelte ich verblüfft, »nein, ich warte... mein Vater ist vielleicht hier drinnen, und ich wollte... meine Mutter hat mich gebeten, ob ich ihm sagen könnte, daß er zu Hause erwartet wird.«

»Warum gehen Sie dann nicht hinein, junger Botschafter?«

»Ich dachte, daß er vielleicht doch gleich nach draußen...«

»Wer einmal da drinnen ist, kommt nicht so schnell wieder heraus, Jeremia 5, Vers 7. Kommt mit hinein, dann könnt Ihr Euren Vater aus diesem Pfuhl des Verderbens retten!«

Im selben Augenblick ging eine magere Frau an uns vorbei. Sie war auffallend dünn, trug eine zerschlissene Jacke, warf uns einen vernichtenden Blick zu.

»Ach, eine Dirne«, sagte das Männlein, »Sprüche 23, Vers 27.«

Wir betraten hinter ihr das Café De Moriaan. Es war darin so dunkel, daß es einen Augenblick dauerte, ehe ich den Billardtisch wahrnahm. Niemand lief um ihn herum.

Die magere Frau setzte sich auf einen Barhocker, öffnete den obersten Knopf ihrer Jacke, wollte danach auch den Knopf darunter öffnen, aber ein Mann, der schon an der Bar saß, hinderte sie daran und sagte: »Laß das, laß deine Jacke lieber zu, sonst rollen noch deine großen Titten raus.«

Das Männlein mit der gestreiften Hose trat an die

Bar und streckte dem Cafébesitzer, der die Blume eines vollen Bierglases abstrich, einladend seine Hand hin. Der Cafébesitzer drückte die ausgestreckte Hand, sagte dann: »Gottverdammich, was für ein schlaffes Händchen, genau wie fünf abgebrannte Streichhölzer.«

»Im Namen der sieben Geister, die vor Seinem Thron stehen, bringe ich hier das Evangelium«, sagte das Männlein frohgemut.

»Danach haben wir nun gerade gelechzt«, sagte der Cafébesitzer.

Das Männlein streckte dem Mann, der die Dirne davon abgehalten hatte, ihre Jacke aufzuknöpfen, seine Hand hin. Der Mann schüttelte ausgiebig die Hand des Evangelisten, sagte dann zu dem Cafébesitzer: »Ja, Bram, du hast recht, was für ein schlaffes, klammes Händchen, es fühlt sich an wie die Rückseite einer Briefmarke.«

»Was willst du trinken?« fragte Bram das Männlein.

»Ich bin für die Frohe Botschaft hier«, sagte das Männlein.

»Die schenken wir hier nicht aus«, sagte der Cafébesitzer.

»Soll ich dir mal was erzählen«, sagte ein Mann, der ein Stück weiter unten an der Theke saß. »Als ich hierherzog, konnte ich meinen Sohn nicht auf der öffentlichen Schule unterbringen, da war kein Platz mehr, da hab ich ihn also aus Not hier in eine christliche Schule gegeben. Nach drei Wochen hatte das Kind furchtbare Alpträume. Weißt du, wovon? Von diesen Bibelgeschichten, die es jeden Tag hörte. Nichts als Mord und Totschlag und sprechende

Esel. Eines Tages kommt das Kind völlig durcheinander nach Hause und kann nur noch herausbringen, daß die Erde sich spalten wird. Hat er doch, kam später heraus, von einem Koram oder Koran oder irgendsowas gehört und noch von zwei von diesen Salamandern...«

»Korach, Dathan und Abiram«, sagte das Männlein. »Numeri 16, die Verse 1 bis 50.«

»Genau«, sagte der Mann, »das waren sie, na, dann brauch ich dir ja nichts mehr zu erzählen, dann weißt du selbst, daß diese armen Luder mit ihren Frauen und all ihren Kindern und mit ihrem ganzen Sack und Pack von der Erde verschlungen wurden. Mein Sohn hat die ganze Woche gelegen und phantasiert, er war todkrank, ich mußte ihn dann von der Schule nehmen. Also, für die armen Teufel, die von Haus aus an all die schrecklichen Geschichten gewöhnt sind, ist es nicht mehr so schlimm, die sind abgehärtet, die wissen schon, mit wie vielen Körnchen, ja Pfunden Salz sie all diese Greuel nehmen müssen, aber für meinen Sohn war das anders, der glaubte wirklich daran, für das Kind waren sie Wirklichkeit. Also, wehe deinen Knochen, wenn du es dir hier in deinen Dickschädel setzt, von der Bibel anzufangen.«

»Ich bin hier...«, sagte das Männlein.

»Du bist hier gar nichts«, sagte der Mann, »du kannst von mir aus einen Schnaps mittrinken, wenn du nur deinen Mund hältst, und sonst hat der Zimmermann da ein Loch gelassen, ich will nichts, verstehst du das, nichts von dieser unheimlichen Bibel hören, mein Sohn ist immer noch ganz hinüber; neulich fing er wieder an zu schwitzen wegen irgendwelcher Amelekieten, die sie zu Hunderten auf einmal über die Klinge hatten springen lassen.«

»Dann geh ich mal wieder«, sagte das Männlein kläglich. Er ging zur Tür, wandte sich noch einmal um und sagte mit erhobener Stimme: »Johannes 3, Vers 16.«

»Mußt du nicht mit deinem alten Pa mitgehen?« fragte mich der Cafébesitzer.

»Das war nicht mein Vater«, sagte ich.

»Was willst du dann hier?«

»Ich wollte sehen, ob mein Vater vielleicht hier ist, meine Mutter...«

»Wer ist dein Vater? Zu wem gehörst du?»

»Mein Vater ist... er handelt mit Lumpen und...«

»Aha, Goudveyl, so, bist du einer vom Goudveyl, na, da wundere ich mich aber. Bist du ganz sicher, daß deine Mutter nicht einen über 'n Durst getrunken hat?«

Er beugte sich weit vor, sah mich durchdringend an, sagte nachdenklich: »Du einer von diesem Zwerg Goudveyl? Wirklich wahr? Dann ist der Apfel aber bannig weit vom Stamm gefallen!«

»Vielleicht hat seine Mutter mal einen Tag Ausgang gehabt«, sagte der Mann, dessen Sohn noch immer hinüber war.

»Na, na, na«, sagte der Mann, der neben der spindeldürren Frau saß. Er ließ sich von seinem Hocker gleiten. »Wenn du alle Söhne, die ihrem Vater nicht ähnlich sehen, ernähren solltest, hättest du an sechzig Zentnern Kartoffeln nicht genug... Und wer hat jetzt Lust, Billard zu spielen?«

Er zog seine Jacke aus. Er trug eine ärmellose, schwarz glänzende Weste darunter. Er war groß. Er schaute mich forschend, aber auch freundlich mit seinen dunkelbraunen Augen an. Er hatte schwere Augenbrauen. Er lief um den Billardtisch herum, griff ein Queue, griff dann ein Stück blaue Kreide, um die Spitze des Queues zu bearbeiten. Er sah mich noch einmal an, lächelte ein wenig und stieß neckend mit dem Queue in meine Richtung.

»Ich kann es immer noch nicht fassen, daß du hierherkommst, um nach deinem Vater zu suchen«, sagte der Cafébesitzer. »Wenn er hier überhaupt einmal herkommt, dann nur, um altes Dreckzeug mitzunehmen, und nie, um etwas zu essen oder zu trinken. Nein, dein Vater ist wirklich nicht hier, sag das deiner Mutter man.«

»Ja«, sagte ich.

Draußen schien noch immer die Sonne. Auf den Binnenschiffen im Hafen lag noch immer unberührter Schnee, der mit dem Sonnenlicht zu einer warmen, hellen, zartgelben Glut verschmolzen zu sein schien. Ich schaute und schaute und atmete wieder tief die kalte, wunderbare, prickelnde Luft ein und dachte dann: Der Mann könnte es gewesen sein. Und doch war der Mörder – vielleicht nur im Halbdunkel unseres Lagerhauses – imponierender gewesen. Er war wie König Saul gewesen, »himmelwärts größer als sein Volk«, dieser Mörder... sollte es denn doch Gott selbst gewesen sein?

»Nein, natürlich nicht«, sagte ich laut zu der dünnen Schicht Schnee auf den Pflastersteinen, die leider schon von Füßen und Fahrradreifen entweiht war, und fügte murmelnd hinzu: »Wenn es dieser Mann war, warum verteidigte er mich dann den beiden anderen gegenüber?»

Ich lief über den Schnee am Wasser entlang bis an die Hoogstraat und dann durch die Hoogstraat bis zur Schansbrug. Auf der Kircheninsel war keine Menschenseele zu sehen. Es schien unwahrscheinlich, daß ich in diesem Augenblick zufällig dem Organisten Brikke begegnen sollte, aber dieser Sonnenschnee barg so viel Versprechen, daß ich ruhig bis zur Grote Kerk weiterging.

In der Kirche, und das war draußen gut zu hören, spielte jemand Orgel, und ich murmelte: »Siehst du wohl?«, und ich versuchte, die riesige Klinke zu drehen, um die Kirchentür zu öffnen. Fast geräuschlos schwang die Tür nach innen, und so ging ich zuerst durch das Außenportal und betrat dann die Kirche. Niemand war zu sehen, die Sonne schien durch die großen Fenster, und ich stand da und lauschte. Über den kalten Kirchenboden schlich der tiefe Baß der Orgel näher. Weiter oben klang dünn die Mittelstimme, und beinahe aus dem Dachfirst kam eine bewegliche Oberstimme. Zwischen diesen drei Stimmen waren unermeßliche Zwischenräume, und es schien geradezu, als wolle der tiefe Baß die Tränen zurückhalten, die einem die wehmütige Oberstimme in die Augen treiben wollte. Es war ein Zwischenspiel, und dann begann die lieblich klagende Melodie wieder, und diese Melodie wischte meine Wanderung über den Sonnenschnee und den verwegenen Cafébesuch weg.

Als alles vorbei war, begann es auf der Orgelempore zu rumoren. Der Organist würde wahrscheinlich gleich durch die Kirche nach vorn kommen. Und ich war sicher, daß ein Mann, der so etwas spielte, unmöglich ein Mörder sein konnte. So wartete ich ruhig ab, bis der Organist heruntergestiegen war. Als er in der Mitte der Kirche angelangt war, sah er mich dort stehen. Er trat schnell auf mich zu und sagte: »So, Bürschchen, was machst denn du hier?«

»Ich hörte draußen die Orgel«, sagte ich.

»Und da bist du hereingekommen, um besser zuhören zu können?«

Ich nickte. »War das Bach?« fragte ich.

»Nein, nein, das war jemand, der sein ganzes Leben lang davon geträumt hat, Bach zu sein, es war die *Air* von Samuel Wesley. Wenn ich es spiele, habe ich immer das Gefühl, Wesley trauerte darum, daß er nur ein mittelmäßiger Komponist war.«

»Aber sie ist wundervoll«, sagte ich entrüstet.

»Dem widerspreche ich nicht, er trauert großartig.«

Der Organist war nicht viel größer als ich. Er war ziemlich gesetzt. Auch wenn er so groß gewesen wäre wie König Saul, würde er nie der Mörder gewesen sein können. Der hatte mich durchdringend angesehen, mit beiden Augen. Mijnheer Brikke konnte mich nicht mit beiden Augen ansehen. Er schielte zu sehr. Eines seiner Augen ruhte freundlich auf mir, und er sagte: »Wenn du magst, komm einmal mit nach oben. Dann werde ich dir die Orgel zeigen, und du kannst beim Registerziehen helfen. Hättest du Lust dazu?«

Vorsichtig nickte ich, obwohl ich schon da sicher wußte, daß ich es nie wagen würde, mit hinaufzugehen. Dort hätte mich wahrscheinlich dieselbe erniedrigende Erfahrung erwartet wie in der »Gärtnerei«.

Wenn ich mich genau erinnere, hat Graswinckel bald danach noch einmal mit mir geredet. Mit Sternbildern über uns am Fluß? In seinem Büro? Merkwürdig, daß ich das nicht mehr weiß. Doch ich weiß noch, wie er mich anblickte, als ich ihm erzählte, daß ich sicher sei, Schilder und Brikke könnten es nicht gewesen sein. »Schilder geht krumm«, sagte ich, »und Brikke schielt. Dieser Mann bei uns im Lagerhaus stand kerzengerade hinter mir, und geschielt hat er bestimmt nicht. Und Hoekstra... nein... Hoekstra...«

»Bist du dir auch sicher, daß es Hoekstra nicht war?«

Wieder sah ich die neckenden Stöße mit dem Billardqueue in meine Richtung. Schon wegen dieser neckenden Stöße schien es mir ausgeschlossen, daß Hoekstra der Mörder sein könnte, aber es schien auch unmöglich, Graswinckel das zu erklären. Der sagte: »Na ja, ich kann dir sagen, daß wir inzwischen auch nicht untätig gewesen sind. Wir wissen jetzt hundertprozentig, daß es keiner dieser drei Kerle gewesen ist. Auch Hoekstra nicht, er... ach, das geht dich nichts an, ich wollte, ich hätte die Namen nie erwähnt... Was macht das Klavierspielen?«

»Oh, gut«, sagte ich.

»Weiter so«, sagte er.

Alice

Nach dem Frommen Samstag erwähnte niemand die Bekehrten, die jene Evangelisationskampagne gebracht hatte. Mord verdrängte Gnade. Die Organisatoren werden, falls sie in ihren Konsistorien offen und in ihrer eigenen Sprache darüber geredet haben, »nicht traurig darüber gewesen sein«. Aus dem, was ich so hin und wieder an den Havenkaden und am Veerhoovd, dem Fährhafen, auffing, schloß ich, daß der Erfolg der Kreuzzugskampagne minimal war. Anfangs schien es sogar, als wäre kein einziger Ungläubiger dem Lockruf des Evangeliums erlegen. Dann aber kam im Schanshoofd das Gerücht auf, in der Paul Krugerstraat habe eine Familie mit zwanzig Kindern den Weg zu Jesus gefunden, doch später stellte sich heraus, daß die beiden armseligen »Züchter«, wie mein Vater die Eltern nannte, nur auf eine ansehnliche Unterstützung von der Diakonie ausgewesen waren. In der St. Aagtenstraat, im Volksmund »dem Pferd sein Maul« genannt, sollte angeblich ein pensionierter papistischer Hetzer bekehrt worden sein. Und an der Südseite des Zuidervliet hatten zwei uralte Weiblein den Weg zu Jesus zurückgefunden. Aber worauf sich meine Mutter gespitzt hatte – einen Morgengottesdienst, bei dem Dutzende von Erwachsenen getauft werden würden –, blieb aus.

»Ach, wie schade«, sagte sie, »ich finde es so phantastisch, wenn Erwachsene getauft werden, das stärkt einen so gewaltig in seinem eigenen Glauben, aber na ja, es kommt natürlich von diesem Mord, dadurch sind die Menschen erschrocken, das ist aber auch was, und dann noch in unserem eigenen Lagerhaus! Hätten sie nun wirklich nicht einen anderen Platz finden können, um Vroombout totzuschießen? Mußte das nun ausgerechnet bei uns passieren?«

Dann aber erzählte mein Vater, daß »das englische *mokkel* von der Burgemeester de Jonghkade«, wie meine Mutter sie immer verächtlich genannt hatte, »nach Gott gefragt habe«. Gemeinsam mit ihren beiden unehelichen Söhnen wolle sie der Kirche beitreten. Da die Kampagne jedoch von den Evangelischen, den Reformierten und der Heilsarmee organisiert worden war, schien nicht sogleich klar, welcher Kirche sie sich mit ihren Kindern anschließen sollte. Die Reformierten fanden, daß sie und ihre Söhne reformiert werden sollten. Sie waren schließlich die Initiatoren des Kreuzzugs gewesen. Außerdem hatte Alice Keenids am Frommen Samstag unter den Zuhörern eines reformierten Bruders, Bruder Everaarts, gestanden, und meine Mutter sagte: »Sie ist natürlich durch den Mord, der sozusagen direkt vor ihrer Nase passiert ist, richtig darauf gestoßen worden, wie sterblich sie ist. Ob wir nun vielleicht doch noch einen Taufgottesdienst bekommen? Ob sie wohl, gemeinsam mit ihren beiden Sprößlingen, bei uns in der Kirche… ?«

Schon bald stellte sich heraus, daß ihre beiden Söhne kurz nach dem Krieg in der englischen Kirche in Rotterdam getauft worden waren. Sie war damals noch Mitglied der anglikanischen Kirche gewesen. Sie selber war in Hull getauft worden. Meine Mutter trauerte.

Da sie von Haus aus anglikanisch war, meinten die Evangelischen, daß sie zusammen mit ihren beiden Söhnen evangelisch werden solle. Die evangelische Kirche stand dem Anglikanismus näher als die reformierte Kirche. Und während Reformierte und Evangelische sich noch darüber stritten, welcher Kirche sie beitreten sollte, versuchte ein Kapitän der Heilsarmee, sie zu überreden, dieser Organisation beizutreten.

»Dazu neigte ich damals schon«, sagte sie später zu mir, »ich habe die Heilsarmee immer sympathisch gefunden. Aber für meine Söhne schien mir das nichts zu sein. Sollten die etwa in solch einer Uniform und mit solch einem Käppi durch die Straßen marschieren und Posaune blasen? Also, nicht daß ich mich selbst etwa in schwarzen Strümpfen und mit so 'nem verrückten Hut auf dem Kopf durch die Straßen ziehen sah, aber ich fand und finde die Heilsarmee sympathisch. Vielleicht kommt es daher, weil ich als Kind in Hull gesehen habe, wie sie Suppe an arme Leute ausgeteilt haben. Kurz, ich habe mir damals, wie ich finde, eine sehr elegante Lösung für das Problem ausgedacht: Wir würden eine wahrhaft ökumenische Familie werden. Mein Ältester evangelisch, mein Jüngster reformiert und ich selbst ohne Hütchen und Strümpfe bei der Heilsarmee.«

Daher gesellte sich im Jahr des Herrn 1957, im Februar, ihr jüngster Sohn zu der Gruppe der Konfirmanden, die Montag abends im Konsistorialraum der Zuiderkerk eine Stunde lang mit den Fragen und Antworten der zweiundfünfzig Sonntage des *Heidelberger Katechismus* gestärkt wurde. Drei Montagabende lang schaute er totenbleich und schweigend auf unseren schnurrigen, immer gutgelaunten Pastor. Am vierten Montag – da war schon März – öffnete sein älterer Bruder selbstbewußt die Tür des Konsistoriums. Herausfordernd blickte er, nachdem er Platz genommen hatte, Pastor Dercksen an. Ab und zu flog ein Nervenzucken wie ein Kräuseln von oben nach unten über sein Gesicht. Dann war es, als bräche der eigenartig schmale Kopf mit dem braunroten, aufrecht stehenden Haar für einen Augenblick auseinander und über seinem breiten Mund erschiene ein Riß. Durch den Nerventick glitt seine Brille den Nasenrücken herab. Mit dem Zeigefinger schob er das Gestell wieder an seinen Platz zurück. Nach dem Eröffnungsgebet zeigte Pastor Dercksen auf ihn und sagte: »Du, wer bist du, ich kenne dich nicht.«

»Ich bin Herman Keenids.«

»Oh, du bist ein Bruder von William. Wo ist William?«

»Der kommt nicht mehr.«

»Kommt nicht mehr? Warum nicht?«

»Es gefiel William überhaupt nicht, reformiert zu sein, und mir macht es, ehrlich gesagt, nicht viel aus, evangelisch oder reformiert zu sein. Darum haben mein Bruder und ich getauscht. Er ist evangelisch geworden, und ich bin jetzt reformiert.«

»Ja, ja, aber das geht… das geht doch nicht so.«

»Ich sehe nicht ein, warum nicht«, sagte Herman. »Mein Bruder findet es viel angenehmer, evangelisch zu sein, und ich will mal ausprobieren, wie es ist, reformiert zu sein, also, warum sollten wir dann nicht tauschen dürfen?«

Über seine Brille hinweg schaute Pastor Dercksen Herman Keenids erstaunt und auch ein bißchen hilflos an. Unbekümmert blickte ihn Herman seinerseits an. Dann sagte er: »Von meinem Bruder habe ich gehört, daß Sie letzte Woche Sonntag, 27., Frage 72 besprochen haben und daß er sie zu heute auswendig lernen sollte. Deshalb habe ich sie nun gelernt: ›Ist denn das äußere Wasserbad selber die Reinwaschung von Sünden? Es heißt nein; denn nur das Blut von Jesus Christus und der Heilige Geist reinigen uns von aller Sünde.‹«

Er schwieg einen Augenblick, blickte sich um und sagte dann: »Dieses ›Es heißt nein‹ finde ich, ehrlich gesagt, ein bißchen dumm. Und daß man von Blut sauber werden könne, scheint mir fragwürdig. Blutflecken, sagt meine Mutter immer, sind gerade die gemeinsten Flecken.«

»Ja, aber das mußt du auch nicht wörtlich auffassen«, sagte Pastor Dercksen.

»Oh, ein Glück«, sagte Herman. »Bin ich froh, daß ich reformiert geworden bin.«

Nach dem Konfirmandenunterricht kam Herman auf mich zu. Er sagte: »Du wohnst doch auch im Hoofd, nicht? Wollen wir nicht zusammen zurückgehen?«

Zwei einfache, kurze Sätze! Mit zwölf Wörtern veränderte er mein ganzes Leben. Wir liefen nebeneinander über die Havenkade zurück. Es war still und neblig. Das Wasser glänzte ölig. Von der anderen Seite, wo in der Fabrik De Ploeg Arbeiter der

Spätschicht kaltgeschlagenes Öl herstellten, wehte ein strenger Geruch.

Er sagte: »Ich bin dabei, die Bibel jetzt ganz durchzulesen, denn ich will genau wissen, wofür ich mich entscheide, wenn ich Christ werde. Ich muß dir ehrlich sagen: Ich finde es ein merkwürdiges Buch, aber ich hab es noch nicht durch, solange warte ich noch mit meinem Urteil.«

»Wie weit bist du?«

»Oh, bei Maleachi, aber ich habe, ehrlich gesagt, von hinten angefangen, ich lese Bücher immer verkehrt herum. Wenn man weiß, wie ein Buch ausgeht, liest man genauer und geduldiger. Meine Mutter sagt immer, daß ein guter Schriftsteller mit dem Schluß beginnt, warum also soll nicht auch der Leser mit dem Schluß anfangen?«

»Dann hast du das ganze Neue Testament also schon gehabt?«

»Natürlich, und ich muß sagen: Den Schluß kannst du glatt vergessen. Was für ein Unsinn. Visionen, aus denen man überhaupt nicht klug werden kann. Und vorher gibt es auch vieles, was ich nicht verstehe, aber bevor ich mir das erklären lasse, will ich die Bibel erst mal ganz durchlesen. Ich hoffe, daß ich dann alles, was ich nicht verstehe, mit dir besprechen kann. Aber ich will erst etwas anderes mit dir besprechen, dieser Mord… du warst dabei, du hast es gesehen…«

»Ich habe nichts gesehen, ich habe nur einen Knall gehört und habe mich erst später umgedreht. Da sah ich einen Mann…«

»Mit einem Schlapphut auf und einem Schal vor dem Mund, das stand in der Zeitung, das weiß ich also, aber weißt du, was ich überhaupt nicht verstehe: Daß meine Mutter diesen Kerl nicht gesehen hat. Meine Mutter sieht absolut alles, die sieht sogar Dinge, die hinter ihrem Rücken passieren. Also, sie hat da gestanden und nichts gesehen. Zumindest sagt sie das. Gut, reden wir jetzt mal nicht mehr darüber, denn so unwahrscheinlich es auch ist, noch viel unwahrscheinlicher ist es, daß sie dort stand. Was hatte sie da zu suchen? Meine Mutter bei einer Zusammenkunft, wo ein Kerl auf einer Gemüsekiste von der Bibel schwärmt! Wo sie so was wer weiß wie haßt! Und das ist noch nicht alles! Danach wird sie auch noch Mitglied einer Kirche... na ja, das begreife ich eigentlich noch, sie hat immer schon davon geredet, daß wir Gott nicht vergessen sollen... vielleicht war das der letzte Anstoß.«

Vor den Bahnschranken mußten wir warten. Ein dunkler Güterzug fuhr vorbei, die Schranken wurden hochgekurbelt, wir gingen über die Schienen, und ich sagte: »So, gleich muß ich nach links.«

»Mußt du wirklich schon nach Hause?« fragte er. »Hast du nicht Zeit, eben mit zu mir zu kommen? Ich würde dich gern meiner Mutter vorstellen. Dann sag ich: Das ist der Junge, der da in dem Lagerhaus gespielt hat... Ich bin so neugierig darauf, wie sie dann guckt. Meiner Meinung nach... meiner Meinung nach weiß sie mehr darüber, meiner Meinung nach hat sie irgendwie etwas damit zu tun, sie war so verschreckt, als sie an dem Nachmittag nach Hause kam. Und diesem Wieder-gläubig-Werden traue ich auch nicht: Als ob sie sich auf einmal schuldig fühlt und darum nun zur Kirche rennt.«

Schweigend liefen wir rechts von der abgezweigten

Bahnlinie entlang durch den tiefer gelegenen Teil des Hafens in Richtung Veerhoofd. Als wir fast bei ihrer Wohnung, die im oberen Stock lag, angekommen waren, sagte er: »Ich bin vierzehn, ich sehe mir also alles gerade erst an, ich habe überhaupt noch kein Recht mitzureden, und doch, weißt du... ich finde das Leben so unglaublich bizarr, es ist wie ein Schachspiel mit falschen Figuren und viel zu vielen Feldern, es ist genau so, als müßtest du auf einem Damebrett Schach spielen. Nun, wir sind da, komm mit rein.«

Ich stieg hinter ihm die Treppe zur Oberwohnung hinauf. Er öffnete die Tür zum Wohnzimmer, ging hinein, trat zur Seite und rief seiner Mutter, die an einem Flügel saß, aber nicht spielte, zu: »Dies ist Alex, das ist der Junge, der in dem Lagerhaus spielte, als Vroombout ermordet wurde.«

Zwei stahlblaue Augen sahen mich ruhig an. Mit der rechten Hand schob sie eine Haarlocke nach hinten, die gleich wieder zurückfiel. Dann stand sie auf und sagte: »Ich mache mal eine Tasse Tee.« Sie sah mich wieder an, fragte: »Für dich auch?«

»Ja, gern«, sagte ich.

Sie ging in die Küche. Langsam schlenderte ich zum Flügel. Noch nie hatte ich meine Finger auf die Tasten eines richtigen Flügels gelegt. Vor Verlangen, darauf zu spielen, bekam ich eine Erektion.

»Ob deine Mutter wohl etwas dagegen hätte, wenn ich einmal auf dem Flügel spielte?« fragte ich meinen neuen Freund fast seufzend.

»Natürlich nicht«, sagte er achtlos.

Auf dem Hocker, der vor dem Flügel stand, stützte ich mich vorsichtig mit einer Pobacke ab. Schüchtern schlug ich ein paar Töne an, spielte dann langsam eines der kleinen *Präludien* von Bach. Ich war noch nicht in der Hälfte angelangt, als seine Mutter angerannt kam, und erschrocken hielt ich inne.

»Herman sagte, daß ich dürfte...«, stotterte ich, »nehmen Sie es mir... ich, ich habe noch nie auf einem Flügel gespielt.«

»Du hast mich überhaupt nicht sagen hören, daß du das nicht durftest«, sagte sie bissig, »aber ich möchte allerdings gern wissen, bei wem du Unterricht gehabt hast, du fällst wie ein Kartoffelsack auf jede Taste herunter. Spiel den Bach noch einmal.«

Während sie aufmerksam auf meine Finger sah, spielte ich bebend zum zweitenmal das kleine *Präludium*.

»Du spielst wie ein Hund am Strand, der alles zweimal abläuft«, sagte sie. »Bei welchem Pfuscher hast du Unterricht gehabt?«

»Ich habe nie Unterricht gehabt«, sagte ich.

»Du hast nie Unterricht gehabt? Ach komm, das kannst du mir nicht weismachen, niemand kann... nein, warum willst du deinen Lehrer schonen, Bürschchen?«

»Wirklich wahr, ich habe nie Unterricht gehabt. Bei uns im Lagerhaus steht ein altes Klavier, ein Blüthner, und dazu gehört ein ganzer Stapel Bücher, und in einem dieser Bücher, einem deutschen Buch, glaube ich, wird genau erklärt, wie man sich selber Klavierspielen beibringen kann.«

»Kannst du denn Deutsch lesen?«

»Nein, aber jemand hat mit Bleistift die Übersetzung daneben und darüber geschrieben, es ist ein ganz dickes Buch, darin steht alles über Tonleitern und über Viertel und Achtel und über Akkorde, und daher… ich habe es vollständig durchgearbeitet, und am Ende steht das *Präludium* von Bach, das ich eben gespielt habe.«

»Das Buch würde ich gern einmal sehen.«

»Ich kann es ja mal mitbringen«, sagte ich.

Sie ging wieder in die Küche, kam kurz danach mit einer riesigen Teekanne und vier Tassen zurück.

»Ruf du eben Bill«, sagte sie zu Herman.

Sie schenkte mir Tee ein, und während der braune Strahl leise prasselnd in die Tasse floß, sagte sie: »Wenn es wirklich wahr ist, daß du dir das Klavierspielen selbst beigebracht hast, ist das eine wirkliche Leistung, dennoch müßtest du bei einem sehr guten Lehrer mit dem Unterricht wieder von vorn anfangen. Wenn du so weitermachst, wirst du mit jedem Tag ein größerer Stümper. Du müßtest wirklich Unterricht nehmen.«

»Ich würde unheimlich gern Klavierunterricht nehmen«, sagte ich, »aber das kostet Geld, und ich habe zwar gespart, aber längst nicht genug.«

»Aber du hast doch Eltern?«

»Ja, aber die… nein, Klavierstunden… und sie bezahlen?«

»Nun, dann trägst du eben Zeitungen aus«, sagte sie nüchtern.

»Dabei verdient man, wenn überhaupt, einen Gulden in der Woche«, sagte ich, »und wieviel kostet denn eine Klavierstunde?«

»Ich nehme einsfünfzig für die Stunde«, sagte sie, »und davon weiche ich nicht ab, also sieh mal zu, wie du die fünfzig Cent jede Woche noch dazubekommst. Heute ist Montag, du wirst es vielleicht nicht schaffen, noch in dieser Woche etwas zu bekommen, oder vielleicht schaffst du es auch überhaupt nicht, aber wir verabreden, daß du nächste Woche Samstag um halb vier hierher zu deiner ersten Stunde kommst.«

Sie sah mich mit ihren großen blauen Augen an. Sie machte eine Gebärde mit der rechten Hand, als würde sie Brotrinden nach vorüberfliegenden Möwen werfen. Sie sagte: »Von mir aus kannst du, wenn du jetzt keine Arbeit als Zeitungsausträger bekommst, auch in zehn Jahren bezahlen, oder wer weiß wann. Sich so durchzuwursteln ist jedenfalls unverantwortlich, das kann ich nicht mitansehen. Wenn du kommst, bring das deutsche Buch mit, das möchte ich mir doch gern einmal anschauen.«

Herman

In jenem Frühjahr konnte ich überhaupt nicht verstehen, daß ein Junge wie Herman, der älter war als ich und aufs Gymnasium in Vlaardingen ging, mit mir etwas zu tun haben wollte. Herman, zu Hause »Hörmen« genannt, hatte keinen Vater, und alle halbe Stunde kräuselte dieser Nerventick sein Gesicht, und er mußte sein Brillengestell wieder hochschieben. Trotzdem war er für mich jemand, der mir weit überlegen war. Und er schämte sich nicht, mit mir gesehen zu werden. An den Montagabenden nach dem Konfirmandenunterricht gingen wir immer zusammen über die Havenkade zum Hoofd. An all den stillen Frühlingsabenden philosophierte er über den Mord an Vroombout oder über die Bibel. Offensichtlich waren dieser Mord und das Wort in seiner Vorstellung unverbrüchlich miteinander verbunden.

»In der Bibel werden erstaunlich viele Morde begangen«, sagte er an einem der Abende, »es beginnt schon bei Genesis 4, Kain und Abel, und dann geht es immer so weiter, aber der schönste Mord ist der von Jael an Sisera – sie nagelt ihn mit einem Zeltpflock durch seine Schläfe am Boden fest, phantastisch – , ja, es ist ein prächtiges Buch, die Bibel, vor allem in der ersten Hälfte, bis Ezra ist es glänzend, ich wollte, ich hätte es eher gelesen. Aber gut: Jetzt noch mal zum Mord an Vroombout. Was du aus der Bibel lernen kannst, ist, daß Morde meistens entweder aus Eifersucht – denk an Kain – oder aus Rache – denk an diese Jael – verübt werden.«

»Du kannst doch auch jemanden töten, weil du sein Geld haben willst?«

»Das ist in diesem Fall ausgeschlossen. Vroombout ist nicht ausgeraubt worden, das weißt du selbst. Nein, das Motiv ist wahrscheinlich Eifersucht oder Rache.«

»Graswinckel dachte an Eifersucht.«

»Ja, das hast du mir schon erzählt, aber ich kann es mir nicht vorstellen, daß jemand einen anderen wegen irgendeinem lächerlichen *gassie* tötet, das steht nun wirklich nirgends in der Bibel.«

»Es steht noch mehr nicht in der Bibel.«

»Hast recht, aber was Mord angeht, ist die Bibel kaum zu schlagen, schon allein, wie dieser König David gehaust hat, der hat wahnsinnig viele kaltgemacht!«

Während wir dort gingen, wurden wir von dem Gestank der geteerten Taue und geölten Ankerketten eingenebelt, und mißmutig dachte ich: Wäre nicht dieser Mord hinter meinem Rücken geschehen, hätte er sich nie für mich interessiert.

»Denkst du wirklich«, fragte ich, »daß du dahinterkommst, wo die Polizei laut Zeitungsbericht bis heute noch keinen einzigen Anhaltspunkt hat, wer es gewesen sein könnte? Und warum willst du das so unbedingt wissen?«

»Ich bin nun einmal in einem Alter, in dem man Detektivromane liest«, sagte er vergnügt. »Ich würde auch gern einen Mord aufklären, wie es in den Büchern von Van Eemlandt oder Agatha Christie vorkommt. Ach, aber Unsinn natürlich, ich kann das überhaupt nicht, es ist nur, weil ich immer das Gefühl habe, daß meine Mutter etwas damit zu tun hat oder darin verwickelt ist und ich…«

»Als du mich ihr vorgestellt hast, habe ich nichts Besonderes bemerkt.«

»Nein, sie hielt sich gut, ich habe da auch angefangen zu zweifeln. Aber sie blickt in der letzten Zeit manchmal wie geistesabwesend vor sich hin. Und sie macht das Licht abends erst an, wenn ich mit meinen Schulaufgaben fertig bin und herunterkomme. Dann hat sie, denke ich, schon eine ganze Zeit im Dunkeln aus dem Fenster auf den Fluß gestarrt. Warum tut sie das? Was ist mit ihr los? Es kann auch sein, daß sie sich um meinen Bruder Sorgen macht. Wie findest du ihn eigentlich?«

»Er ist sehr still, man kommt nicht so dahinter.«

»Das kannst du wohl sagen!«

Herman raste plötzlich weg, stieg die Treppe zur Kippenbrug hinauf, drehte sich, oben angekommen, zu mir um und deklamierte: »Mein Bruder nähert sich jetzt wie du der berüchtigten schwierigen Lebensphase, die wir die Pubertät nennen. Diese Phase voller Unsicherheit und Selbstquälerei, voller Pickel und gärender Sexualität. Diese Phase, in der ich bereits mittendrin bin, und darum wird es allmählich Zeit für eine liebliche kleine Freundin.«

Er kam wieder von der Brücke herunter, puffte mich ein paarmal freundschaftlich in den Rücken, sagte dann: »Um dir die Wahrheit zu sagen: Ich habe schon ein Mädchen im Auge. Wenn ich nun diesen

Mordfall lösen könnte, würde das natürlich einen gewaltigen Eindruck auf sie machen.«

»Wen hast du im Auge?«

»Nein, nein, das sage ich nicht, das darfst du erst wissen, wenn schon was ist zwischen ihr und mir. Aber soll ich dir mal was sagen: Dieses Getue zwischen Männern und Frauen, das sorgt zu neunzig Prozent für allen Ärger auf dieser Welt, das steckt fast überall dahinter, vielleicht sogar auch hinter diesem Mord an Vroombout. Es kommt darauf an, daß du von Anfang an das richtige Mädchen wählst, dann kannst du dir eine ganze Menge Scherereien sparen. Ich weiß schon seit dem Kindergarten, wen ich haben will, ich beobachte sie schon seit zwölf Jahren, und ich weiß immer noch ganz sicher: Das ist sie! Allerdings wird es nun allmählich Zeit, daß ich mich um sie kümmere, denn sie sah bis jetzt Gott sei Dank immer sehr fade aus – trutschige Kleider und Triefnase und diese blöden Schleifen im Haar und hellblaue Kniestrümpfe –, aber auf einmal sieht man, wie sie sich verändert, sie fängt an, hübsch zu werden, neulich beobachtete ich, wie irgendwelche Typen sich nach ihr umguckten. Es wäre mir lieber gewesen, wenn sie noch etwas gewartet hätte mit dem Gutaussehen, ich habe eigentlich erst noch so viele andere Dinge zu tun, aber na ja, ich werde doch jetzt was unternehmen müssen, ich habe keine Lust dazu, sie aus den Armen eines andern loszueisen.«

»Meinst du denn, daß sie dich auch haben will? Meinst du, daß sie dich nett findet?«

»Sie braucht mich überhaupt nicht nett zu finden. Warum sollte sie? Ich bin brillant, aber nett oder charmant bin ich nun überhaupt nicht. Sie muß begreifen, daß ich sie haben will, und damit muß sie einverstanden sein. Übrigens: Sie weiß bereits, daß ich sie haben will.«

»Woher weiß sie das?«

»Ich habe es ihr schon im ersten Jahr im Kindergarten gesagt.«

»Na, aber das gilt doch jetzt nicht mehr, ach komm... damals warst du vier.«

»Ich war damals drei. Und es gilt noch immer.«

»Dann würde ich es ihr aber bald sagen...«

»Werd ich machen.«

Wir gingen über die Bahnschienen, und er sagte: »Noch kurz was anderes. Ich lese jetzt die Bibel zum zweitenmal, diesmal habe ich von vorn angefangen, und gestern abend las ich in Genesis 6, Vers 6: ›Da reute es den Herrn, daß er den Menschen geschaffen hatte auf Erden, und es bekümmerte ihn tief.‹ Und einen Vers weiter steht sogar, daß er selber sagt, es reue ihn, daß er den Menschen gemacht habe. Kann Gott Reue empfinden? Meiner Meinung nach empfindest du Reue, wenn du etwas Falsches getan hast. Wenn Gott also Reue empfunden hat, folgt daraus, daß er etwas Falsches getan hat. Aber kann Gott etwas falsch machen? Das ist die Frage.«

»Weißt du bestimmt, daß da steht, Gott reute es?«

»Sieh selbst nach, es steht sogar dreimal da.«

»Gott... Gott? Reue... nicht, daß ich wüßte...«, sagte ich zweifelnd.

»Sieh lieber erst mal nach«, sagte er, »dann reden wir wieder darüber. Vielleicht ist es auch ein gutes Zeichen, daß Gott Reue empfinden kann, vielleicht ist er ja menschlicher, als wir denken, vielleicht empfindet er wirklich Reue darüber, daß er die Welt so aberwitzig geschaffen hat. Und jetzt probieren wir aus, wer von uns beiden am längsten einen Stein vor sich her schießen kann, wenn wir am Hafen entlanglaufen.«

Während er sein Steinchen ausgelassen weiterstieß und ich meins immer nur schnell antippte, erreichten wir den Ankerplatz des Lotsenbootes, der Sirius. Mein kleiner Stein verschwand neben der Sirius mit einem Plumps im Wasser, während er seinen behielt, bis wir bei ihm zu Hause waren.

»Schon wieder gewonnen«, sagte er, »siehst du wohl, daß ich brillant bin? Warte, ich hab eine Idee, wenn wir jetzt gleich, während wir im Erker Tee trinken, in aller Ruhe noch mal von Vroombout anfangen. Dann gehen wir alles noch einmal durch. Und ich beobachte dabei meine Mutter ganz genau.«

Kurz danach saßen wir da, den dampfenden Tee vor uns, mit dem Blick auf den Fluß, der übermütig und silbrig im Licht des Halbmonds glänzte.

»Kannst du Samstag eine halbe Stunde früher zum Unterricht kommen?« fragte seine Mutter. »Ich habe Gäste zum Essen, also muß ich…«

»Wer kommt zum Essen?« fragte Herman.

»Minderhout und seine Frau.«

»Pfui Teufel«, sagte William.

»Aha, Minderhout«, sagte Herman, »jetzt, wo du's sagst… der war doch auch dabei?«

»Wobei?« fragte seine Mutter.

»Bei diesem Evangelisationstreffen. Das paßt ja gut, da kann ich ihn selber fragen, warum er da auch zugehört hat.«

»Wenn du dir das doch endlich aus deinem dicken

Schädel schlagen würdest«, sagte seine Mutter heftig.

»Na, aber...«

»Kein Aber, ich werde verrückt, völlig verrückt, wie du den lieben langen Tag davon redest, daß sie diesen Mann ermordet haben. Und dann noch mit einer solch überheblichen Miene: Ich werde euch mal eben sagen, wer es gewesen ist. Als wäre das, womit die Polizei sich nun seit Monaten beschäftigt, Kinderkram. Als ob so eine Rotznase wie du...«

William stand auf und ging leichenblaß aus dem Zimmer. Seine Mutter schaute ihm entsetzt nach, stand auf, setzte sich ans Klavier und spielte den langsamen Satz aus der Sonate *Pathétique* von Beethoven*. Und während ich dort saß und über den dunklen Fluß mit den vielen Schiffen schaute, von denen nur die roten Lichter am Mast und die grünen Bordlampen zu sehen waren, und ich leidenschaftlich den Augenblick herbeisehnte, daß ich selbst die Musik von Beethoven würde spielen können, sah ich, wie Herman immer wieder mit Daumen und Zeigefinger sein Kinn umfaßte und dann seine Hand nach vorn bewegte, wodurch sein Kinn wieder frei wurde. Darüber glänzten seine Augen, und bei jedem der folgenden Takte sah ich ein kleines Lachen um seine Lippen.

* Vgl. dazu »Kleines Brevier zum Mit- und Nachhören für die Leserinnen und Leser dieser Ausgabe«, S. 409 ff. (Anm. d. Verlags)

Übergang

Eine Woche nach der Szene im Erker war Pastor Dercksen krank. Der Konfirmandenunterricht fiel aus. Daher fiel auch unser Spaziergang am Hafen aus. Als ich Samstag nachmittag zu seiner Mutter zum Unterricht kam, war Herman nicht zu Hause. Am darauffolgenden Montag war Pastor Dercksen noch immer krank. Natürlich hätte ich bei Herman vorbeigehen, bei ihm klingeln können, aber unsere Freundschaft – soweit man überhaupt von Freundschaft sprechen konnte – gab es immer nur an diesen Montagabenden. Ich scheute davor zurück, ihn, der nun einmal soviel älter war als ich und schon aufs Gymnasium ging, einfach zu besuchen. Geduldig wartete ich, bis ich ihn zufällig wieder zu sehen bekommen würde, aber Pastor Dercksen blieb krank, und wenn ich zur Klavierstunde kam, traf ich ihn nie zu Hause an. Als ich, nach meinen Tonleitern und einer Etüde von Heller, seine Mutter einmal vorsichtig fragte: »Wo ist Herman eigentlich?«, sagte sie: »Der? Der ist hinter irgendeiner dummen Göre her.«

Während ich die Etüde von Heller wiederholte, sagte sie: »So jung, und dann schon... na, ich hoffe, daß du vernünftiger sein wirst, es wäre eine Sünde, wenn auch du deine ganze Zeit... gerade jetzt, wo du so gut vorankommst. Es ist ein Jammer, daß du nicht seit deinem vierten Jahr ordentlich Unterricht gehabt hast, aber wir werden es noch recht weit bringen. Du spielst zwar noch wie ein Hund am Strand, aber nun wie einer, der brav apportiert. Vielleicht kannst du dich schon bald an Beethoven wagen.«

Sie wußte, daß ich Beethoven – den Komponisten für Kinder und Greise – wie einen Gott verehrte, und oft spielte sie, wenn ich zur Stunde kam und mir mit Hilfe der Schnur, die auch dort aus dem Briefkasten hing, Einlaß verschafft hatte, eine der Sonaten von Beethoven. An einem Samstag im Juni jedoch hörte ich, als ich die Treppe hinaufstieg, kein Klavierspiel. Oben angekommen, sah ich sie im Erker stehen. Offensichtlich hatte sie mich nicht gehört. Sie sah nach draußen über den Fluß, dessen kleine, ruhige Wellen im Sonnenlicht glänzten. Sie redete laut mit sich selbst. Sie sagte: »Wie ist das um Gottes willen möglich? Zufall? Ist das Zufall? Wie ist es um Gottes willen möglich? Als setzt irgendein Idiot da oben alles daran, mich in die Knie zu zwingen.«

Sie ballte ihre linke Faust. Merkwürdig, daß ich mich daran noch so gut erinnere: Sie ballte ihre linke Faust, obwohl sie doch Rechtshänderin war. Vorsichtig ging ich zurück in den Hausflur. Mucksmäuschenstill schlich ich mich ein paar Stufen hinunter und kam dann stampfend wieder nach oben. Sie wartete schon neben dem Flügel, begrüßte mich herzlich, und dieses Mal durfte ich mein erstes Stück von Beethoven spielen: das *Menuett* aus der *Siebten Sonate*, das Menuett, an dem ich mir die Finger wundgespielt habe und das für immer mit ihrem rätselhaften Monolog und mit jenem Sommer verbunden bleiben wird. Es ist, als stelle Beethoven in den ersten Takten des Menuetts eine Frage und tröste einen dann darüber hinweg, daß man die Antwort nie erfahren wird.

Ja, jener Sommer! Ende Mai hatte ich die Zulassungsprüfung fürs Gymnasium gemacht. Im Juni bekam ich das Ergebnis: dreimal eine Zehn und eine Neun. Da fühlte ich mich fast so brillant wie Herman, den ich immer noch nicht zu sprechen bekam.

Einmal sah ich ihn, als ich auf der Govert van Wijnkade ging, auf der gegenüberliegenden Seite des Wassers, auf der Havenkade, neben einem Mädchen dahinschlendern. Er schien voller Ungeduld, es war, als wolle er immer schneller gehen als das Mädchen und hielte sich nur zurück. Er redete ununterbrochen auf das Mädchen ein. Immer wieder schob er sein Brillengestell hoch. Sie ging in aller Seelenruhe einen halben Schritt hinter ihm im grellen Sonnenlicht. Sie hatte rötliches Haar, sie trug wie er eine Brille. Obwohl ich sie, mit all dem Wasser und all diesen Binnenschiffen zwischen uns, nicht genau erkennen konnte, mußte ich sie denn wohl mögen, da sie ja offenbar das Mädchen war, das Herman schon seit dem Kindergarten hatte haben wollen. Ich lief ganz nah am Wasser entlang und versuchte, etwas mehr von ihr zu erkennen, aber auf all den Binnenschiffen flatterten blendend weiß gewaschene Bettücher an Leinen, die von der Kajüte zum Vormast gespannt waren.

Am Ende des Sommers schlenderte ich eines Nachmittags am Fluß entlang. Bei einer Leuchtbake setzte ich mich auf die warmen Basaltblöcke. Die Sonne schien mir ins Gesicht, ich schloß die Augen und döste vor mich hin. Halb schlafend, halb wachend vertrödelte ich so meine Zeit, bis jemand mir zurief: »Was tust du denn da?«

»Meditieren«, sagte ich.

»Dazu bist du noch zu jung«, sagte er. »Zufall, daß ich dich hier treffe, ich muß dir schon lange was erzählen.«

»Du hast ein Mädchen.«

»Ja, ich hab's geschafft. Warte, komm rauf, dann werde ich dir's genau erzählen.«

Er faßte mich bei der rechten Hand und zog mich hoch. Wir gingen am salzig riechenden Wasser entlang, und er sagte: »Es war gar nicht mal so leicht. Wenn sie nun auch aufs Gymnasium ginge, dann hätte ich mich zum Beispiel in der Pause auf dem Schulhof an sie ranmachen können, aber sie geht hier zur Schule, und mich nun dort hinstellen und warten, bis die Schule zu Ende ist, und dann... nein, das ist nichts für mich, nein, das hab ich ganz anders angepackt, ich bin einfach zu ihr nach Hause gegangen, ich habe geklingelt, und als ihre Mutter die Tür öffnete, habe ich gesagt: ›Mevrouw Robbemond, die Sache ist die: Ich bin schon seit zwölf Jahren in Ihre Tochter verliebt, und nun könnte ich es so wie andere Jungen machen, hinter ihr herlaufen oder ein bißchen um sie herumschleichen oder so etwas, sie abpassen, wenn sie aus der Schule kommt, oder mich in der Kirche zufällig neben sie setzen, aber das geht mir gegen den Strich. Ich bin froh, daß ich Sie hier an der Tür treffe. Wenn Sie mich nun zu einer Tasse Tee hereinbitten würden, könnten Sie mich etwas kennenlernen, und vielleicht könnten Sie, wenn Sie den Eindruck haben, daß ich später ein geeigneter Mann für Ihre Tochter wäre, bei ihr ein gutes Wort für mich einlegen.‹ Ihre Mutter schaute mich entgeistert an, lachte dann aber laut und sagte: ›Na, dann komm mal rein.‹ Ich also rein, und ich sitze da, und ich bekomme zwei Tassen Tee und eine einzige Brezel, ich rede mit der Mutter, und Janny sitzt auch da, aber sie sagt nichts, blickt mich nur ab und zu an. Nach einem Stündchen bin ich wieder gegangen, und zwei Tage später hab ich wieder geklingelt und hab wieder eine Tasse Tee getrunken und ein Sandtörtchen gegessen und die ganze Zeit mit ihrer Mutter geredet. Ich tat so, als sei ich nur zu ihrer Mutter gekommen, ich tat so, als würde ich sie überhaupt nicht bemerken. Das hab ich vier Wochen so durchgehalten. Erst ging ich jeden zweiten Tag hin, später ging ich jeden Tag.«

Er schwieg, stieß ein Steinchen über die Basaltblöcke, und ich sagte: »Los, komm, erzähl weiter.«

»Da gibt's nichts weiter zu erzählen. Sie wurde nach den vier Wochen, in denen ich nicht ein einziges Mal etwas zu ihr gesagt oder sie etwas gefragt habe, feuerrot, als ich ihr einmal direkt in die Augen schaute, während ihre Mutter gerade aus dem Zimmer ging. Dann sagte ich zu ihr: ›Was hältst du davon, wenn ich dich morgen früh zur Kirche abhole?‹ Da wurde sie noch röter, sagte gar nichts, und ich sagte: ›Ich bin um halb zehn hier.‹«

Er stieß wieder ein Steinchen über die Basaltblöcke, sagte gut gelaunt: »Da siehst du, wie günstig es ist, daß ich mit meinem Bruder getauscht habe und reformiert geworden bin. Sonst wäre das auch noch ein Problem, wenn ich nun evangelisch und sie reformiert wäre, dann müßte man sich da auch noch etwas ausdenken. Leider gefällt es meinem Bruder auch bei den Evangelischen überhaupt nicht, der leidet unter Pubertät und Pickel, nicht zu glauben.«

Auf dem Fluß fuhr die Sirius. Ich sagte: »Da hinten geht Nachbar Varekamp.«

»Varekamp? Oh, warte, der wohnt bei dir um die Ecke in der Cronjéstraat«, sagte Herman.

»Ja«, sagte ich, »komische Leute, essen prinzipiell keine Blutwurst.«

»Die Kinder sieht man immer im Schwimmbad«, sagte Herman. »Der Älteste, Leen heißt er, glaub ich, das ist vielleicht ein Ekel. Weißt du übrigens, was ich denke: Daß dieser Leen – aber behalte es für dich, du, sag nie jemandem, daß ich dir das gesagt habe –, daß dieser Leen von einem Kanadier ist.«

»Von einem Kanadier?«

»Ja, dieser Leen sieht seinen drei Brüdern kein bißchen ähnlich. Und er sieht auch seinem Vater kein bißchen ähnlich, er ist groß und blond und träge, und sein Vater ist dunkel und klein und muskulös, und seine Brüder sind auch so dunkle, kleine, muskulöse Ekel.«

»Nun ja, aber... ich sehe meinem Vater doch auch nicht ähnlich?«

»Vielleicht bist du auch von einem Kanadier?«

»Also komm, ich bin im Krieg geboren.«

»Dann bist du vielleicht von einem englischen Piloten, der hier untergetaucht war. Von so einem scheine ich auch zu sein. Und mein Bruder auch. Nur wird mein Bruder wohl von einem anderen Piloten sein, er ist ein solcher Langweiler.«

»Ich bin nicht von einem Piloten. Mein Vater und meine Mutter haben niemals Leute bei sich versteckt.«

»Haben sicher zuviel Schiß gehabt, was?«

»Nein, viel zu sparsam und wohnen viel zu beengt«, sagte ich.

»Als wenn meine Mutter nun gerade so viel Platz hätte da oben in ihrer Wohnung.«

Ich antwortete nicht. Ich dachte an all die Abende, an denen ich bei der Familie Varekamp die Zeitung geholt hatte. Jeden Abend hatte ich Leen, meistens im Dunkeln, am Tisch sitzen sehen. Daß er anders als seine Brüder und sein Vater aussah, hatte ich jahrelang jeden Abend bemerkt. Warum war ich nie auf den Gedanken gekommen, den Herman da gerade eben sorglos ausgesprochen hatte? War ich denn so naiv, so dumm? Oder war Herman wirklich brillant? Oder fehlte mir trotz all der Zehner beim Zulassungsexamen irgendeine Art von Schläue, etwas, das für die *gassies* und *goser* selbstverständlich war? Um den vagen Kummer über diesen Mangel an Schläue – und dieser Kummer haftet mir noch immer an; mir ist im Laufe der Zeit klargeworden, daß ich, so helle ich auch bin, doch verblüffend unbedarft bin und bleibe –, also gut, um diesen Kummer zu überdecken, fragte ich: »Wie ist das damals eigentlich mit Minderhout ausgegangen?«

»Mit Minderhout?«

»Ja, der sollte zu euch zum Essen kommen, und dabei wolltest du fragen, warum er eigentlich bei der Kreuzzugs...«

»Ist nichts draus geworden.«

»Wie schade, ich dachte, daß du vielleicht...«

»Noch etwas erfahren hätte über diesen Mord? Nein, absolut nicht, meine Mutter hat den ganzen

Abend mit ihm über Musik geredet, da kam ich überhaupt nicht zu Wort.«

»Und deine Mutter, weißt du schon mehr von deiner Mutter? Sie hatte doch etwas damit zu tun, jedenfalls deiner Meinung nach.«

»Ja, das dachte ich damals, das dachte ich, weil sie so oft aus dem Fenster nach draußen starrte, aber das war nur aus Sorge um meinen Bruder. Nein, meine Mutter hat nichts damit zu tun. Es ist schon wieder ein halbes Jahr her, ich habe es, ehrlich gesagt, schon beinahe vergessen, seitdem ist wieder so viel passiert, ich habe ein Mädchen... Jesus, ich habe ein Mädchen!«

»Liest du noch manchmal in der Bibel?« fragte ich.

»Ja, gut, daß du danach fragst, wir sprachen über Gottes Reue, weißt du noch? Und was steht im Buch Samuel: ›Gott läßt sich's nicht gereuen; denn er ist kein Mensch, daß er sich's gereuen ließe.‹ Aber kurz danach heißt es: ›Da es nun den Herrn gereute, daß er Saul zum König über Israel gemacht hatte...‹, Gott kann keine Reue haben und hat doch Reue. Das verstehe ich überhaupt nicht. Und weißt du, was mir neulich aufgefallen ist: In der Bibel kommt der älteste Sohn immer am schlechtesten weg, immer ist er der Dumme. Das fängt schon bei Kain und Abel an, Kain ist der Älteste, dann Esau und Jakob, dann die ganze Reihe der Söhne Jakobs, die Ältesten sind schlecht, die Jüngsten, Joseph und Benjamin, sind gut. Und als die Israeliten aus Ägypten fortziehen, tötet Gott alle Erstgeborenen. Was hat Gott eigentlich gegen Erstgeborene? Das zieht sich durch die ganze Bibel. Das findest du sogar im Neuen Testament, denk nur an das Gleichnis vom verlorenen Sohn. Der ist auch wieder der Jüngste. Für ihn wird das gemästete Kalb geschlachtet. Und der Älteste? Nun ja, du weißt es selber.«

Da liefen wir, die Sonne strahlte über den Fluß, Segelschiffe glitten lautlos vorbei, und von diesem Nachmittag ist mir vor allem in Erinnerung geblieben, daß Herman alles Interesse an der Ermordung Vroombouts verloren zu haben schien. Spielte mir auch damals meine Unbedarftheit einen Streich, oder war ich zu jung, um zu vermuten, was ich jetzt, nach so vielen Jahren, für wahrscheinlich halte? Offensichtlich hat seine Mutter ihm nach der Szene im Erker, bei der sein Bruder leichenblaß weglief, am späteren Abend, nachdem ich gegangen war, gerade so viel über den Tod Vroombouts erzählt, daß seine Neugier befriedigt war. Und dann hat sie ihn beschworen, mit niemandem darüber zu sprechen. Oder hat sie ihm nichts erzählt, sondern ihm schlichtweg verboten, jemals auch nur ein einziges Wort wieder darüber zu verlieren?

An jenem Sommernachmittag fand unsere unklare Freundschaft ein vorläufiges Ende. Als ich im September aufs Gymnasium kam, war es undenkbar, daß er, der so viele Klassen über mir war, es sich erlauben konnte, mit mir umzugehen. Auf der höheren Schule bist du nicht mit Jungen zusammen, die eine Klasse unter dir sind, geschweige denn mit Jungen, die drei Klassen tiefer sind. Wenn er mir auf dem Platz, auf dem wir in der Pause unsere Runden drehten, entgegenkam, ging er, ohne Gruß, ohne ein Zeichen des Erkennens, an mir vorüber. Das machte mir nichts aus. Es war selbstverständlich, es hätte nicht anders sein können. Er war der Sohn meiner Klavierlehrerin, nicht mehr, nicht weniger, und wenn ich am Samstag nachmittag die frühen Sonaten von Beethoven spielte, war er selten zu Hause.

Bahnfahren

An sonnigen Spätsommertagen war die lange Radtour zum Gymnasium geradezu ein Sonntagsausflug. Selbst wenn es zwischendurch regnete, war sie nicht unangenehm, zumindest dann nicht, wenn man den Wind im Rücken hatte. Bei schneidendem Gegenwind mußte ich mich manchmal auf die Pedale stellen. Aber nur manchmal; viel häufiger mußte ich an die Bibelstelle denken: »Gott suchte Moses zu töten.« In den Niederlanden weht es fast immer, und selten aus einer anderen Richtung als Südwest, aber es stürmt nicht öfter als etwa zehnmal im Jahr. Und jeder, der täglich radfährt, weiß – auch wenn oft anderes behauptet wird –, daß es in Holland sporadisch regnet. Ein richtiger Regenguß, Platzregen, eine Sturzflut, wobei die Luft tintenschwarz wird, die Rinnsteine übermütig gurgeln und die Dachrinnen überlaufen – ach, ein solcher Wolkenbruch ist ebenso selten wie eine harmonische Stelle im Werk von Berlioz! Denk ich an meine Gymnasialzeit, dann sehe ich mich radfahren, morgens in aller Frühe zur Schule, mittags gut gelaunt zurück nach Hause. Einmal in all den fünf Jahren bin ich durch ein Schneegestöber nach Hause geradelt. Und in einem einzigen der fünf Winter sackte die Temperatur im Februar zwei Wochen lang weit unter den Gefrierpunkt. Als die Frostperiode richtig einsetzte, fuhr ich mit zwei Paar Socken übereinander zur Schule. Zwischen die beiden Paar Socken schob ich je eine Plastiktüte über meinen rechten und meinen linken Fuß. Dennoch kam ich, als ich Anfang Februar an einem Freitagmorgen bei minus fünfzehn Grad von zu Hause losfuhr, mit leichten Erfrierungserscheinungen in der Schule an. Der Schularzt schrieb einen bitterbösen Brief an meine Eltern. Und am darauffolgenden Montag gab mir meine Mutter – nein, ich muß sagen: überreichte, denn es geschah in einer ruppigen Zeremonie und mit dem Ausruf: »Hier, das hab ich deinem Vater aus den Rippen geschnitten« – 8,90 Gulden. Für den Betrag konnte ich das kaufen, was man heute eine Monatskarte nennt, aber damals schlicht und einfach Abonnement hieß.

Einen Monat lang fuhr ich mit der Bahn zur Schule. So selten hatte ich damals im Zug gesessen, daß ich jede Fahrt wie eine Pilgerreise empfand. Schon an diesem ersten Montag konnte ich mich, als ich nach der Schule wieder auf dem Bahnsteig stand, von dem ich morgens abgefahren war, nicht entschließen, den Bahnhof zu verlassen. Durfte ich nun wieder zurückreisen? Oder würde ein Kontrolleur sagen: »He, mein Junge, du hast heute morgen schon im Zug gesessen, du bist schon hin- und zurückgefahren!« Mit klopfendem Herzen stieg ich auf der gegenüberliegenden Seite des Bahnsteigs in den Zug, der schon für eine neue Hinreise bereitstand. Wir fuhren ab, ein Kontrolleur kam vorbei, sah flüchtig auf mein Abonnement und sagte nichts. Ich holte meine Hausaufgaben aus der Tasche. Mit rotem Kopf lernte ich meine Französischvokabeln, und ich merkte, daß das regelmäßige Geräusch des fahrenden Zugs mein Gedächtnis für die Vokabelreihen empfänglicher machte. Es war, als springe bei jedem Ruck über die damals noch nicht verschweißten Schienen ein Wort in mein Gedächtnis.

Wir fuhren in den Bahnhof ein, wo ich am selben Tag schon einmal ausgestiegen war. Wieder stieg ich aus. In zwanzig Minuten würde der Zug abfahren, der mich nach Hause bringen sollte. Ich ging in den Warteraum. Dort war es warm und still. Es war niemand da. Ein Gasofen summte gutmütig. Ich setzte mich daneben und lernte Jahreszahlen.

So reiste ich einen ganzen Nachmittag hin und her, und niemand wunderte sich darüber. Niemand stellte Fragen. Zwar sah ich in den Zügen und auf den Bahnsteigen immer dieselben Gesichter der Kontrolleure und Bahnhofsvorsteher, die damals noch ihren Dienst taten, und Wagenmeister, die mit schweren Hämmern gegen die Eisenbahnräder schlugen. Es schien, als sähen sie mich nicht; es schien, als ob jener Oberkontrolleur mit seinem roten Band, der an diesem Nachmittag dreimal achtlos auf mein Abonnement blickte, es nicht einmal bemerkte, daß ihm dies ständig von demselben Jungen gezeigt wurde. Es war, als reise nur ein gültiger Fahrausweis hin und her, ein Fahrausweis, zu dem noch gerade eine Hand gehörte, dessen Eigentümer aber nicht betrachtet zu werden brauchte. Es war, als hörte ich auf zu existieren.

Es waren alte Doppelwaggons, in denen ich die Reisen unternahm, Züge mit knarrenden Gepäckablagen und klappernden Zwischentüren, mit Dritter-

und Zweiter-Klasse-Wagen. Wie schade, daß später aus der zweiten und dritten Klasse die erste und zweite Klasse wurden, wodurch das befremdliche Fehlen einer ersten Klasse – etwas, was mich als Kind faszinierte – für immer Vergangenheit wurde. Um vier Uhr gingen in den Abteilen die Sparlämpchen an. Man konnte kaum dabei lesen. Und doch: Wie gern würde ich wieder eine Fahrt in einem solch alten Zug machen. Wie gern würde ich diese Geräusche wieder hören, dieses Knirschen und Knarren und das Rumpeln der Räder dort, wo die Schienen nicht verschweißt waren. Wie unaussprechlich gern würde ich diesen typischen Geruch der Dritter-Klasse-Wagen wieder riechen, einen Geruch, dessen hauptsächliche Bestandteile Zigarettenrauch und Schmieröl waren. Doch es kam etwas hinzu, etwas, das nicht zu benennen ist, aber wichtig war: Das war jener intensive Eisenbahngeruch, ein Geruch, den man nur eine Sekunde lang riechen müßte, um wieder ganz in diese klappernden, glückseligen Pilgerfahrten einzutauchen.

Was ich damals tat, nannte ich einfach »Bahnfahren«. Einen Monat lang fuhr ich jeden Nachmittag, wenn die Schulstunden schon um zehn nach halb eins oder halb zwei vorbei waren, bis Viertel vor sechs so oft wie möglich zwischen meinem Wohnort und der Stadt, in der ich zur Schule ging, hin und her. Ich dachte, daß ich nicht der einzige sein könnte, der das »Bahnfahren« erfunden hatte. Nie jedoch sah ich andere Schüler des Gymnasiums ganze Nachmittage hin- und herfahren. Offensichtlich war ich der einzige, der davon »high« wurde, obwohl ich sicher nicht der einzige war, der ein Abonnement hatte. Aber vielleicht bin ich in all den Jahren der einzige gewesen, der es nur einen Monat lang besaß, vielleicht erklärt das, weshalb ich wie besessen hin- und herpendelte. Wie dem auch sei: Auf jeden Fall konnte ich in diesen warmen Zügen im Licht der Sparlampen meine Hausaufgaben viel schneller machen als zu Hause in meiner ungeheizten Dachkammer. In den großen, fast immer leeren Warteräumen der Bahnhöfe konnte ich bei den summenden, manchmal seufzenden Gasöfen mühelos meine Algebraaufgaben lösen. Und unterwegs half mir der Wechsel zwischen Halten und Fahren, *schwere Wörter* zu wiederholen.

Oh, diese unvergeßlichen, endlosen Nachmittage! Vor allem, wenn die trübseligen Glühbirnen im Gang aufleuchteten und dadurch die Zugfenster nur noch vage unsere Gesichter widerspiegelten, war es, als löse sich die Welt da draußen in eine graue Dämmerung auf. Und an den Rückseiten der Lagerhäuser, die einen großen Teil der Bahnlinie säumten, waren nicht einmal mehr die glänzenden Feuertreppen zu sehen. Hier und da erinnerte ein blitzendes Dachfenster daran, daß es sie noch gab. Wenn es ganz dunkel geworden war, hatte ich das Gefühl, ich würde ewig unterwegs bleiben. Nie mehr würde ich ankommen, nichts konnte mir mehr etwas anhaben, ich existierte nicht mehr, war ich doch in jedem Augenblick an einem anderen Ort und dadurch nicht mehr zu erreichen. Manchmal fiel Nieselregen gegen die Fenster, und dann sah man nur noch ein endloses, graues Halbdunkel. Manchmal war es Sprühregen, und dann war es beim Aussteigen, als löse man sich in Nebel auf.

Doch immer kam man an und fuhr wieder ab, und immer geschah das zu im voraus festgelegten Zeiten. Dadurch konnte die Zeit nicht unbemerkt verstreichen. Jede Minute zählte, verwies auf den Moment, in dem die Züge irgendwo ankommen oder von irgendwo abfahren würden. Doch während des Fahrens war es, als würde die Zeit selbst aufhören zu sein; es gab sie erst wieder bei der Ankunft oder der Abfahrt. Dazwischen wurde Zeit zu Bewegung. Da ein solcher Nachmittag in Reise- und Wartezeit eingeteilt war, schienen die Minuten Stunden und die Stunden Ewigkeiten zu sein. Die Nachmittage, an denen ich Bahn gefahren bin, erscheinen mir als die längsten und die am besten ausgenutzten Nachmittage meines Lebens. Als ich bei Nietzsche über die »ewige Wiederkehr« las, kamen sofort diese Nachmittage zurück, sah ich mich selbst vor Ewigkeiten »bahnfahren« und es in Ewigkeit wiederholen.

An einem der Nachmittage, wenn ich mich richtig erinnere, war es sogar der letzte Nachmittag (oder ist das nicht möglich, ist das fast zu symbolisch?), stieg ich, nachdem ich bei dem summenden Gasofen unregelmäßige englische Verben gelernt hatte, in den Zug, der mich an dem Tag endgültig nach Hause befördern sollte. Es war Hauptverkehrszeit, der Zug war voll besetzt. Auf der Suche nach einem Sitzplatz lief ich durch den Gang. Ich kam an einem Abteil vorbei, in dem ich Apotheker Minderhout sitzen sah. Ihm gegenüber saß ein kräftiger Mann mit einem gewaltigen schwarzen Bart. Er sah mich kurz an, ich sah ihn kurz an, und ich sah, daß er seine Augenbrauen leicht hochzog. Es war etwas an ihm, das mir vage bekannt vorkam, und doch wußte ich absolut nicht, wo ich den Mann schon einmal gesehen hatte. Er war allerdings auch nicht viel mehr als ein Schemen unter diesen Sparglühbirnen. Im Abteil dahinter war noch ein Platz frei, und dort setzte ich mich hin. Der Zug fuhr noch nicht, und ich hörte Minderhout sagen: »Es tut mir sehr leid. Wie ich dir schon gesagt habe, war es eine tote Spur. Die Frau, um die es ging, lebt zwar noch, das stimmt also, die Information war richtig, aber sie ist nicht mehr bei klarem Verstand. Sie hat, scheint es, nur noch ganz selten einen hellen Augenblick, ja, du kannst kaum den ganzen Tag bei ihr sitzen bleiben, bis sich das ereignet – und selbst wenn: Woran erinnert sie sich in einem solchen Augenblick? Was hat sie gesehen? Du kommst nicht dahinter, und die Ecke, wo das alles passiert ist, wurde Anfang '45 völlig ausgebombt. Als einziges habe ich erfahren, daß sie mit einer *dubbele hit* weggezogen sind. Nun spür mal so eine langbeinige Mähre auf! Das Tier ist längst tot. Verrückt eigentlich, daß eine alte, kindisch gewordene Frau eine solche Einzelheit noch so genau weiß: Daß es eine *hit* war, kein Füllen, kein Pony, keine Stute, kein Hengst, nicht nur eine Mähre, sondern eine *dubbele hit,* eine langbeinige Mähre. Es ist zum Verrücktwerden. Nun ja, der einzige, der vielleicht auch noch etwas wüßte, ist... Ich verstehe das überhaupt nicht, das hätte doch niemals passieren dürfen.«

»Womit du recht hast, aber...«

»Gut, natürlich, dumm, hier davon anzufangen, nun ja, es kann nichts passieren, du fährst durch bis Hoek, und in ein paar Stunden sitzt du auf dem

Schiff nach Harwich... Was... was sagst du da... allmächtiger Gott, hättest du das früher gesagt...«

Minderhout seufzte. Der Mann ihm gegenüber sagte: »Weißt du, was ein wirklich prachtvolles Stück ist? Die dritte Symphonie von Roy Harris. Ich spiele sie nächste Woche in Detroit.«

»Oh, fährst du nach Detroit?«

»Ja, und von dort direkt nach Hause.«

»Wie geht es deinen Töchtern?«

»Die Große hat Gold in der Kehle, und die Kleine hat ein goldenes Köpfchen. Ich schicke sie mal zu dir, wenn sie etwas älter sind. Das heißt, wenn du sie bei dir unterbringen kannst.«

Der Zug fuhr an, die Türen klapperten, die Gepäckablagen knarrten, die Fensterscheiben warfen nur noch uns selbst zurück. Als wir in dem Bahnhof einfuhren, wo Minderhout und ich aussteigen mußten, hörte ich ihn noch sagen: »Weiter gute Reise«, und einen Augenblick lang erwog ich, ob ich an ihrem Abteil vorbei zum Ausgang gehen sollte, aber ich traute mich nicht. Auf dem Bahnsteig lief ich allerdings an dem erleuchteten Fenster vorbei, hinter dem der Mann mit seinem dicken schwarzen Bart saß. Er war kaum zu sehen, er war hinter dem Mantel verborgen, der neben dem Fenster am Haken hing. Knirschend setzte sich der Zug in Bewegung und verschwand Richtung Hoek van Holland.

Kurz darauf hörte ich in der Bahnhofsallee schnelle Schritte hinter mir. Minderhout ging an mir vorbei, drehte sich dann um, verlangsamte seinen Schritt und sagte freundlich: »So, so, kommst du jetzt erst aus der Schule?«

»Ja«, brummte ich unwillig.

»Viele Hausaufgaben?«

»Hab ich schon gemacht«, sagte ich.

»Du kommst ja wohl ganz gut mit«, sagte er, »und von Alice hörte ich neulich, daß du auch schon sehr gut Klavier spielst. Hättest du nicht Lust, einmal bei mir zu Hause Musik zu machen? Ich habe da einen schönen Flügel stehen, es ist ein Erbstück, und niemand spielt darauf, das ist doch eigentlich schade, also, wenn du Lust hast... du bist willkommen.«

Schweigend gingen wir einige Zeit nebeneinander weiter. Es war sehr dunkel in der Bahnhofsallee mit ihren hohen, mächtigen Platanen.

»Wer ist dein Lieblingskomponist?« fragte er.

»Beethoven«, sagte ich mürrisch.

»Nicht schlecht«, sagte er, »den schätze ich auch sehr. Als ich so alt war wie du, liebte ich Mendelssohn am meisten. Im Augenblick bin ich völlig von Strawinsky begeistert. Nun, ich muß jetzt gleich am Hafen entlang, und du gehst hier nach links über die Bahnschienen. Also nochmals: Ich würde mich freuen, wenn du einmal bei mir musizieren würdest, und wenn du es unangenehm findest zu spielen, während andere dabei sind, kann ich es auch leicht für dich einrichten, daß dir niemand auf die Finger guckt. Ich weiß nicht, was für ein Instrument du zu Hause hast...«

»Einen sehr alten Blüthner«, sagte ich, »aber er ist schön, er müßte nur einmal gestimmt werden, aber dafür haben meine Eltern kein Geld übrig.«

»Komm doch mal zu mir zum Üben, wirklich, ich würde mich freuen, und sonst organisiere ich mal einen Musikabend, da bitte ich Alice, bitte ich noch andere Bekannte, und da lade ich dich auch ein. Hättest du dann Lust zu kommen?«

»Nun, äh…«

»Sehr entgegenkommend bist du nicht. Na, auf Wiedersehen!«

Er eilte davon, überquerte die Straße, ging zum Havenplein. Hastig rannte ich über die Bahnschienen. Als ich im Hoofd war, blickte ich mich noch einmal kurz um. Auf dem Havenplein stand Minderhout und schaute unverhohlen hinter mir her.

Blüthner

Nach dieser kurzen gemeinsamen Wanderung unter den Platanen begegnete ich Minderhout beinahe jede Woche wohl ein- oder zweimal, wenn ich in der Stadt war. So oft hatte ich ihn in all den vorangegangenen Jahren doch nicht getroffen? Oder achtete ich jetzt mehr darauf, kam es, weil es jetzt selbstverständlich geworden war, daß wir einander grüßten? Manchmal sagte er sogar im Vorübergehen: »Wenn du irgendwann mal bei mir spielen willst – du bist willkommen!« Dann nickte ich höflich und nahm mir vor, es nie zu tun. Bei einer dieser Begegnungen dachte ich: Was läuft der Mann oft durch die Straßen! Als ich ihm drei Tage später noch mal begegnete, dachte ich: Unglaublich, da geht er schon wieder, geht der Kerl denn immer spazieren, muß er denn nicht in seiner Apotheke arbeiten? Es ärgerte mich, ihn immer zu sehen und ihn immer grüßen zu müssen. Es schien, als könne ich ihm nicht ausweichen, als würde er ständig meinen Weg kreuzen. In Gedanken nannte ich ihn den »manischen Wanderer«, bis mir eines Abends, als ich im Bett lag und gerade wegdämmerte, plötzlich der Gedanke kam: Jedesmal wenn ich ihn sehe, sieht er mich auch. Jedesmal wenn ich denke: Der spaziert aber oft durch die Straßen, da ist er wieder, kann er denken: Dieser Junge spaziert aber oft durch die Straßen, immer begegne ich ihm! Wir hatten uns gegenseitig ertappt. Aber wobei? Beim Durch-die-Straßen-Schlendern? Aber das tat ich doch gar nicht? Wenn ich unterwegs war, hatte ich ein Ziel. Galt das für ihn auch?

Es irritierte mich, daß sein Herumwandern mich so beschäftigte und mich darauf aufmerksam machte, auch ich sei – so mußte er wohl denken – immer auf der Straße zu finden. Stets hielt ich mir selber vor: Weil er sich immer auf der Straße herumtreibt, kann es nicht ausbleiben, daß ich, wo ich doch nur ab und an unterwegs bin, ihm über den Weg laufe. Ich wußte, daß ich einen Denkfehler machte. Und doch hielt ich hartnäckig an der Behauptung fest, daß er ein Herumtreiber und ich ein Stubenhocker war.

Dann geschah etwas, wodurch die wenigen Worte – »Wenn du bei mir spielen willst – du bist willkommen« – mir im Kopf herumgeisterten. Es ist nun über dreißig Jahre her, aber ich werde meinem Vater nie verzeihen. Leider kann ich es ihm auch nicht mehr verzeihen. Er ist, wie er selbst so vergnügt über andere verkündete, von dem großen Lumpensammler dahingerafft worden.

Folgendes geschah: Vor etwas mehr als dreißig Jahren kam ich von der Schule nach Hause. Als ich mein Fahrrad hinter die beiden Särge stellte, sah ich, daß mein Vater Besuch von einem Schrotthändler hatte. Es war ein untersetzter, gemütlicher Mann; zwischen Stapeln von Lumpen und altem Papier schritt er hinter seinem gewaltigen Bauch her.

»Du hast da ein sehr schönes Klavier stehen«,

sagte er, »wie bist du da drangekommen, und was machst du damit?«

»Stand schon da, als ich den Handel hier übernahm«, sagte mein Vater, »und mein Sohn kann schon ein paar hübsche Liedchen darauf runterspielen.«

Allein das Wort »Liedchen« habe ich meinem Vater nie verzeihen können. Der Schrotthändler sagte zu mir: »So? Du spielst? Kannst du denn schon ›Fuchs, du hast die Gans gestohlen‹?«

Als ich nicht antwortete und ihn nur giftig ansah, rief er munter: »Nun, nun, nicht so schnell beleidigt, ich kann doch nicht wissen, daß du schon weiter bist, daß du schon zwei kleine Gänse spielst.«

»Ja, das tut er bestimmt, er spielt schon eine ganze Gänseherde und einen Gänserich dazu«, sagte mein Vater, »dieser mein Sohn, das ist ein Musikbolzen, wirklich wahr, das ist ein richtiger Musikbolzen.«

»Dann willst du das Klavier sicher nicht weggeben?«

»Willst du es etwa übernehmen?«

»Nun, das nicht, aber ich wüßte einen Kunden. Das hier ist ein Blüthner, die Marke ist nicht zu verachten, damit kannst du gutes Geld machen, es ist eine Sünde, so ein Ding hier einfach im Lagerhaus verrotten zu lassen.«

»Ja, das hab ich auch schon oft gedacht«, sagte mein Vater, »ja aber, mein Sohn...«

»Versteh ich«, sagte der Schrotthändler, »also ist er nicht zu verkaufen?«

»Nein, eigentlich nicht«, sagte mein Vater, »aber wenn da so 'n Verrückter ist, der 'ne Stange Geld dafür übrig hat, dann...«

»Nein«, sagte ich, »nein, das dürfen Sie nicht tun, das geht nicht, worauf soll ich dann üben?«

»Womit du recht hast«, sagte mein Vater, »Cornelis, du hörst, dieses Klavier ist nicht zu verkaufen.«

So schien die Gefahr abgewendet, und ich konnte beruhigt durch den kleinen Gang im Haus verschwinden. Drei Tage später aber stapfte der Schrotthändler Cornelis schon wieder hinter seinem Bauch her ins Lagerhaus, diesmal in Gesellschaft eines Herrn mit schwarzem Mantel und weißem Schal. Dieser Herr mit dem weißen Schal machte für den Blüthner ein Angebot, daß es meinen Vater schwindelte, und in der Woche darauf wurde der Blüthner – mein Blüthner –, während ich in der Schule war und nichts ahnte, aus dem Lagerhaus getragen.

Beim Abendbrot sagte mein Vater: »Ich konnte es mir nicht entgehen lassen, wirklich, ich konnte es mir nicht entgehen lassen, ich hätte nie gedacht, daß ein so altes Klavier soviel wert sein könnte. Nun kann ich endlich an den Umbau denken, auf den ich all die Jahre habe sparen wollen.«

Er blickte mich kurz an, und meine Mutter sagte: »Das geht ihm aber sehr ans Herz«, und mein Vater sagte: »Ja, das versteh ich, es ist ein harter Schlag für ihn, aber ich bin heute nachmittag in der Damstraat vorbeigegangen, und Klaas hat dort zwischen all seinen Harmoniums ein altes Klavier stehen, das ich für hundert Gulden von ihm kaufen kann, mit Stimmgeräten und allem Drum und Dran, und ob du's glaubst oder nicht, während ich da mit Klaas noch am Reden war, kommt zufällig Küster Bergwerff rein, und ich sage zu ihm: ›Meinst du, daß mein Sohn ab und zu mal auf der Orgel der Zuiderkerk üben könnte?‹ Und er sagt: ›Nun, wenn dein Sohn ab und zu bei einem Gottesdienst einspringen kann, läßt sich das wohl regeln‹, also, das hab ich doch gut hingekriegt.«

»Ja, aber ich bin doch kein Kirchenorganist«, sagte ich, »ich weiß überhaupt nicht, wie man diese Pedale...«

»Mit den Füßen«, sagte mein Vater, »das machst du mit deinen Füßen.«

»Ja, das weiß ich auch schon«, sagte ich heftig, »aber...«

»Du bist so verflixt geschickt mit deinen Fingern«, sagte mein Vater, »du wirst sehen: Wenn du da hinter der Orgel sitzt, gehen die Füße von selber mit, und es ist doch eigentlich auch viel schöner, so eine große Orgel mit all den Pfeifen als solch ein Klimperkasten.«

So geschah es, daß mein Blüthner durch ein uraltes, total verstimmtes, fast nicht spielbares, grauweiß angemaltes Klavier ersetzt wurde, bei dem schon mehrere Saiten weggesackt waren, so daß sie keinen Ton mehr von sich gaben. Und die Tasten, die noch gedrückt werden konnten, machten ein so erbärmlich jammerndes Geräusch, daß am Montagmorgen die *mokkel* und *hittepetitjes*, die in aller Frühe auf ihr heißes Wasser warteten, abfällig von Katzenmusik redeten.

Natürlich konnte ich auf der Orgel der Zuiderkerk nicht die Studien von Moscheles üben. Dennoch war es eine Offenbarung für mich, auf einer Kirchenorgel zu spielen. Und wie die beiden Teile des *Wohl-*

temperierten Klaviers von Bach darauf klangen! Als wären sie dafür geschrieben worden!

Auf dem Weg zur Kirche begegnete ich fast immer Minderhout. Stets grüßte er mich liebenswürdig, und wenn er, was manchmal der Fall war, einen schwarzen Schlapphut trug, lüpfte er schwungvoll seine Kopfbedeckung. Er hat einen Flügel, summte es mir durch den Kopf, ich könnte bei ihm spielen, wenn ich wollte. Aber ich war zu schüchtern, ihn deswegen anzusprechen. Außerdem gelang es mir, das »Mistviech«, wie ich das grauweiße Klavier nannte, etwas »aufzumöbeln« – um den Jargon der President Steynstraat zu gebrauchen. Einen anderen Ausdruck wüßte ich nicht. »Aufgemöbelt« gibt genau das Resultat meiner Bemühungen mit Stimmgabel und Stimmschlüssel wieder. Damit stand mir ein Instrument zur Verfügung, auf dem nicht wirklich gespielt, wohl aber geübt werden konnte.

So quälte ich mich beinahe ein Jahr lang ab. Dann war es wieder Winter, es fror, und am Ufer der Boone band ich mir meine Schlittschuhe unter. Ich lief gegen den harten Nordost an zur Blauwe Brug, und dort mußte ich ein Stück mit angeschnallten Schlittschuhen über Land laufen, bevor ich mich aufs neue mit dem Nordost messen konnte. Weiter oben, dort wo die Boone sich zu einem Wassertümpel verbreiterte, der im Volksmund den großspurigen Namen Bommeer bekommen hatte, wurde eifrig Schlittschuh gelaufen. Versierte Eiskunstläufer strichen mühelos über das dunkle Eis, und einer dieser Eiskunstläufer war Minderhout.

Graziös und, wie es schien, ganz in sich versunken drehte er Kreise, Ellipsen und sogar schwierige Figuren. Und eine solche unvorhersehbare Figur brachte ihn mit verblüffender Exaktheit genau dorthin, wo ich mich ausruhte. Er glitt neben mir nieder und sagte: »Wenn ich Schlittschuh laufe, denke ich immer daran, wie es hier ganz früher gewesen sein muß. Seen, Tümpel, Bäche, Schilf und Binsen, kurz: Moore und entfernte Vorfahren, die nirgendshin konnten. Aber wenn es fror, banden sie sich geschliffene Knochen unter, und die ganze Welt lag offen vor ihnen. Wie gewaltig muß das gewesen sein. Wenn du Schlittschuh läufst, ist es, als würdest du wieder solch ein ans Moor geketteter Vorfahr, der auf einmal überallhin kann.« Er stand wieder auf und sagte: »Mein Vater lief im Dunkeln Schlittschuh. Einmal lief ein Mann neben ihm. Der fragte ihn: ›Wissen Sie, ob man im Himmel Schlittschuh läuft? In der Bibel ist nichts über Schnee und Eis zu finden, und Schlittschuh läuft man darin schon gar nicht. Es darf doch nicht wahr sein, daß man im Himmel nicht Schlittschuh laufen kann?‹ Mein Vater sagte: ›Darüber habe ich nie nachgedacht, aber nun, wo Sie es sagen... es steht in der Offenbarung: ›Und ich sah einen neuen Himmel und eine neue Erde, und das Meer war nicht mehr.‹ Wo kein Meer ist, gibt es kein Wasser, also auch kein Eis.‹ Worauf der Mann sagte: ›Und dann wollen sie uns noch weismachen, daß es im Himmel so schön sein soll. Man kann dort nicht einmal Schlittschuh laufen! Und wenn dort kein Meer ist... kein Meer, kein Strand, keine Häfen, keine Kutter... allmächtiger Gott!‹«

Ein bildhübsches Mädchen mit weißer Pudelmütze schwebte an uns vorbei. Minderhout hielt einen Augenblick inne, blickte ihr nach, schüttelte kurz den Kopf, besann sich und sagte: »Na, na, das war mir eine... Wenn ich solche Mäuse auf dem Dachboden hätte, schaffte ich die Katze ab.«

Er pfiff leise und verkehrt eine Melodie vor sich hin, sagte dann: »Was für einen Hunger man vom Schlittschuhlaufen bekommt. Wenn jemals das Sprichwort gilt: ›Hunger ist der beste Koch‹, dann auf dem Eis. Darf ich dich vielleicht zu einem Teller Erbsensuppe einladen?«

»Ja, gern«, murmelte ich.

Wir überquerten, den Figurenläufern ausweichend, die schwarze Eisfläche, banden die Schlittschuhe ab und kletterten ans Ufer. Im Café Bommeer war es noch ziemlich leer. Erschöpft ließ ich mich auf einen Stuhl fallen. Er sagte: »Ach, sieh einer an, sind eure Mühen und Plagen zahlreich und gewaltig?«

»Ich hab lange nicht mehr auf Schlittschuhen gestanden«, sagte ich entschuldigend.

»Und doch verlernst du es nicht, auch wenn du viele Jahre nicht läufst – merkwürdig eigentlich, findest du nicht? Wenn du eine Weile nicht Klavier spielst, geht es mit deiner Technik rasend schnell bergab, aber manchmal vergehen zehn Jahre zwischen zwei richtigen Frostperioden mit Schlittschuh-Eis, und doch braucht man sich dann nur auf seine Holzschlittschuhe oder auf moderne Schlittschuhe zu stellen, und man kann es wieder. Ein merkwürdiges Gefühl: Als wären die dazwischenliegenden zehn Jahre auf einen Schlag wie weggewischt. Gleichzeitig ist es ein Erlebnis, daß du noch immer etwas beherrschst, was du so lange nicht mehr gemacht hast, und du meinst, dies könne nicht einmal der

Tod auslöschen. Du hast auf einmal zehn Jahre verloren, aber das macht nichts, denn du bist offenbar unsterblich.«

»Schwimmen und Radfahren verlernt man auch nicht, wie es scheint.«

»Kann sein«, sagte er, »aber verstreichen jemals zehn Jahre zwischen zwei Radtouren?«

Er stand auf, ging an die Bar, bestellte zwei Teller Erbsensuppe und kam mit zwei Tassen Kaffee zurück.

»So, hier erst mal etwas Warmes. Na, bin ich froh, daß es mir gelungen ist, dich endlich mal zum Sprechen zu bringen. Es gibt Menschen, die man, wenn man sie auf der Straße sieht, lieber nicht grüßt, weil man Angst hat, daß sie stehenbleiben, und dann muß man ein Schwätzchen mit ihnen anfangen, und zwar mindestens für eine Stunde. Aber dich habe ich monatelang bedenkenlos grüßen können. Bei jemandem, der so alt ist wie ich, hätte ich im vergangenen Jahr gesagt: Ich hoffe, daß ich ihn irgendwann zu einer Zigarre verführen kann, um so das eine oder andere mit ihm zu besprechen, aber bei dir kann ich, es sei denn, du rauchst schon Zigarren, nur sagen: Ich hoffe, dich bald einmal bei mir am Flügel zu sehen, um mit dir zu reden. Heute ist Mittwoch, du hast also schulfrei, wie ist es mit dem Rest der Woche? Könntest du vielleicht Freitag nachmittag kommen? Meine Frau ist dann weg, ich bin unten in der Apotheke beschäftigt, und du kannst dich von mir aus den ganzen Nachmittag mit dem Bösendorfer vergnügen. Und am Ende vom Nachmittag könnten wir beide uns ein Fläschchen Wein teilen. Würde dir das vielleicht gefallen?«

»Äh… ja… äh, ich… ich kann am Freitag«, stotterte ich.

»Gut so, das ist also hiermit verabredet.«

Bösendorfer

Am Freitag taute es schon wieder. Ein Südweststurm jagte graue Wolken über den Himmel. Regenschwaden peitschten über den Markt; durchnäßt betrat ich die Apotheke.

»Sie bringen ein Rezept?« fragte das Mädchen, das hinter dem breiten Tresen stand.

»Nein, ich möchte zu Mijnheer Minderhout«, sagte ich.

»Gut so«, hörte ich ihn rufen, »doch gekommen, trotz all der meteorologischen Widrigkeiten. Komm durch, ich bin hier hinten.«

Das Mädchen begleitete mich zu einer kleinen Küche. Dort saß er an einer goldfarbenen Waage. Er sagte: »Ach, nun ist die Eiszeit schon wieder vorbei! Wie schade, denn Schlittschuhlaufen verbrüdert, und Eis schafft neue Freundschaften! Hätten wir uns nicht dort auf dem Bommeer getroffen, dann wären wir nie über ein beiläufiges Schwätzchen auf der Straße hinausgekommen. Gehen wir nach oben.«

Flink eilte er die Treppe hinauf. Er stieß eine Tür auf, zeigte auf einen Flügel, der schräg vor dem Fenster stand.

»Bitte, laß dich nicht stören«, sagte er, »wenn du nichts dagegen hast, gehe ich gleich wieder runter. Am Freitagnachmittag habe ich immer eine Hilfe mit einer sicheren Hand zum Abwiegen, das muß ich ausnutzen. Und spiel schön laut, so daß wir es unten hören können!«

Der Regen klatschte gegen die Scheiben. Der Wind sang in den Ritzen der Schiebefenster. Erst nach einer halben Stunde war ich soweit, daß ich mich traute, wirklich dagegen anzuspielen. Was habe ich damals, an diesem endlosen Nachmittag, auf diesem phantastischen Bösendorfer gespielt? Vielleicht ist es nicht überflüssig mitzuteilen, daß ich stundenlang an den *f-moll-Variationen* von Joseph Haydn geübt habe, auch wenn die Geschichte, die ich hier erzähle, nicht unbedingt dadurch gewinnt, obwohl die Erfahrung lehrt, daß niemals etwas aus Zufall geschieht.

Am Ende des Nachmittags öffnete er vorsichtig die Tür, die er vorhin so schwungvoll aufgestoßen hatte. Sofort hörte ich auf zu spielen. Er sagte: »Nein, nein, spiel wenigstens bis zu einem richtigen Schlußakkord, dann habe ich noch Zeit, eine Flasche Sylvaner zu öffnen.«

Bei mir zu Hause wurde nur an Geburtstagen etwas getrunken. Und selbst dann wurde niemals eine Flasche Wein geöffnet, sondern mein Vater löffelte ein Glas *boerenjongens** leer und meine Mutter trank ein Gläschen Advokaat, und dabei murmelten sie: »Gut, daß wir keine Verwandtschaft haben, sonst müßten wir denen auch noch was einschenken. Das würde ein hübsches Sümmchen kosten.« Manchmal ließen sie mich einen Löffel voll probieren.

Es war, als wüßte Minderhout das; er sagte, als er

* Weinbrand auf Rosinen, mit Löffel in großem Glas serviert. (Anm. d. Übers.)

mir ein Glas einschenkte: »Du bist es sicher nicht gewohnt, einfach mal ein Glas Wein zu trinken? Dann sei vorsichtig, Alkohol wird schon durch die Zunge in die Blutbahn aufgenommen! Ein Schluck, und deine ganze Chemie steht kopf!«

Wir saßen zu beiden Seiten eines glühenden Kohleofens. Der Regen peitschte noch immer gegen die Scheiben. Er fragte: »Und? Hat's dir gefallen?«

»Es ist ein prächtiges Instrument«, sagte ich.

»Das hättest du auch gern anders sagen dürfen«, sagte er. »Nun gut, nachdem wir das also festgestellt haben, darf ich dir vielleicht folgenden Vorschlag machen. Hier bei uns ist voriges Jahr dreimal eingebrochen worden – du faßt es nicht, wie das möglich ist, mit dem Polizeibüro auf der anderen Seite vom Markt. Seitdem wagen wir es nicht mehr, abends und sonntags wegzugehen. Daher suchen wir schon seit einiger Zeit jemanden, der auf Haus und Apotheke aufpaßt, wenn wir einmal ausgehen wollen. Es ist natürlich die Frage, ob uns die Einbrecher weiterhin die Tür einrennen werden, denn, na ja, soviel ist hier nun auch wieder nicht zu holen, aber es würde der Gemütsruhe meiner Frau guttun, wenn – zum Beispiel – du hier spielen würdest, während wir weg sind. Was hältst du davon?«

»Ja«, sagte ich vorsichtig, »ja, das wäre...«

»Na, siehst du, das ist dann also auch geregelt, das erspart uns einen Wachhund.«

Er schenkte mein halbleeres Glas wieder voll, sagte: »Du hältst dich gut ran, obwohl du nicht ans Trinken gewöhnt bist. Hast du eigentlich schon eine Idee, was du später werden willst?«

War es der Alkohol, an den ich tatsächlich nicht gewöhnt war und der mir die Antwort eingab, worüber ich sogar jetzt noch verblüfft bin?

»Komponieren.«

»Ja, wer wollte das nicht«, sagte er, »aber damit kannst du keinen Blumentopf gewinnen. Und außerdem: Wenn du in der Musik etwas erreichen willst, mußt du unglaublich gut sein, du hast so viele Konkurrenten, die alle dasselbe wollen. Wenn du die Musik wirklich liebst und sie auch weiterhin lieben willst, mußt du sie zu deiner Geliebten machen. Du darfst sie niemals heiraten. Nimm dir mich zum Vorbild: Werde doch Apotheker! Heilmittel – daran wird viel sauberes und schmutziges Geld verdient, und du hast letztlich wenig Arbeit damit. Einen Tag in der Woche Wiegen und Mischen, damit kommst du ganz schön weit; den Rest kannst du deinen Mitarbeiterinnen überlassen, wenn sie nur ein bißchen geschickt sind. Aber danach kannst du sie ja aussuchen. Lieber geschickt als hübsch, sag ich immer. Wenn sie wirklich hübsch sind, besteht immer die Gefahr von Wald-, Heide- und Dünenbrand.«

»Wald-, Heide- und Dünenbrand?« fragte ich verblüfft.

»Na ja, ich meine, daß man sich vorsehen muß, nicht die Fassung zu verlieren bei einem süßen Frätzchen... Man sagt zwar: Schau aufs Herz, nicht aufs Gesicht, ein schönes Gesicht langweilt dich schnell, aber das ist deinen Hormonen scheißegal.«

Er schenkte mein Glas wieder voll, sagte: »Ich bin froh, daß du hier ab und zu aufpassen willst. Daß hier in einem solch hinfälligen Hafenstädtchen so viel eingebrochen wird! Ja, ja, die Verbrechensstatistiken hier... So jung, wie du bist, und doch hast du schon einen Mord mit angesehen.«

»Ich hab nichts gesehen«, sagte ich.

»Wirklich nicht?«

»Nein«, sagte ich, »ich hörte wohl einen Knall, aber ich dachte, daß mein Vater eine Papiertüte kaputtschlug.«

»Du dachtest nicht, daß einer von den Rotznasen einen Schwärmer angesteckt hätte?«

»Nein, so klang es nicht, es klang wirklich, als ob mein Vater eine Papiertüte aufgeblasen hätte und die jetzt kaputtschlug. Er schlägt beinahe jeden Samstag eine Papiertüte kaputt, um mich zu erschrecken, also...«

»Ist er so einer? Piesackt er gern?«

»Ja, er triezt immer.«

»Mein Vater sagte immer: ›Menschen, die gern hänseln, sind todunglücklich.‹« Er hob sein Glas, sah den Wein an, fragte: »Als dieser Knall war, hast du dich da nicht kurz umgedreht?«

»Nicht sofort, denn ich erschrak nicht bei dem Knall, ich dachte erst, daß mein Vater... aber der war unterwegs in den Häusern, also dachte ich, daß sie einen Knallfrosch... Man hörte den ganzen Tag nichts anderes. Ich habe mich erst umgedreht, als ich etwas fallen hörte. Ich sah einen Mann mit einem Schlapphut, der sich mit der linken Hand einen Schal vor den Mund hielt.«

»Es ist fast nicht zu glauben, aber du bist der einzige, der den Mörder gesehen hat. Ich stand auch da draußen, aber ich...«

Durch den Wein hatte ich jetzt zu meinem eigenen

Erstaunen den Mut zu fragen: »Warum waren Sie eigentlich dabei?«

»Du bist nicht der erste, der das fragt«, sagte er, »Graswinckel hat mir deswegen auch schon wochenlang in den Ohren gelegen. Immer wieder sagte er ziemlich unverblümt: ›Das ist doch nichts für dich, im Hoofd bei einer solchen Evangelisationsversammlung herumzustehen und zu glotzen, um kein Wort zu verpassen.‹ Nein, da hatte er recht, das ist auch nichts für mich; von Gott und seinem Sohn will ich nur hören, wenn es so unverständlich wie möglich in Musik gesetzt ist, aber ich war auf dem Weg zum Konsul von Südafrika, der, wie du weißt, in dem schönen weißen Haus in der Burgemeester Lelykade wohnt. Der ist dank unseres hiesigen Wetters einer meiner besten Kunden. Und der besteht nicht nur darauf, daß ihm die Medizin gebracht wird, sondern auch noch vom Apotheker höchstpersönlich, nun, von mir aus ist das in Ordnung – meist steht dem ein sehr gutes Glas Wein von weit unterhalb des Äquators gegenüber, ja, Wein ist meine schwache Seite, ich gebe es ehrlich zu –, also, ich gehe da, im Hoofd, und da sehe ich Alice stehen. Graswinckel fragte mich genau wie du: ›Warum warst du da?‹ Nun, so fragte ich Alice: ›Was machst du denn hier?‹ Und was machte sie da? Sie war auf dem Weg zu De Vries, um ein Paket Waschmittel zu holen, und war einen Moment stehengeblieben, weil das eine so verrückte Darbietung war: ein Mann auf einer Gemüsekiste, der die ganze Zeit zum Waterweg zeigt und dauernd behauptet, da stünde ein Kreuz. Und dann wird da in diesem Regen tüchtig und sehr passend gesungen von rauschenden Wolken, und der arme Pianist sitzt ganz hinten im Lagerhaus und kann nichts sehen.«

»Das ging noch«, sagte ich, »ich konnte Everaarts da stehen sehen, und ich sah Sie, als Sie da ankamen...«

»Bist du«, unterbrach er mich, »eigentlich auch so scharf von Graswinckel verhört worden?«

»Er war ein paarmal abends da. Dann wollte er nur ein bißchen mit mir am Hafen spazierengehen.«

»Was für eine unorthodoxe Methode! Nicht schlecht! Er wollte dich natürlich nicht aufregen. Wenn er dich in sein Büro hätte kommen lassen... aber, was konntest du ihm eigentlich erzählen? Du hattest den Mann nur einen Augenblick gesehen, mehr konntest du natürlich auch nicht...«

»Nein«, sagte ich.

»Genau«, sagte er, »aber hattest du nicht auch das Gefühl, daß Graswinckel doch irgendeiner Sache auf der Spur war?«

Irgendwie übermütig geworden durch den Alkohol und außerdem stolz darauf, daß ich ihm erzählen konnte, was ich wußte, sagte ich: »Er wußte, daß Vroombout Jungen Geld gab, um... um... wie soll ich das sagen?«

»Du brauchst es nicht zu sagen, ich kapier das auch so.«

»Und daß es vielleicht auch andere Männer gab, die dasselbe taten, und daß einer von diesen anderen... aus Eifersucht oder so was...«

»Oh, seine Gedanken gingen in die Richtung? Das hätte ich eher wissen sollen... na ja, egal, was geht's mich an.«

Er schenkte mir wieder nach, er blickte mich an, als sähe er mich zum erstenmal, er sagte: »Du warst so ein hübscher, dunkler kleiner Junge, hat Vroombout dir auch mal Geld angeboten?«

Mein Gesicht glühte vom Wein, aber dennoch konnte er sehen, daß ich rot wurde. Er sagte: »Du brauchst dich deshalb nicht zu schämen, das sind Dinge, die häufiger vorkommen als Hochwasser; wenn es Medikamente dagegen gäbe und die Männer sie freiwillig einnehmen würden, wäre ich längst Millionär, aber ich gehöre wirklich nicht zu denen, die das zwangsweise durchsetzen würden... Nun ja, endlich verstehe ich, warum Vroombout in euer Lagerhaus ging.«

»Aber ich hatte... ich war... ich wollte überhaupt nicht, daß...«

»Komm, sei nicht unglücklich, wir reden von Dingen, die genauso alltäglich sind wie der Südwestwind. Hatte er, hatte dieser Vroombout, soweit du weißt, noch mehr Posaunenengelchen, denen er Geld anbot?«

»Das weiß ich nicht.«

»Gesetzt den Fall, daß... aber das sagt auch nichts. Übrigens wollen Graswinckel und Kommissar Douvetrap anscheinend, wie ich auf Umwegen gehört habe, die Dossiers der Untersuchung wieder hervorholen. Sie haben neues Material. Du kannst dich schon darauf einstellen, daß Graswinckel heute oder morgen vielleicht wieder einmal mit dir einen kleinen Gang zum Hafen machen will. Ich halte es übrigens nicht für wahrscheinlich, daß Vroombout von einem Konkurrenten erschossen worden ist, der auch geil auf kleine Jungen... entschuldige, daß ich es so direkt sage, das ist der Sylvaner... nein, dann könnte man logischerweise eher annehmen, daß der eine oder andere wütende Vater eines solchen Jungen... obwohl... ist das nun ein Motiv für einen Mord...? Ich hab keine Ahnung. Dafür mußt du vielleicht selber Kinder haben. Aber wenn ich Graswinckel wäre, würde ich genau nachforschen, welchen Jungen so ein Kollege mit Geld nachlief, und dann würde ich all den Vätern auf den Zahn fühlen, mein Gott, wie würde ich die Väter drannehmen!«

Er stand auf, stellte sein Glas auf den Kaminsims, trat ans Fenster, an dem die Regentropfen herabliefen, und sagte: »Väter! Die ganze Welt ist bei Gott voller Väter, du stolperst über Väter, bald jeder Mann wird von selbst Vater... und ich, wir... Maria und ich... Es ist eigenartig: Ein Ehepaar, das kinderlos bleibt, besteht aus einem Mann und einer Frau, die logischerweise alle beide einen Vater und eine Mutter hatten. Mit anderen Worten: Die Eltern eines kinderlosen Ehepaars waren nicht kinderlos. Warum ist das Ehepaar dann kinderlos? Alles ist erblich; warum erbt ein Ehepaar dann nicht von den jeweiligen Eltern die Fähigkeit, Kinder zu kriegen?«

Er wandte sich zu mir um, sagte: »Achte nicht darauf, es ist nur der Alkohol, dann werde ich sentimental, dann fange ich an, darüber zu jammern und zu klagen, daß wir keine Kinder haben. Obwohl das doch gerade ganz gut ist. Kinder... in einer Welt wie dieser... du mußt völlig verrückt sein, um in eine solche Welt auch noch Kinder zu setzen... früher oder später fängt die ganze Welt wieder an zu wüten, wiederholt sich '40–'45... Wußtest du übrigens, daß dieser Vroombout im Krieg ein Verräter war?«

»Er war doch bei der Polizei?« fragte ich.

»Deshalb kann er doch ein Verräter gewesen sein! Sehr viele Polizisten waren im Krieg Verräter. Dutzende von ihnen haben bei der Judenverfolgung mitgemacht. Auch Vroombout. Nein, um den Mann ist es nicht schade, man hat ihn nach dem Krieg von Rotterdam hierherversetzt, weil er dort untragbar geworden war, ich begreife übrigens nicht, daß es bei der Versetzung geblieben ist. Er hätte schwer bestraft werden müssen.«

Die Zimmertür wurde geöffnet. Eine Frau mit hochroten Wangen kam herein.

»Du bringst eine Menge Kälte mit«, sagte Minderhout.

»Ja, es ist unfreundliches Wetter.«

»Wir haben ab jetzt jemanden, der einhütet.«

»Das ist schön.«

Sie lächelte mich traurig an. Ich verstand das damals noch nicht, wußte damals noch nicht, wie sehr manche Frauen bei jedem Kind oder jedem Jugendlichen daran erinnert werden, daß es ihnen versagt ist, Mutter zu werden.

Douvetrap

Anders als Minderhout vorausgesagt hatte, war es nicht Graswinckel, sondern Kommissar Douvetrap, der mich noch einmal über den Mord hinter meinem Rücken verhörte. Und Douvetrap schlug nicht vor, am Hafen spazierenzugehen, sondern kam eines Samstagnachmittags um die Teezeit mit seinem Sohn zu uns. Wenn ich daran zurückdenke, erscheinen mir »die Tage meiner Jugend« doch wieder, um mit dem Wort des Herrn zu sprechen, als »trügerische Träume«. Douvetrap war ein älterer, gebeugter, melancholischer Mann. Erst nach zwanzig Jahren Ehe war seine Frau schwanger geworden. Schon bald nach der Geburt des Kindes war die Freude darüber in Kummer umgeschlagen. Der Junge war mongoloid. Immer lief Douvetrap mit dem Kind an der Hand durch die Straßen. Er nahm das Kerlchen sogar mit ins Büro. Es begleitete ihn auch, wenn er durch die Stadt wanderte, um die harmlosen Verbrechen eines Hafenstädtchens aufzuklären. Es scheint mir nicht ausgeschlossen zu sein, daß der Anblick des Kleinen, der immer quengelte und nur »wah, wah« sagen konnte, Hehler und Taschendiebe weniger auf der Hut sein ließ, als es bei einem Verhör notwendig gewesen wäre. Vielleicht war es – unbeabsichtigt – eine verblüffend schlaue Form von Verbrechensbekämpfung. Auf mich verfehlte das greinende Kind, das in einem fort nickend am Wohnzimmertisch saß und mit dem wohl von der Straße aufgelesenen Glied einer Ankerkette rhythmisch auf die Tischdecke schlug, seine Wirkung jedenfalls nicht. Gott sei Dank hatte ich damals noch nicht im Haus von Minderhout herumgeschnüffelt, sonst hätte ich Douvetrap vielleicht doch erzählt, worauf ich dort gestoßen zu sein meinte. Nun wiederholte ich nur, was ich schon Graswinckel unter den Sternbildern gebeichtet hatte.

»So kommen wir nicht weiter«, sagte Douvetrap, »aber das hatte ich auch nicht erwartet, ach, es ist schon wieder so lange her, aber es war ein Kollege, und da ist man doch geneigt, etwas härter vorzugehen. Ich kann dir jetzt nur noch ein paar Fotos zeigen.«

Er nahm einen Packen Fotos aus der Innentasche seines beigefarbenen Regenmantels und legte sie vor mich hin.

»Sieh sie einmal in Ruhe durch«, sagte er.

Es waren alte Fotos, viele davon waren schon braun geworden. Oder vielleicht waren sie immer braun gewesen, das weiß ich nicht. Alle trugen die Aufschrift »Atelier Colthoff«, und alle zeigten zwei Menschen, von denen der eine stand und der andere auf einem viereckigen Korbstuhl saß. Während ich mir diese Fotos mit den mir unbekannten Menschen ansah, hatte ich das Gefühl, daß auch von mir bald nur noch ein Packen armseliger brauner Fotos übrig sein würde.

Auf einem der Fotos war meine Klavierlehrerin zu sehen. Sie saß auf dem Korbstuhl; neben ihr stand ein mir unbekannter Mann. »Das ist meine Klavierlehrerin«, sagte ich.

»Ja«, sagte Douvetrap, »es ist ein Foto, das kurz nach ihrer Hochzeit aufgenommen worden ist. Er fuhr nach Harwich und Hull, da sind sie getraut worden, glaube ich, er hat sie aus England herüberkommen lassen. Und dann ist er auf einmal durchgebrannt.«

»Jedenfalls ist das nicht der Mann... na ja, hier ist er noch jung, inzwischen wird er natürlich anders aussehen, aber warum sollte er...?«

»Warum nicht? Solange wir nicht wissen, wer es getan hat, kann es jeder gewesen sein, der jemals irgend etwas mit Vroombout zu tun gehabt hat. Dieser Mann war mit ihm in derselben Klasse, in der Kuyper-Boone-Schule. Sie kämpften immer wie wilde Tiere miteinander.«

»Ja, aber was Kinder...«

»Du würdest überrascht sein, wenn du wüßtest, wie oft ich es erlebe, daß Mord oder Totschlag die Begleichung einer alten Rechnung aus der Zeit der Kindheit ist. Was Schulkinder einander antun, kann fünfzig, sechzig Jahre später noch zum Mord führen. Schulfreunde können einander zutiefst demütigen. Kinder, vor allem Jungen, sind mitleidslos. Denk an dich selbst. Bist du niemals von fünf, sechs Gleichaltrigen ausgelacht worden, nachdem sie dich vorher irgendwie übertrumpft oder furchtbar gepiesackt haben? Ist dir das nie passiert?«

»Einmal, im Schwimmbad, hat mich ein Junge, den ich kaum kannte, als ich gerade aus dem Wasser wollte und schon an der Treppe war, mit beiden Füßen runtergedrückt und mich...«

»Genau«, sagte er, »nun, das wirst du nie vergessen. Begegnest du diesem Kerl, der dir das angetan hat, später irgendwo, und du kannst ihm auf irgendeine Art ein Bein stellen, dann wirst du es nicht lassen. Na ja, aber ob Vroombout deshalb... hier, sieh noch mal weiter.« Er reichte mir einen zweiten Packen Fotos. Dabei war ein anderes Foto mit meiner Klavierlehrerin darauf. Unscharf jetzt und in einem altmodischen Badeanzug. Offenbar war das Foto am Strand in Hoek van Holland aufgenommen worden. Undeutlich sah man einige Gestalten in dunklen Badeanzügen mit viel zu langen Beinen.

»Der kann es sein«, sagte ich und zeigte auf den längsten Mann in der Gesellschaft der Badenden. Wahrscheinlich sagte ich das nur, um Douvetrap einen Gefallen zu tun.

»Der?«

»Ganz vielleicht«, wich ich vorsichtig zurück.

»Dann müssen wir mal herausfinden, wer das war«, sagte er.

»Danach können Sie meine Lehrerin fragen«, sagte ich.

»Werd ich machen«, sagte er, »kann ich jetzt sofort machen.«

»Ich komme mit«, sagte ich, »denn ich habe gleich Klavierstunde.«

So liefen wir kurze Zeit später durch die President Steynstraat und die De La Reystraat. Am Veerhoofd angelangt, bogen wir nach rechts ab, obwohl das Mongölchen nach links wollte. Es schrie und versuchte, seinen Vater mit zum Fluß zu ziehen. Auch als wir im Haus meiner Klavierlehrerin die Treppe hinaufstiegen, schrie es noch, und in dem Augenblick, als sein Vater meiner Klavierlehrerin das Foto geben wollte, zerrte es ihm den Schnappschuß aus den Fingern und riß es mittendurch.

»Gottverdammich«, rief sein Vater.

Die beiden Hälften wurden aneinandergelegt; meine Klavierlehrerin schaute kurz darauf und sagte: »Woher haben Sie das Foto?«

»Darüber darf ich im Interesse der Ermittlungen nichts sagen«, sagte Douvetrap.

»Es ist im Krieg aufgenommen worden«, sagte meine Lehrerin, »im Sommer 1942, wenn ich mich recht entsinne, ich war damals mit einer ganzen Clique nach Hoek geradelt, sehen Sie, da ist Simon...« Sie zeigte auf einen Schwimmer, der auf dem Rücken liegend fotografiert worden war.

»Und wer ist dies?« fragte Douvetrap und zeigte auf den langen Mann.

»Das ist ein Studienfreund von Simon«, sagte sie. »Der war damals, wenn ich mich recht erinnere, auf Rozenburg untergetaucht. Ich glaube, daß der Mann später aufgegriffen worden ist, aber da bin ich mir nicht sicher. Oder ist es der Mann, der später Professor geworden ist, ja, der ist es, glaube ich, Bram hieß er, Bram Edersheim.«

»Wah, wah, wah«, schrie das Kind und zeigte auf den Fluß.

Es riß sich von seinem Vater los, rannte zum Erker und hämmerte mit beiden Fäusten gegen das Fenster.

»Ich werde mal schnell gehen, bevor ein Unglück geschieht«, sagte sein Vater.

Als Vater und Sohn weg waren, sagte meine Lehrerin gereizt: »Daß die sich immer noch damit befassen!«

Ohne etwas darauf zu sagen, setzte ich mich ans Klavier. Vorsichtig spielte ich die einleitenden Takte zu Bachs *Zweiter Partita*.

»Was soll das denn?« fuhr meine Lehrerin mich an. »Seit wann spielst du mit steifen Pferdefüßen?«

Sie setzte sich neben mich, nahm meine rechte Hand, sagte: »Locker, ganz locker die Finger, alles sitzt fest, es ist nicht zu glauben, und dazu habe ich dir jetzt schon so lange Unterricht gegeben. Tust du denn gar nichts mehr?«

»Ich hab gerade besonders viel geübt«, stammelte ich verblüfft.

»Davon ist nichts zu merken«, rief sie, »deine Hände sind wie versteift. Als wenn du tot wärst. Laß den Bach noch einmal hören.«

Wieder spielte ich die dunklen Akkorde. Schon beim vierten Takt zog sie mir beide Hände von den Tasten. Sie sagte: »Wir fangen noch einmal ganz von vorne an. Spiel jetzt einmal die C-dur-Tonleiter.«

Schwungvoll und schnell spielte ich die Tonleiter, aber sie rief: »Dein Daumen! Dein Daumen! Der bleibt hängen, der bleibt zurück, der muß mitgehen, sich mitbewegen; ich höre eine Lücke zwischen dem E und dem F, eine Lücke, die so breit ist wie der Waterweg. Und der Rest ist auch unausgeglichen. Das A und O beim Klavierspielen ist die Bewegung, die du mit Daumen und Zeigefinger machst, siehst du, so...« Sie tat, als drehe sie an einem Flaschenverschluß.

»Darauf ruht alles«, rief sie, »das ist die Grundlage. Und nicht einmal das ist bei dir im Ansatz vorhanden. Setze deinen Daumen aufs F und schlage mit dem Zeigefinger nun erst das C und dann das H an. Ja, den Daumen stehenlassen, o schrecklich, nicht zu glauben – haben wir dafür nun all die Jahre geschuftet?«

Ihr jüngster Sohn kam ins Zimmer. Sie rief: »Hörst du denn nicht, daß ich Unterricht gebe? Geh, laß uns in Ruhe!«

»Ja, aber ich…«

»Jetzt nicht, ich gebe jetzt Unterricht, und ich will nicht gestört werden.«

Wir schauten uns kurz an, William und ich, und er schüttelte unauffällig den Kopf und verließ das Zimmer. Wir hörten ein Poltern auf der Treppe, die Haustür wurde geöffnet und mit einem Knall zugeworfen.

»Sollte man solchen Jungen nicht…«, sagte sie.

Im Hafen tutete der Schlepper Zwarte Zee. Er legte ab, auf der Govert van Wijnkade wurde eifrig mit Wäschestücken gewinkt, und die Zwarte Zee tutete noch einmal. Während ich dort saß und ab und zu ein paar Tasten anschlug und zwischendurch mir bis dahin unbekannte englische Schimpfworte zu hören bekam, sehnte ich mich leidenschaftlich nach einer Karriere als Schiffsjunge auf der Zwarte Zee.

Kleider

Nach dieser fürchterlichen Stunde dachte ich zwei Tage lang: Ich höre damit auf, sie ist entsetzlich, aber am Dienstag übte ich verbissener denn je die Einleitung der *Zweiten Partita*. Noch am selben Tag ließ Minderhout von einem seiner Boten fragen, ob ich am Mittwoch abend aufs Haus aufpassen wolle. Der Bote klingelte bei uns, sprach mit meiner Mutter, und als wir bei Tisch saßen, richtete sie es mir aus.

»Wenn du nichts mehr hörst, kommt er, habe ich zu dem Kerl gesagt«, sagte meine Mutter.

»Ich bin nicht gerade davon begeistert«, sagte mein Vater, »daß du dich so von dem Apotheker in Beschlag nehmen läßt. Der Mann gehört zu keiner Kirche und nichts, er kennt weder Gott noch Gebot.«

»Du bist da allmählich wie Kind im Hause«, sagte meine Mutter, »ich verstehe nicht, was du da zu suchen hast. Was hast du davon, daß du so oft dorthin gehst?«

»Sie haben einen so prächtigen Flügel«, sagte ich.

»Nun, ich hoffe nur, daß es beim Spielen bleibt«, sagte mein Vater, »deine Mutter und ich legen keinen Wert darauf, daß du seine Redensarten übernimmst.«

»Und dieses *mokkel* von ihm...«, sagte meine Mutter.

»Angemalt wie sonst was«, sagte mein Vater, »und das versteh ich nicht, denn die war früher doch so schön evangelisch, die hat er völlig von dem Herrn und dem Dienst an ihm abgebracht. Er hätte doch lieber das *mokkel* van Tuitel heiraten sollen.«

»War er denn hinter der auch her?« fragte meine Mutter.

»Ja, wußtest du das nicht? Antje Tuitel, ja, hinter Antje Tuitel war er auch her, ja, denn so einer ist er außerdem auch noch, der hat 'ne Menge Frauen vernascht. Nee, mit dem will ich nichts zu tun haben, mit solch einem Mann, und nun rennt mein eigener Junge dort die Tür ein...«

»Weibsbilder, ja, nun wo du's sagst... der Jans van Pleun hat er auch oft schöne Augen gemacht.«

»Ja, wem nicht? Und denke nur nicht, daß es vorbei ist, jetzt, wo er verheiratet ist. Wenn der weiß, daß es eine hübsche Witwe ist oder eine junge Frau, dann bringt er die Medizin selber hin. Und er scheint es auch nicht zu verachten, seine Apothekenkätzchen ein bißchen auszuprobieren.«

Er blickte mich an und sagte: »Na ja, ich kann dich doch nicht dran hindern, die Zeit wird es dich lehren, was du dir da alles aufgabelst, und inzwischen werden deine Mutter und ich dir weiterhin ein gutes Vorbild sein. Und dann hoffen wir mal das Beste. Aber daß der Herr nicht über dem Haus wacht, bekümmert mich.«

Mir machte das nichts aus; begeistert lief ich am nächsten Tag nach dem Abendessen durch die Havenkade zu seinem Haus. Erst nachdem die beiden fortgegangen waren und ich am Flügel saß, geisterten mir die Lästereien meiner Eltern durch den Kopf. Es gelang mir nicht, mich auf die *Zweite Partita* zu konzentrieren. Es war, als hätte mein Vater die Tasten von Minderhouts Flügel mit Pech beschmiert. Meine Finger spielten Auflösungszeichen, wo sie nicht standen. »Der Mann gehört zu keiner Kirche und nichts, er kennt weder Gott noch Gebot.«

»Aber er hätte nie auf solch krumme Tour den Blüthner weggegeben«, murmelte ich, »das hätte er nie getan.«

Mitten in einem Takt stockten meine Finger. Es war, als müßte ich meinem Vater beweisen, daß Minderhout anders war, als er es mir vorgespiegelt hatte. Wütend stand ich auf. Mit großen Schritten lief ich zwischen der Zimmertür und den Fenstern hin und her.

Du wirst sehen, rief ich in Gedanken meinem Vater zu, daß bestimmt eine Bibel im Haus ist. Auf der Suche nach einer Bibel verließ ich das Zimmer, in dem der Flügel war. Im Zimmer nebenan stand ein Bücherschrank aus Eiche, darin eine Reihe von Büchern aus der Kulturgeschichte. Daneben prangte eine Trilogie: *Das Erbe von Björndal*. Weiter oben standen Bücher von Schopenhauer und Vloemans, ein Buch über den Buddhismus von Zürcher, ein Buch von Kohnstamm, *Vrije wil of determinisme*, eine ganze Reihe Bücher von Ortega y Gasset, ein Buch von J. H. van de Hoop, *Zielkunde en de zin van ons leven*, *Briefe* von Rosa Luxemburg und *Mein Weg zur Selbsterkenntnis* von N. Berdjajew. Ein Bord weiter sah ich ein Büchlein: *Die Zukunft des Unglaubens* von G. Szczesny, und daneben glänzten auf einem ledernen Prachtband golden die Buchstaben: *Bibel.*

»Siehst du wohl«, rief ich, »siehst du wohl.«

Vorsichtig zog ich die *Briefe* von Rosa Luxemburg aus dem Schrank. Mir kam es damals noch sehr merkwürdig vor, daß ein Buch einen Titel wie *Briefe* tragen konnte, und ich wollte nachsehen, ob wirklich Briefe darin abgedruckt waren. Es waren tatsächlich Briefe darin, und ich blätterte und las: »Nur die Krawatte, die Krawatte mit den wimmelnden weißen Bohnen, die den Blick förmlich faszinieren! – so eine Krawatte ist ein Scheidungsgrund. Ja, ja, die Weiber – bei dem erhabensten Geist bemerken sie vor allem die Krawatten...«

Verblüfft stellte ich das Bändchen zurück. *Briefe* – ein Buch mit Briefen! Auch alle die Bücher über Philosophie erstaunten mich. Was machte man damit, was hatte man davon? Ich mußte Minderhout bei Gelegenheit danach fragen.

Neben den philosophischen Werken standen riesige Fotoalben, und auch in denen blätterte ich. Es waren vor allem Kinderfotos von seiner Frau. Viel klüger wurde ich nicht dadurch, ebensowenig vom Herumschnüffeln in ihrer Küche. Aber nachdem ich mich in der Küche umgesehen hatte, war es, als wenn ich nun auch noch den Rest des Hauses ansehen müßte. An jenem Abend schlich ich mich vom Vorderzimmer ins Hinterzimmer und in die Küche, und von der Küche in den Wirtschaftsraum, und vom Wirtschaftsraum in den zweiten Stock. In ihrem Schlafzimmer standen zwei Betten direkt nebeneinander. Schlafen sie denn nicht in einem Doppelbett? fragte ich mich erstaunt. Wenn man verheiratet war, mußte man mit einem *hittepetitje* oder einem *mokkel* in einem Doppelbett schlafen. Das war etwas Selbstverständliches, es hatte mich aber seit eh und je so abgeschreckt, daß ich, lange bevor Gott mich im Schwimmbad zu töten suchte, beschlossen hatte, niemals zu heiraten. Aber *lits jumeaux* – davon hatte ich zu der Zeit noch nie gehört, und so brachte der Anblick meinen Entschluß ziemlich ins Wanken.

Also drang ich in ihre Welt ein. Fast alles, was ich sah, überraschte mich. Die unerhört vollen Kleiderschränke, die vielen Mittel und Mittelchen auf der Glasablage über ihrem Waschbecken und auch das Waschbecken selbst: ein Luxus, der in der President Steynstraat nicht anzutreffen war, wo noch das Gesetz der Katzenwäsche galt. Und vielleicht war ich am allermeisten über den riesigen Spiegel verblüfft, der zwei Meter breit war und vom Fußboden bis zur Decke reichte.

Bei jedem Schritt, den ich tat, und bei allem, was ich berührte – und das ist etwas Eigenartiges: Man will während eines solchen Erkundungsgangs fast alles, dem man begegnet, berühren –, hatte ich das Gefühl, daß ich mich schuldig machte. Und doch konnte ich mich, nachdem ich den zweiten Stock ganz angesehen hatte, nicht dazu durchringen, den Dachboden auszulassen.

Drohend schlug die Turmuhr, draußen startete ein Motorroller. Ich hörte Stimmen, wartete, bis ihr Klang verhallt war, und stieg dann die Treppe zum Dachboden hinauf. Es war ziemlich dunkel dort. Ich erschrak über raschelnde Geräusche, murmelte, um mich zu beruhigen, vor mich hin: »Spatzen unter den Dachpfannen, die sich noch einmal in ihren Nestchen umdrehen.«

Ein Dachboden – ein richtiges Geschichtsbuch. Man entdeckt Stühle, auf denen die Bewohner früherer Zeiten gesessen haben. Über den Stühlen liegen, unordentlich hingeworfen, alte Gardinen. Und dort eine Stehlampe, die nie mehr benutzt werden wird. Und am Schornstein, der mitten auf dem Speicher den Fußboden gleichsam mit dem Dach verbindet, stehen, mit der Vorderseite zur Mauer gewendet, ein paar alte Gemälde. Auch bei den Minderhouts lehnten verstaubte Meisterwerke am Schornstein. Unmittelbar daneben fand ich ein uraltes Grammophon, das man noch mit der Hand aufziehen mußte und dessen Nadeln immer wieder ersetzt werden mußten. Da lagen noch 78er Platten in Papierhüllen mit kreisförmigen Aussparungen. Ich hob eine hoch. Auf dem dunkelroten Etikett stand: »Caruso singt aus *La Forza del Destino* von Verdi.«

Der Dachboden erstreckte sich über die gesamte Länge und Breite des Hauses. Es war ein riesiger Raum mit lauter abgelegten Sachen. Neben dem Schornstein standen zwei dunkelbraune niedrige Sessel. In einen der beiden ließ ich mich langsam niedersinken. Lange gab ich mich, zwischen den beiden Armlehnen sitzend, einem Gefühl des Wohlbehagens hin, das nur die Spatzen unter den Dachpfannen hin und wieder störten. Von dem Sessel aus konnte ich, wenn ich mir die Mühe machte und den Kopf drehte, den ganzen Dachboden überschauen. Es war nur zu dunkel, um alles genau betrachten zu können. Daher stand ich wieder auf. Irgendwo mußte ein Lichtschalter sein. Ich tastete mich an den Dachbalken entlang, fand ihn schließlich und machte Licht, und alles, was dort stand, warf auf einmal erstaunlich viele Schatten. Alle diese Schatten ängstigten mich, und ich lief zur Bodentreppe, überlegte dann, daß ich in jedem Fall das Licht ausmachen mußte, bevor ich nach unten ging. Oder war unten auch ein Lichtschalter? Doch danach wollte ich jetzt nicht suchen. Ich lief zurück, um das Licht auszuschalten, und sah dabei, daß es noch einen kleinen Seitenspeicher gab. Verblüfft starrte ich in das eigenartige, unerwartete Eckchen. Dort war sogar ein Dachfenster, und quer durch diesen Seitenspeicher war eine Stange angebracht, an der Bügel mit alten Kleidern hingen. An einer Garderobe, links von der Stange, hingen Hüte, und ich lief darauf zu und probierte sie einen nach dem anderen auf. Warum? Was ist das für ein eigenartiger Drang, sein Aussehen schon allein mit nichts als einem Hut immer wieder zu verändern? Und warum gab es, nachdem ich die Hüte einen nach dem anderen aufprobiert hatte, auch noch die Versuchung, die Mäntel, die dort hingen, anzuziehen? Doch hätte ich weder Hut noch Mantel erkannt, wenn die Krawatte nicht daneben gehangen hätte. Eine Krawatte, wahrlich nicht mit »wimmelnden weißen Bohnen«, kein Schlips, sondern eine Krawatte, die man als Schal benutzt. Es war eine ganz normale Krawatte mit dunklen Karos, aber dennoch war ich, als ich sie über dem Mantel hängen sah, fast sicher, daß dies das Halstuch sein mußte, das sich Vroombouts Mörder vor den Mund gehalten hatte. Nochmals besah ich die Hüte. Von den sechs, die dort hingen, glichen zwei dem Schlapphut, den ich an jenem Samstagnachmittag nur kurz gesehen hatte. Und da waren allein drei Mäntel, die dem einen unauffälligen Mantel des Mörders glichen.

Mit dem Halstuch, den beiden Hüten und den drei Mänteln stieg ich die Bodentreppe hinunter. Vor dem riesigen Spiegel probierte ich alle Kombinationen aus. Sehr schnell zeigte es sich, daß es nicht viel ausmachte, welchen Mantel ich anzog oder welchen Hut ich aufsetzte. Mit jedem Mantel und jedem Hut schien ich, wenn ich den Schal genau so vor meinen Mund hielt, wie es der Mörder getan hatte, so sehr das Ebenbild des Mannes zu sein, den ich nur flüchtig gesehen hatte, daß ich lange nur in den Spiegel starren konnte. Warum war ich dem Mann zum Verwechseln ähnlich? Dieselbe Haltung? Weil ich schon so lächerlich groß war? Oder lag es an der Gebärde, mit der ich mir den Schal vor den Mund zu drapieren wußte? Angespannt belauerte ich mein Spiegelbild, bis mir die Augen tränten, und versuchte, dahinterzukommen, was mich zu seinem Doppelgänger machte. Bis ich dachte: Aber jeder kräftige Mann, dem du einen so großen Hut aufsetzt und einen solchen langen Regenmantel anziehst und ihn sich dann noch einen Schal vor den Mund halten läßt, sieht dem Kerl zum Verwechseln ähnlich, es ist Unsinn zu denken, daß ich ihm zum Verwechseln ähnlich sehe, und es ist auch Unsinn zu meinen, daß es dieser Schal war und einer von diesen Hüten und einer von diesen Mänteln. Von solchen Schals gibt es Tausende und von solchen Mänteln und Hüten auch, und du kannst Gift darauf nehmen: Wenn man einen solchen Schal, Hut und Mantel anzieht, um einen Mord zu begehen, dann hängt man diese drei Sachen hinterher nicht ganz normal wieder auf den Dachboden, also können dies nicht Schal, Hut und Regenmantel des Mörders gewesen sein. Lächerlich, das zu denken. Es sind Allerweltskleider. Man kann sie in jedem Herrenmodegeschäft finden. Merkwürdig nur, daß sie hier bei Minderhout auf dem Speicher hängen. Der ist doch viel zu schmächtig, um einen so langen Mantel zu tragen? Sollten es Kleider von diesem Vater sein, von dem er immer spricht?

Als ich viel später an diesem Abend über eine neblige Havenkade nach Hause lief, zitterte ich die ganze Zeit. Im Hafen fuhr ein Ölschiff mit gelbroten, runden Fässern an Deck vorbei, und die Zeiger der Turmuhr waren rot erleuchtet, also war alles so, wie es sein sollte. Und als ich zum Bahnübergang kam, gingen die Schranken herunter, und ich mußte warten, bis ein Zubringerzug zur Fähre schrill pfeifend auf den Schienen vorbeigepoltert war. Im Hoofd war es totenstill, alles schien dort wie ausgestorben. Ich konnte mich nicht entschließen, schon nach Hause zu gehen. Ich stieß ein Steinchen vor mich hin und lief ganz nah am Kaderand des Außenhafens entlang zum Veerhoofd. Bei meiner Klavierlehrerin brannte noch Licht. »Sie sind beide auf die eine oder andere Weise daran beteiligt«, murmelte ich verbittert dem plätschernden Wasser zu. Der Mond legte tröstend einen schrägen Lichtstreifen darauf, der bis ans Ufer von Rozenburg reichte.

Über dem Fluß funkelte ein einsames grünes Licht, das an einem fast unsichtbaren Duckdalben befestigt war. Der salzige Geruch des Wassers munterte mich auf. Durch die Dutoitstraat und die Joubertstraat lief ich zur President Steynstraat zurück. In fast jedem Haus gab es bereits einen Fernseher. Überall flackerten ungerührt die schwarzweißen Bilder.

Sobald ich in die Haustür trat, sagte meine Mutter: »So, nun können wir allmählich ins Bett.«

»Du hast es ganz schön spät werden lassen«, sagte mein Vater, »ich verstehe nicht, daß du Spaß daran hast, einen ganzen Abend mutterseelenallein da zu spielen, ich hoffe nur, daß du nicht ein geistiger Eigenbrötler wirst, es würde mir gar nicht schlecht gefallen, wenn du Lust auf ein *hittepetitje* kriegen würdest.«

Er trommelte mit seinen Knöcheln auf der Stuhllehne herum, sagte: »Ach, wenn wir doch nur noch in Rotterdam wohnten. Dann könntest du dir ein ›erneuertes‹ *hittepetitje* zulegen!«

William

Erst nach dem Besuch von Douvetrap und meinem Abstecher in den Seitenspeicher wurde mir klar, wieviel meine Klavierlehrerin und Minderhout mir bedeuteten. Mit ihrer Hilfe würde es mir vielleicht gelingen, aus dieser Welt auszubrechen, in der ein Junge wie ich ein *gassie* hieß, eine Welt, in der mein Vater hoffte, daß ich »Lust auf ein ›erneuertes‹ *hittepetitje* bekommen« würde, eine Welt, in der ein Klavierstück »ein Liedchen« genannt wurde. Aber sie, ausgerechnet sie hatten etwas – aber was eigentlich? – mit dem zu tun, was sich während der Kreuzzugskampagne hinter meinem Rücken abgespielt hatte. Sie konnten mir, fand ich, nicht mehr gerade in die Augen sehen, aber sie benahmen sich, als ob überhaupt nichts passiert sei. Daher war ich nun derjenige, der ihnen nicht mehr gerade in die Augen blicken konnte. Monatelang ging ich mit schwerem Herzen zur Klavierstunde. Schwerer noch fiel mir der Gang zum Flügel von Minderhout. Spielte ich dort, war mir bewußt, daß möglicherweise schräg über meinem Kopf drei Beweisstücke hingen.

Oft schien es, als sei das Klavier selbst beschmutzt worden. Ich nutzte daher jede Gelegenheit, auf der Orgel der Zuiderkerk zu spielen. Sehr bald wußte ich, wie man mit den Füßen die Pedale bedient. Dafür mußte man besondere Schlappen anziehen, und man glitt von einer Pedaltaste zur nächsten. Man spielte abwechselnd mit Hacke und Zehen – die Hacke vor allem auf den weißen Pedaltasten, die Zehen auf den schwarzen Pedaltasten. Mit den Pedalen zauberte man die tiefsten Baßstimmen aus der Orgel, und es waren vor allem diese Baßtöne, mit denen ich meinen Katzenjammer hinwegspielen konnte. Doch wäre ich wahrscheinlich monatelang in Trübsinn versunken, hätte ich mein Elend nicht mit William teilen können. Unerwartet erschien er an einem Sommerabend in der President Steynstraat.

»Wäre es nicht schön, einmal zusammen zu spielen?« sagte er. »Ich bin zwar noch nicht soweit auf der Querflöte wie du auf dem Klavier, aber vielleicht könnten wir doch Händel oder Blavet versuchen. Hättest du Lust dazu?«

»Oh, das hätte ich schon«, sagte ich, »aber wo? Hier geht es nicht, mein Klavier ist bloß Brennholz. Und bei dir geht es nur, wenn deine Mutter nicht da ist. Ich werde bei euch nicht nur so zu meinem Vergnügen spielen, wenn sie in der Nähe ist. Dann hätte ich das Gefühl, daß sie immer mithört.«

»Ich würde auch nicht bei meinem Lehrer zu Hause spielen können, wenn er dabei wäre«, sagte er, »aber meine Mutter ist schon manchmal weg, also...«

»Wir könnten auch in der Zuiderkerk spielen«, sagte ich, »Orgel und Querflöte klingen wunderbar zusammen. Außerdem hat man da Register, mit denen man aus der Orgel fast ein Cembalo machen kann.«

»Also, gehen wir«, sagte er.

»Können wir machen«, sagte ich, »aber ob es jetzt geht...? Oft übt dort abends der Organist der Kirche.«

»Warum sollen wir es nicht versuchen?« sagte er. »Holen wir eben bei mir zu Hause meine Querflöte.«

Es war einer dieser Sommerabende, deren hellgraue Nieselregenluft für eine stundenlange Dämmerung sorgt. Amseln sangen im Wald der Fernsehantennen. Es war beinahe eine Entweihung, dagegen anzureden, aber als wir am Hafen mit seinem eigenwilligen, starken Geruch entlangliefen, konnte ich es nicht lassen zu fragen: »Wie geht es eigentlich Herman?«

»Er selber wird wahrscheinlich finden, daß es ihm gutgeht, dieses Ekel. Wir sehen ihn eigentlich nie. Er ist immer bei seiner Freundin. Sie ist phantastisch, aber er – so ein Angeber! Er denkt wirklich, daß ihm die ganze Welt zu Füßen liegt. Oh, oh, wie ist er mit sich selbst zufrieden, wie kriegt er alles gut hin! Bald wird er eingezogen. Nun, ich werde froh sein, wenn er 'ne Zeitlang nicht zu Hause ist. Neulich stand ein Gedicht von ihm in *De Rotterdammer*, hast du das gesehen?«

»Ja«, sagte ich, »ich hab daraus behalten: Tausend Hyänen, mit Hämmern geschlagen, können nicht mehr heulen um ihr elendes Schicksal als ich.«

»Elendes Schicksal! Er!«

»Das macht nichts; auch wenn er noch so fröhlich ist, darf er durchaus schreiben, daß ihm elend ist, und die Tausend Hyänen finde ich sehr schön.«

»Bei mir heulen nur fünfhundert Hyänen, und die machen mir schon genug zu schaffen. Ich weiß nicht, wie das bei dir ist, aber seit dem einen Mal, als meine Mutter so unglaublich aasig zu dir war...«

»Aasig? Wann?«

»Das wirst du doch wohl noch wissen? Du kamst damals zusammen mit dem Mann, der ein verrücktes Kind bei sich hatte.«

»Ach, damals.«

»Weißt du eigentlich, warum sie so aasig war?«

Mich störte das Wort »aasig«, es war ein Wort wie *mokkel* und *gassie*, und darum sagte ich: »Ich hatte damals auch nicht so gut geübt, ich war...«

»Hör auf! Du spieltest genausogut wie sonst, sie war...«

»...nicht gut gelaunt«, fiel ich ihm ins Wort, um dem Ausdruck »aasig« zuvorzukommen.

»Genau, sie war einfach bockig.«

Auch dieser Ausdruck störte mich, aber zugleich fragte ich mich, warum ich die Sprache vom Hoofd verabscheute. Hieß es nicht schon in der Bibel »hoffärtig«?

»Ich verstehe sehr gut, daß sie übler Laune war«, sagte ich, »Douvetrap hatte ihr Fotos gezeigt, auf denen sie selbst zu sehen war, und zwar mit anderen zusammen, die vielleicht etwas mit dem Mord an Vroombout zu tun haben.«

»Sie hat selber etwas damit zu tun«, sagte William, »sie ist in irgendeiner Weise darin verwickelt, aber du kriegst kein Wort mehr aus ihr heraus, wenn du nur das Geringste davon erwähnst. Sie würde mich... sie weiß doch, daß ich... sie hat doch gemerkt, daß ich ganz durcheinander war, als ich hörte, daß sie ihn erschossen hatten. Er war immer so nett zu mir, so nett...«

Ab und zu fiel ein Regenspritzer, und die Amseln besangen die ewige Dämmerung, und ich dachte: Also auch er, und sagte: »Ja, er war zu mir auch immer sehr nett, er hat mir manchmal einen Groschen gegeben.«

Eigenartig, daß ich das Wort »Quartje« nicht über die Lippen bringen konnte, aber indem ich den Geldbetrag verkleinerte, war es, als ob ich bagatellisieren könnte, was in der »Gärtnerei« bei den wehenden Zaunwinden geschehen war.

Er sagte mit Nachdruck: »Ich habe nie Geld von ihm annehmen wollen.«

Wir liefen eine Weile schweigend weiter. Zwei Mädchen sangen: »*Ozewiezewose wiesewalla kristalla kris ozewiezewose wiese wied wied wied wied.*« Ich sehnte mich danach mitzusingen. Es hätte mich erleichtert.

Er sagte: »Ich würde zu gern wissen, ob meine Mutter wirklich etwas damit zu tun hat, es ist, als könnte ich sie nicht mehr richtig liebhaben, aber wie komme ich dahinter? Sie will nichts sagen. Wenn du auch nur das Geringste davon verlauten läßt, ist sie für den Rest des Tages nicht zu genießen.«

»Dann hat sie also etwas damit zu tun.«

»Hat sie mit Sicherheit, aber was? Warum stand sie da? Es paßt überhaupt nicht zu ihr, zu einer solchen Versammlung zu gehen.«

»Aber ihr seid danach, so ungefähr als die einzigen, bekehrt...«

»Das sagt doch gar nichts. Wir waren ja nicht nichts, und sie hatte immer schon das Gefühl, daß wir uns irgendeiner Kirche anschließen sollten. Sie hat uns meiner Meinung nach damals nur deshalb reformiert und evangelisch werden lassen, um die Aufmerksamkeit von uns abzulenken.«

»Ja, aber so lenkte sie die Aufmerksamkeit erst recht darauf, daß sie dort gestanden hatte.«

»Vielleicht wollte sie das sogar, vielleicht war es eine Art Schuldbekenntnis, was weiß ich. Ich zerbreche mir den Kopf über diesen Mord. Es will mir nicht einleuchten, daß der Mörder Arend zufällig dort getroffen hat. Meiner Meinung nach waren sie dort verabredet. Minderhout, meine Mutter, Arend und der Mann, den anscheinend nur du gesehen hast. Aber warum? Sie haben natürlich nicht zu Arend gesagt: ›Komm um drei Uhr in die President Steynstraat, dann können wir dich da erschießen‹, sie haben also etwas anderes gesagt, aber was? Womit haben sie Arend in die President Steynstraat gelockt? Meine Mutter hält es ganz, ganz schlecht aus zu lügen; daher sagt sie nun auch überhaupt nichts mehr, denn lügen kann sie nicht, aber die Wahrheit sagen... Dann muß sie vielleicht in den Knast, also hält sie den Mund. Sie hat ein schlechtes Gewissen, ein sehr schlechtes Gewissen, das steht für mich bombenfest, so wie es für mich auch bombenfest steht, daß sie in ihrem tiefsten Herzen nur allzu froh ist, daß Arend tot ist... Sie wußte, daß ich... sie hat so oft zu mir gesagt: ›Ich will absolut nicht, daß du mit diesem Mann verkehrst.‹ Ich glaube, daß sie zusammen mit den anderen Arend unter irgendeinem Vorwand zur... Ja, aber es ist so unbegreiflich... wenn du jemanden ermorden willst, lockst du ihn doch nicht unter einem Vorwand an eine Stelle, wo so ’ne alberne Versammlung abgehalten wird? Dann verabredest du doch einen ruhigen

Platz am Maasufer, oder du gehst einfach abends spät zu ihm nach Hause, du klingelst, er öffnet, und du schießt ihn nieder.«

»Und zufällig kommt jemand vorbei.«

»Bei ihm da, abends spät, in der Generaal de Wetstraat? Nun ja, möglich ist es immer, aber die Möglichkeit ist doch sehr gering. Aber wenn du jemanden bei einer solchen Versammlung...«

»Das sagst du jetzt, aber damals ist genau das sehr wohl gelungen. Niemand hat den Mörder gesehen.«

»Du hast ihn gesehen. Und natürlich haben Minderhout und meine Mutter ihn gesehen. Die haben extra dafür gesorgt, daß die anderen ihn nicht sahen, die haben sich so hingestellt, daß er hinter ihnen... oder was weiß ich, wie sie das geschafft haben.«

Wir erreichten den Platz vor der Zuiderkerk. Die Seitentür war offen. Es war stockfinster im Mittelschiff. Es war niemand an der Orgel. Ich setzte mich an das Instrument, William packte seine Querflöte aus. Er sagte: »Ich habe hier eine Bearbeitung für Querflöte und Orgel der *Sonatina* aus der *Kantate 106* von Bach. Wollen wir die mal versuchen?«

»Ist mir recht«, sagte ich, und wir spielten, und schon nach wenigen Takten wußte ich, daß wir dafür geschaffen waren, zusammen zu musizieren. Außerdem klang die Musik, sogar in dieser Bearbeitung, als spielten wir ein nachträgliches Requiem für Vroombout.

Er nennt ihn beim Vornamen, dachte ich, ob er wohl weiß, daß er im Krieg ein Verräter gewesen ist?

An dem Abend haben wir die *Sonatina* mindestens zwölfmal gespielt. Hat Bach an jenem Abend Beethoven bei mir auf den zweiten Platz verdrängt? Oder war dieser erste Platz in jenen Tagen schon an Mozart vergeben? Macht das etwas aus?

Als wir zum Hoofd zurückliefen, war die dunkelgraue Dämmerung in eine helle Nacht übergegangen.

»Es ist sehr, sehr schön, mit dir zusammen zu spielen«, sagte er.

»Machen wir öfter«, sagte ich.

»Gern«, sagte er, »und vielleicht können wir auch zusammen versuchen, mehr über den Mord an Arend zu erfahren.«

»Ja, aber wie? Wir können doch nicht deine Mutter und Minderhout verhören?«

»Nein, wir müssen uns etwas anderes ausdenken.«

Mit fest zusammengepreßten Lippen lief er eine Weile schweigend neben mir über die totenstille Havenkade. Es war Neumond, ein wolkenloser Himmel, die Nördliche Krone glänzte über dem Fluß, und ein Stück weiter hing der Große Bär. Hinter mir wußte ich die Kassiopeia, und ich fühlte mich unglaublich nichtig in dem riesigen, unermeßlichen Weltall. Es war, als würde ich, während ich zu dem glitzernden Sternenhimmel hinaufschaute, kleiner und kleiner werden. Da lief ich nun, ein Staubkorn in der Unendlichkeit; nichts hatte mein Dasein zu bedeuten, nichts auch das Dasein all der Milliarden anderer Menschen. Wir durften ganz kurz, mitten zwischen zwei Eiszeiten, ein paar Schritte auf die Erde setzen und werden, ohne eine Spur zu hinterlassen, wieder hinweggefegt, gerade so wie vor Millionen Jahren die großen Dinosaurier weggefegt wurden.

Er murmelte: »Sie haßte ihn.«

»Was? Was sagst du?« fragte ich.

»Meine Mutter, sie haßte Arend, sie wußte, daß ich... daß ich...«

»Ja, so was deutetest du vorhin schon an«, sagte ich.

»Sie hat mich oft genug spüren lassen, daß sie ihn, um mich aus seinen Klauen zu retten, nur allzugern ermorden würde.«

»Na ja,«, sagte ich, »so was kannst du vielleicht schon mal sagen, aber so etwas auch wirklich zu tun, das ist etwas völlig anderes.«

»Und doch hat sie etwas damit zu tun. Aber was...?«

Sackgasse

Wenn seine Mutter woanders Unterricht gab, musizierten wir in jenem Sommer an den langen, hellen Abenden zu Hause bei William. Waren die Tage stickig und heiß gewesen, gingen wir in die kühle Zuiderkerk. Wir spielten auch einige Male über der Apotheke, um sie vor Einbrechern zu schützen. Im letzten Fall erschien es mir als selbstverständlich, daß ich mit William auf den Dachboden gehen würde, um ihm zu zeigen, worauf ich dort gestoßen war. Und doch konnte ich mich in dem ganzen langen, heißen Sommer nicht dazu entschließen. Das Wort des Herrn lautete ja: »Wehe dir, Verräter, der du selber nicht verraten wurdest; wenn du bereit bist zu verraten, wird man dich verraten.« Außerdem: Daß ich da im Haus herumgeschnüffelt hatte, erschien mir als grober Vertrauensmißbrauch. Würde ich ihn auf den Seitenspeicher mitnehmen, bekannte ich damit gleichsam, daß ich zu so etwas fähig war. Bislang wußte Gott sei Dank nur ich selbst, wie unzuverlässig ich war.

Hinzu kam, daß Minderhout uns immer außerordentlich herzlich empfing, wenn wir nach unserem Weg über die Havenkade bei ihm ankamen. Wenn er uns dann etwas einschenkte – und da seine Frau sich noch zum Ausgehen fertig machen mußte, war dazu immer Zeit –, bedauerten wir bereits alle

Pläne, die wir unterwegs gemacht hatten, um ihn mit List oder Fangfragen über den Mord an Vroombout auszuspionieren. Wir tranken ein Glas Wein mit ihm, und wir hörten uns seine törichten – oder waren es weise? – Ratschläge an. Das eine Mal sagte er: »Wenn eine Frau neben dir geht und setzt dabei die Füße nach außen, hat sie Gelüste«, und das nächste Mal gab er folgende Variante: »Wenn eine Frau in deiner Gegenwart ein paarmal niest, will sie mit dir ins Bett.« Oder er erzählte von seinem Vater.

»Mein alter Herr ging zum Konfirmandenunterricht. Die ersten Kapitel der Genesis waren dran. Nun, er liest das zu Hause alles noch einmal durch und fragt das nächste Mal: ›Herr Pastor, Kain heiratet, steht da. Wen heiratete er denn?‹ Und der Pastor sagt: ›Eine Tochter von Adam und Eva, das ist gar nicht anders möglich.‹ ›Nein‹, sagte mein Vater, ›das geht nicht anders, aber das bedeutet, daß Eltern ihrer Tochter die Zustimmung gaben, den Mörder ihres Bruders zu heiraten. Was für großzügige Menschen!‹«

Nach einer solchen Geschichte lachte Minderhout so ansteckend, daß wir, auch wenn es etwas weniger witzig war, mitlachen mußten. Aber meistens waren die Geschichten über seinen Vater kleine, wunderliche Fabeln. So erzählte er: »Mein alter Herr wollte gern lernen, öffentlich zu sprechen. Daher ging er als Schlagzeuger in ein Orchester. Er saß ganz hinten, konnte sich so schon daran gewöhnen, daß er Publikum vor sich hatte, und doch hatte er noch einen schützenden Zaun von Orchesterleuten dazwischen. Dann sagte er, als er nach Hause kam: ›Und nun muß ich noch lernen, dem Publikum direkt in die

Augen zu schauen.‹ Das äußerte er auch bei Orchesterproben, und da schlug ihm jemand vor: ›Weißt du, was du machen mußt? Wenn du aus dem Bahnhof kommst, sieh den Leuten gerade in die Augen!‹ Nach diesem Ratschlag kam mein Vater untröstlich nach Hause. Fragten wir: ›Was ist los?‹, sagte er: ›Hier bei uns im Dorf gibt es keinen Bahnhof.‹«

Oft wurde in diesen Gesprächen, sozusagen als Fortsetzung der Geschichten über seinen Vater, beiläufig auf die fehlenden Söhne und Töchter angespielt. »Gut daß wir keine hübsche Tochter in eurem Alter haben, dann wäre es bald aus mit eurer Freundschaft.« Und wie gut erinnere ich mich, daß er einmal murmelte: »Wir haben schon einmal daran gedacht, ein Kindchen aus Indonesien zu adoptieren, aus Ambon oder Celebes zum Beispiel.«

In dieser Viertelstunde warf er nur so mit Aphorismen um sich. »Lust und Last unterscheiden sich nur durch einen einzigen Buchstaben.« Und wie es kam, daß wir einmal über Lebensalter sprachen, weiß ich nicht mehr, aber ich erinnere mich, daß er sagte: »Mein Geburtsdatum kann ich wohl behalten, denn das verändert sich nicht, aber wie alt ich bin, weiß ich nicht, denn das ändert sich immer.«

Nach einer solchen Viertelstunde, mit einem Glas Wein, einem Döntje über seinen Vater und vielleicht zwei Bemerkungen, die man nie mehr vergaß, war es völlig undenkbar, daß ich William, sobald Minderhout und seine Frau die Tür hinter sich geschlossen hatten, mit auf den Dachboden locken würde, um Halstuch, Mantel und Hut zu zeigen. Sogar das eine Mal, als er sagte: »Wenn man einen Baum verstecken will, muß man damit in den Wald gehen«, und William später darauf zurückkam, als wir zwischen zwei Sätzen der *h-moll-Sonate* von Bach eine Pause machten, dachte ich: Wenn man Kleider verstecken will, hängt man sie auf dem Dachboden zwischen anderen alten Sachen auf, aber ich sprach es nicht aus, obwohl William sagte: »Das müssen wir uns merken. Wenn man einen Mörder verstecken will, geht man mit ihm in eine Menschenmenge.«

Hinzu kam auch, daß ich überhaupt nicht begreifen konnte, wie die Kleidung des Mörders im Seitenspeicher von Minderhout gelandet war. Er selbst konnte unmöglich der Mörder sein. Dafür war er viel zu schmächtig. Hatte also der Riese seinen Hut, Schal und Mantel bei Minderhout zurückgelassen? Oder stammten diese Requisiten überhaupt nicht von dem Mörder, sondern beispielsweise von seinem Vater?

Wahrscheinlich hätte ich William nie etwas von meiner Entdeckung erzählt, wenn ich ihn nicht bei einem Vertrauensmißbrauch ertappt hätte, der mir damals jedenfalls unendlich schwerwiegender erschien als meine Dachbodenschändung.

Minderhout hatte uns wieder einmal gebeten, aufs Haus aufzupassen. An diesem Abend jedoch sollten wir Ältestenbesuch bekommen. Mein Vater bestand darauf, mehr noch: befahl, daß ich dabeisein sollte. Dieses eine Mal mußte William also mit seiner Querflöte und Bachs *Solopartita in a-moll* die Wohnräume über der Apotheke allein von Einbrechern freihalten.

Um acht Uhr sollten die Ältesten zu ihrem Halbjahresbesuch kommen. Schon um halb acht warteten meine Eltern in ihren Sonntagskleidern bei einer vollen Kanne Kaffee. Mir war, sozusagen als Sondergenehmigung, zugestanden worden, meinen Sonntagsstaat im Schrank zu lassen.

Punkt acht Uhr erschienen die beiden Ältesten. Der Abend wurde mit einem Gebet eröffnet, das vornehmlich von dem Krieg gegen Amalek handelte. Im Anschluß daran wurden wir milde zu dem befragt, was einer der Ältesten großartig »unser Glaubensleben« nannte. Danach wurden die Plus- und Minuspunkte »unserer Hirten«, wie die Ältesten unsere drei Pastoren nannten, auf eine Weise besprochen, die mich unwiderstehlich daran erinnerte, wie mein Vater zusammen mit dem Schrotthändler die Qualität einer Ladung Alteisen prüfte. Und dann, nachdem über Pastor Dercksen gesagt worden war, daß er zu pietistisch predige, wurde einem der Ältesten übel. Gestützt von dem anderen Ältesten, stolperte er durch den Gang ins Lagerhaus und dann zur President Steynstraat, und mein Vater sagte schockiert: »Sie haben nicht einmal ein Dankgebet gesprochen.«

Es war zehn nach halb neun. »Ich geh noch kurz zu William«, sagte ich, »der paßt bei Minderhout auf.«

»Na, dann geh schon«, sagte mein Vater.

Keine zehn Minuten später war ich am Markt. Ich wollte klingeln, sah aber, daß die Tür angelehnt war. Ich stieß sie auf, ging hinein, rief: »William.« Niemand antwortete. Schnell rannte ich die Treppe nach oben. William war nicht im ersten Stock. Er war ebensowenig im zweiten Stock oder auf dem Dachboden. Erstaunt rannte ich ein paarmal die Treppen rauf und runter, immer »William, William«

rufend. Ziemlich beunruhigt setzte ich mich schließlich an den Bösendorfer und spielte die einleitenden Takte der *Es-dur-Sonate* von Bach. Es war, als könnte ich ihn damit zu seinem Einsatz auf der Querflöte herbeirufen. Als die Flöte jedoch nicht einsetzte, nahm ich die Hände von den Tasten und wartete. Nach einigen Minuten hörte ich seinen Schritt auf der Treppe. Hastig lief ich aus dem Zimmer. Im Treppenhausflur trafen wir einander. Ich erkannte ihn übrigens nicht sofort. Er mich natürlich sehr wohl, und er stand dort, zu Tode erschrocken, wie man sagt, und starrte mich an. »Du hier«, keuchte er, »was tust du hier?«

Offensichtlich hatte ich den Presbyterbesuch noch so frisch in Erinnerung, daß ich zu nichts anderem fähig zu sein schien als zu einem wiederholten: »Jesus Christus, Jesus Christus.«

Wir standen da und sahen uns nur an. Er zuckte immer wieder mit den Schultern, sagte schließlich: »Nun ja, nun weißt du es.«

Dann, während ich doch normalerweise so schroff bin, sagte ich etwas, von dem ich jetzt noch nicht begreife, wie ich es über die Lippen gebracht habe: »Das steht dir verdammt gut, ja, du siehst aus wie eine Gräfin, aber wie kommst du…« Da begriff ich, wessen Rock und Bluse und Schuhe er angezogen hatte und wessen Hut er aufgesetzt hatte. Auch begriff ich, wo er den Lippenstift und all die anderen Make-up-Artikel gefunden hatte, mit denen er sein rundes, noch jungenhaftes Gesicht in ein maskenhaftes Mädchengesicht verzaubert hatte.

»Tust du das öfter?« fragte ich.

Er machte eine Gebärde, die sowohl ja als auch

nein bedeuten konnte, und ich ging wieder ins Zimmer, in dem der Flügel stand, und er kam hinter mir her. Wir setzten uns in die Sessel, und er sagte: »*This is very embarrassing.*«

Warum sagte er das auf englisch? Weil es die Sprache seiner Mutter war? Oder um eine Art Abstand zu schaffen? Oder um seine Verlegenheit zu überspielen? Das Eigenartige war, daß er so überzeugend mädchenhaft aussah, und nicht allein überzeugend mädchenhaft, sondern auch wie ein Mädchentyp, den man niemals im Hoofd antreffen würde. Kurz, wohl ein Mädchen, aber bestimmt kein *hittepetitje*. Damit hatte er auf einmal einen enormen Vorsprung vor mir, der ich so unendlich gern aus dieser Welt herauswollte und in der er, wie er jetzt aussah, nie und nimmer akzeptiert werden würde. Und indem ich dies letzte durchschaute, wußte ich: Wenn es mir gelang, dies zu akzeptieren, nahm ich ebenfalls vom Hoofd Abstand und damit zugleich von allem, was dort nicht möglich war oder nicht möglich sein durfte. Daher sagte ich: »Was *embarrassing* genau bedeutet, weiß ich nicht, aber ich hab hier auch mal rumgeschnüffelt, ich hab hier auch schon mal andere Kleider angezogen.«

»Du? Aber du... nein, das glaub ich nicht, solltest du...«

»Nun ja, keine Frauenkleider, das nicht, aber den Mantel und den Hut und den Schal von dem Mörder.«

»Von dem Mörder? Welchem Mörder?«

»Dem Mörder von Vroombout.«

»Hängen hier die Kleider von dem Mörder?«

»Meiner Meinung nach ja. Auf dem Dachboden. Warte, ich werde sie holen, ich werde sie anziehen, dann kannst du sehen, wie er aussah, vielleicht weißt du dann, wer es ist.«

Absichtlich trödelte ich, obwohl ich Halstuch, Mantel und Hut sofort wiedergefunden hatte, noch lange auf dem Dachboden herum, damit er die Kleider von Maria Minderhout ausziehen und sein Gesicht waschen konnte. Als ich wieder nach unten kam, hatte er dies tatsächlich getan, was mich sehr erleichterte.

»Sieh dir das an«, sagte ich, »dies ist meiner Meinung nach der Schal, den der Mörder sich vors Gesicht hielt, oder sonst ist es genau so ein Schal. Beim Hut und Mantel bin ich weniger sicher, aber sie können es sehr wohl gewesen sein.«

»Aber wie sind sie denn bei Minderhout gelandet? Und warum hat Minderhout dann die Sachen nicht weggeworfen?« fragte er. »Das versteh ich überhaupt nicht, ich würde sofort alles verbrennen oder so...«

»Kapier ich auch nicht. Vielleicht sind es auch gar nicht die Sachen, dies sind Dinge, die man überall kaufen kann, aber trotzdem: Wenn ich sie anziehe, sehe ich diesem Mann ziemlich ähnlich.«

»Dann zieh sie mal an.«

»Nein, zieh du sie mal an«, sagte ich. »Meiner Meinung nach siehst du dann auch so ähnlich aus wie der Mann.«

Aber das war keineswegs so. Ausstaffiert mit Mantel, Schal und Hut, sah William wie ein kleiner Junge aus, der die Kleider seines Vaters angezogen hatte. Erst als ich alles angezogen hatte, stand ein weiteres

Mal, in einer schmächtigeren Ausführung, der Mann dort, den ich nur kurz gesehen hatte.

»Wenn du wirklich dem Mann so ähnelst«, sagte er, »ist es jemand, den ich noch nie gesehen habe.«

Wir hörten die Haustür.

»Jesus, kommen sie etwa jetzt schon nach Hause?« fragte William erschrocken.

Er lief zur Treppe, schaute nach unten. Der Wind hatte die Tür, die noch immer angelehnt gewesen war, weit aufgestoßen. Dennoch war ich so erschrocken, daß ich hastig alles auszog und es schnell wieder auf den Dachboden brachte.

Dann saßen wir mit bleichen Gesichtern in den Sesseln. Wir dachten nicht im entferntesten daran, jetzt noch zu musizieren, ich fragte: »Warum bist du eigentlich in den Kleidern nach draußen gegangen?«

Er sagte: »Wenn du dich verkleidet hast, ist da ein unwiderstehlicher Drang, darin auf die Straße zu gehen. Du hast eine Heidenangst, dennoch willst du unheimlich gern darin auf die Straße. Ich bin einmal rundherum gegangen, durch die Hoogstraat und die Veerkade. Und da ich keinen Schlüssel hatte, mußte ich die Tür wohl oder übel angelehnt lassen.«

»Bist du jemandem begegnet?«

»Zwei Menschen, aber die guckten nicht mal.«

»Hast du das schon öfter gemacht?«

»Wenn ich die Möglichkeit habe, tu ich es. Ich weiß auch nicht, wie es kommt, ich hab immer ein Mädchen sein wollen, schon von klein auf, ich kann nichts dagegen tun, wirklich nicht. Das gäb's öfter, sagte Arend immer.«

»Wußte Vroombout davon?« fragte ich erschrokken.

»Bei ihm zu Hause habe ich mich ab und zu, nun ja, oft... und dann gingen wir zusammen auf die Straße, dann war es genau so, sagte er immer, als wenn er mit seiner Tochter spazierenginge.«

»Aber wie bist du denn an die Sachen gekommen?«

»Er hatte ein paar Dinge für mich gekauft.«

Lange Zeit blickten wir einander nur einmal scheu in die Augen und dann wieder eine Weile voneinander weg. Erst als wir später am Abend an der vertrauten Havenkade entlanggingen, spürte ich, wie sich langsam, zumindest bei mir, die Scham löste. War das bei ihm auch so? In jedem Fall sagte er am Bahnübergang leichthin: »Wir wissen jetzt, wie wir Minderhout den Vornamen des Mörders entlocken können. Du setzt den Hut auf, ziehst den Mantel an und drapierst dir den Schal vor den Mund. Dann gehst du so lange auf der Straße spazieren, bis du Minderhout von weitem kommen siehst. Dann gehst du um eine Ecke und wartest, bis er von der anderen Seite um die Ecke biegt, so daß er dich nicht gleich ankommen sieht. Zehn zu eins sagt er, wenn er um die Ecke kommt: ›He, Pleun‹ oder ›He, Gerard, was machst du denn hier?‹ Und dann wissen wir den Vornamen des Mörders.«

Und wie wir dort am Übergang warteten, wo natürlich wieder so ein eiliger Zubringerzug vorbeifuhr, erschien mir dies, naiv, wie ich damals war, wie eine Jakobslist. Später im Bett wußte ich jedoch, daß ich es nie wagen würde, in diesen Kleidern durch die Straßen zu gehen. Außerdem würde ich sie dann erst stibitzen müssen. Dann überlegte ich: »Aber es hat auch überhaupt keinen Sinn, denn gesetzt den Fall, daß man auf diese Weise den Vornamen des Mörders erfährt: Was hat man davon? Nur wenn der Mann Bonifatius oder Rembrandt hieße, also nur, wenn er einen sehr ungewöhnlichen Vornamen hätte, würde einen das weiterbringen.«

Silvesterabend

Auf den warmen Sommer folgte ein unfreundlicher Herbst, in dem William und ich es sorgsam vermieden, über unsere Bekleidungseskapaden zu sprechen. Selbst über den Mord an Vroombout redeten wir an unseren Musikabenden kaum noch. Die Tage verstrichen mit den Flötensonaten von Bach und den Variationen von *Ihr Blümlein alle* von Schubert. Wie oft wir diese Variationen spielten! Wir waren hingerissen davon.

Wir spielten sie auch am Silvesterabend bei Minderhout zu Hause. Er hatte uns gebeten, ihn an diesem Abend »mit Flöte und Klavier bis Mitternacht Schlag zwölf zu begleiten, denn ich bin allein zu Hause: Meine Frau feiert den Jahreswechsel bei ihren Eltern«.

Nachdem wir unser ganzes Repertoire durchgespielt hatten, blieben noch zwei Stunden bis Mitternacht.

»Nun geht's ans Saufen«, sagte Minderhout. Er schenkte wie immer Weißwein ein. Er sagte: »Ja, wir wollen uns ranhalten. Sie brauchen da in Rußland schließlich, wenn sie wach werden, nur ein einziges Mal aus Versehen nicht auf den Knopf des Weckers zu drücken, sondern auf einen anderen Knopf, und uns gibt es nicht mehr.«

»Wirklich?« fragte William.

»Aber ganz bestimmt«, sagte Minderhout. »Laßt uns essen und trinken und fröhlich sein, denn morgen sind wir tot, wie die alten griechischen Philosophen schon gesagt haben.«

Wir schauten wohl so skeptisch, daß er locker hinzusetzte: »Früher, als ich so jung war wie ihr jetzt, dachte ich auch anders, damals dachte ich noch, das Leben sei reich und vielfältig, und ich wollte diese Vielfalt ganz und gar ergründen. Daher habe ich alle Philosophen dort stehen.«

Er wies schwungvoll zum obersten Bord seines Bücherschranks, wo Schopenhauer neben Vloemans stand.

»Philosophie«, sagte er halb spottend, »war meine große Leidenschaft, als ich zwischen zwanzig und dreißig war. Ich habe noch Vorlesungen von Bolland gehört, ich habe sogar den Nazi Heidegger gelesen und Husserl, und ich war vor allem begeistert von den Philosophen des Wiener Kreises, Carnap und all den Leuten, dem logischen Positivismus... Ach ja, alles wunderbar, aber eins will ich euch sagen, dann könnt ihr euch die Zeit sparen: Man hat überhaupt nichts davon. Natürlich: Schopenhauer zu lesen ist umwerfend, aber kein Schwanz glaubt wirklich an diesen Weltenwillen. Und dabei ist er von allen Philosophen noch derjenige, der am besten schreibt! Aber lest mal Heidegger und wurstelt euch durch die *Logischen Untersuchungen* von Husserl hindurch – laut Bertrand Russell eines der gewaltigsten philosophischen Werke unseres Jahrhunderts. Wenn man zum Schluß nach tagelangem, was sage ich: wochenlangem Studium mit seinem Latein am Ende ist, steht man mit leeren Händen da.«

Er schenkte sein leeres Glas wieder voll, er sagte: »Und selbst dieser Schopenhauer! So gut er auch schrieb... und Gott weiß, daß ich ihn angebetet habe. Bis ich sein Büchlein *Über das Sehn und die Farben* las. Zaubert er da im Handumdrehen eine Farbenlehre aus dem Hut. Hundert Jahre nach Newton bringt er es fertig, ein Büchlein vollzuschreiben mit dem größtmöglichen Unsinn über das Sehen und die Farben. Und das ist dann auch danach. Aber die Anmaßung dieses Mannes! Ich werde mal schnell das Problem der Farben lösen. Und dann ein solches Büchlein, ein so unglaublicher Schwachsinn...«

Er nahm nachdenklich einen Schluck Weißwein und sagte: »Die ganze Philosophie! Dabei geht es im Leben doch nur ums Silber und«, er hob sein Glas, »um den Sylvaner... Nur Messen ist Wissen, nur Naturwissenschaft hat Bedeutung, Philosophie hinkt mindestens Jahrhunderte hinterher, ist demzufolge Unsinn, ist Lärm an Purim, wie mein guter Freund...«

Er schüttelte einmal ganz schnell den Kopf und sagte: »Ob ihr wohl den Schubert noch einmal spielt? Allein für die dritte Variation können sie von mir aus die gesamte seit Jahrhunderten angehäufte Philosophie getrost auf dem Schuttabladeplatz deponieren.«

Schon nach wenigen Takten zeigte es sich jedoch, daß ein präzises Zusammenspiel, obgleich wir erst wenig Alkohol im Blut hatten, nicht mehr möglich war. Minderhout sagte: »Nun, dann legen wir doch eine Platte auf, ja, laßt die Philosophen nur das Problem lösen, warum Musik wirkt, wie sie wirkt und warum Musik für den Menschen mehr bedeutet als irgend etwas anderes. Warum ist das eigentlich so, habt ihr irgendeine Idee?«

»Weil sie einen so rührt«, sagte William.

»Ach komm«, sagte Minderhout, »das ist nicht die Antwort, sondern die Frage. Warum rührt sie uns so? Warum rührt sie uns mehr als alles andere?«

»Weil...«, sagte ich, »weil...«

»Ha, du weißt es auch nicht«, sagte er, »nun, ich auch nicht, aber ich habe eine Theorie. Ich glaube, es kommt daher, weil das Gehör als erstes von den Sinnesorganen arbeitet. Schon im vierten Schwangerschaftsmonat kann ein Kind hören. Tast-, Geruchs-, Sehsinn – die arbeiten noch nicht, können noch nicht arbeiten. Aber das Gehör arbeitet schon, das Kind hört die Stimme der Mutter, und es scheint sie sehr bald wiederzuerkennen. In der Gebärmutter ist alles nur Hören. Da gibt es den vertrauten Rhythmus des Herzschlags der Mutter, ihre Stimme, und wenn sie singt... Meine Theorie ist, daß Menschen musikalisch sind, wenn sie eine Mutter hatten, die während der Schwangerschaft viel gesungen hat.«

»Stimmt bei mir schon mal nicht«, sagte ich, »meine Mutter singt niemals und hat unter Garantie auch nie gesungen, als sie mit mir schwanger war.«

»Na ja, aber du hast doch in ihrem Bauch monatelang zweimal sonntags in der Kirche schon all den Psalmengesang angehört, vielleicht daß dadurch der fehlende mütterliche Gesang kompensiert worden ist«, sagte Minderhout.

»Meine Mutter singt auch nie«, sagte William.

»Nein, aber du hast neun Monate lang tagaus, tagein Klavier gehört. Meiner Meinung nach hat Musik daher etwas mit unseren tiefsten Emotionen zu tun, weil wir schon damit vertraut werden, lange bevor unser Gehirn etwas anderes in sich aufnimmt. Und das Verrückte bei der Musik ist auch: Die Rührung oder Emotion, oder wie man es auch nennen will, ist stärker als irgend etwas anderes, aber diese Emotion ist zugleich flüchtig, zieht rasch vorüber. Es ist, als seien wir, wenn wir der Musik lauschen, noch immer in der Gebärmutter und horchten auf den Herzschlag unserer Mutter, aber wir haben noch keine Worte, um uns selber klarzumachen, was wir erleben.«

»Also, davon glaube ich kein Wort«, sagte William.

»Wovon?« fragte Minderhout. »Von meiner Theorie? Dann laß dir eins sagen: Schwangere Frauen wissen, daß die Kleinen in ihren Bäuchen bei Konzerten sehr munter sind. Ich habe die Bauchwand meiner Mutter beinahe kaputtgestoßen bei Konzerten der Groninger Orchestervereinigung, und vor allem, wenn sie Bruckner spielten.«

Er lachte selber so ansteckend, daß wir mitlachen mußten. Danach wiederholte er etwas nachdenklich und, wie es schien, sehr zufrieden: »Ja, vor allem bei Bruckner.«

Er stand auf, ging zum Grammophon, sagte: »Und jetzt werde ich das schönste Musikstück auflegen, das ich kenne.« Er suchte in seiner Plattensammlung, drehte sich während des Suchens halb um, sagte: »Aber auch wenn ich glaube, daß Musikalität unendlich viel mit diesen ersten neun Monaten in tiefer Finsternis zu tun hat, muß ich doch zugeben, daß bei mir die Liebe zur Musik auch sehr stark mit meinem Vater verbunden ist. Wenn er abends nach Hause kam, flötete er draußen auf der Straße immer eine Melodie auf seinem Hausschlüssel. Dann lief meine Mutter zur Tür, um sie aufzumachen. Das ist doch eine äußerst bemerkenswerte Art, einen Hausschlüssel zu benutzen, um die Haustür geöffnet zu bekommen.«

»Auf dem Hausschlüssel flöten?« fragte William verblüfft.

»Ja, das war so ein altmodischer Schlüssel mit einer hohlen Stange, so ein Pfeifenschlüssel.«

»War das denn im Haus zu hören?« fragte ich.

»Zu hören? Mein Vater war bärenstark, und er flötete auf einem wohl besonders kräftigen Pfeifenschlüssel. Und so schön, so schön, er hätte ein Konzert auf seinem Schlüssel geben können. Ach ja, mein Vater... mein Vater... ich wollte, ich könnte ihn noch einmal auf seinem Schlüssel flöten hören!«

Er legte eine Platte auf. Er sagte: »Jetzt ganz still, es ist nur ein kleines Stück, es sind, glaube ich, nur siebenundzwanzig Takte, und zuerst hören wir uns den Lärm an, der ihnen vorausgeht.«

Wir lauschten, aber draußen zündeten die *gassies* Knallfrösche und Schwärmer, und einige Schiffe nahmen mit ihren klagenden Nebelhörnern den Zwölf-Uhr-Glockenschlag schon vorweg. Nach einem langen, ziemlich lautstarken Chorgesang folgte eine kurze Pause, und Minderhout sagte: »Jetzt kommt es«, und eine Männerstimme sang *»Contessa, perdono, perdono, perdono«*, und eine Frauenstimme sang dagegen an, und dann folgte ein Chor, und ich fand die Musik damals eigentlich überhaupt nicht so wunderbar, während ich jetzt, so viele Jahre später, diese siebenundzwanzig Takte als eine der schönsten Eingebungen empfinde, die jemals in einem Menschenherzen aufgestiegen ist. Leicht könnte man nun sagen, daß ich noch nicht soweit war, und so wird es auch gewesen sein, obwohl ich damals schon monatelang Mozarts *Neunundzwanzigste Symphonie* in meinem Herzen gehegt hatte. Minderhout bekam jedenfalls Tränen in die Augen bei dieser möglicherweise schönsten Eingebung Mozarts, und von diesen Tränen geriet ich, der ich im Hoofd noch nie einen Mann mit Tränen in den Augen gesehen hatte, ziemlich außer mir, obwohl ich in dem Moment noch nicht wußte, daß er »*Contessa, perdono*« vor allem spielen ließ, weil seine Frau ihm weggelaufen war. Versuchte er, sie mit diesen siebenundzwanzig Takten zu beschwören, zu ihm zurückzukommen? Wer kann das wissen?

Nach dem Mozart-Stück tranken wir eine Weile schweigend unseren Wein. Selbst er schwieg, und das will etwas heißen. Draußen probten die Lotsenboote und Seeschlepper noch immer ihre Nebelhörner, Schiffsglocken und Sirenen. Plötzlich sagte er: »Ich hätte es gern, wenn ihr fortan Simon zu mir sagtet.«

Wir nickten brav. Wir wußten noch nicht, wie schwer es uns fallen würde, ihn, der soviel älter war als wir, zu duzen.

Draußen war wieder das Geknall der Feuerwerkskörper zu hören, und ich sagte: »Wenn ich einen solchen Knall höre, muß ich immer an Vroombout denken.«

»O ja«, sagte Minderhout.

»Ja«, sagte ich, »es ist nun schon ein paar Jahre her, aber ich... Douvetrap hat mir einige Fotos gezeigt.«

»Ja, stimmt überhaupt, danach hatte ich dich noch fragen wollen«, sagte Minderhout, »hat er dir auch Fotos gezeigt, auf denen Alice war?«

»Ja«, sagte ich, »und auch Fotos, auf denen Sie waren.«

»Wir wollten von jetzt an du sagen«, sagte Minderhout.

»Wie kommt das eigentlich, diese Fotos?« fragte ich unbeholfen.

»Ich schätze, die haben noch keinen blassen Schimmer, wer es getan haben könnte, und so ein Douvetrap hat Zeit genug, denn hier passiert natürlich nie was, der sucht also noch immer nach allen Richtungen und absolviert in der Zeit ein Viertagerennen mit seinem Söhnchen. Jeder, der irgendwann auch nur irgend etwas mit Vroombout zu tun gehabt hat, wurde nach Strich und Faden befragt.«

»Aber haben Sie denn irgendwann mal etwas mit Vroombout zu tun gehabt?«

»Mit Vroombout selber nicht, wohl aber mit seinem ältesten Bruder, mit Willem, mit dem hatte ich mich gut angefreundet, nachdem ich seiner todkranken Mutter einmal spätabends noch ein Pülverchen gebracht hatte, wonach sie sich sehr schnell erholte. Er brachte mir immer eine Portion Wolfsfisch, wenn er wieder an Land kam. Ich war auch bei ihnen zu Hause, sie wohnten damals alle noch bei ihrer Mutter, von der konnten sie sich nicht so recht lösen. Sie war denn auch sehr dominierend, eine Frau mit Vergangenheit, sie hatte den Burenkieg mitgemacht, sie hat sogar ein englisches Konzentrationslager überlebt. Willem ist leider im Krieg umgekommen. Seinen Bruder kannte ich natürlich auch, aber der lag mir nicht so. Wenn man ihn reden hörte, wußte man immer, mit wem er zuletzt gesprochen hatte. Und er war ein schreckliches Muttersöhnchen, noch viel mehr als Willem. Also daher.«

Was er mit »Also daher« meinte, war mir nicht klar. Ebensowenig war mir klar, was ich jetzt weiterfragen sollte. Und doch wollte ich etwas fragen, wollte ich mir jetzt, wo er ohnehin angesäuselt war, die Chance nicht entgehen lassen, von ihm zu erfahren, was er darüber dachte, warum Douvetrap mir Fotos gezeigt hatte, auf denen meine Klavierlehrerin und er zu sehen waren. Nach einem tüchtigen Schluck Sylvaner stellte ich die nächstliegende Frage: »Und was hatte Williams Mutter mit Vroombout zu tun? Wie kannte die Vroombout, oder wie kommt es, daß sie...«

»Sie waren so ungefähr im selben Alter«, sagte Minderhout, »und Alice war früher ein außerordentlich schönes Mädchen, nun ja, früher, sie sieht immer noch sehr gut aus, also gut: Früher hatte sie jede Menge Verehrer. Soweit ich weiß, ist Arend ihr vor allem zu Beginn des Krieges richtig nachgelaufen. Also daher.«

Als wir später in der Nacht nach dem blödsinnigen Heulen der Schiffssirenen und dem sinnlosen Knallen des Feuerwerks über die von Leuten wimmelnde Havenkade liefen, sagte William, während wir angetrunkenen Binnenschiffern auswichen: »Der Lügner, der Lügner! Arend soll meiner Mutter nachgelaufen sein! Wo Arend sich überhaupt nicht für Mädchen interessierte!«

»Aber warum hast du das nicht gesagt? Hättest deinen Mund mal aufmachen sollen! Hast mich die ganze Zeit fragen lassen, du hast nichts gesagt.«

»Hätte ich denn verraten sollen, daß Arend vom anderen Ufer war?«

»Aber das weiß er doch wohl längst?«

»Kannst du gar nicht wissen.«

»Und wenn er es nicht wüßte, wäre es dann so schlimm gewesen...«

»Ich wollte es ihm jedenfalls nicht sagen.«

»Ja, aber dadurch sind wir nun noch keinen Schritt weitergekommen.«

»Ach, was soll's, was hat das jetzt noch zu sagen, wer ihn ermordet hat, er lebt nicht mehr, und auch wenn man wüßte, wer es getan hat, dadurch kommt er nicht zurück.«

»Vermißt du ihn?« fragte ich.

»Ja«, sagte er.

»Er war im Krieg ein Verräter.«

Er antwortete nicht sofort, schwenkte heftig sein Köfferchen, in dem seine Querflöte lag, und sagte scharf: »Meinst du, daß ich ihn nicht nett finden durfte, weil er im Krieg ein Verräter war?«

»Weiß ich nicht«, sagte ich.

»Was meinst du eigentlich, warum im Hoofd immer so verächtlich von deinem Vater und deiner Mutter geredet wird?«

»Nicht weil sie Verräter waren.«

»Woher willst du das so genau wissen? Ich habe nie ausdrücklich sagen hören, daß sie jemanden verraten haben, und doch...«

»Ich kann mir nicht vorstellen, daß sie Verräter waren«, sagte ich nachdrücklich.

»Warum reden sie hier dann so verächtlich über deine Eltern?«

»Weil mein Vater so ein Schacherer ist«, sagte ich, »und weil sie nicht von hier sind, weil sie erst am Ende des Krieges hierhergezogen sind.«

Wieder schwenkte er sein Köfferchen, strich sich mit der Hand über die Stirn und sagte: »Wir müssen das nun erst mal ruhen lassen, wir kommen nie dahinter, und außerdem hilft es nichts, das zu wissen.«

Schweitzer

Zwei Wochen nach dem Jahreswechsel erzählte mein Vater vergnügt bei Tisch: »Minderhout soll mit einem seiner Apothekendämchen geknutscht haben. Und daher ist sein eigenes *mokkeltje* nun über alle Berge.«

Er sah mich treuherzig und irgendwie triumphierend an. »Oder wußtest du das schon?« fragte er.

»Nein«, sagte ich.

»Laß dir das eine Lehre sein«, sagte er, »und ich darf wohl allmählich hoffen, daß du dort das Loch in der Tür nicht mehr zu finden weißt. Nun sieht man doch wieder, auch Minderhout ist nichts weiter als ein Prophet, der sich von Brot ernährt.«

»Das kannst du wohl sagen«, sagte meine Mutter.

»Und da hast du nun noch Silvester gefeiert«, sagte mein Vater. »War seine Frau denn Silvester noch da?«

»Ja«, log ich.

»Sonst hätte er sich da bestimmt schon mit diesem Dämchen amüsiert.«

»Ich kann es dir nicht verbieten, noch weiter dorthin zu gehen«, sagte meine Mutter, »aber was mich betrifft, hätte ich es lieber nicht.«

»Und dem schließe ich mich nun völlig an, das paßt ja gut«, sagte mein Vater.

Sie hätten mir das, wie sich zeigte, gar nicht zu

sagen brauchen. Minderhout lud mich nach dem Silvesterabend nicht mehr ein, an seinem Flügel das Haus zu bewachen. War es, weil er sich schämte, daß er mir gesagt hatte, er suche absichtlich häßliche Mädchen aus, und war er nun doch dem Charme einer seiner Helferinnen erlegen? Mir erschien das damals wahrscheinlicher als heute. Heute denke ich, daß er auf mich als klavierspielenden Wachmann gut verzichten konnte. Vor allem seine Frau war es gewesen, die Angst vor Einbrechern gehabt hatte. Nachdem sie ausgezogen war, schien es ihm offenbar völlig gleichgültig zu sein, ob Haus und Apotheke leer geräumt würden.

Wie auch immer: Üben auf dem Bösendorfer war also vorbei. Wohl wurde ich, wenn ich ihm auf der Straße begegnete, aufs herzlichste gegrüßt, und einige Male sagte er: »Komm doch wieder mal zum Musizieren«, aber dabei blieb es. Mit William spielte ich bei ihm zu Hause oder in der Kirche, und kein einziges Mal sprachen wir mehr über Minderhouts mögliche Beteiligung an der Ermordung Vroombouts. Manchmal hatte ich in diesen ersten Monaten des neuen Jahres sogar das Gefühl, als sei dieser Mord nie passiert. Doch war ohnehin alles, was ich in jenen Tagen erlebte, flüchtig, schemenhaft, schien nicht wert, erinnert zu werden, bis auf die kostbaren Augenblicke, in denen ich etwas hörte, was mich wirklich bis ins Innerste anrührte. So werde ich nie vergessen, daß ich zufällig eines Mittags um ein Uhr im Radio zum erstenmal das *Violinkonzert in E-dur* von Bach hörte. Eigentlich merkwürdig, denn bei uns zu Hause wurde das Radio immer sofort abgestellt, wenn klassische Musik gespielt wurde. Waren mein Vater und meine Mutter denn dieses eine Mal nicht zu Hause? Oder hatte ich damals schon mein eigenes kleines Radio? Wie dem auch sei: Bachs *E-dur-Konzert* half mir über die grauen Tage hinweg. Und im April, am Palmsonntag, hörte ich zum erstenmal die *Matthäus-Passion*, die aus dem Concertgebouw übertragen wurde – und diesmal ganz gewiß in dem kleinen Radio, das mein Vater zusammen mit zwei Ballen Lumpen einem Binnenschiffer abgeluchst hatte. Der kleine Apparat funktionierte noch und bekam einen Ehrenplatz in meinem Dachkämmerchen. Mit dem Frequenzanzeiger suchte ich abends nach klassischer Musik. Aus fernen Ländern kamen dann die Offenbarungen, nach denen ich mich verzehrte, manchmal kaum zu hören, so sehr rauschte es.

War es auch in jenen Tagen, als sie auf France Musique nachmittags um vier Uhr so oft das *Klavierkonzert* von Schumann sendeten? Sicher ist jedenfalls, daß das zweite Thema des ersten Satzes mir immer durch den Kopf geisterte, wenn ich mit Janny auf dem Deich spazierte. Aber ich will nicht vorgreifen. Bevor die Sommerferien anbrachen, in denen ich mit Janny auf dem Deich spazierenging, mußte ich erst noch meine Abschlußprüfung machen, dann für den Militärdienst gemustert werden und auch noch mit meinem Vater über meine Zukunft sprechen. Diese drei Dinge – Abschlußprüfung, Musterung, Zukunft – waren unlösbar miteinander verbunden. Spätestens nach der Musterung wollte ich es um jeden Preis vermeiden, Militärdienst leisten zu müssen. Am Tag der Musterung stand ich zwischen all meinen Quälgeistern vom

Hoofd, mit denen ich, wenn ich eingezogen würde, nach Ossendrecht käme. Die zu *gosern* herangewachsenen *gassies* freuten sich unbändig darauf, daß sie mich zwei Jahre lang würden triezen können; darauf nahmen sie schon mal einen Vorschuß. Wir mußten erst pinkeln und uns dann alle mit einem Becherglas voll Urin in einer Reihe aufstellen. Als wir dort standen, kniff mich der Junge, der hinter mir stand, mit aller Kraft eines *goser* vom Waterweg in die linke Pobacke. »Au«, schrie ich und drehte mich um, woraufhin der Junge, der vor mir stand, der Unterkante meines Becherglases einen kräftigen Stoß versetzte. Daß ich naß wurde, störte mich weniger als das höhnische, brutale, wilde, schallende Gelächter der Rekrutenanwärter. Und danach mußte ich auch noch das Gezeter des Armeearztes über mich ergehen lassen, der mit der verbliebenen Urinmenge in meinem Becherglas nichts anfangen konnte. Warum es so wenig war – das interessierte ihn nicht. Das war einfach meine Schuld. Ich hätte ja besser aufpassen können.

Wenn ich an diesen Tag zurückdenke, erinnere ich mich vor allem an dieses schallende, höhnische Gelächter. Auch erinnere ich mich daran, daß das Kader, das uns musterte, den ganzen Tag über ein Loblied auf braunen Zucker und hartgekochte Eier, »Bumspatronen« genannt, sang.

Von diesem braunen Zucker und diesen Bumspatronen wollte ich gern für immer verschont bleiben, und sollte das nicht gelingen, so mußte ich zumindest von der Möglichkeit, zurückgestellt zu werden, Gebrauch machen; dessen war ich mir sicher, als ich im Dritter-Klasse-Wagen nach Hause fuhr. Es gab nur ein einziges Mittel, zurückgestellt zu werden: studieren. Eigentlich wollte ich das gar nicht, ich wollte Komponist oder zumindest Musiker werden, doch erschien das als ein unerreichbares Ziel. Dann also in Gottes Namen studieren.

Im Gymnasium hatten wir eine Broschüre erhalten: »Nach dem Abschlußexamen studieren.« Darin stand, daß man sich, wenn der Vater nicht sehr viel verdiente, um ein Stipendium bewerben könne. Bereits nach einem einzigen Gespräch mit meinem Vater entdeckte ich, daß er, schlauer Schacherer, der er war, mit seinen Lumpen und seinem Metall, mit Altpapier und Krempel so viel verdiente, daß ich für ein Stipendium vermutlich nicht in Frage kam.

Mir schien es bei der sprichwörtlichen Sparsamkeit meines Vaters äußerst unwahrscheinlich, daß er auch nur einen Cent für ein Studium verwenden würde, wonach ich mich doch so sehnte. Ich wagte es nicht einmal, vorsichtig danach zu fragen. Gott sei Dank fing er selbst eines Abends davon an.

»Und? Was hast du dir nun für die Zeit nach dem Examen überlegt? Was willst du eigentlich machen?«

»Studieren«, sagte ich.

»Kost' Geld«, sagte er.

»Ja«, sagte ich.

»Ich hab in deinem Zimmer ein paar Bücher übers Studieren liegen sehen. Ich hab ein bißchen drin geblättert. Es ist lächerlich, was Jungen wie du vom Staat bekommen, um zu studieren. Du kannst mit der Hälfte davon, wenn du etwas sparsam bist, leicht auskommen; brauchst dich nur ein bißchen nach der Decke zu strecken, dann reicht es auch.

Wenn du darüber so im großen und ganzen mit mir einig bist, will ich dir was sagen. Du kannst von mir aus mit der Hälfte anfangen zu studieren, wenn du auf Doktor lernst.«

»Doktor?« sagte ich verständnislos.

»Ja«, sagte er, »Doktor. Du hast eine solche Portion Verstand, daß zwei davon studieren könnten. Damit kannst du mit einem Wuppdich Doktor werden... nee, warte mal eben, laß mich erst mein Sprüchlein aufsagen... Was du eigentlich willst, das ist die Musik, das brauchst du mir gar nicht erst zu erzählen, das weiß ich schon lange, aber ich denke nicht dran, mein gutes Geld dafür auf den Tisch zu legen, auch weil ich weiß, daß Musiker vor Hunger nicht kacken können und nur deshalb noch nicht tot an ihrer Futterkrippe sitzen, weil sie ab und zu ganz hübsch schwarz dazu verdienen. Würdest du wirklich so leben wollen? Du mit deinem Verstand aus Gold? Ach, komm! Denk doch mal an den Mann, der in den Busch gegangen ist, warte, ich hab seinen Namen vergessen, aber ich komm noch drauf. Dieser Mann war auch ein einziger Musikbolzen, genau wie du, der konnte auch eine ganze Gänseherde spielen und schnatternde Gänseriche dazu, soviel er nur wollte. Er hat hier in der Schans vor dem Krieg auf der Orgel gefiedelt, davon sind heute noch alle begeistert, und? Ist dieser Mann in die Musik gegangen? Nein, dieser Mann ist Doktor geworden und in den Busch gegangen, im Dienst der leidenden Menschheit.«

Die Ansprache meines Vaters stockte. Er hatte einen Kloß im Hals. Er holte sein rotes Taschentuch hervor und wischte sich die Augen trocken.

»Im Dienst der leidenden Menschheit«, wiederholte er mit zitternder Stimme, »daran denk mal, das könntest du auch tun, anstatt dir an solch einem Jammerkasten das Herz zu erleichtern. Mit deinem Köpfchen kannst du denselben Weg gehen. Es ist ewig schade, daß ich nicht auf den Namen komme, aber ich komm noch wieder drauf. Heute hockt er noch immer bei den Schwarzen im Busch. Sie kommen mit Riesenschwären durch den Busch zu ihm gekrochen, und dann schmiert er ein bißchen Haarlemer Öl drauf, und dann hüpfen sie zurück. Vor diesem Mann zieh ich meine Mütze ganz tief, ganz tief. Und ich habe einen Sohn, der reichlich genug Grips hat, um dasselbe zu tun, und es würde mir nun auf meine alten Tage sehr, sehr gut gefallen, dafür ein paar Gulden auf den Tisch zu legen.«

»Muß ich dann auch in den Busch?« fragte ich.

»Wenn du dich erst mal entschließt, Doktor zu werden – das mit dem Busch kannst du später immer noch sehen.«

»Es ist da so warm«, sagte ich.

»Es gibt bestimmt auch Eskimos, die nach einem guten Doktor lechzen. Nee, dafür finden wir dann schon was, wenn du dir erst mal einen Ruck gibst und sagst: Dieser mein Vater ist zwar immer reichlich direkt, aber nun hat er mich doch auf eine sehr gute Idee gebracht. Ich werde Doktor.«

»Ich werde mal darüber nachdenken«, sagte ich.

»Schweitzer«, rief mein Vater, »auf einmal weiß ich seinen Namen wieder, es ist Schweitzer. Seinen Vornamen hab ich noch nicht, aber der kommt auch noch, aber es ist Schweitzer, siehst du wohl, so 'n Mann – gewaltig. Wenn ich doch erst mal in zehn

Jahren sagen könnte: Mein Sohn ist auch als Doktor in den Busch gegangen. Dann würden sie uns hier im Hoofd sicher nicht mehr so schief ansehen. Gut, davon hast du im Busch nichts, aber denk auch mal an deinen alten Vater und deine alte Mutter.«

»Er heißt Albert, und er arbeitet in Lambarene.«

»Sieh einer an«, sagte mein Vater, »was ich dir die ganze Zeit sage. Siehst du wohl, daß du einen goldenen Verstand hast? Ich zerbrech mir den Kopf, wie dieser Mann da in Amerika...«

»In Afrika«, sagte ich.

»O ja, in Afrika arbeitet er, und du spuckst das nur so aus. Ja, es wäre Sünd und Schande, wenn du kein Doktor würdest. Und ist dieser Mann nun ein Musikbolzen oder nicht?«

»Ja«, sagte ich.

»Genau wie du. Und was tut er? Fiedeln? Nein, er tritt in den Dienst der leidenden Menschheit.«

Wieder war mein Vater gerührt. Er wischte sich die Tränen aus den Augenwinkeln und sagte: »Und du mußt mal so denken: Da im Busch kannst du noch so manch hübsches Liedchen runterspielen.«

»Worauf?« fragte ich bissig.

»Nun, äh, was soll ich sagen, auf... auf zum Beispiel, sagen wir mal, einem Akkordeon. Ja, natürlich, auf einer Ziehharmonika! Ich verstehe sowieso nicht, daß du nicht darauf spielst! Daran hast du doch viel mehr Spaß als an solchem Klimperkasten. Darauf kannst du dann auch noch einen Stühle-Tanz spielen.«

Mein Vater stand auf, rückte einen Stuhl in die Mitte des Zimmers und tanzte drum herum, während er sich dabei mit Armbewegungen auf einem imaginären Akkordeon begleitete. Er sagte: »Verlaß dich drauf, wenn die da im Busch feiern wollen, daß sie ihre riesigen Schwären losgeworden sind, werden sie auch gern einmal einen Stühle-Tanz... Dann trifft es sich doch bestens, daß du ein bißchen mit der Ziehharmonika umgehen kannst! Ach ja, stell sich einer vor, mein Sohn im Dienst der leidenden Menschheit.«

Während er noch immer unbeholfen um seinen Stuhl herum tanzte, wurde er wieder gerührt. Seufzend setzte er sich hin.

Meine Mutter kam herein, sah seine verheulten Augen, sagte: »Was ist los? Heulst da Rotz und Wasser? Hilf mir lieber mal, ich arbeite, daß mir der Schweiß runterläuft, und du hockst hier rum und flennst.«

Er antwortete meiner Mutter nicht, blickte mich nur weiter mit feuchten Augen an, und deshalb sagte ich nach einer Weile: »Ich mach noch mal einen kleinen Spaziergang.«

»Ja, mach du nur einen kleinen Spaziergang«, sagte er feierlich.

Draußen war bereits die lange Dämmerung eines Sommerabends angebrochen. Am Veerhoofd standen schweigend Pärchen am Ufer. Auf der Fähre brannten schon die Bord- und Topplichter. Die ewige Flamme von Pernis flackerte dank eines merkwürdigen Ostwindes zu unserer Seite herüber. Lange stand ich dort auf den schrägen Basaltblöcken und dachte: Berlioz wurde auch von seinem Vater gezwungen, Medizin zu studieren, und ist doch ein sehr guter Komponist geworden, auch wenn sein

Werk in harmonischer Hinsicht etwas fade ist. Also, das geht durchaus.

Doch nur der Militärdienst erschien mir noch schlimmer als das Studium der Medizin. »Und wenn ich nun«, murmelte ich den grauen Wellen zu, »genau wie Minderhout Apotheker würde? Dann rufen sie dich wenigstens nachts nicht aus dem Bett, du brauchst keine Sprechstunden abzuhalten oder Hausbesuche zu machen, du bist eigentlich sehr frei. Vielleicht fällt mein Vater darauf rein, vielleicht, wenn ich sage, ich möchte wohl Medizin studieren, aber mehr in Richtung Heilmittelstudium, damit er das auch gut findet. Wenn man Arznei herstellt, hilft man der leidenden Menschheit doch auch? Allerdings darf ich nie das Wort ›Apotheker‹ fallenlassen. Dann denkt er sofort an Minderhout und sagt: ›Nie im Leben!‹«

Später am Abend sagte ich zu meinem Vater, daß ich nie darauf gekommen wäre, aber daß es doch etwas für mich sein könnte.

»Aber ich würde lieber so jemand wie Fleming sein, der das Penizillin erfunden hat«, sagte ich.

»Fleming? Nie gehört. Hat er das Penizillin denn auch in den Busch gebracht?«

»Ja, ganze Schiffsladungen voll«, log ich.

»Das kommt davon, wenn man immer nur zwischen Lumpen und Alteisen hockt«, sagte mein Vater, »dann weiß man solche Dinge nicht, aber das macht mir weiter nichts aus, wenn du nur Doktor werden willst...«

»Nun ja, Doktor... jemand der Heilmittel macht.«

»Das ist ein und dasselbe«, sagte mein Vater.

Als ich mich kurz danach auf Anraten eines der

Konrektoren des Gymnasiums vorläufig als Student der Pharmazie einschreiben ließ, wußte ich, daß ich meinen Vater betrog und mich selbst auch. Aber das Studium schien so weit entfernt zu sein, es war erst Anfang Juni, ein ganzer Sommer ohne Pharmazie lag noch vor mir, und worauf es ankam, war allein, daß ich möglichst lange nicht eingezogen wurde. Notfalls also etwas studieren, was wahrscheinlich schrecklich sein würde. Von Ossendrecht würde dann nicht mehr die Rede sein. Und trotzdem konnte ich der President Steynstraat den Rücken kehren, war ich weg aus einem Viertel, in dem uns die Menschen nicht nur »schief anguckten«, wie mein Vater gesagt hatte, sondern in dem man sich auch andauernd den Mund über uns zerriß. Übrigens muß ich noch hinzufügen, daß viele Wörter und Ausdrücke, die ich als typisch für das Hoofdviertel empfinde, auch andernorts von Leuten benutzt werden. Manchmal habe ich bedauernd feststellen müssen, daß die Sprache meiner Kindheit weniger, als ich dachte, von dem abweicht, was allgemein üblich ist. Nur vereinzelte Redensarten, wie »hinter dem Martwert zurückbleiben«, habe ich nirgendwo anders gehört, die meisten Ausdrücke aber werden früher oder später doch von Leuten in den Mund genommen, die nicht vom Hoofd stammen. Dann ist es gerade so, als würde mir ein Stück meiner Kindheit gestohlen.

Janny (1)

Nach dem Abschlußexamen folgte ein wohltuend leerer Sommer, der Sommer des »Nicht-Mehr« und »Noch-Nicht«. Meine Sonntagsausflüge zum Gymnasium waren vorbei, aber ich studierte noch nicht. Ich war weder Schüler noch Student, und daher durfte ich in den vier Monaten so tun, als wäre ich derjenige, als der ich mich selber geboren glaubte. Verbissen komponierte ich kurze Stücke für Flöte und Klavier. Niemals hätte ich es gewagt, diese Stücke im Beisein beispielsweise meiner Klavierlehrerin zu spielen, aber sie war zu Verwandten nach Hull gereist. Und Herman robbte in Deutschland durch die Lüneburger Heide. William war allein zu Hause und durfte auf mein Drängen hin sogar ab und an bei uns abends Einstippgrütze mit Sirup essen. Im Gegenzug, fand ich, war es nur recht und billig, daß er mit mir, selbstverständlich nach Bach und *Ihr Blümlein alle,* meine kleinen Kompositionen spielte. Großmütig entzifferte er meine Achtel und Sechzehntel. Ängstlich enthielt er sich jedes Werturteils. Wenn unser gemeinsames Spielen vorbei war, öffneten wir die Fenster, und meine Töne konnten über das Wasser davonwehen. Im Erker sitzend, starrten wir auf den Fluß, während wir den schon völlig abgespielten Platten seiner Mutter lauschten. Eine der Platten hörten wir immer, wenn draußen die Straßenlaternen angezündet wurden und der Wolkenhimmel und das Flußwasser miteinander zu verschmelzen begannen. Ohne ein Wort miteinander zu reden, lauschten wir dem unvollendeten, aber dennoch unfaßbaren Wunder eines Fünfundzwanzigjährigen.

An einem dieser Abende – da war es bereits Anfang Juli – wurde während des zweiten Satzes dieses Wunders zweimal an der Tür geklingelt.

»Wer kann das sein?« fragte William erstaunt.

Er nahm die Nadel von der Platte, lief zum Fenster und schaute nach unten.

»Janny«, rief er, »was ist los?«

Sie sagte etwas, das ich nicht verstehen konnte.

Er sagte: »Na ja, dann komm rauf.«

Ein wenig später saß auch sie, mit hochroten Wangen, im Erker.

»Oh, wie ist mir warm!« sagte sie.

Da ich nicht wußte, warum sie gekommen war, wartete ich, bis es mir einer von beiden sagen würde. Aber der Moment kam nicht, und so behielt sie den ganzen Abend über etwas Geheimnisvolles, etwas Unerklärliches für mich.

William sagte: »Wir fangen wieder am Beginn des zweiten Satzes an. Und ich verlange ausdrücklich, daß wir, solange die Musik erklingt, unsere Münder absolut geschlossen halten. Es ist bekannt, daß Gott drei Geschlechter geschaffen hat: Männer, Frauen und Tenöre, und daß er bei einem der drei Geschlechter – wir lassen einmal offen, bei welchem –, hoffentlich unbeabsichtigt, einen störenden Webfehler gemacht hat. Dieses Geschlecht hat nämlich die äußerst unangenehme Neigung, in die Musik hineinzureden. Da hier heute abend Vertreter aller drei Geschlechter anwesend sind, könnte dieser Webfehler uns übel ankommen. Wenn das passiert, wird der Vertreter dieses Geschlechts auf der Stelle die Treppe hinuntergeworfen.«

Auf diese Art zum Schweigen gebracht, saß Janny da und schaute abwechselnd mich und William an. Sie lächelte manchmal, sie hielt ihren Kopf schräg, und sie schaute ab und an so herausfordernd, daß ich mich verwirrt umdrehte und meinen Blick auf den dunkel glänzenden Fluß richtete. Während ich auf das Wasser starrte, fragte ich mich: Ob sie mich wohl noch ansieht? Und unvermeidlich kam dann der Augenblick, an dem ich schnell einmal lauerte, ob sie noch guckte. War das der Fall, schien es, als habe sie mich ertappt. Sie selbst fand das anscheinend auch, denn dann erschien neben einem schiefen Lächeln ein mutwilliges Glitzern in ihren Augen. Wahrscheinlich wäre es viel besser gewesen, wenn William dieses Sprechverbot nicht verhängt hätte. Auch dann hätten wir uns zwar angesehen, aber dann hätten Lachen und Reden den Blick neutralisiert.

Natürlich hatte ich Janny schon oft gesehen. Selbstverständlich nie ohne Herman und nie für längere Zeit. In Wirklichkeit nahm ich sie während des zweiten Satzes der *Unvollendeten* zum erstenmal wahr. Auch sie betrachtete mich anscheinend zum erstenmal als jemanden, der tatsächlich existierte. Bei den Einleitungstakten des *Andante con moto* sah sie William noch ebensooft an wie mich, aber als die Passagen mit all den Synkopen folgten, hatte sie ihn, wie es schien, vergessen. Immer wenn ich über den Fluß auf die grünen und roten Lichter der Duckdalben gestarrt hatte und mich dann, ob ich wollte oder nicht, umsehen mußte, um festzustellen, ob sie mich noch ansah, ertappte sie mich, und wieder erschien das liebe, schiefe Lächeln.

War sie anziehend? Sie hatte rote Haare und ein ebenmäßiges, rundliches Gesicht. Sie hatte etwas verblüffend Fröhliches und Lachlustiges an sich und war sich dessen anscheinend auch sehr bewußt, denn oft sagte sie nach einem Lachanfall: »Wißt ihr, ich kann aber auch ganz melancholisch sein, sehr, sehr melancholisch!« Wir lernten allerdings nie ihre Schwermut kennen an all den Sommerabenden, die sie mit uns im Erker verbrachte. Und an all den Abenden war es selbstverständlich, daß ich sie, die beinahe denselben Weg hatte wie ich, bis an die Haustür begleitete.

Da sie bereits verlobt war, konnte ich auf dem Weg nach Hause ohne Hintergedanken mit ihr reden und lachen und scherzen. Es ist, als könnte ich diese Sommerabende noch immer riechen. Im Hoofd fehlte jede erdenkliche Form von Grünanlage. Was wir rochen, war der Fluß, aber den rochen wir dafür fortwährend. Der Fluß war allgegenwärtig. Selbst wenn wir uns von ihm entfernten, machte er seinen Einfluß geltend: am Hafen, an dem wir entlanggingen, und auf der Brücke, die wir überqueren mußten, um das Viertel zu erreichen, in dem sie wohnte.

Am ersten Abend sagte sie unterwegs: »Ich vermisse Herman so. Er schreibt sehr nette Briefe, aber oh, wie bin ich einsam, ich hänge nur zu Hause rum. Früher wäre ich zu einer meiner Freundinnen gegangen, aber alle meine Freundinnen haben jetzt einen

Freund, sie werden giftig, wenn ich bei ihnen angelaufen komme.«

Sie seufzte tief, und ich roch den Fluß. Es war schon beinahe dunkel, und hier und da funkelte ein früher Stern.

Es fällt mir schwer, über sie zu schreiben. Lieber hätte ich sie aus meiner Geschichte weggelassen, aber sie hat mich völlig unbeabsichtigt der Lösung des rätselhaften Todes von Vroombout nähergebracht. Es wäre nicht richtig, sie hier auszusparen. Und es ist auch nicht möglich, den einen kurzen Satz, mit dem sie mich alarmierte, ohne Zusammenhang wiederzugeben. Dann würde niemand verstehen, warum diese paar Wörter mir die Augen öffneten.

Ich will zumindest versuchen, diese Episode so kurz wie möglich zu halten. Getrost kann ich die Abende im Juli überspringen, an denen sie immer früher auftauchte. Sie lauschte Bach und *Ihr Blümlein alle* und meinen kurzen Stückchen. Sie bereitete Tee und schlich mit Tee und Tassen auf Zehenspitzen zum Erker; und wo sie auch ging, und was sie auch tat: Es war, als behielte sie mich stets scharf im Auge.

Nach anderthalb Wochen sagte sie, als ich sie an einem furchtbar warmen Abend nach Hause brachte: »Ich hätte solche Lust, an den Strand zu gehen, ich will so gern einmal wieder auf bloßen Füßen am Meer entlanglaufen, aber allein trau ich mich nicht, denn dann sind sofort alle möglichen blöden Kerle hinter mir her, und meine Freundinnen haben alle ein Verhältnis… na ja, ich könnte mit Ria gehen, aber die ist so ’ne lahme Ente…«

Sie sah mich voller Erwartung an, aber ich kapierte absolut nicht, daß sie mich auf einem Umweg einlud, mit ihr ans Meer zu radeln.

»Du kannst doch mit deiner Schwester gehen«, sagte ich.

»Mit meiner Schwester, ja, ach, sag mal, die ist... nein, wie kommst du darauf?«

Schweigend liefen wir eine Weile nebeneinander weiter. Sie sagte: »Du gehst sicher nie an den Strand?«

»Nee, niemals«, sagte ich, »man kriegt Sand in die Augen und Sand zwischen die Zehen, und man verbrennt sich, und wenn man schwimmen geht, hat man die ganze Zeit Angst, daß einem jemand die Kleider klaut.«

»Oh, aber man kann an einen ganz stillen Platz gehen, ich weiß bei 's-Gravezande einen ganz ruhigen Platz, dahin kommt nie jemand, schon gar nicht an einem normalen Wochentag. Guck mal, morgen ist Dienstag, dann ist es da menschenleer, und nach dem Wetterbericht wird es morgen noch wärmer als heute. Richtiges Strandwetter!«

Sie sah mich einmal kurz an, stupste meine Hand ein wenig an und sagte leichthin: »Ein einziges Mal, du kannst doch wohl ein einziges Mal an den Strand gehen?«

»Und dann den ganzen Abend so ein Kribbeln in den Augen«, sagte ich voll Abscheu.

»Nur mal kurz mit Borwasser spülen«, sang sie.

Ich schüttete mich aus vor Lachen. Sie lachte ungestüm mit, wieder stupste sie meine Hand kurz an und sagte: »Was machst du morgen?«

»Komponieren«, sagte ich.

»Oh, das geht bestimmt auch am Strand!«

»Willst du, daß ich... soll ich... ja, aber... Strand.«

»Wir brauchen nicht ganz bis zum Strand zu fahren«, sagte sie, »wir können auch auf halbem Weg anhalten, beim Staelduynse Wald oder beim Hoekse Wäldchen. Holst du mich morgen um halb zehn ab?«

»Na gut«, sagte ich.

Am nächsten Tag radelte ich neben ihr über den hohen, breiten Deich. Noch bevor wir die Stadt hinter uns gelassen hatten, zeigte sie auf die kleinen Arbeiterwohnungen, die sich tief unter uns am anderen Fleetufer in der glatten Wasserfläche spiegelten.

»Da wohnt meine älteste Schwester«, sagte sie, »mit der habe ich gestern telefoniert. Sie sagte zu mir: ›Janny, überleg dir gut, was du tust. Du willst mit dem Jungen von Goudveyl zum Strand? Paß bloß auf, der Junge ist bis über beide Ohren in dich verliebt.‹«

»Sie kennt mich doch gar nicht«, sagte ich völlig verblüfft.

»Sie kennt dich sehr gut, sie hat schon sehr viel von dir gehört.«

»Ich... verliebt... wie kommt sie darauf... ich weiß nicht mal, wie das ist.«

»Bist du noch nie verliebt gewesen?«

»Soweit ich weiß, nicht.«

»Wie schade für dich. Es ist so schön, verliebt zu sein, es ist das Allerschönste, was einem passieren kann.«

»Vielleicht würde ich, wenn ich verliebt wäre, nicht einmal wissen, daß ich es bin, denn ich weiß echt nicht, wie das dann ist. Was fühlt man, wenn man verliebt ist?«

»Daß man jemanden sehr nett findet und sehr gern bei ihm sein will. Hast du noch nie ein Mädchen sehr nett gefunden?«

»Nee«, sagte ich.

»Ein bißchen nett denn?«

»Och... ja... na ja...«

»Wen findest du zum Beispiel ein bißchen nett?«

»Dich«, sagte ich, ohne nachzudenken. Sie antwortete nicht, und ich sah zu den Häuschen hinüber, die von der windstillen Oberfläche des Fleets überdeutlich widergespiegelt wurden, so daß es schien, als wären es zwei Welten. In einer dieser Welten radelte ich mit Janny zum Strand, und in der anderen Welt radelte Janny mit einem Jungen zum Strand, der sie sehr nett fand, und da erst begriff ich, wie beleidigend es war, daß ich sie »ein bißchen nett« genannt hatte. Daher sagte ich hastig: »Nun ja, mehr als ein bißchen nett. Sehr viel mehr, aber du kannst meiner Meinung nach durchaus jemanden sehr nett finden, ohne in ihn verliebt zu sein, denn verliebt... dann willst du meiner Meinung nach küssen und so...«

»Oh, das kommt erst später. Zu Anfang denkst du noch gar nicht daran, du bist nur ganz verrückt nach jemandem, nee, küssen... du liebe Güte... daß du es wagst, damit anzufangen, das hätte ich nie von dir gedacht.«

»Aber Menschen, die verliebt sind, küssen sich doch?« sagte ich verzweifelt. »Das ist doch nichts Besonderes?«

»Nichts Besonderes?«

»Nein«, stöhnte ich verwirrt, und sie lachte hemmungslos, und ich lachte schließlich mit, und ich stellte mir unterdessen vor, daß ich auf der anderen

Seite des Wassers, auf der Weverskade, entlangliefe und uns dort in der Spiegelung verkehrt herum mit unseren Fahrrädern fahren sähe. Solange die stille Oberfläche des Fleets da war, konnte ich mich durch diese Vorstellung ihrem fröhlichen, ungestümen Kichern noch entziehen.

Am Strand lag ich stundenlang neben ihr auf einem riesigen Badetuch. Mit großer Genauigkeit und Geduld rieb sie meinen Rücken mit Sonnenöl ein, und hastig und geniert rieb ich ihr den Rücken mit Sonnenöl ein. Und wir lagen dort, und es geschah nichts, was Gott, der auch das Verlangen schuf, verboten hätte.

Ebensowenig geschah etwas, als wir am Ende des Nachmittags im Hoekse Wäldchen schließlich nebeneinander auf einer Bank saßen.

Schüchtern fragte ich sie: »Ist das denn nun schön zu küssen?«

»Pah, fängst du wieder damit an?« sagte sie.

»Ja, aber ist es denn nun schön?«

»Es ist unter Garantie das Allerschönste, was es gibt«, sagte sie. »Wenn Herman jetzt hier wäre, würden wir uns die ganze Zeit küssen, dann würde er einen Arm um mich legen und mich ganz eng an sich ziehen, und dann würden wir... dann würden wir... oh, wie würden wir uns küssen... und küssen.«

»Gibt es denn einen Unterschied zwischen küssen und küssen?«

»Nee.«

»Warum sagst du dann ›küssen... und küssen‹?«

»Vielleicht, daß küssen... man sagt zwar: nasser Kuß...«

»Wenn es einen nassen Kuß gibt, muß es auch einen trockenen Kuß geben«, sagte ich.

»Ja, man kann auch trockener Kuß sagen. Sie gaben sich einen trockenen Kuß, ja, das kann man sagen... aber siehst du jetzt, daß du wieder damit anfängst... die ganze Zeit redest du nur vom Küssen... Würdest du mich... meinst du, daß du mich, wenn ich nicht verlobt wäre, daß du mich dann küssen würdest?«

»Ich würde gern wissen wollen, ob es schön ist, dieses Küssen, ich kann es fast nicht glauben, es kommt mir eigentlich ziemlich klebrig und ekelhaft vor.«

»Ekelhaft ist es nun überhaupt nicht!«

»Also, ich glaube nicht, daß ich es schön fände.«

»O doch, bestimmt, oh, ich wollte, daß Herman hier wäre, dann würden wir uns küssen, bis uns die Lippen weh täten.«

»Wenn zwei Menschen ihre Stirnen aneinanderlegen oder ihre Nasen oder ihre Zeigefinger, dann gibt es dafür kein Wort, aber wenn sie ihre Lippen aufeinanderlegen, sehr wohl. Irgendwie merkwürdig, findest du nicht? Lippen aufeinander: Das nennen sie einen Kuß. Als wäre es etwas. Aber Stirnen aneinander, dafür gibt es kein Wort, das ist also nichts. Ich finde es merkwürdig.«

»Überhaupt nicht merkwürdig, wenn du küssen würdest, dann wüßtest du das... Ich würde es dir gern ein bißchen beibringen, aber wenn man verlobt ist, darf man sich nicht mit einem andern küssen.«

»Nee, das darf man nicht«, sagte ich.

»Darf man nicht«, seufzte sie. Sie stand auf, sie

nieste ein paarmal, schimpfte dann: »Ich erkälte mich noch.« Sie lief zu unseren Fahrrädern und sagte: »Laß uns nach Hause fahren, es ist schon so spät.«

Janny (2)

Nicht an jedem Tag dieses langen Sommers radelten wir zusammen ans Meer. Es geschah nur, wenn sie am Abend zuvor im Erker verkündete: »Morgen ist Strandwetter!« Auf dem Weg dorthin, während sie zur Weverskade hinüberzeigte, wurden mir immer erst die Warnungen ihrer ältesten Schwester in Erinnerung gerufen. Anschließend erzählte sie dann, wie sehr sie ihren »robbenden« Herman liebe. Etwa auf halbem Weg, bei der Oranjesluis, sagte sie dann stets, da die Sonne so unmäßig scheine, sei es eine Sünde, nicht an den Strand zu fahren, aber allein sei es für sie unmöglich. Auf diese Art rechtfertigte sie diese sonnendurchschmorten Tage, an denen wir nebeneinander auf einem großen Handtuch dösten.

Jede Stunde mußte sie wegen ihrer zarten, hellen Haut so gründlich wie möglich mit Sonnenöl eingerieben werden. Meistens rieb sie mich danach ebenso sorgfältig ein, obwohl ich schon bald so braun war, daß ich nicht mehr eingerieben zu werden brauchte. Ihrer Meinung nach blieb, wie braun man auch war, dennoch die Gefahr, einen Sonnenbrand zu bekommen, und mich störten diese geduldig streichelnden Hände wahrhaftig nicht. Sie fand immer, daß ich bei ihr zu schnell damit war. »Mach doch etwas langsamer«, bettelte sie. Oder sie sagte:

»Du schiebst meine Haut immer so grob hoch, du mußt das vorsichtig machen, du mußt nicht gegen den Strich reiben!«

So lernte ich, mit dem Strich einzureiben, obwohl ich, wie sie sagte, nie an die Art, wie Herman sie mit Sonnenöl zu behandeln wußte, heranreichte.

Wenn wir stundenlang schläfrig auf dem großen blauen Handtuch gelegen hatten, kam immer der Moment, daß sie ins Meer wollte. Einmal im Meer, war dann plötzlich, obwohl sie verlobt war – und das auch immer wieder erwähnte –, alles erlaubt. Standen wir bis zur Taille in der Brandung, dann durfte sie mich umschubsen, und ich durfte sie umschubsen, und wir durften uns prustend an den Armen halten und uns gegenseitig hochziehen. Ich bin schlecht zu Hause im Bereich der Liebe, aber eins habe ich im Laufe meines Lebens doch gelernt: Wasser im allgemeinen – und Meerwasser im besonderen – spielt eine fundamentale Rolle in jeder Liebesgeschichte. Dabei ist das Wasser vor allem das Element der Frau. Wenn sie einen Mann mit Wasser überschüttet – und das kann sogar Spülwasser sein –, so ist das die deutlichste Liebeserklärung, die sie geben kann. Auch weiß ich jetzt, daß jede Frau, die verliebt ist, versucht, so bald wie möglich mit dem Auserwählten an den Strand zu gehen. Allerdings: Wie machen das Frauen, die tief im Binnenland wohnen?

Wir tollten in der Brandung und konnten uns dann mit soviel spritzendem Wasser um uns herum auch ganz einfach ab und zu das, was sie einen »Schmatzer« nannte, geben. Wie weit das ging, solch ein Schmatzer, weiß ich nicht mehr. Ich glaube nicht, daß unsere Lippen sich, es sei denn aus Zufall, jemals wirklich berührt haben.

Es war, als tasteten wir am Strand, im Hoekse Wäldchen und manchmal auch im Staelduynse Wald die Grenzen dessen ab, was erlaubt sein konnte, wenn einer von beiden verlobt war. Durften wir beispielsweise Hand in Hand gehen? Nein, das war nach Jannys Ansicht nicht erlaubt, aber da lungerten viele Deutsche herum, und: »Es ist doch besser, wenn sie denken, daß wir Freund und Freundin sind«, sagte sie, »denn sonst kommt so ein Blödmann vielleicht noch hinter uns her.« Wenn wir jedoch wegen der Deutschen Hand in Hand am Wasser entlanggelaufen waren, war dies so selbstverständlich geworden, daß wir auch im Hoekse Wäldchen, wohin nie Deutsche kamen, Hand in Hand gingen.

Wenn ich an die merkwürdige Sommeridylle zurückdenke, scheint es mir, als wäre diese unvollendete Liebe, wie brav sie auch immer gewesen sein mochte, vollkommen gewesen. Weil es keine Fortsetzung geben konnte, keine Entwicklung, blieb alles unbelastet, gab es auch keine Enttäuschung, keine Vorwürfe, erhoben wir keinen Anspruch aufeinander. Es war wie das Stimmen eines großen Orchesters, bevor das Konzert beginnt. Manchmal entsteht dann – aus Zufall? – ein diffuser, aber wunderbarer Orchesterklang, der alles zu übertreffen scheint, was es danach an strukturiertem Klang zu hören gibt. Oft habe ich gedacht, daß ich dieses Stimmen in eine Komposition einfangen möchte, aber, genau betrachtet, ist das unmöglich: Es ist gerade das vollendet Zufällige, diese einsame Oboe, die ihr A bläst, und all die Instrumente, die dann vor sich hin spielen, die diesen einen Moment hervorrufen, wenn sich alles auf einmal zu einem Akkord verdichtet, auf den man selbst nie gekommen wäre. Ich erinnere mich noch gut, daß Janny und ich am Ende eines solchen glühenden Strandtags, noch taumelig von all der Sonne, auf dem Weg nach Hause beim Staelduynse Wald abstiegen und unter den kühlen, ehrfurchtgebietenden alten Bäumen des Strandwäldchens auf den stillen Pfaden schweigend nebeneinanderhergingen. Ein braunes Eichhörnchen folgte uns in den Baumkronen. Keckernd lief es über die Äste. Manchmal sprang es von einer Baumkrone zur anderen, und es war, als wollte es den ganzen Wald mit allen seinen Bewohnern darauf aufmerksam machen, daß wir dort gingen, Janny in schwarzen Sandaletten mit hohen Hacken, ich in meinen ausgetretenen Turnschuhen, die meine Mutter stolz aus einem Haufen Lumpen herausgefischt hatte.

»Seht doch, wie sie dort schweigend laufen, auf vollendete Art glücklich, ohne daß sie selber es wissen. Seht doch, wie unschuldig sie sind, wie jungfräulich, wie arglos.« So liefen wir durch das briefmarkengroße Wäldchen, und irgendwo an einer Weggabelung, in deren Mitte eine Silberpappel stand, lächelten wir uns an, schauten uns verlegen in die Augen und erröteten beide über und über.

Von mir aus hätte es immer so bleiben dürfen, so unfertig, so »noch nicht«, aber Ende August feierte die älteste, ewig warnende Schwester ihren Geburtstag. Natürlich lud Janny mich nicht ein, gemeinsam mit ihr, bei *keizerbitter**, *boerenjongens*

* Eine Art Magenbitter. (Anm. d. Übers.)

oder einem Advokaat den Abend in einem verrauchten Wohnzimmer mit Dutzenden von Robbemonds zu verbringen, dennoch fragte sie mich, ob ich sie um zehn Uhr von der Weverskade abholen würde, um sie nach Hause zu bringen. Als ich Punkt zehn Uhr dort ankam, wartete sie schon auf der kleinen Brücke, die von der Kade zum Deichaufgang führte. Ich war mit dem Fahrrad gekommen, sie war zu Fuß, aber sie wollte sich nicht auf den Gepäckträger setzen. Sie wollte laufen, »denn so weit ist es ja gar nicht«, sagte sie. Wir stiegen auf den Deich und gingen eine Zeitlang wortlos nebeneinanderher. Rechts von uns erstreckte sich endlos weit das von Rotterdamer Hafenschlick angespülte Land, auf dem, soweit das Auge reichte, das Sumpfaschenkraut blühte. Es war ein unglaublicher Anblick, dieses gelbe, im Abendwind sich wiegende Blütenmeer. Viele der Blumen waren schon verblüht, und der Abendwind blies Tausende von Blütenflöckchen über den Deich. Während wir gingen, waren wir allmählich ganz und gar von diesen weißen Flöckchen bedeckt. Sogar Jannys rotes Haar wurde, während wir ruhig weitergingen, allmählich grau.

Sie lief erst neben mir, aber schon nach hundert Metern rannte sie auf einmal los, lief quer hinüber auf die andere Seite des Deichs und wartete, bis ich sie mit dem Fahrrad an der Hand eingeholt hatte. Das Fahrrad war nun durch ihr Manöver zwischen uns. Es hielt einige Flöckchen ab, aber viele blieben dennoch an ihrem Sommermantel haften.

»Das geht nicht«, rief sie plötzlich, »das geht überhaupt nicht.«

»Was geht nicht?« fragte ich.

»Was wir tun... das dürfen wir nicht, wenn Herman das wüßte, würde er wütend sein, ich weiß nicht... du... du hast mich zum Strand mitgenommen... Ich muß die ganze Zeit an Herman denken, dann sehe ich ihn vor mir, wie er lacht, oh, ich vermisse ihn so, ich wollte, er wäre hier.«

»Er kommt doch schon bald aus Deutschland zurück?«

»Ja, Gott sei Dank. Oh, was haben wir bloß gemacht, daß es soweit hat kommen können.«

»Es ist nichts passiert«, sagte ich.

»Wir sind am Strand gewesen«, sagte sie, »wir sind dauernd am Strand gewesen, den ganzen Sommer über.«

»Du wolltest es.«

»Ich? Schiebst du mir die Schuld in die Schuhe? Du wolltest immer... oh, ich vermisse ihn so, ich wollte, er wäre hier.«

Wir erreichten die Reegkade. Auf der Kircheninsel glänzten gelbe Lampen. Die Luft war noch warm und feucht, aber dennoch fröstelte ich.

»Was haben wir bloß gemacht?« sagte sie noch einmal.

»Wir sind ab und zu mit dem Fahrrad zum Strand gefahren«, sagte ich, »weiter nichts.«

»Weiter nichts? Und was ist mit dem Staelduynse Wald? Ich kann Herman doch nicht im Stich lassen. Er liebt mich so sehr, und ich liebe ihn auch so sehr. Ich muß immer daran denken, wie er lacht... und dann sehe ich sein Gesicht vor mir... oh, ich werde verrückt davon, das geht nicht, das geht wirklich nicht, wir müssen... wir können...«

»Es ist schon Ende August, ich glaube nicht, daß wir noch oft Strandwetter haben werden.«

»Und selbst wenn Strandwetter wäre, wir gehen nicht mehr dorthin, kommt gar nicht in Frage. Oh, warum haben wir das getan, immer und immer wieder? Wie soll ich Herman unter die Augen treten?«

»Ja, aber es ist doch gar nichts passiert?«

»Das hätte noch gefehlt!«

Sie blieb stehen, griff nach meinem Fahrrad, so daß auch dies abrupt stillstand, und sagte: »Herman und ich sind füreinander bestimmt! Und da mußtest ausgerechnet du dazwischenkommen! Was denkst du dir eigentlich? Wer bist du denn? Im Ernst, Herman und ich sind füreinander bestimmt, wirklich wahr; als ich erst drei Jahre alt war, hat Herman schon zu mir gesagt, daß er mich heiraten will.«

»Im Kindergarten«, sagte ich höhnisch.

»Ja, im Kindergarten! Wer gibt dir das Recht, dich dazwischenzudrängen?«

»Dazwischendrängen? Ich? Du wolltest immer an den Strand.«

»Lügner! Herman und ich... im Ernst, du darfst nicht dazwischenkommen, wir waren schon verlobt, als wir drei waren, und wenn das vielleicht noch nicht reicht, kann ich dir erzählen, daß es noch weiter zurückgeht. Die Mutter von Herman und mein Vater sind sehr, sehr verliebt ineinander gewesen, aber sie konnten nicht heiraten, weil sie nicht in derselben Kirche waren. Wirklich, wir gehören zusammen, denn seine Mutter und mein Vater... es hat bei ihnen auf dem Schiff nach England angefangen, und dieses Schiff ist damals von den Deutschen in die

Luft gejagt worden, und dann sind sie nach Hoek zurückgerudert.«

»Janny«, sagte ich, »ich will wirklich nicht zwischen dich und Herman treten, ich finde dich sehr, sehr nett, aber ich habe nie daran gedacht, mit dir... mit dir... nun ja, du warst schon mit Herman verlobt, das habe ich die ganze Zeit gewußt und die ganze Zeit respektiert.«

Heimlich war ich stolz darauf, daß mir dieser letzte Ausdruck eingefallen war, aber es war, als wenn sie gar nicht richtig zugehört hätte, denn sie sagte nur: »Du warst bis über beide Ohren verliebt, und darum bin ich... na ja, gut, ich finde dich auch sehr, sehr nett, viel zu nett finde ich dich, aber es geht nicht, es geht wirklich nicht, wir gehen nicht mehr an den Strand, es muß nun endgültig aus sein zwischen uns.«

»Dann steig ich jetzt auf«, sagte ich und sprang auf mein Fahrrad und fuhr weg. Einmal blickte ich mich um, und ich sah, wie sie noch an derselben Stelle stand, wo ich aufs Rad gestiegen war. Sie schien völlig erstarrt, sie winkte nicht, als ich meine Hand zum Abschied hob. Sie war von Kopf bis Fuß mit den grauen Flöckchen des Sumpfaschenkrauts bedeckt.

Unterwegs nach Hause dachte ich nicht an das, was sie mir über Hermans Mutter und ihren Vater erzählt hatte. Ich war empört, aber zugleich auch erleichtert, und diese Erleichterung half mir über die Septembertage mit Strandwetter hinweg. Vor allem vermißte ich ihre sanften Hände, die mich immer so sorgfältig mit Sonnenöl eingerieben hatten. Als ich sie drei Wochen später wiedersah, im Erker, lächelte sie mir wie immer zu, und es war, als wäre nichts geschehen. Nach Hermans Rückkehr blickte sie mich, wenn wir uns sahen und Herman in der Nähe war, immer sehr herausfordernd an. An einem Abend im Oktober stand ich im Erker und schaute über den Fluß. Sie stellte sich neben mich. In der Spiegelung des Fensters sah ich, daß sie mich ununterbrochen anschaute, und ich schaute zurück und hörte hinter mir Hermans Schritte. Sie hörte diese Schritte natürlich auch, und in ihren ohnehin schon herausfordernden Blick wußte sie auch noch so etwas wie Triumph zu legen. Das machte mich wütend, und ich legte meinen rechten Arm um sie, zog sie an mich und küßte sie voll auf die Lippen. Sie riß sich los, stürzte sich in Hermans Arme, der hinter uns stand, und schrie hysterisch: »Herman, Herman, er hat mich festgehalten, er hat mich gepackt, er hat mich geküßt, er... er...«

»Darüber brauchst du dich doch nicht so aufzuregen?« sagte er. »Ihr seid wochenlang zusammen am Strand gewesen. Du kannst mir nicht erzählen, daß er dich da nie umarmt oder geküßt hat. Und – weiß ich, was da sonst vielleicht noch passiert ist.«

»Nein, gar nicht wahr, es ist nie etwas passiert, wirklich nicht... wirklich nicht... ich schwör es dir, es ist nie etwas passiert, nie, nie!«

»Das kann ich nicht glauben«, sagte er, »das ist meiner Meinung nach unmöglich.«

»Es ist wirklich wahr«, sagte ich, »es ist nie etwas passiert.«

»Es tut mir leid«, sagte er, »aber ich weigere mich, das zu glauben. Seit Anfang Juli seid ihr, ich weiß nicht wie oft, zusammen am Strand gewesen. Mach mir nun nicht weis... ach, hör auf... reg dich doch nicht so auf, ich habe euch schon lange vergeben.«

Wie oft er das wiederholt hat! Noch Monate später, wenn wir wieder im Erker saßen und über den Fluß schauten, wies er feierlich darauf hin, daß er wüßte, verstünde und uns vergäbe. Und da besonders wenig zu vergeben war und von Verstehen keine Rede sein konnte, weil er nicht fähig war zu glauben, daß wir keusch nebeneinander auf dem Badetuch gelegen hatten, weckte seine noble Großmütigkeit in mir Ärger, Unwillen, sogar Wut. Indem er uns immer wieder vergab, stempelte er uns immer wieder als Lügner ab. Und daß wir seiner Ansicht nach Lügner waren, vergab er uns auch! So viel Großmütigkeit, das war niederschmetternd. Oder tat er nur so, als würde er uns vergeben? War er in Wirklichkeit weniger großmütig? Er schrieb ein – übrigens wunderbares – Gedicht in *De Rotterdammer*, dessen letzte Strophe lautete:

Das Wort wird seine Kraft verlieren,
sanfte Farben und Klänge werden leblos und kalt.
Alle Gefühle werden erblassen,
will man sie malen.

Für mich jedenfalls verlor das Wort »Vergebung« seine Kraft durch soviel Seelenadel. Ich wollte nicht, daß mir vergeben wurde für etwas, das ich nicht getan hatte. Ebensowenig wollte ich – und das wußte ich mit Sicherheit –, daß mir vergeben würde, wenn doch etwas zwischen Janny und mir vorgefallen wäre. Warum sollte ein Mensch jemals wollen, daß ihm vergeben wird, wenn er doch bereit war, die Last seiner Schuld auf sich zu nehmen? Hätte ich mich schuldig gemacht, hätte ich auch dafür büßen wollen.

Mit der Bemerkung über seine Großmütigkeit greife ich allerdings dem Gang meiner Geschichte vor. Als ich Janny an jenem Samstagabend im Oktober im Erker unverschämterweise küßte, war ich bereits Fahrstudent. Dem ging ein festlicher, leerer September voraus, in dem ich wieder Zeit zum Komponieren hatte, in dem mir aber auch alles, was Janny während unserer Wanderungen auf dem Deich zu mir gesagt hatte, im Kopf herumgeisterte. Mit rückwirkender Kraft wurde ich im nachhinein verliebt. In Gedanken führte ich lange Gespräche mit ihr, wobei ich immer wieder über die Kindergarten-Verlobung spottete. Danach schimpfte ich mit ihr, weil sie mit einem völlig verrückten Argument – ihr Vater und Hermans Mutter hätten etwas miteinander gehabt – unsere Beziehung abbrechen wollte. »Wer behauptet, daß die Kinder noch einmal versuchen müssen, was bei den Eltern unmöglich war?«

An einem dieser Septembertage spielte ich auf der nagelneuen Orgel der Maranatha-Kerk. Das Licht des Sparlämpchens oberhalb der Tastatur glänzte auf den Manualen. Mit der Rohrflöte der oberen Tastatur rief ich unseren Herrn Jesus Christus an, und Bach half dabei. Lange wartete ich nach dem Schlußton. Nach einem so innigen Gebet mußte Jesus doch antworten? Nichts geschah, es war und blieb totenstill in der Kirche, und wieder murmelte ich den schwarzen und weißen Tasten verzweifelt zu: »Völlig verrückt ist sie, völlig verrückt. Seine Mutter und ihr Vater hatten etwas miteinander. Es hat auf einem Kutter angefangen, einem Kutter, der nach England fuhr, aber von den Deutschen gesprengt wurde. Dann sind sie nach Hoek zurückgerudert.«

Wütend blätterte ich weiter im fünften Band der Peters-Ausgabe, den ich jedesmal, wenn ich dort spielte, auf dem Pult vorfand. »Es hat auf einem Kutter angefangen«, murmelte ich, »na und... was besagt das schon... ein Kutter. Und darum verstößt sie mich, nachdem sie mich einen Monat lang an den Strand mitgeschleppt hat.«

Mir gefiel vor allem das Wort »verstoßen«. Dadurch schien es auf einmal ein Ereignis zu sein, über das man lachen konnte, und ich blätterte und spielte die Choralpartita *O Gott, du frommer Gott*. Ich war damals erstaunt, daß selbst Bach todlangweilig sein konnte; ich wußte noch nicht, daß ich das Jugendwerk eines Fünfzehnjährigen in Händen hielt. Pflichtgemäß spielte ich die siebte Variation. Bis zu den ersten Wiederholungszeichen geschah nichts Besonderes, aber nach dem Doppelstrich folgte unerwartet eine kleine Melodie von nur acht Takten, die mich förmlich verzauberte. Während ich sie immer wieder spielte, verjagte ich alles, was mich beschwerte.

Auf dem Nachhauseweg summte ich ununterbrochen diese kleine Melodie, die Bach dem Choral *O Gott, du frommer Gott* zu entlocken gewußt hatte, und es war, als verjage der fromme Gott, der damit angerufen wurde, den anderen Gott, der Moses zu töten gesucht hatte, und daher beunruhigte mich auch Jannys Geschichte von dem Heringskutter nicht mehr. Heringskutter? Auf dem Weg nach England? Von den Deutschen in die Luft gejagt? Und dann alle in einem Ruderboot? War das nicht vielleicht dieses Ruderboot, das Leen Varekamp »mit diesen seinen Fäusten« nach Hoek gerudert hatte? Da mußte ich doch mal nachfragen.

Es war sonnig und zugleich neblig, wie es nur im September sein kann. Nebel und Sonnenlicht wetteiferten miteinander, und von diesem Wettstreit profitierten wir alle, die dort in dem mit Händen zu greifenden, warmen Sonnenlicht spazierengingen, als seien wir Halbgötter, die eine Hauptrolle in einer Sage spielten. Vor mir sah ich, umspielt von perlendem Septembersonnenlicht, den sinkenden Heringskutter. Am Achtersteven, der noch aus dem Wasser herausragte, klammerte sich der Schiffer an der Reling fest, weil er nicht von Bord gehen wollte. Ja, aber es war einer von hier, dachte ich, so ein Schipper vom Waterweg, na, geh mal davon aus, daß der auch von Bord gegangen ist; so einer ist viel zu nüchtern für einen Heldentod. Nein, der ist zweifellos auch ins Boot gesprungen. Warte, Varekamp hat seinen Namen schon mal genannt, es war... wer war es doch gleich? War es nicht Vroombout? Na also, siehst du wohl, der ist auch mit zurückgefahren, genau wie natürlich sein Bruder. Sein Bruder? War der denn damals noch nicht bei der Polizei? Nein, der gehörte auch zur Schiffsbesatzung, der konnte wohl kaum stellvertretend für seinen Bruder an

Bord bleiben und mit untergehen, der mußte natürlich mit zurück, denn es war Gottes Wille, daß er in unserem Lagerhaus erschossen werden sollte.

So meditierend und Bach summend, lief ich wie ein Halbgott durch das wunderbare Licht. An den Sträuchern in den Vorgärten der Fenacoliuslaan hatten unsichtbare Spinnen überall riesige Gewebe aufgehängt, deren Fäden mit Perlen besetzt waren. Eines der Spinnengewebe verband sogar zwei Sträucher miteinander, und zappelnde Fliegen, die ebenfalls mit kleinen Wasserperlen verziert waren, hingen darin.

Am Bahnübergang traf ich Douvetrap, der dort mit seinem Söhnchen spazierenging.

»Schönes Wetter heute«, rief ich.

»Ja, könnte schlechter sein«, rief er.

»Wie geht es mit den Ermittlungen?«

»Es ist ein Auf und Ab«, sagte er, »aber im Augenblick mehr ein Ab, wir kommen keinen Schritt vorwärts. Um die Wahrheit zu sagen: Wir haben sie eingestellt.«

Erst als ich an ihm vorbei war, fiel mir ein: auch ein Zufall. Meine Klavierlehrerin und Vroombout waren 1940 zusammen auf einem Heringskutter, und Jahre später wird er ermordet, und sie hört, zehn Meter von ihm entfernt, einem Missionar zu. Oder sollte... oder sollte... ist das der Grund, warum Douvetrap denkt, daß sie auf die eine oder andere Weise in den Mord verwickelt ist? Einen Augenblick lang erwog ich, zurückzugehen und ihn zu fragen, aber als ich mich umblickte, sah ich, daß er sein »wah, wah« schreiendes Söhnchen davon abzuhalten versuchte, einen Hundehaufen aufzusammeln. Außerdem erschien es mir unwahrscheinlich, daß zwischen einer tragisch endenden Schiffsfahrt im Jahr 1940 und einem Mord im Jahr 1956 eine Verbindung bestehen sollte, daher setzte ich lieber meinen Weg fort. Dennoch ging mir – außer der kleinen Melodie von Bach – den ganzen Nachmittag im Kopf herum: Auch ein Zufall, Vroombout und Alice saßen 1940 im selben Kutter.

Gleich nach dem Abendessen lief ich in die Cronjéstraat. Dort standen alle vorderen Haustüren offen, und die Bewohner saßen neben den Türen auf Küchenstühlen vor ihren Häusern, um »frische Luft zu schnappen«. Man hörte das Gemurmel der Stimmen, doch fehlte unter ihnen der schrille Klang von *juffrouw* Varekamp und der gemütliche Baß von Vater Leen. Ihre Haustür war geschlossen. Aus dem Briefkasten hing jedoch die doppelte Schnur. Wie lange war es her, daß ich dort zum letztenmal die Zeitung geholt hatte? Schon sechs Jahre? War es schon sechs Jahre her, daß mein Vater beschlossen hatte, sogar die Hälfte eines Abonnements sei ihm noch zu teuer?

Im Hausflur hing noch immer die säuerliche Fischluft. Im Wohnzimmer erwartete mich ein vertrautes Bild. Auf sechs Stühlen hingen sechs stöhnende Varekamps. Auf ihren Stirnen lagen nasse Waschlappen. »Du kommst wie gerufen«, stöhnte Varekamp. Ich wechselte einen Waschlappen nach dem andern. Danach verließ ich auf Zehenspitzen das Haus, in dem soviel gemeinsame Pein gelitten wurde.

Am nächsten Tag trotzte ich sofort nach dem Abendessen ein weiteres Mal der säuerlichen Luft. Das Wohnzimmer war leer, aber auf dem Höfchen hinter dem Haus waren einige Varekamps versammelt. Ich durchquerte die Küche. Vater Varekamp setzte gerade ein weißes Kaninchen in einen kleinen Stall zurück und holte aus demselben Stall ein braunes Kaninchen, das er einem Nachbarn reichte.

»Ich kapier das überhaupt nicht«, rief er, »wie kann dein Kaninchen nun in meinem Verschlag landen und mein Kaninchen in deinem?«

»Ich wette, das hat dein Ältester getan«, sagte der Nachbar, »der macht immer solche netten Späßchen.«

Varekamp sah mich, sagte, indem er auf seinen Kaninchenverschlag zeigte: »Na, du kommst gerade richtig, hier ist etwas ganz Verrücktes passiert. Sein Kaninchen sitzt in meinem Verschlag, und mein Kaninchen sitzt in seinem Verschlag, sein Kaninchen ist also mir, und mein Kaninchen ist ihm.« Er lief durch die Küche ins Wohnzimmer. Der Nachbar folgte mit seinem Kaninchen und stiefelte, ohne etwas zu sagen, aus dem Haus.

»Das ist lange her«, sagte Varekamp, »willst du die Zeitung? Nun, das geht nicht, wir lesen sie jetzt gemeinsam mit einer armen Witwe aus der Generaal de Wetstraat.«

»Nee, ich komme nicht wegen der Zeitung«, sagte ich, »ich wollte was fragen.«

»Nimm einen Sitz und stuhl dich«, sagte Varekamp.

»Wissen Sie noch, wer alles an Bord von diesem Heringskutter war, der im Mai 1940 von den Deutschen in die Luft gejagt wurde?«

Er ballte seine Fäuste, schlug damit auf den Tisch und sagte: »Ja, ich habe sie mit diesen Fäusten nach

Hoek zurückgerudert, nun, es waren eine ganze Menge, es waren eigentlich viel zu viele für eine einzige Schaluppe, aber ich hab es doch klargekriegt... na ja, vielleicht war da noch ein zweites Boot... ja, wer war da alles... ich war damals Koch und Matrose, dann hatten wir Schipper Willem und seinen Bruder, der war auch Matrose, und wir hatten den Steuermann Pleijsier und Koos Hordijk, na, das war mir einer, der hat später noch mit der Frau vom Küster unterm Tisch gelegen... Und dann... wer war dann noch dabei? Ach ja, dieser Junge von den Klinges, und Robbemond natürlich, war auch Matrose, sagte nie was anderes als ›siehst du, verstehst du‹, und dann hatten wir auch noch so 'nen richtigen Prickenbeißer an Bord, auch wenn wir nicht auf Kabeljau fuhren, nahmen wir den doch mit, denn Heringe ausnehmen, das konnte das flinke Kerlchen auch sehr gut, komm, wie hieß der noch, Hakkie Quack glaube ich, ja, es war Hakkie Quack... wie der Pricken beißen konnte! Dem brauchte man nach dem Beißen nicht mal ein paar Feigen zu geben, damit er den Blutgeschmack aus dem Mund spülen konnte, der fand Blut so lecker, daß er überhaupt keine Feigen wollte.«

»Da waren doch auch Flüchtlinge an Bord?« fragte ich.

»Flüchtlinge? Die willst du Flüchtlinge nennen? Meiner Meinung nach waren das einfach ein paar lockere Vögel, die lieber nach England gingen. Oder würdest du das englische *mokkel* einen Flüchtling nennen? Die war von Joop Oosterlee hierhergelockt worden, und als sie einmal hier war, konnte er sie nicht schnell genug wieder sitzenlassen. Die wollte einfach zurück zu ihren eigenen Leuten, nee, Flüchtlinge, komm... Und dann war da so 'n altes jüdisches Paar vom Noordvliet. Wollten auch nach England. Hatten Angst, daß die Moffen sie ermorden würden. Als sie wieder in ihrem Häuschen am Noordvliet waren, haben sie sofort den Gashahn aufgedreht. Du kapierst das nicht, denn damals lag überhaupt noch nichts in der Luft, sie hätten es ohne ein Fitzelchen Schmerzen noch zwei Jahre aushalten können.«

Er nahm ein Brot und schmierte dick Butter auf die Schnittfläche.

»Die Witwe, mit der wir jetzt die Zeitung lesen, ißt auch keine Blutwurst«, sagte *juffrouw* Varekamp triumphierend.

»Fall mir jetzt nicht ins Wort, Mutti«, sagte Varekamp, »ich überlege gerade, wer da noch alles mit an Bord war. Noch zwei Pärchen, wenn ich mich recht erinnere, ja, junge Leute, einer wie der andere so jüdisch wie König David. Ich weiß noch genau, daß wir furchtbar lachen mußten über das eine Pärchen, die waren wie zwei Turteltäubchen, und die beiden anderen waren ein bißchen steif, eine erstaunlich große Frau, viel zu groß, um schön zu sein, aber doch so rasend hübsch, um dir die Finger danach zu lecken, und der Mann war noch größer. Ja, die beiden hatten einander gefunden, und alle beide waren außerdem noch sehr helle, kannst mir glauben.«

»Wissen Sie auch, wie diese Leute hießen?«

»Nee, und wenn du mich totschlägst, nee... wie sollte ich das wissen? Ich bin froh, daß ich es nicht gewußt habe. Stell dir vor, daß später solch Scheißmoff bei dir angerückt wäre und dich gefragt hätte, wer da so alles an Bord gewesen war, nee, danke bestens.«

»Aber es waren keine Leute von hier?«

»Nee, absolut nicht, wo die herkamen, weiß ich nicht, das wußte Willem, und vielleicht wußte sein Bruder es auch, aber wir wußten es nicht. Wir waren auch dagegen, daß Willem diese lockeren Vögel mitnahm, aber er konnte gutes Geld dafür bekommen, und dann läßt du dir das nicht so schnell entgehen, aber jetzt siehst du mal, was dabei herauskommt... Wenn sie nicht an Bord gewesen wären, hätte dieser Moff uns doch nie...«

Er hielt sein Kinn fest, schüttelte dann den Kopf. »Nee, deren Schuld ist es, daß die ›Majuba‹... Ach, es war ein so schöner Kutter, glaub man, Willem hat das Herz geblutet, daß er sein Kutterchen verloren hat. Und nichts wiedergekriegt von der Versicherung. Für uns war es auch furchtbar. Auf einen Schlag waren wir arbeitslos, ich hab mich damals abquälen müssen, um ein paar Groschen zusammenzukratzen, und das alles einzig und allein deswegen, weil ein paar Leute unbedingt nach England hinübergefahren werden mußten. Na, du siehst selber, das englische *mokkel* hat nicht nur zweimal gejungt, sondern wohnt jetzt noch kerngesund in der Burgemeester de Jonghkade, und die Leute vom Noordvliet haben selbst Schluß gemacht, damit hatte kein Moff etwas zu tun, und was aus den anderen geworden ist, weiß ich nicht, aber ich behaupte mal, daß sie noch immer quietschvergnügt rumlaufen. Und wir saßen inzwischen von einem Tag auf den andern ohne Arbeit da. Ja, deren Schuld ist es.«

»Sahen die Deutschen denn, daß Flüchtlinge an Bord waren?«

»Natürlich haben sie das gesehen, sie hatten verdammt gute Feldstecher an Bord, nee, das ist für mich wirklich keine Frage mehr. Wenn sie nicht dabeigewesen wären, hätten die Moffen uns meiner Meinung nach keinen Strohhalm in den Weg gelegt, dann hätten wir bis nach Doggerbank weiterfahren können, wäre aller Hering für uns gewesen, denn die ganze Flotte ist damals zu Hause geblieben, keiner von denen traute sich auszufahren.«

»Ist Vroombout etwa ermordet worden, weil an Bord...?«

»Auf keinen Fall«, unterbrach er mich, «davon ist keine Rede. Vroom war... na ja, hier sind Kinder, also bleiben wir manierlich, aber ich kann dir versichern, daß Vroom regelmäßig nach Rotterdam ging, und dann las er sich da am Bahnhof Delftse Poort ein Bürschchen auf. Ich für meinen Teil glaube noch immer, daß einer von diesen Kumpels ihn kaltgemacht hat. Aber laß das jetzt bitte endlich ruhen... Warum willst du eigentlich wissen, wer da alles an Bord war?«

»Ich hörte von Janny Robbemond, daß ihr Vater auch auf dem Kutter war, und da wurde ich neugierig, wer da noch mit auf dem Schiff gewesen ist.«

»Ja, ja, ach ja, dieser Robbemond! Hatte doch ein Auge auf das englische *mokkel* geworfen! Aber die wollte nichts von ihm wissen. Ich glaube aber, daß dies *mokkel* wohl noch die Namen dieser beiden Pärchen ausspucken könnte, mit denen war sie sehr dicke, während sie uns völlig übersah. Ja, so eine ist das.«

»Denk bloß nicht, daß die einen grüßt, wenn man ihr auf der Straße begegnet«, sagte *juffrouw* Varekamp, »wir sind ihr nicht gut genug.«

Jona

Stimmt, sie müßte ich fragen, sie würde »die Namen ausspucken« können. Aber als ich auf dem Weg zur Klavierstunde war, schien das müde, staubige, goldfarbene Sonnenlicht an diesem letzten Samstagnachmittag im September einer solchen Frage ausdrücklich im Wege zu stehen. Schwer roch das Hafenwasser, schrill schrien Möwen auf der Reling der Sirius. Und wenn ich die Namen wüßte: Was dann? Wie sollte ich dann weiterkommen? Sollte ich dann die beiden geheimnisvollen Paare aufspüren? Sie verhören?

Während der Stunde war sie genauso streng und unerbittlich wie sonst. Erst als die Stunde vorbei war, wurde sie zugänglicher. Sie sagte: »Morgen legen Herman und Janny ihr Bekenntnis ab. Nach dem Gottesdienst wollen wir das ein bißchen feiern. Kommst du auch?«

»Gern«, sagte ich und dachte dabei: Dann kann ich sie vielleicht morgen fragen.

Da ich zugesagt hatte, fühlte ich mich denn auch verpflichtet, am Sonntag an dem Bekenntnisgottesdienst teilzunehmen. Pastor Dercksen predigte über Jona. Es war eine altmodische Predigt in drei Teilen. Erster Teil: Jona auf der Zunge des Walfischs. Zweiter Teil: Jona in der Kehle des Walfischs. Dritter Teil: Jona im Magen des Walfischs. Ob diese drei Stadien im Leben des Jona nun gerade oder gerade nicht mit den Stadien im Leben eines jeden Christen zusammenfielen, mit Elend, Erlösung, Dankbarkeit, weiß ich nicht mehr, denn es schoß mir während der Predigt durch den Kopf: Die Mannschaft dieses Schiffs wies ihr Elend Jona zu. Sie machte ihn zum Sündenbock. So wird es auch auf dem Kutter gewesen sein. Nimmst du Fremde an Bord, und das Schiff geht unter, dann ist die Mannschaft fest davon überzeugt, daß die Fremden das Schiff ins Unglück gestürzt haben. So sagte es Varekamp doch: «Es war deren Schuld!« Außerdem wurden in diesem Fall die Männer der Schiffsbesatzung auch noch arbeitslos. Wie nachtragend werden die wohl gewesen sein! Gut, aber dann würde man doch eher erwarten, daß einer von der Mannschaft einen Passagier ermordet. In Wirklichkeit aber ist ein Mann der Schiffsbesatzung ermordet worden. Von einem der Passagiere? Aber warum dann?

Noch bevor Jona im Schlund des Walfischs verschwand, war ich beinahe überzeugt, daß der Mord an Vroombout nichts mit dem Untergang des Kutters zu tun haben konnte. Ich atmete auf. Nun brauchte ich meine Klavierlehrerin nicht mehr nach diesen Namen zu fragen. Doch andererseits bedauerte ich es. Meinte ich endlich einen Anknüpfungspunkt gefunden zu haben, so wurde er von Jona, der in der Predigt eine halbe Stunde brauchte, um von der Zunge bis in den Magen zu gelangen, als Phantasterei entlarvt.

Nach dem Gottesdienst lief ich über die Havenkade zum Hoofd. Hinter mir erklangen hastige Schritte.

»Nicht so schnell«, rief William.

Ich wartete auf ihn. Er ging jetzt neben mir, ich fragte: »Warst du auch im Bekenntnisgottesdienst? Aber du bist doch evangelisch?«

»Alles Quatsch«, sagte er, »ja, gut, ich bin evangelisch, aber ich wollte doch sehen, ob Herman wirklich ›Ja‹ sagt. Er denkt notabene genauso darüber wie ich, er findet auch, daß das alles Unsinn ist, und doch... was für ein Heuchler, es kommt nur durch Janny, die hat ihn soweit gekriegt... hast du gehört, was der Pastor vorlas: ›Der Gott aller Gnaden befestige, stärke und gründe euch beide, die ihr nun in die Gemeinde des Christus eingesteift seid.‹«

»Eingesteift? Ach was, er sagte: einverleibt!«

»Stimmt nicht, er sagte: eingesteift. Sie sind nun in die Gemeinde des Christus eingesteift. Eingesteift sind sie, genau wie die Menschen da in der Kirche, alles eingesteifte Menschen. Und so sitzen sie auch da mit ihren rosa und hellblauen Hütchen und pastellfarbenen Kleidern und ihren schwarzen Jacken und gestreiften Hosen; so sitzen sie auch da, sie sind eingesteift. Wie schrecklich, wie entsetzlich, wenn du ein Bekenntnis ablegst, dann wirst du eingesteift.«

»Es ist nicht wahr, er sagte: einverleibt.«

»Was hast du für schlechte Ohren. Weißt du, was du werden solltest? Klavierstimmer im Taubstummenheim. Er sagte wirklich: eingesteift. Also, daß du's nur weißt: Ich will nie eingesteift werden, nie, nie, nie und nie, bei Gott, wie entsetzlich, legst du ein Bekenntnis ab, dann wirst du eingesteift.«

Bis zur Bahnlinie wiederholte er verzweifelt das Wort »eingesteift«. Es war unmöglich, mit ihm zu reden. Erst als wir die Brücke überquert hatten, schaffte ich es, nebenbei zu bemerken: »Ich habe den Mord an Vroombout beinahe gelöst.«

»Eingesteif... was... was sagst du?«

»Daß ich wieder etwas erfahren habe über den Mord an Vroombout.«

»Denkst du immer noch daran?«

»Ja, ich kann es nicht von mir wegschieben, und von Janny erfuhr ich, daß deine Mutter und ihr Vater...«

»Oh, die Geschichte, das scheint überhaupt nicht wahr zu sein, ihr Vater hatte ein Auge auf meine Mutter geworfen, das ist alles.«

»Na gut, laß es nicht wahr sein, aber sie waren alle beide auf dem Kutter, und Vroombout fuhr auch mit. Das kann beinahe kein Zufall sein.«

»Und was ist mit Minderhout? Saß der auch im Kutter?«

»Nein, soweit ich weiß, nicht.«

»Also, worüber reden wir dann? Ach, schlag dir das Ganze doch aus dem Kopf, denk nicht mehr dran, das ist schon so lange her.«

»Und doch würde ich gern wissen, wer noch auf dem Kutter nach England zu flüchten versuchte. Kannst du nicht mal deine Mutter vorsichtig danach fragen?«

»Traust du dich nicht?«

»Ich wollte es gestern tun, aber ich kam nicht dazu.«

»Wir werden sie nachher sofort fragen«, sagte er. »Warum sollte sie das denn nicht sagen wollen?«

»Vielleicht weiß sie es nicht mehr.«

»Die? Die hat ein eisernes Gedächtnis, sie behält

alles.«

Und als wir eine Viertelstunde später bei Pulverkaffee und Kokosmakronen Hermans und Jannys »Einsteifung« im Erker feierten, sagte er wie aus heiterem Himmel zu ihr: »Alexander will so gern wissen, mit wem du nun eigentlich versuchtest, auf dem Kutter nach England zu fliehen.«

Sie ließ ihre Kokosmakrone fallen. Sie bückte sich, um sie aufzuheben, sie sagte, nachdem sie sich wieder aufgerichtet hatte, zu mir: »Warum willst du das wissen?« Sie blickte mich mit ihren großen stahlblauen Augen streng an.

Ich sagte: »Unser Nachbar, Leen Varekamp, erzählt immer von dem Kutter, und er sagt immer, daß Sie von Doggerbank...«

»Der Lügner! Wir waren gerade erst auf See.«

»Oh, nun, das weiß ich nicht«, sagte ich unglücklich, »aber weil er das immer erzählte, wenn ich die Zeitung holen wollte...«

»Zeitung holen...?«

»Ja, wir lasen die Zeitung mit Varekamps zusammen. Ich holte sie da abends immer ab, und dann erzählte er vom Kutter... und neulich fing er wieder mit der ganzen Geschichte an, und da erzählte er, daß außer Ihnen noch sechs Flüchtlinge dabei waren, zwei Leute aus der Boonestraat, die später Selbstmord begangen haben, und noch zwei... wie soll ich es ausdrücken... zwei Pärchen... zwei Ehepaare, oder vielleicht waren sie noch nicht verheiratet... Er wußte die Namen nicht mehr, er sagte, daß Sie die wohl noch wüßten.«

»Ich? Es ist über zweiundzwanzig Jahre her!«

»Natürlich weißt du das noch«, sagte William,

»keiner hat ein so gutes Gedächtnis wie du, du weißt zehntausend Klavierstücke auswendig.«

»Ja, Klavierstücke«, herrschte sie ihn an, »aber du glaubst doch nicht, daß ich noch die Namen von Leuten weiß, die ich vor zweiundzwanzig Jahren einen einzigen Tag lang gesehen habe? Du kannst ja Simon fragen.«

»Simon Minderhout? Warum Simon Minderhout? Was hat der damit zu tun?« fragte William.

»Oh, nichts«, sagte sie, »der hat nichts damit zu tun.«

»Na komm, erst sagst du: Frag Simon, und dann sagst du...«

»Halt die Klappe, halt in Jesu Namen die Klappe, wir sitzen hier zusammen, um zu feiern, daß Herman und Janny ihrem Schöpfer das Jawort gegeben haben, und dann gehst du einem mit einer Sache auf die Nerven, die vor hundert Jahren passiert ist und an die ich auch gar nicht mehr erinnert werden möchte...«

»Wieso, nein, ich nerv überhaupt nicht, Alexander wollte es gern wissen.«

»*It's none of his business*«, sagte sie, und das wiederholte sie dreimal. Sie stand auf und sagte zu Herman und Janny: »Ich habe gestern eine Platte gekauft, die möchte ich euch gern einmal vorspielen.«

Sie ging zum Grammophon, nahm eine Platte aus einer ockergelben MMS-Hülle, legte sie auf und setzte sich wieder hin. Nach dem anfänglichen Rauschen erklang die *Kantate 104* von Bach. Bis zu jenem Augenblick im Erker, mit dem Blick auf den Fluß, auf dem das goldfarbene Sonnenlicht in all seiner Fülle ruhte, war ich aus Gründen, die ich nicht erklären kann, immer vage davon überzeugt gewesen, daß Bachs Kantaten Gelegenheitsarbeiten gewesen seien, nicht vom selben Rang wie die für mich schon damals so kostbaren Schätze: das *Doppelkonzert für zwei Violinen*, das *Violinkonzert in E-dur*, die *Matthäus-Passion*, die sechs *Triosonaten* für Orgel, die *Flötensonate in h-moll*. Dann erklangen die Einleitungstakte von *Du Hirte Israel, höre*, und mir wurde rot vor Augen. Ich sehe noch alles vor mir: den Erker, das Sonnenlicht, den gleißenden Fluß. Ich höre noch, wie Janny in die Musik hineinredete, und weiß noch, daß ich sie in dem Moment haßte, ein Haß, der jedoch sofort wieder von Bach zunichte gemacht wurde. Sonderbar, daß jemand, der schon über zweihundert Jahre tot ist, einem mehr bedeutet als jedes lebende Wesen. Rätselhaft, daß man mit einer so tiefen Verehrung zu jemandem aufsehen kann, der für uns nur durch Klänge existiert, hervorgebracht nicht von ihm selbst, sondern von Instrumenten oder den Stimmen anderer Menschen. Und doch wußte ich damals nach dieser Kantate mit dem unvergleichlichen Einleitungschor und der mindestens ebenso unvergleichlichen Baßarie, daß ich mein Leben lang Bach über alles lieben würde, mit meinem ganzen Herzen und meiner ganzen Seele und all meiner Kraft und all meinem Verstand. In gewisser Hinsicht habe auch ich an jenem Sonntag mein Glaubensbekenntnis abgelegt, habe auch ich meinen Gott gefunden. Nur hieß mein Gott Bach, und daß dann noch andere Götter hinzugekommen sind oder damals schon dabei waren – Mozart, Schubert, Verdi, Wagner –, wird ihn sicher nicht eifersüchtig machen, denn meine tiefste, größte und dauerhafteste Liebe gilt Johann Sebastian Bach, und vor allem dem Bach, der sich mir an jenem Sonntag offenbarte, dem Bach der Kantaten, dem Bach, der die schönsten Melodien überhaupt komponiert hat, und als einen der Höhepunkte in diesem majestätischen Werk die Baßarie aus der *Kantate 104*.

Als ich in dem noch immer goldfarbenen Spätsommerlicht nach Hause ging, stand eines für mich fest. Gut, ich würde studieren, nächste Woche sollte das Studium beginnen, aber das einzige, was zählte, war die Musik, waren Bachs Kantaten, und diese Kantaten wollte ich alle, alle zweihundertzwanzig oder wie viele es auch waren, kennenlernen, koste es, was es wolle. Nur darum drehte es sich, nur das war wirkliches Studium, gründliches Studium wert.

Inzwischen kenne ich alle Kantaten Bachs. Jetzt weiß ich, daß ich mich damals, an jenem Sonntagmorgen nach der Kirche, an dem Gedanken, die Bach-Kantaten zu studieren, festbiß, um mein Unbehagen, mein Elend, das der Mord an Vroombout in mir ausgelöst hatte, von mir abzuschütteln. Heute weiß ich, daß ich damals noch immer Angst vor dem Mörder hatte, Angst hatte, daß er wieder auftauchen und nachträglich vollenden würde, wozu er am Kreuzzugsnachmittag nicht gekommen war. Es können eigenartige Hirngespinste von uns Besitz ergreifen, vage Gedanken, vielleicht Eingebungen, die, so unbegründet sie sein mögen, eine merkwürdige Form von Schutz gewähren. Ein solcher Gedanke war an jenem Sonntagmorgen: Solange ich noch nicht alle Kantaten Bachs kenne, brauche ich keine Angst davor zu haben, daß der Mörder sein Werk zu Ende bringen wird. Daher machte es mir auch nichts aus, daß es so schwierig war, die Kantaten kennenzulernen. Aufnahmen von den Kantaten gab es damals kaum. Aufgeführt wurden sie selten. Ab und zu gab es eine im Radio, aus Deutschland, am Sonntagmorgen. Dann saß ich, mein Ohr an den Lautsprecher gepreßt, um nichts von dem zu versäumen, was durch das Rauschen hindurch zu hören war.

Bach war es auch zuzuschreiben, daß ich an jenem Sonntag völlig vergaß, was meine Klavierlehrerin zu mir gesagt hatte, nämlich: »Du kannst ja Simon fragen.« Nicht einmal, als ich am nächsten Mittwoch auf dem Weg zur Maranatha-Kerk beinahe über ihn stolperte, dachte ich daran, ihn zu fragen.

Er sagte: »Soso, ich habe gehört, daß du in meine Fußstapfen treten wirst. Es freut mich, daß du meinem weisen Rat folgen und auch Pharmazie studieren willst. Wer weiß, wenn du in acht oder neun Jahren dein Studium beendet hast, kannst du vielleicht meine Apotheke übernehmen.«

»Wollen Sie denn...?« fragte ich, aber er hörte gar nicht zu.

Er sagte: »Früher oder später wirst du während deines Studiums meinem Freund Bram Edersheim begegnen. Richte ihm dann die herzlichsten Grüße von mir aus und sage ihm, daß er wieder einmal ein Wochenende bei mir verbringen soll.«

Dachkammer

Die ersten Monate in Leiden! Wie ein böser Traum, aus dem ich nie mehr erwachen würde! Zwei riesige Gebäude wie aus einem Gemälde von Willink beherrschen diesen Alptraum. Sie erheben sich links und rechts der Hugo de Grootstraat; im höheren Gebäude ist die Abteilung Pharmazie untergebracht, im größeren die Abteilung Chemie. Beide haben Bogenfenster, und dahinter liegen die Praktikumssäle, die stets in Dunkel gehüllt sind, genauso wie die Vorlesungssäle, die mit ihren dunklen, braunroten, runden Bänken Amphitheatern ähneln und in denen wir von neun bis elf die hastige Vorlesung des Professors für Organische Chemie und von elf bis eins die gekünstelte, träge Vorlesung des Professors für Physikalische Chemie hörten.

Die ersten Monate in Leiden! Es war, als würde ich plötzlich fortgerissen und aus dem zwanzigsten ins neunzehnte Jahrhundert zurückversetzt. Fünf Jahre lang war ich auf einem nagelneuen Gymnasium mit modernen Fluren und Klassenräumen gewesen. Nun landete ich in Gebäuden, die im Zeitalter der Gasbeleuchtung errichtet worden waren. Gebäude mit knarrenden Treppen und in Blei eingefaßten Fenstern; Gebäude, in denen zu festgesetzten Zeiten, wenn eine Vorlesung vorbei war, das Knallen der zurückklappenden Sitze erklang. Hätte man gewollt, so hätte man, wenn alle auf einmal aufgestanden wären, eine Demonstration veranstalten können.

Da ich in den ersten Monaten noch Fahrstudent war, erschien jede Zugreise wie eine Zeitreise. Und während ich in jenem einen Frostmonat am Gymnasium das Bahnfahren genossen hatte, haßte ich bereits nach wenigen Wochen die Zugreisen, die mich nach Leiden führten. Die Rückfahrt war weniger schlimm; dann hatte ich das Gefühl, weil ich heimkehrte, wieder durchatmen zu können. Unbarmherzig formulierte mein Vater eines Abends in der Sprache vom Hoofd, was ich selbst nur undeutlich erkannte: »Du findest da noch keinen Platz für deinen Hintern, glaube ich.«

Universitäten sind Anachronismen. Sie datieren noch aus der Zeit vor der Erfindung der Buchdruckerkunst. Damals war es sinnvoll, daß Professoren ihren Studenten ihr Wissen durch Vorträge – Vorlesungen genannt – vermittelten. Heute aber, da Wissen in Büchern nachgeschlagen werden kann, ist eine Vorlesung eine absurde Zeitverschwendung. In der Vorlesung über Organische Chemie behandelte der Professor tagaus, tagein, eine Woche nach der anderen, Lehrstoff aus einem Buch, das wir für das Zwischenexamen durcharbeiten mußten. Versäumte man eine Vorlesung, so hatte man eine Stunde frei. Arbeitete man in der Stunde tatsächlich an dem Buch, ersparte man sich enorm viel Zeit. Dasselbe galt auch für die Physikalische Chemie.

Dennoch dauerte es ein paar Monate, bevor ich dahinterkam, daß es Zeitverschwendung war, in

Vorlesungen zu gehen. Vielleicht hätte ich es sogar, brav wie ich nun einmal bin, nie gewagt, die Vorlesungen zu versäumen, wenn nicht Jozef Zonderman, der im Titrierpraktikum neben mir saß, erzählt hätte, sein Vater suche verzweifelt jemanden, der vorübergehend einen kranken Klavierstimmer vertreten könne.

»Ein Klavier stimmen«, sagte ich an einem Novembernachmittag übermütig zu Jozef, »oh, natürlich kann ich das, ich habe das absolute Gehör. Und ich habe auch schon Erfahrung damit, seit Jahren stimme ich mein eigenes abgetakeltes Klavier.«

»Du solltest mal mit meinem Vater sprechen«, sagte Jozef.

Das tat ich nicht, aber zwei Tage später, während ich titrierte, klopfte mir jemand vorsichtig auf den Rücken. Sofort drehte ich den Verschlußhahn meiner Bürette zu.

»Ich höre von meinem Sohn, daß du Klaviere stimmen kannst. Ich bin sehr in Verlegenheit. Wenn du wirklich einigermaßen manierlich stimmen kannst, möchte ich mich dir empfehlen, möchte ich mich dir sehr empfehlen. Könntest du morgen früh einmal kurz bei mir im Geschäft vorbeikommen?«

»Morgen früh habe ich Vorlesungen.«

»Die sind doch nicht Pflicht?«

»Nein, aber…«

»Die kannst du doch wohl ein einziges Mal ausfallen lassen?«

»Du kannst gern meine Aufzeichnungen benutzen«, sagte Jozef.

»Siehst du«, sagte sein Vater, »darf ich also mit dir rechnen?«

Am nächsten Tag ging ich vom Bahnhof aus geradewegs in das Pianogeschäft von Zonderman in der Hogewoerd. Dort wurde ich, sobald ich hereingekommen war, von einem mürrischen Zonderman an einen abgesackten Bechstein gesetzt, den ich mühelos hochstimmen konnte und auf dem ich anschließend in dem leeren Vorführraum die hübsche *Sonate* Longo 463 *(Non presto, ma a tempo di ballo)* von Scarlatti übte. Um halb elf tauchte Zonderman mit einer Tasse starken Kaffee aus der Tiefe des Wohnhauses, das hinter dem Vorführsaal lag, auf. Er lauschte ein wenig dem überraschenden Tänzchen und sagte: »Gar nicht übel, was willst du nun dafür haben?«

»Oh, das weiß ich nicht, was verdient ein Stimmer?«

»Ein guter diplomierter Stimmer ist Gold wert, aber du bist noch Anfänger... du mußt erst einmal sehen lassen, was du kannst, ich kann dir für einmal Stimmen einen Zehner zahlen.«

»Das ist wunderbar«, sagte ich, »unter der Voraussetzung, daß ich dann ab und an zum Üben kommen darf. Sie haben hier so viele phantastische Flügel stehen.«

»Du willst hier spielen? Von mir aus, ich höre im Haus sowieso nichts davon. Aber wenn Kunden da sind...«

»Nein, dann höre ich natürlich sofort auf.«

»Aber vor zehn Uhr sind eigentlich keine Kunden da, also wenn du früh kommst, kannst du dich von mir aus amüsieren.«

So wurde ich vertretungsweise Klavierstimmer und hatte einen Vorführsaal voller Flügel, an denen ich morgens früh spielen durfte. Zwar mußte ich viel eher von zu Hause fort, und ich geriet in aller Herrgottsfrühe in vollbesetzte Züge. Das machte mir eigentlich nichts aus, dennoch begann ich jetzt, auch weil ich plötzlich Geld verdiente und, wie man im Hoofd sagen würde, »also verleihen konnte«, mich in Leiden nach einem Zimmer umzusehen. Überall, wo ich stimmte und nicht allzu unfreundlich behandelt wurde, fragte ich vorsichtig: »Wissen Sie vielleicht, wo ein Zimmer zu haben ist?«

Nach Neujahr stimmte ich an der Hooglandse Kerkgracht. Auch dort fragte ich nach dem Stimmen eine alte Dame mit unglaublich dicken Brillengläsern: »Haben Sie vielleicht noch ein Zimmer frei?«

»Nein«, sagte sie, »ich habe schon drei Studenten, und die fühlen sich hier recht wohl, die denken nicht daran auszuziehen, also wird sobald nichts frei.«

»Na ja, schade«, sagte ich, »ich würde hier gern wohnen, dies ist die schönste Gracht von ganz Leiden.«

Sie sah mich durch ihre enormen Brillengläser an. Sie sagte: »Frostködel?«

»Frostködel? Ich? Wie kommen Sie darauf?«

»Ich frage ja nur«, sagte sie, »ich habe oben noch eine ganz annehmbare Dachkammer, aber da gibt es keine Heizung, und ich bin absolut dagegen, daß dort ein Ölofen oder ein Gasofen benutzt wird. Ein Stückchen weiter ist neulich ein Haus ausgebrannt, weil ein Mädchen bei einem Gasofen studiert hat. Und ich will auch nicht haben, daß Sie einen Elektroofen aufstellen. Strom kostet ein Vermögen.«

»Ob ich mir das Zimmer wohl einmal ansehen darf?«

»Kommen Sie nur mit, aber denken Sie daran: Es ist keine Heizung da, und Öfen kommen nicht in Frage.«

»Ich wohne zu Hause auch in einer kleinen, kalten Dachkammer«, sagte ich.

Wir stiegen zwei Treppen hoch. Wir gingen über einen dunklen Dachboden. Sie öffnete eine Tür. Vor uns lag eine leicht abgeschrägte Dachkammer mit kleinen Bogenfenstern. Gewaltige Balken stützten das Dach, und hinten im Zimmer gab es einen Alkoven mit einer winzigen Küche.

»Ach, hier würde ich gern wohnen!« sagte ich.

»Na, na«, sagte sie, »das klingt ja wie ein Stoßseufzer. Sechzig Gulden im Monat. Aber denken Sie daran: kein Ölofen und nichts!«

Schon eine Woche später wohnte ich dort. Und eines weiß ich: Daß ich mein Leben lang Heimweh nach diesem Zimmer haben werde. Man hatte eine wunderbare Aussicht auf den Nordgiebel der Hooglandse Kerk. Mittags tasteten die ersten Sonnenstrahlen die Bogenfenster ab, und am Nachmittag schien dann die Sonne herein, und ich weiß noch genau, daß ich an einem Februarnachmittag vom Titrierpraktikum nach Hause kam und zum erstenmal erlebte, wie das überwältigende Sonnenlicht an den Bogenfenstern vorbeiglitt und die Hälfte meines Zimmers in Glut tauchte. Lange habe ich da oben vom zweiten Stock auf die von der Sonne erleuchtete Gracht geschaut. Es war ein Tag im Februar, der schon ein Vorgriff auf den Sommer war, und ich öffnete eines der Fenster und ließ den Frühling herein.

In dem Augenblick schien es, als hätte ich endlich meine Jugend, und auch den Mord an Vroombout, für immer hinter mir gelassen, als ob ich alles vergessen, eintauschen durfte gegen die Jugend eines anderen, und aufgewachsen wäre mit Brüdern und Schwestern, die alle Musik liebten und ein Quartett oder ein Quintett gebildet, gesungen und gespielt hatten, wie die Kinder von Johann Sebastian Bach gesungen und gespielt hatten. Die Februarsonne schien mir mitten ins Gesicht, Kinderstimmen klangen von der Gracht herauf, und eine leichte Brise blähte die Gardinen. Es schien ausgeschlossen, daß der Mörder von Vroombout, der auch mich hatte töten wollen, jemals dort über das Kopfsteinpflaster der Gracht hinweg zu mir kommen würde. Endlich war ich also doch erlöst, frei von Angst, endlich konnte ich akzeptieren, daß ich nie erfahren würde, wer diesen Mord verübt hatte. Und in dem warmen Sonnenlicht konnte ich mich damals auch für einen Augenblick damit versöhnen, daß ich Pharmazie studierte. Es war ja gar nicht so entsetzlich. Die Vorlesungen, soviel war deutlich geworden, konnte ich guten Gewissens versäumen. Dadurch hatte ich die Vormittage frei, um Klavier zu üben oder irgendwo zu stimmen oder Biographien großer Komponisten zu lesen. Na schön, mittags und nachmittags fanden die vorgeschriebenen Praktika statt, und die waren, von außen betrachtet, katastrophal, vor allem das Titrierpraktikum. Aber um wieviel schlimmer müßte es sein, durch die Heide zu robben oder in Kasernen herumzuhängen. Das Studium würde ich sicher durchhalten, und nun, wo ich hier in Leiden wohnte, konnte ich vielleicht auch Mitglied des

Collegium Musicum werden. Wie eigenartig, daß man in einem solchen sonnendurchglühten Augenblick denkt, das ganze Leben liege noch vor einem, während sich später herausstellt, daß ein solcher Moment das wahre Leben ist. Die Hoffnung hat dann noch einen langen Weg zu gehen; von Beruhigung kann nicht die Rede sein, alles atmet Erwartung. Ich wollte, ich stünde wieder dort, an einem solchen Sommertag im Februar, während sich die Gardinen blähten und mir ins Gesicht wehten. Solange sich das Weltall ausdehnt, bleibt jeder Augenblick in einem Menschenleben bestehen, denn irgendein Fleckchen im Weltall ist genauso viele Lichtjahre von diesem Augenblick entfernt. Wenn du an jenem Fleckchen wärst und durch ein Fernglas zur Erde schauen könntest, würdest du dich selbst dort stehen sehen – am offenen Fenster, in der Sonne, für immer an den einen Punkt der Zeit festgenagelt, der niemals verlorengehen wird.

Titrieren

Der katastrophalste Teil dieses sowieso schon so katastrophalen Studiums war das Titrierpraktikum. Warum mußte ausgerechnet ich monatelang titrieren, während Millionen von Menschen niemals titriert haben? Auch ich hätte doch zu diesen Millionen gehören können? Wenn ich da saß, in diesem Praktikumssaal aus dem neunzehnten Jahrhundert mit den hohen Fenstern, und vorsichtig Tropfen für Tropfen aus meiner Bürette in der Flüssigkeit verschwinden ließ, dessen Titer ich bestimmen sollte, überfiel mich mit absoluter Sicherheit ein Gefühl der Verzweiflung, das mit jedem farbigen Tropfen wuchs. Ab und zu kam, auf monströsen hohen Hacken, die Praktikumsassistentin vorbei, um mit einem ihrer unerhört langen und meistens feuerrot lackierten Fingernägeln an meine Bürette zu tippen. Es schien, als wenn diese pharmazeutische Hexe noch einmal betonen müßte, wie unvorstellbar es war, daß ich da saß, ich, der ich doch alle Zeit meines Lebens dafür nutzen mußte, um die Kantaten von Bach kennenzulernen. Und neben mir saß Jozef Zonderman, der völlig aufging in diesem Tröpfeln und Fieberwangen bekam, wenn die pharmazeutische Hexe mit einer ihrer Krallen an seine Bürette tippte.

»Sie hat ein Auge auf dich geworfen«, sagte er.

»Mein Gott«, sagte ich.

An einem dieser endlosen Nachmittage betrat der Titrier-Professor persönlich den Praktikumssaal. Leutselig wandelte er von einem Studenten zum anderen. Gutmütig und freigebig erteilte er bei jeder Bürette Ratschläge. Von der Hexe flankiert, kam er langsam in meine Richtung. Jozef Zonderman überging er. Die Hexe sagte: »Das ist er.«

Der Titrier-Professor rieb mit der rechten Faust die Innenfläche seiner linken Hand. Er sagte: »Mijnheer Goudveyl, klappt es denn?«

Er wartete die Antwort nicht ab, sondern fügte hinzu: »Von meinem Studienfreund Simon Minderhout, Ihnen wohlbekannt, wie ich annehme, habe ich erfahren, daß Sie ein hervorragender Klavierspieler sind. Nun, meine Frau und ich spielen schon seit Jahr und Tag mit einem unserer Kollegen Trio. Meine Frau spielt Geige, ich spiele Cello, und der Kollege spielt Klavier. Er hat jedoch für ein Jahr eine Einladung als Gastdozent nach Berkeley bekommen. Meine Frage ist nun: Würden Sie vielleicht geneigt sein, ihn vorübergehend zu vertreten?«

»Ja, aber so gut bin ich gar nicht«, sagte ich verwirrt.

»Simon hat aber sehr von Ihnen geschwärmt. Wir sollten doch wenigstens einmal ausprobieren, ob wir zusammen musizieren können. Könnten Sie beispielsweise morgen abend?«

»Ja, Herr Professor, ich glaube schon«, sagte ich.

»Also, was hindert uns noch?« sagte er. »Kommen Sie gegen acht zur Eilandpolderlaan 6 in Voorschoten. Wir können ein paar langsame Sätze aus den

Haydn-Trios vom Blatt spielen und dann überlegen, was wir uns in Zukunft vornehmen wollen. Davon können Sie dann den Klavierauszug mitnehmen und üben. Also, bis morgen abend!«

Er schritt neben der Hexe weiter. Verblüfft starrte ich ihm nach und dachte: Warum fragt er mich? Er kennt bestimmt noch viele andere Pianisten. Warum dann ich? Er hat mich noch nie spielen hören. Wie kommt er darauf, mich, ein Erstsemester, aufzufordern, mit ihm zu musizieren?

Tropfen um Tropfen ließ ich aus meiner Bürette in mein Bechergläschen fallen. Zweimal kam am selben Nachmittag noch die Hexe vorbei, um mich mit ihrem angemalten Mäulchen süß anzulächeln.

Am Tag darauf fuhr ich abends mit dem Fahrrad nach Voorschoten. Es nieselte; es hätte November sein können, es war März, aber nichts deutete darauf hin, daß schon bald Frühling sein würde. Zweimal fragte ich nach der Eilandpolderlaan, und schließlich gelangte ich zu einem Schlängelpfad, der zum Rijn-Schie-Kanaal führte. Dort fand ich, hinter Sträuchern verborgen, direkt am Wasser die Nummer 6. Hastig stellte ich mein Fahrrad ab. Noch bevor ich an der Haustür klingelte, kam eine Frau die Stufen herauf und stellte sich neben mich.

»Hallo«, sagte sie, »ich bin auch eingeladen.«

»Spielen Sie auch mit?« fragte ich erstaunt.

»Nein, ich höre nur zu, ich bin heute abend Publikum, und sag doch nicht Sie, ich heiße Yvonne, wir sind hier nicht im Praktikum.«

So kam es, daß ich neben der pharmazeutischen Hexe den Hausflur betrat. Es war, als kämen wir zusammen, und die resolute Professorengattin behandelte uns auch sofort und wie selbstverständlich als Pärchen. Mißmutig ging ich neben der grell aufgemachten Hexe ins Wohnzimmer. Sie trug einen Minirock. Sie hatte ihre Krallen offenbar eigens für diese Gelegenheit zur Abwechslung nicht feuerrot, sondern dunkellila lackiert.

»Setzt euch«, sagte der Professor und wies auf ein Zweisitzersofa.

Neben der Hexe sitzend, erduldete ich die höfliche Plauderei und die obligatorische Tasse Kaffee, die anscheinend dem Musizieren vorauszugehen hatten. Wir saßen einer hohen Wand aus rohen Backsteinen gegenüber. Sie war nicht tapeziert, und es hing nicht einmal ein Bild daran. Unnahbar erhob sich die Wand. War das nun das schöne Mauerwerk, das Makler so gern anpriesen? Während wir Kaffee tranken, ging links in der Wand eine schwarze Tür auf. Ein Mädchen in meinem Alter blieb kurz in der offenen Tür stehen, schaute mich an, schaute dann leicht verächtlich die Frau an, die neben mir saß und gerade ihre Kaffeetasse hob, so daß ihre Klauen in der Luft schwebten. Dann schlenderte das Mädchen langsam an der Wand mit dem schönen Mauerwerk entlang. Hinter ihr auf der Mauer folgte ihr meterhoher Schatten. Sie öffnete eine Tür rechts in der Wand und verschwand wieder. Das alles dauerte höchstens dreißig Sekunden. Ich hatte den Eindruck, als liefe sie vor Beginn eines Theaterstücks, in dem sie nun gleich die Hauptrolle spielen würde, nur kurz über die Bühne, um sich ein Bild vom Publikum zu machen.

»Das war Hester, unsere Tochter«, sagte die Professorengattin.

Oft habe ich mich gefragt, ob Hesters merkwürdig ziellose Wanderung entlang der blinden Wand mit dem schönen Mauerwerk weniger Eindruck auf mich gemacht hätte, wenn nicht die Praktikumsassistentin neben mir gesessen hätte. Obwohl diese mich, wie ich zugeben muß, mit ihrem bizarren Aussehen durchaus faszinierte, empfand ich vor allem Abscheu. Vielleicht war ich dadurch empfänglicher für ein Mädchen, das ich wirklich nett finden konnte. Oder noch deutlicher: Die leichte Panik, die mich dort auf der Couch neben der Titrierflamme überfallen hatte, hätte mich durchaus in die Arme einer anderen stürzen lassen können, für die ich mich normalerweise nie interessiert haben würde. Oder ist dies alles Einbildung, und hätte mir das dahinschlendernde Mädchen mit ihrem riesigen Schatten auf dem schönen Mauerwerk einen genauso tiefen Eindruck gemacht, wenn ich allein auf der Couch gesessen hätte? Nie werde ich es wissen. Soviel aber ist sicher: Schon im ersten Augenblick, als ich sie sah, muß ich gedacht haben: Da ist sie, da ist sie, meine... Was sollte ich nach »meine« ergänzen? Meine Freundin? Meine zukünftige Frau? Wie lächerlich, gleich auf Anhieb ein besitzanzeigendes Pronomen zu benutzen! Nichts wußte ich von ihr. Und doch habe ich den ganzen Abend über dort im Bungalow an der Eilandpolderlaan nur noch gehofft, daß die rechte Tür aufgehen und sie wieder an der Wand entlangschlendern würde.

Als wir uns nach dem Geplauder und dem Kaffee an das *Es-dur-Trio* von Haydn (Hoboken XV, Nr. 22) wagten und dies, obwohl ich es vom Blatt spielen mußte, viel besser ging, als ich jemals erwartet hätte, hoffte ich inbrünstig, daß das Mädchen noch im Haus sein möge und den großen Joseph Haydn in ihrem Zimmer hören könnte. Spielte ich daher beseelter, als ich es sonst vielleicht getan hätte? Oder lag es an dem Stück selbst, ein Stück, das nur Haydn komponiert haben konnte, kräftig, kapriziös, fröhlich, phantasievoll und erfüllt von einer beneidenswerten Lebenslust. Ja, dieses Trio, ich brauche nur die purzelnden Triolen daraus zu hören, und schon sehe ich sie wieder an jener Wand entlangschlendern.

Die Frau des Professors war eine ausgezeichnete Geigerin, und auch er war ein Cellist, der in jedem Orchester hätte spielen können. Es war ein Fest, mit ihnen zusammen zu spielen, aber vergällt wurde mir das Fest großenteils durch die Titrierflamme, die mich die ganze Zeit über anlächelte und sich mitten im Trio heimlich zwei riesige goldfarbene Ringe an die Ohren gehängt hatte.

Nachdem wir das *Es-dur-Trio* zweimal gespielt hatten, wagten wir uns an das erste *Klaviertrio* von Brahms. Damals meinte ich noch, ich liebte Brahms nicht, und so gelang es mir auch nicht, Opus 8 makellos vom Blatt zu spielen. Dennoch summte ich hinterher immer wieder die großartige, erhabene, majestätische Anfangsmelodie, von der man nicht begreifen kann, daß sie von einem jungen Mann stammt.

»Am besten solltest du hiervon den Klavierauszug mitnehmen und üben«, sagte die Professorenfrau.

»Ja, gut, gern«, sagte ich.

»Dann versuchen wir es das nächste Mal.«

»Aber nun erst ein Glas Wein«, sagte der Professor, »das haben wir uns verdient.«

Er schenkte riesige kristallene Gläser mit grünem Fuß halb voll mit Sancerre, und wir stießen auf das Zusammenspiel an, und die Praktikumsassistentin sagte: »Du spielst wunderbar Klavier!«

»Ja«, sagte der Professor, »Simon hat nicht zuviel versprochen.»

»Es reicht noch lange nicht«, sagte ich.

»Nun, für einen Amateur kannst du dich sehen lassen«, neckte die Professorenfrau.

»Kennen Sie Mijnheer Minderhout schon lange?« fragte ich den Professor.

»Wir haben zusammen studiert«, sagte der Professor, »wir kamen alle drei 1930 hierher, er, meine Frau und ich, wir haben im selben Saal unser Praktikum gemacht, in dem du jetzt sitzt, ich saß immer zwischen Simon und meiner Frau, daher...«

Mit einem schelmischen Blick zu seiner Frau fügte er hinzu: »Wenn es umgekehrt gewesen wäre, wärst du jetzt mit Simon verheiratet.«

»Dann wäre ich besser dran gewesen«, sagte die Professorenfrau.

»Ja, es wäre eine Mischehe gewesen, wahrscheinlich hättest du im Krieg nicht unterzutauchen brauchen.«

»Das laß mal lieber ruhen, diesen Krieg... mein Mann fängt über kurz oder lang immer vom Krieg an«, sagte sie zu mir.

»Ich war drei Jahre lang in einer winzigen Dachkammer untergetaucht«, sagte der Professor, »drei Jahre nur drinnen, stell dir das vor. Weißt du, was ich getan habe? Da stand ein Klavier. Ich konnte nicht spielen, aber es gab jemanden im Haus, der spielen konnte und der hat mir jeden Tag den nächsten Takt aus Bachs *Wohltemperiertem Klavier* vorgespielt. Dann übte ich den ganzen Tag diesen einen Takt und alles, was ich vorher gelernt hatte. So habe ich beide Teile von Bachs *Wohltemperiertem Klavier* auswendig spielen gelernt. Damit bin ich durch den Krieg gekommen, es hätte schlimmer sein können. Und doch wäre es großartig gewesen, wenn wir '40 auf diesem Kutter nach England…«

»Hör doch damit auf«, sagte die Professorenfrau.

»Was für ein Kutter?« fragte ich.

»Die ›Majuba 2‹«, sagte er, »ich nehme an, daß du schon mal davon gehört hast, auch wenn es vor deiner Zeit passiert ist.«

»Ja, natürlich, von unserem Nachbarn, von Varekamp, der gerudert hat. Ach, Sie also… Wie kamen Sie denn, ich meine, woher wußten Sie denn, daß ein Kutter ausfahren würde?«

»Von Simon. Der kannte den Schiffer gut, der hat alles für uns geregelt. Am zweiten Pfingsttag rief er bei uns an und sagte, daß wir mitkönnten, wenn wir wollten. Ich hatte gerade Examen gemacht, und meine Frau war schon ein paar Monate vorher fertig, und wir hatten zu mehreren Pharmazeuten in England gute Kontakte. Ach ja… welch ein Unglück, daß wir diesem Unterseeboot begegnen mußten.«

»Na ja, aber Sie beide sind doch gut durch den Krieg gekommen?« sagte ich.

»Mein Gott, was für eine Bemerkung«, sagte die Professorengattin, »man sieht doch, daß Sie den Krieg nicht mitgemacht haben. Ja, so ist es, junger Mann, wir haben überlebt, aber frag nicht, wie!«

»Drei Jahre in einem winzigen Zimmer«, sagte der Professor, »drei Jahre Todesangst in einem Loch, aber es ist wahr, wir leben noch, wir schon.«

Vorsichtig hob ich das riesige Glas mit dem grünen Fuß. Mit beiden Händen hielt ich es mir vor das Gesicht. Versuchte ich, meine Beschämung zu verdecken?

»Ja, wir schon«, sagte der Professor nochmals, »aber diese Frau, diese wunderbare, wunderbare Frau...«

»Ende '44 verraten und aufgegriffen«, sagte die Professorenfrau bitter, »bei einer der allerletzten Razzien, nicht zu glauben...«

»Er ist durchgekommen«, sagte der Professor.

»Aber er trauert noch immer um sie«, sagte die Professorenfrau.

»Um sie trauern«, sagte der Professor, »um sie trauern nennst du das? Wüten, würde ich sagen, zutiefst wüten, bis heute, und deshalb ist er auch am besten, wenn er Trauermusik dirigiert. Wartet, ich habe hier eine Platte, ich laß euch jetzt seine Interpretation von Mozarts *Maurerischer Trauermusik* hören.«

Dann hörte ich, gespielt vom Symphonieorchester Sydney unter Leitung von Aaron Oberstein, zum erstenmal die neunundsechzig Takte, aus denen die *Maurerische Trauermusik* besteht, das Stück, das ich auf meiner Beerdigung hören möchte, in dieser Besetzung.

Nach dem Mozart nippten wir eine Weile schweigend an unserem Wein. Die ganze Zeit über dachte ich: Nun weiß ich also, wer alles damals an Bord war, und ich wunderte mich darüber, daß mir dies keinerlei Genugtuung gab. Im Gegenteil: Ich schämte mich. Zutiefst schämte ich mich über die Bemerkung: »Na ja, aber Sie beide sind doch gut durch den Krieg gekommen.« Und außerdem fühlte ich mich schuldig, daß ich anzunehmen gewagt hatte, diese beiden Menschen, mit denen ich so gut den großen Joseph Haydn hatte interpretieren können, seien vielleicht an der Ermordung von Vroombout beteiligt gewesen. Damit beleidigte ich sie ja unendlich. Und auch den großartigen Dirigenten durfte ich nicht mit dem Mord in Verbindung bringen. Wie hatte ich nur jemals meinen können, daß diese Menschen, diese Flüchtlinge, in einen hinterhältigen, heimtückischen Mord in dem armseligen Lagerhaus eines Lumpenhändlers verwickelt waren?

Viel später, schon im Bett, nach einer Radtour, bei der ich stur neben der sorglos schwatzenden Titrierhexe hergefahren war, schämte ich mich noch immer. Teils wegen meiner Verdächtigung, teils wegen meiner Bemerkung: »Na ja, aber Sie sind doch beide gut durch den Krieg gekommen.« Mitten in der Nacht wurde ich wach. Wegen der vier Gläser Sancerre schlug mein Herz, als ob es bei den Schlagzeugern in einem Symphonieorchester mitspielen wollte. Böse murmelte ich: »Sie sagte: Kommst du noch auf ein Gläschen Wein mit zu mir? Was denkt die sich, diese Hexe? Und wenn ich das nächstes Mal dorthin gehe, taucht sie natürlich auch wieder auf, sie hat gehört, welches neue Datum wir verabredet haben. Dann denkt diese Hester vielleicht... oh, wie schrecklich... und doch ist es verrückt, daß dieser Professor ein Erstsemester zum Spielen einlädt... warum eigentlich... und warum legt er sofort am ersten

Abend alle Karten offen auf den Tisch? Oder sollte er... sollte er vielleicht... der Mörder... es kann durchaus sein... er ist groß genug... er hat auch dieselbe Figur... schwere Augenbrauen, dunkelbraune Augen... er erfuhr von Simon, daß ich bei ihm Vorlesungen hören wollte... hatte Angst, daß ich ihn erkennen würde... dachte: Ich muß ihm zuvorkommen... ich lade ihn zu mir nach Hause ein, wickele ihn ein... gebe eine traurige Geschichte aus dem Krieg zum besten... er... es könnte durchaus sein... aber warum denn...? Was ist denn eigentlich an Bord geschehen...? Oder vielleicht danach... ja, es könnte durchaus sein... darum hat er mich eingeladen... oder war er einfach neugierig, wollte er nur einmal sehen, weil ich... ach, Unsinn... er war überhaupt nicht da... an dem Samstagnachmittag... verdammt... diese Hexe, was soll ich mit der Hexe machen... die will mich... bevor man etwas merkt, sitzt man fest.«

Alle zwei Wochen radelte ich zur Eilandpolderlaan, und wir spielten Haydn, Brahms und später die beiden hinreißend schönen, aber extrem schweren Trios von Mendelssohn. Zuverlässig, wie früh ich auch kam, tauchte die Praktikumsassistentin aus den Sträuchern auf. Niemals gelang es mir, ohne sie ins Haus zu kommen. Immer saß ich neben ihr auf der Couch, wenn Hester sich kurz sehen ließ und nach einem spöttischen Lächeln wieder verschwand.

An einem Abend im Juni – war es schon Juni? Auf jeden Fall blühte der Weißdorn, also muß es Anfang Juni gewesen sein – kam ich mit dem Fahrrad aus Den Haag, wo ich in der Musikbibliothek gewesen war. Viel zu früh bog ich in die Eilandpolderlaan ein. Sollte ich es wagen zu klingeln? Oder war es besser, weiter bis zum Kanal zu fahren? Dann könnte ich dort eine Weile am Wasser sitzen. Als ich an den Sträuchern vorbeikam, sah ich Hester durch den Garten hinterm Haus schlendern.

»He, bist du schon da?« rief sie.

»Ich bin viel zu früh«, sagte ich, »ich fahre noch ein bißchen weiter zum…«

»Nein, laß doch, es ist gut, daß du zu früh bist, mein Vater hat heute mittag noch versucht, dich zu erreichen. Meine Großmutter hat einen Schlaganfall gehabt, und daher sind mein Vater und meine Mutter zu ihr gefahren. Sie haben gerade angerufen; es geht ihr glücklicherweise schon wieder besser, aber sie können heute abend natürlich nicht musizieren.«

»Schade«, sagte ich, »na ja, dann fahr ich mal wieder zurück, dann geh ich nach Hause.«

»Warum? Komm, trink noch eine Tasse Kaffee!«

Als wir uns im Wohnzimmer gegenübersaßen, fragte sie: »Wo ist deine Freundin?«

»Das ist gar nicht meine Freundin«, sagte ich empört, »ich mag überhaupt keine Mädchen, die sich so wahnsinnig auftakeln.«

»Aber du bist immer mit ihr zusammen gekommen, meine Mutter und ich dachten wirklich... na ja, wir fanden es schon merkwürdig, daß du nie irgendwie nett zu ihr warst, aber wir dachten doch, sie sei deine Freundin.«

»Sie wartet hier immer schon, um mit mir zusammen reinzugehen«, sagte ich.

»Aha, sie ist hinter dir her? Deshalb sorgt sie also immer dafür, daß sie mit dir zusammen reinkommt? Wie raffiniert!«

»Wetten, daß sie gleich kommt?« sagte ich. »Und dann sieht sie mein Fahrrad und weiß, daß ich schon hier bin, und dann muß sie selber klingeln.«

»Findest du es denn nicht gut, daß sie mit dabei ist?«

»Nein«, sagte ich.

»Gut, wenn sie gleich klingelt, dann sag ich ihr, daß heute abend nicht gespielt wird, und dann laß ich sie nicht rein.«

»Oh, das wäre phantastisch!«

»Jetzt, wo ich weiß, daß sie nicht deine Freundin ist, finde ich dich sofort ein bißchen netter«, sagte Hester.

»Wie sie aussieht«, sagte ich, »eine dicke Schicht Kleister, immer diese idiotischen Ohrringe, Pfennigabsätze und Nägel, mit denen man ein Loch in einen Autoreifen stechen könnte.«

»Na ja, aber doch mutig, sich so zurechtzumachen, ich wollte, daß ich mir das zutraute. Nicht daß ich so aussehen möchte, aber ich hätte schon Lust, es einmal zu probieren!«

»Ach, Lust und Last unterscheiden sich nur durch einen einzigen Buchstaben«, sagte ich lässig.

Es klingelte. Hester sprang auf, lief zur Diele, öffnete die Haustür. Sie redete ziemlich lange. Leider konnte ich nicht verstehen, was gesprochen wurde. Mit hochroten Wangen kehrte Hester zurück.

»Sie wollte unbedingt reinkommen«, sagte sie, »sie hat dein Fahrrad gesehen, und daher wollte sie reinkommen. Ich sagte: ›Das ist nicht das Fahrrad von Alexander, das ist das Fahrrad von meinem Bruder‹, aber sie glaubte mir nicht. Sie hat vor Wut getobt, als sie wegfuhr.«

»Ob ich sie nun endlich los bin?«

»Bestimmt nicht, sie ist bestimmt eine, die sich besonders anstrengt, wenn sie Widerstand spürt. Nun ja, jetzt ist sie weg, und wir können... würdest du... ach nein, das willst du natürlich nicht, du liebst nur Klassik, du fühlst dich sicher sehr erhaben über französische Chansons und amerikanische Schlager.«

»Ach was«, log ich.

»Würdest du mich dann begleiten?«

»Wenn die Begleitung nicht zu schwierig ist«, sagte ich.

»Zu schwierig, hör auf, du spielst ganz schwierige Stücke einfach so vom Blatt, sagt meine Mutter.«

Sie hatte eine helle, noch kindlich klingende Stimme. Vielleicht würde sie, falls ihre Stimme noch kräftiger wurde, später einmal als Soubrette Karriere machen können. Ich mußte pianissimo spielen, um sie zu hören. Und die Liedchen, die sie sang – die möchte ich noch nicht einmal auf meiner Beerdigung hören. Sie aber sagte: »Es geht phantastisch! Ich habe noch nie so herrlich gesungen, wirklich wahr, du folgst mir genau, und du spielst Gott sei Dank nicht so laut. Erik spielt immer so laut...«

»Erik? Wer ist Erik? Dein Bruder?«

»Nein, Erik ist mein Freund.«

»Oh«, sagte ich.

»Schon seit zwei Jahren«, sagte sie entschuldigend.

Wir blickten uns an. »Schon seit zwei Jahren«, wiederholte ich trocken.

»Erik haut oft daneben«, sagte sie, »du nie.«

»Was singst du mit ihm?«

»Wir versuchen es mit Fauré.«

»Der ist schwer, daher schlägt er oft daneben«, sagte ich leichthin.

Nachdenklich sah sie mich eine Weile an. Dann erschien das schiefe, etwas spöttische Lachen auf ihrem Gesicht. Sie sagte: »Du findest es, glaube ich, nicht so gut, daß ich schon einen Freund habe. Weißt du, ich will es dir ehrlich sagen: Als ich dich sah, am ersten Abend, war ich richtig sauer, daß du eine Freundin hast...«

»Sie ist überhaupt nicht meine Freundin.«

»Nein, weiß ich, weiß ich, aber an dem Abend wußte ich es noch nicht, da dachte ich, daß die Schreckschraube deine Freundin ist, und war richtig sauer... verrückt, es so einfach jemandem zu sagen, ja, ich weiß es auch nicht, du, ich sah dich da sitzen und dachte: He, was für ein netter Junge... ja, ich hab schon einen Freund, und ich liebe ihn wirklich sehr... na, sollen wir noch was spielen? Wollen wir es mal mit Fauré versuchen, *Au bord de l'eau*?«

»Kenn ich nicht«, sagte ich, »aber von mir aus.«

Sie sang, ich spielte. Das klang weniger gut. Sie brach mitten im Lied ab, sah mich scharf an, sagte: »Es geht nicht.«

»Nein«, sagte ich, »es ist zu schwer.«

»Für mich ist es zu schwer«, sagte sie, »nicht für dich. Mit Erik geht es besser, weil es für uns beide zu schwer ist und ich dann nicht das Gefühl habe, daß ich es nicht kann. Wenn beide herummurksen, braucht man sich nicht voreinander zu genieren, aber jetzt, wo ich die einzige bin, die stümpert... sollen wir nicht lieber aufhören?«

»Schade«, sagte ich, »es ist ganz herrlich, dieses Lied, aber gut, hören wir auf.«

»Die Sonne scheint noch so schön draußen. Wollen wir ein Stück am Kanal spazierengehen?«

Wir gingen am Kanal spazieren. Überall blühten *Ihr Blümlein alle*. Nur nicht der Huflattich. Seine großen dunkelgrünen Blätter verdeckten die Uferbefestigung. War er schon verblüht? Hatte er überhaupt geblüht? Die Luft war klar und warm und trocken. Über dem Wasser tanzten Millionen Mücken. Nachdem wir eine Weile schweigend nebeneinanderhergelaufen waren, sagte sie: »Schade, daß ich dich damals nicht gesehen habe.«

»Damals? Wann damals?«

»Als wir bei Minderhout übernachteten. Da hätte ich dir doch ganz leicht begegnen können, ich bin viele Male mit meinem Bruder zur Mole gegangen.«

»Wann war das?«

»Einmal zu Weihnachten. Mein Vater und meine Mutter fuhren über Weihnachten eine Woche nach England. Mit der Harwich-Fähre. Auf dem Weg dahin haben sie uns bei Minderhout einquartiert.«

»Fandest du es schön da?«

»Ja, sehr schön, es ist ein so hübsches Städtchen, mit diesem Hafen und den komischen, blaubemalten Treppen da hinter Minderhouts Haus, und alle die Boote und die Fleete.«

»Ist das lange her?«

»Ich weiß nicht genau, wann wir da zu Besuch waren, ich ging damals noch nicht aufs Gymnasium, ich glaube, daß es '55 war. Oder '56. Ja, es war '56, denn es war kurz nach dem Aufstand in Ungarn, ja, Weihnachten 1956. Von Samstag vor Weihnachten bis zum Samstag danach.«

»Ach ja, der Samstag vor Weihnachten? Um welche Zeit seid ihr denn angekommen? Abends?«

»Nein, wir sind schon morgens abgefahren, und meine Eltern sind am Spätnachmittag nach Hoek van Holland weitergereist.«

»Was habt ihr denn den ganzen Tag bei Minderhout gemacht? Oder seid ihr auch in die Stadt gegangen?«

»Nein, es war scheußlich kaltes Wetter, weiß ich noch, nein, wir haben den ganzen Tag drinnen gesessen, wir haben gepuzzelt, mein Bruder und ich, mein Vater und meine Mutter müssen noch unterwegs gewesen sein, zusammen mit Minderhout... sie mußten noch jemanden sprechen.«

»Wen?«

»Oh, du, das weiß ich nicht. Ich weiß nur, daß sie bei ihrer Rückkehr alle ziemlich aufgeregt waren, man hörte sie immer nur die Treppen rauf- und runterlaufen. Mein Bruder und ich versuchten gerade, ein schwieriges Puzzle zusammenzusetzen, und wir wurden immer wieder gestört und konnten uns überhaupt nicht konzentrieren... ein Lärm, unglaublich. Aber dann sind sie auch ziemlich schnell nach Hoek van Holland gefahren.«

»Mit dem Auto?«

»Ja, mein Vater hatte damals einen Ford!«

Wieder liefen wir eine Weile schweigend auf die nun allmählich untergehende Sonne zu. Sie sagte: »Verrückte Idee, daß ich dir hätte begegnen können, als ich da übernachtete.«

»Ich bin froh, daß es nicht so gekommen ist«, sagte ich, »ich sah damals noch sehr steif aus. Meine Haare waren ganz glatt nach hinten gekämmt, und ich lief immer in abgelegten Kleidern herum. Mein Vater und meine Mutter waren so unglaublich sparsam. Fast alles, was sie brauchten, suchten sie aus dem Trödel heraus, den mein Vater zusammensammelte. Sogar meine Kleider, schrecklich war das!«

»Na ja, mich hättest du damals auch nicht sehen dürfen. Immer weiße Schleifen im Haar. Und dann die weißen Kniestrümpfe! Ich hätte es trotzdem gut gefunden, wenn ich dich da gesehen hätte... na ja, vielleicht haben wir uns sogar gesehen, ich habe damals schon ein bißchen den Jungen nachgeguckt.«

»Ich Mädchen nie«, sagte ich.

»Wann hat das bei dir angefangen?«

»Mich für Mädchen zu interessieren? Oh, tu ich auch jetzt noch nicht, dafür habe ich keine Zeit.«

»Ach ja, aber warum hast du mich dann so angeguckt, beim erstemal?«

»Wie angeguckt?«

»So... so... wie soll ich das sagen, so... es gibt kein Wort dafür, so... durchdringend, nein, Gott, ich weiß es nicht.«

»Durchdringend?«

»Ja, du hast geguckt, als wenn du mich an der Wand festnageln wolltest... ich finde es verrückt, das alles zu sagen, das sind Sachen, die man denkt, aber nicht ausspricht, und jetzt gehe ich neben dir, und ich laß das alles einfach so raus. Was ist das bloß, ich kapier das nicht, vielleicht liegt es daran, daß ich die ganze Zeit gedacht habe, du hättest eine Freundin.«

»Ich habe keine Freundin.«

»Nein, das brauchst du nun wirklich nicht noch mal zu sagen, das weiß ich ja jetzt.«

»Aber du hast schon einen Freund.«

»Ja.«

Ein kleines Stück liefen wir noch weiter, dann sagte sie: »Sollen wir zurückgehen?«

Wir kehrten um, liefen zurück, am sich kräuselnden Wasser entlang. Sie sagte: »Ich weiß gar nicht, was ich nun machen soll.«

»Ach komm«, sagte ich, »so furchtbar ist das nicht, wenn du keinen Freund hättest, würden wir uns dies alles nie gesagt haben, dann wäre überhaupt nichts passiert und würde wahrscheinlich auch gar nichts passieren, es ist nur, weil...«

»Na, ich weiß bloß nicht, was ich machen soll, ich bin verrückt nach Erik, wirklich wahr, und dich habe ich nun ein paar Monate lang nur ab und zu kurz gesehen, und erst heute abend habe ich dich ein klein wenig kennengelernt... und doch ist es, doch ist es... es ist, als ob du... oh, ich weiß es nicht, ich weiß es nicht, es ist so verwirrend, wenn du nun mein Bruder wärst oder so... es war eine so angenehme Vorstellung, daß du schon eine Freundin hast und daß die so ein Biest ist. Dadurch warst du eigentlich auch gar nicht nett, aber nun, es ist so verwirrend... es ist so warm, ich ersticke fast... ich wollte, ich könnte jetzt baden gehen.«

»Du kannst ja hier in den Kanal springen«, sagte ich.

»Nein, das Wasser hier ist furchtbar schmutzig.«

Bis zum Haus liefen wir schweigend am Wasser entlang. An der Haustür blickte ich sie noch einmal an. Sie sah kaum auf, sagte nur: »Na ja, tschüs.«

Nicht ein einziges Mal drehte ich mich um, als ich wegfuhr. Auf dem Schlängelpfad raste ich tollkühn um die Kurven und dachte die ganze Zeit: Es ist nicht zu glauben, es ist nicht zu glauben, sie waren also auch da an dem Sonnabendnachmittag. Ob auf dem Kutter doch etwas vorgefallen war, wodurch sie sich veranlaßt sahen oder in jedem Fall einer sich berufen fühlte, Vroombout zu erschießen? Bis auf den Dirigenten waren sie alle dort, und vielleicht war der Dirigent ja auch da, wer weiß, es kann doch kein Zufall sein? Das ist doch unmöglich? Aber warum hat sie dann niemand in der President

Steynstraat gesehen? Oder haben sie um die Ecke in ihrem Ford gewartet?

So fuhr ich weiter, und verbissen dachte ich über diesen immer rätselhafter werdenden Mord an Vroombout nach. Solange ich das tat, brauchte ich an nichts anderes zu denken. Das würde später noch kommen, das konnte ich noch aufschieben, vielleicht konnte ich es sogar ganz vergessen, verdrängen. Es war schon Juni, die langen Semesterferien würden bald beginnen, und in diesen langen Ferien würde bestimmt nicht musiziert werden, und vielleicht war es sogar besser, nie wieder dort zu musizieren. Dann brauchte ich Hester nicht wiederzusehen, und sie konnte mich vergessen, und ich konnte sie vergessen. So viel war ja schließlich auch nicht dran an der Sache, wir hatten ein paar Liedchen gesungen und waren ein Stück am Kanal entlanggegangen. Und dazu kam noch, daß sie die Tochter eines Ehepaars war, das höchstwahrscheinlich etwas mit dem Mord an Vroombout zu tun hatte. Unausweichlich war daher meine Schlußfolgerung, daß ihr Vater mich deshalb eingeladen hatte, mit ihnen Haydn zu spielen. Er war während des Praktikums zu mir gekommen, zu mir, dem einzigen Zeugen des Mords. Er hatte mich einwickeln wollen, neutralisieren. Ja, so mußte es sein, kein Professor musizierte doch unter normalen Umständen mit einem Erstsemester?

Yvonne

»Was für eine Sauerei«, sagte sie, »wie gemein, mich einfach wegzuschicken.«

Sie tippte mit ihren knallroten Stilett-Nägeln auf die Kunststoffplatte des Praktikumstischs. Aus meiner Bürette fiel ein Tropfen, der die Flüssigkeit im Becherglas blutrot färbte.

»Paß auf, was du tust«, rief ich, »das war ein Tropfen zuviel!«

»Ist mir völlig egal, steh ich gestern da wie eine Witzfigur, werd ich von dieser Bohnenstange von der Tür gewiesen, diese Lügnerin! Dein Fahrrad stand dort, und sie: Aber nein, der ist nicht da. Und ich komm all die Monate, um dir zuzuhören...«

»Gestern haben wir gar nicht gespielt, Professor Edersheim und seine Frau mußten unerwartet weg.«

»Ha, also hast du da hübsch mit ihr allein gesessen, da konntet ihr ja auf mich verzichten! Was findest du bloß an dieser dürren Hopfenstange? Die kannst du auf einer Briefwaage wiegen. Denk ja nicht, ich hätte nicht am ersten Abend gesehen, daß du sofort gewaltig von ihr angetan warst. Und ich hier, ich denk die ganze Zeit, daß du ein Homo bist, weil du... na ja, ist auch egal. Wie willst du das wiedergutmachen? Das mindeste, was du tun kannst, ist, daß du mich nachher zum Essen einlädst!«

Ohne auf eine Antwort von mir zu warten, lief sie wütend davon.

»Paß auf«, sagte Jozef Zonderman, »geh nicht mit ihr aus, sie ist scharf auf kleine Jungen, sie ist ein *cradle snatcher*.«

Als ich um halb sechs den Praktikumssaal verließ, wartete sie schon in der Eingangshalle auf mich.

»Wohin gehen wir?« fragte sie.

Die merkwürdige Kombination aus einem vagen Schuldgefühl meinerseits und Jozef Zondermans Eifersucht brachte mich dazu, daß ich sagte: »Ist ein China-Restaurant gut genug für dich? Woo Ping vielleicht?«

»Ist mir recht.«

Als wir uns gegenübersaßen, mit dem Blick auf den sonnigen Diefsteeg, sagte sie unerwartet liebenswürdig: »Ich hätte nie gedacht, daß es mir gelingen würde, mit dir essen zu gehen. Ich habe noch nie einen sowenig entgegenkommenden Mann erlebt, ich dachte wirklich, daß du vom andern Ufer wärst, aber nein, du stehst auf Küken, so liebe, unschuldige Mädchen, vor denen man keine Angst zu haben braucht. Vor mir hast du ein bißchen Angst, mich findest du ein Ekel, du findest mich unheimlich. Macht nichts, Angst ist gut für den Anfang; vor wem auch immer du in die Hosen machst, für den gehst du später durchs Feuer. Die Angst zu überwinden, darum geht es, das macht dich groß und stark.«

Lange blickte sie mich an, und mannhaft blickte ich zurück, während ich fieberhaft nach einer Ausrede suchte, wie wir gleich nach dem Essen getrennte Wege gehen konnten. Für eine solche Ausrede aber war ich, wie sich herausstellte, noch nicht einfallsreich genug. Demzufolge saß ich nach dem *babi pangang* neben ihr im Trianon auf der Hogewoerd, wo wir uns den Bergman-Film *Lektion in Liebe* ansahen. Nach dem Film führte sie mich in ihr Zimmer auf der Jan van Houtkade. Da vollzog sich alles so, wie es sich offensichtlich vollziehen mußte. Bevor es soweit war, tranken wir erst noch eine Flasche Rotwein zusammen, und ich erinnere mich gut, wie ekelhaft ich es fand, plötzlich die dick nachgezogenen Lippen auf meine geklebt zu bekommen, und wie überrascht ich war, daß man dann verwirrend viele Dinge auf einmal schmeckte: noch schwach den *babi pangang*, den Kaffee, den sie danach getrunken hatte, und die Zigarette, die sie im Anschluß geraucht hatte, und sogar den Zucker, den sie sich in den Kaffee getan hatte, und dazwischen ein Geruch, der offenbar von ihr selbst stammte und der an Intensität zunahm, als sie ihre Zunge in meinen Mund schob. Dieser Geruch war übrigens nicht unangenehm, und durch diesen Geruch kam ich erstaunlich schnell über das Gefühl des Abscheus hinweg und schaffte es sogar, ihre Zunge mit meiner in ihren Mund zurückzuschieben.

Es war ein warmer Sommerabend im Juni. Schon nach dem ersten Kuß schwitzten wir beide kräftig. Vielleicht kommt es daher, daß ich seitdem meine, Liebemachen sei eine außerordentlich feuchte Angelegenheit. Soviel ist sicher: Ohne Wasser würde nicht viel daraus werden, und ohne Schweiß, ohne den ganz normalen, ehrlichen Schweiß, wenn alle Poren triefen, ist es nicht halb so schön, kann man sich lange nicht so geschmeidig umeinander wälzen.

Mit ihren viel zu langen Fingernägeln konnte sie

weder die Knöpfe meines Oberhemds noch den Reißverschluß ihres Rocks öffnen.

»Siehst du jetzt, daß du völlig ungeschickt bist mit solch langen Nägeln?« sagte ich.

»Soll ich sie abschneiden?« fragte sie, während sie ihre Hände hochhielt.

»Ich finde sie abscheulich lang.«

»Ich wollte, sie wären noch länger, so lang, daß ich wirklich überhaupt nichts mehr tun könnte, so lang, daß ich Diener und eine Kammerzofe brauchte, die mich versorgen und ankleiden müßten. Ach, ich muß einfach einen Millionär heiraten. Dann lasse ich sie wachsen, wachsen, wachsen…«

Alles, was einen Verschluß hatte, ihren BH oder ihren Strumpfhaltergürtel, mußte ich öffnen, und ich fragte: »Wie kriegst du das morgens alles zu?«

»Oh, mit ein bißchen Mühe, aber ich bin dann ja auch ruhiger als jetzt.«

Sie packte mich wie mit einer Zange, warf mich auf ihr Bett und ließ sich danach langsam auf mich niedergleiten, griff dabei mit einer Hand nach meinem Glied und führte es dann genau an die richtige Stelle, damit es in den sich senkenden Leib aufgenommen werden konnte. Dann richtete sie sich wieder halb auf und sagte: »In Schweden und hier liegt der Mann unter mir.«

Nach diesem damals von mir nicht sogleich als Auftakt erkannten Reim begann sie, mit ihrem ziemlich schweren Unterleib behutsam kleine Kreisbewegungen zu machen. Ihre Augen waren geschlossen, und ich lag da, konnte mich kaum rühren, mußte einfach abwarten, was passieren würde. Schwer drückten mir ihre kräftigen Schenkel auf den Leib, und ich fühlte, daß mein linkes Bein einschlief. Mit der einen Hand stützte sie ihren aufgerichteten Oberkörper, mit der anderen Hand streichelte sie mir über die Brust und kratzte mich dabei dauernd mit diesen langen Nägeln.

»Nimm mal meine Brustwarzen zwischen die Finger«, sagte sie.

Gehorsam griff ich mit beiden Händen nach ihren Brustwarzen.

»Und nun ganz ruhig mit Daumen und Zeigefinger meine Brustwarzen streicheln, wie wenn du den Deckel einer Flasche öffnest«, sagte sie.

Sie machte kurz ihre Augen auf, sah mich strahlend an, sagte: »Und nun etwas schneller, ja, noch schneller, ja, so... oh, oh... ja, ja, gut so, ja, das kannst du gut, das kommt, weil du Klavier spielst, da mußt du die Tasten auch streicheln, ja... oh, oh, ja, noch etwas schneller, oh, mein Gott, oh...«

Jetzt bewegte sie auch ihren Unterleib auf und ab. Mit ihren Nägeln krallte sie sich in meinen Oberarm.

»Ja, ja, ja«, rief sie.

Da ich mich auf das immer stärker werdende Jucken in meinem Glied konzentrierte, erschlaffte der Griff meiner Daumen und Zeigefinger.

»Weitermachen«, rief sie, »nicht loslassen, weitermachen, ja, gut, ja, ja, jetzt kneifen, ja, stärker, stärker kneifen, los, es macht nichts, es darf weh tun, noch stärker, oh... oh, ich... ja... ich komm... ich komm... ja, ja, ja.«

Sie bewegte sich heftig hin und her und auf und ab, sie kniff die Augen fest zusammen, biß die Zähne aufeinander. Mit schweren, durchs Zimmer fliegenden Seufzern kam sie. Gleich danach fühlte ich, daß mein Glied in fünf Stößen ejakulierte, ohne daß von einem Orgasmus die Rede sein konnte. Ob es mit einer Frau immer so ist? dachte ich verblüfft. Dann hörte ich plötzlich wieder das durchdringende Summen der Mücken. Sie wälzte sich von mir herunter, strich mir mit der flachen Hand über die Brust, und ich sah ihre langen roten Fingernägel und wunderte mich darüber, daß ich im Augenblick keinen Widerwillen dagegen hatte. Sie betrachtete ihre Nägel, streichelte mit ihrem rechten Zeigefinger ihren linken Daumennagel, sagte: »So, also du findest sie abscheulich? Und was ist mit dir? Bei dir wachsen sogar gräßliche schwarze Haare oben auf den Fingern.«

»Na und?« sagte ich.

»Das ist abnormal, das habe ich noch nie bei jemandem gesehen.«

Erstaunt schaute ich auf die kurzen schwarzen Härchen, die gleich unterhalb meiner Nägel auf den Fingerknöchelchen wuchsen. War das abnormal?

Nachdem wir vielleicht fünf Minuten so gelegen hatten, fragte sie, während sie sich aufrichtete und mir in die Augen sah: »So... und?«

»Was und?« fragte ich.

»Hör ich nicht von dir, wie du es gefunden hast? Sagst du das nie zu deinen Freundinnen, wenn du mit ihnen ins Bett...«

Voller Erstaunen sah ich sie an, und sie sah mich an, und auf einmal kicherte sie: »Du willst doch nicht sagen... oh... habe ich dich entjunkert?«

Sie richtete sich höher auf, nahm meinen Kopf zwischen ihre Hände, fragte: »Ist das wirklich wahr? Habe ich dich entjunkert?«

Sie tippte an mein schlaffes Glied, packte es fest, sagte liebkosend: »In jedem Fall hat er einen Orden verdient. Welchen sollen wir ihm geben? Den Willemsorden? Oder machen wir ihn zum Ritter im Orden von Oranje Nassau? Ja, er hat einen Orden verdient. Oh, guck mal, er kommt schon wieder ein bißchen hoch!«

Sie beugte sich vor, nahm mein Glied in ihren Mund und sog daran. Und es wurde davon so schnell wieder steif, daß sie fast erschrak. Sie richtete sich auf, sagte, auf mein Glied zeigend: »Sieh dir das an, schon wieder im Adelsstand!« Dann ließ sie sich zum zweitenmal auf mich herabfallen. Alles, was zuvor geschehen war, geschah ziemlich genauso noch einmal, mit dem einzigen Unterschied, daß ich dabei durch einen Orgasmus und einen Hauch von Schmerz über mich selbst und alles, was mich belastete, hinauswuchs, während ich gleichzeitig dachte: Das ist völlig anders, als wenn du selber Hand anlegst.

Mitten in der Nacht wachte ich auf. Die Leuchtzeiger ihres Weckers zeigten zehn nach drei. Sie lag neben mir, sie schnarchte leise. Es war nicht ganz dunkel, so daß ich ihr Gesicht erkennen konnte. Sie hatte offenkundig, als ich schon schlief, die ganze Kriegsbemalung entfernt. Ihr Gesicht sah jetzt grau und vor allem alt aus, sehr alt; sie war beinahe nicht wiederzuerkennen. Und doch war es nicht der Anblick ihres Gesichts, weshalb ich beschloß, vorsichtig aufzustehen. Hätte ich damals nur schon gewußt, daß der Mensch um drei Uhr nachts – ist das der Zeitpunkt, den wir »mitten in der Nacht«

nennen? –, zwei Stunden, bevor die Körpertemperatur ihren niedrigsten Wert erreicht, eine Phase von großer Niedergeschlagenheit durchmacht. Bei depressiven Menschen ist es übrigens genau umgekehrt; sie sind um drei Uhr nachts für eine Weile etwas weniger unglücklich, und deshalb kann es therapeutisch befreiend wirken, sie zu diesem Zeitpunkt zu wecken.

Als ich mich behutsam aus dem Bett gleiten ließ, wußte ich das alles nicht, es schien mir, als würde diese erstickende Niedergeschlagenheit fortan jede nur denkbare Stimmung überschatten. Seltsamerweise habe ich damals das Beste getan, was ich tun konnte: mich bewegen. Wäre ich neben ihr liegengeblieben, hätte ich meine beginnende Selbstmordstimmung wahrscheinlich schwer überwunden.

Es ließ sich nicht vermeiden, daß ich beim Anziehen Geräusche verursachte, aber sie schnarchte sanft weiter, und ich verließ ihr Zimmer, ging die Treppe hinunter, öffnete die Haustür und fühlte mich, nachdem ich sie hinter mir geschlossen hatte, sofort weniger elend. Als ich durch die noch immer warme Nacht lief, konnte ich schon wieder mit mir selber reden. Es ist eigenartig: Kommt einem jemand auf der Straße entgegen, der laut mit sich selber redet, ohne daß ein anderer bei ihm ist, erklärt man ihn ohne weiteres für halb verrückt. Und doch ist, wie ich gemerkt habe, nichts so befreiend, als laut mit sich selber zu reden, während, wie unser Dichter Nijhoff* sagt, unser einsames Leben durch die

* Martinus Nijhoff (1894–1953), einer der namhaftesten niederländischen Dichter, schrieb Naturlyrik mit teilweise religiösen Motiven und geistliche Theaterstücke. (anm. d. Übers.)

Straßen wandert. Die Straßen waren menschenleer, so daß ich mir erlauben konnte, zu mir selber zu sagen – nicht allzu laut versteht sich: »An allem ist der Mord an Vroombout schuld. Wäre dieser Mord nicht geschehen, hätte ich Minderhout nie kennengelernt und wäre ich nie auf die Idee gekommen, Pharmazie zu studieren. Dann wäre ich nie Professor Edersheim begegnet, wäre nie mit seiner Tochter am Kanal entlangspaziert. Dann wäre ich auch nie Yvonne Kogeldans begegnet... nun gut, was heute nacht, was gestern abend passiert ist, kommt daher, weil ich mich so elend fühlte, weil Hester nie... mit mir... aber Hester wäre ich auch nie begegnet, wenn Vroombout noch lebte. Professor Edersheim hat mich nur zum Musizieren eingeladen, weil er auf irgendeine Weise in den Mord verwickelt ist und mich, der gegen ihn würde aussagen können, vorsorglich ausschalten wollte...«

Während ich das halb laut zu mir sagte, erklang sofort die Gegenstimme in meinem polyphon komponierten Gedankengespinst. »Es ist Unsinn zu denken, daß Edersheim in den Mord verwickelt ist. Du hast keinen einzigen Hinweis. Denn welches Motiv um Himmels willen sollte er haben?«

Zu den beiden Stimmen fügte sich noch eine dritte: »Blödmann, geh doch zu Minderhout und zu deiner Klavierlehrerin und zu Edersheim. Wirf ihnen alles, was du weißt, vor die Füße. Sag ihnen: Ihr seid darin verwickelt, sagt mir um Gottes willen wie, sagt mir, wer es getan hat, denn mein ganzes Leben gerät dadurch in Unordnung. Ihr müßt mir sagen, wer den Schuß abgegeben hat, und wenn es nur wäre, damit ich weiß, vor wem ich auf der Hut sein muß. Seit dem Mord läuft mein Leben nicht mehr richtig; seht euch nur die vergangenen vierundzwanzig Stunden an. Denkt ihr, daß ich sonst jemals bei einer solchen Hexe im Bett gelandet wäre? Verleugne ich damit nicht alles, wofür ich stehe, wonach ich mich sehne, worauf ich hoffe?«

Wie glücklich ist ein Mensch, der noch etwas hat, was er verleugnen kann! Hätte ich das damals doch nur gewußt. Dann wäre ich weniger elend durch die Straßen geirrt. Dann hätte ich vielleicht sogar mit einiger Genugtuung auf meine erste Liebesnacht, die eigentlich nicht einmal so unbefriedigend verlaufen war, geblickt. Dann hätte ich in jenen Juninächten vielleicht sogar häufiger das Bett mit Yvonne Kogeldans geteilt. Nun flüchtete ich, sobald die Vorlesungen und die Praktika vorbei waren, in meine Dachkammer in der President Steynstraat, um mich dort den ganzen Sommer hindurch festzugrübeln, während ich doch den Sommer viel besser in meinem Zimmer in der Hooglandse Kerkgracht hätte verbringen können. Denn sooft ich in diesem Sommer auch auf dem Weg zur Maranatha-Kerk Minderhout begegnete, es fehlte mir der Mut, ihm vor die Füße zu werfen, was ich wußte. Und wie oft ich auch in jenem Sommer meine Abende zusammen mit Alice und Herman und William und Janny in ihrem Erker verbrachte, es fehlte mir der Schneid, meine Klavierlehrerin beiseite zu nehmen, um sie mit meinen Vermutungen zu konfrontieren. Soweit ich überhaupt Mut hatte, dann nur, um meine Klavierlehrerin zu bitten, noch einmal die *Kantate 104* von Bach aufzulegen.

Witwe

Anfang September bekam ich eine Karte von dem Pianohändler Goldschmeding aus Vlaardingen: »Sehr geehrter Herr Goudveyl, aus Krankheitsgründen sind wir sehr zurück mit Klavierstimmen. Von Kollege Zonderman hörte ich kürzlich, daß Sie ab und zu bei ihm vertreten. Könnten Sie mir diesbezüglich ebenfalls helfen?«

Im goldfarbenen Licht radelte ich über den hohen Deich am Waterweg entlang nach Vlaardingen. Dort angekommen, erhielt ich von einem sich die Hände reibenden Mann mit sehr starker Brille fünf Adressen, die nach seiner Aussage »zurück« waren. So begann meine Wanderschaft von einer Adresse zur anderen, wo, wie ich sehr schnell feststellte, uralte, fast völlig abgenutzte Klaviere auf mich warteten. Offensichtlich mußten nicht so sehr Rückstände als vielmehr Problemfälle aufgearbeitet werden.

Am ersten Tag stimmte ich mit wachsender Verzweiflung in einem Kulturzentrum und einem Café zwei abgewrackte Instrumente, in denen nicht einmal mehr der Holzwurm hausen wollte. Nach dem zweiten Instrument brachte ich es, obwohl es erst drei Uhr nachmittags war, nicht mehr fertig, noch zur dritten Adresse zu fahren, sondern verschob dies auf den nächsten Tag. Hier wie bei allen folgenden Adressen warteten Klimperkästen auf mich, die es nicht einmal wert waren, verschrottet zu werden, und, schlimmer noch, wo ich, obwohl man einen Klavierstimmer bestellt hatte, aus vollgestopften Zimmern mit Plüschtapeten und Samtgardinen wieder hinausgeekelt wurde. Am Ende des Nachmittags radelte ich zu Goldschmeding, um abzurechnen. Als ich den Laden betrat, war schon ein anderer Klavierstimmer dort.

Der sagte zu Goldschmeding: »Nein, dorthin gehe ich nicht mehr, nicht für Geld und gute Worte.«

»Wen soll ich denn schicken?« fragte Goldschmeding. »Niemand will mehr dorthin.«

»Also, du kannst mir Goldstaub aufs Butterbrot schmieren, ich geh nicht.«

Goldschmeding sah mich, sagte: »Nicht zu glauben, die haben da ein so prächtiges Instrument, man braucht nur einmal dagegenzublasen, schon ist es gestimmt, und doch krieg ich niemanden dorthin... Ist das nichts für Sie?«

»Aber warum will niemand dorthin?« fragte ich.

»Weil du bei einer völlig verrückten Witwe landest, die darauf besteht, so was wie einen Psalm auf ihrem Klavier zu spielen, wenn du fertig bist, und anschließend einem Hündchen nachzutrauern«, sagte der Klavierstimmer.

»Das macht doch nichts«, sagte Goldschmeding, »niemand zwingt dich, ihr zuzuhören, du sagst: ›Ich muß noch zu zwei anderen Adressen‹, und weg bist du. Und bei so einem jungen Burschen wie dir fängt sie gar nicht erst mit ihrem Hündchen an. Warum sollte sie?«

»Nee, warum sollte sie?« sagte nun auch der Klavierstimmer, der offenbar kapierte, daß er durch mich einen lästigen Auftrag loswerden konnte.

»Und außerdem brauchst du gar nicht so genau zu stimmen«, sagte Goldschmeding, »denn sie ist schon weit über siebzig, so gut ist ihr Gehör also gar nicht mehr.«

»Ich glaube nicht, daß es etwas für mich ist«, sagte ich.

»Ach, komm«, sagte Goldschmeding, »nur noch diese eine Adresse, nur noch die Witwe Vroombout, es kostet dich doch nicht den Kopf.«

»Vroombout?« fragte ich.

»Ja, die Witwe Vroombout«, sagte der Klavierstimmer.

»Dann geben Sie mir mal die Adresse«, sagte ich zu Goldschmeding.

Als ich am nächsten Tag dorthin fuhr, wußte ich bereits von meinem Vater, daß die Witwe Vroombout, auch wenn sie jetzt in Vlaardingen wohnte, die Mutter von Arend Vroombout war. »Welch ein Glücksfall«, redete ich mir unterwegs wider besseres Wissen ein, während eine steife Brise direkt vom Meer herüber wehte und meine Fahrt zu einem reinen Vergnügen machte, da ich den Wind im Rücken hatte.

Die Witwe wohnte an der Westhavenkade. Noch bevor ich klingelte, begann im Haus ein Hund ohrenbetäubend zu bellen. Die Tür wurde einen Spaltbreit geöffnet. Mißtrauisch schaute mich eine kleine, verwitterte, uralte Dame an.

»Der Klavierstimmer«, sagte ich.

»Sie? Glaube ich nicht. Ich habe Sie noch nie gesehen.«

»Mijnheer Goldschmeding schickt mich.«

»Wie heißen Sie?«

»Goudveyl«, sagte ich, »Alexander Goudveyl.«

»Dann warten Sie einen Augenblick, Mijnheer Goudvuil, dann werde ich Goldschmeding anrufen, um zu fragen, wie das Jüngelchen heißt, das er mir nun wieder auf den Hals geschickt hat.«

Sie schloß die Tür. Der Hund bellte wütend. Lange starrte ich die Haustür an. Ein Namensschild fehlte. Der Hund war still, die Tür ging wieder auf.

»Es ist in Ordnung«, sagte die alte Dame.

Sie öffnete die Haustür. Als ich hineinging, schoß aus dem dunklen Flur ein riesiger Bouvier hervor, einer mit langem Schwanz, also wohl kaum rasserein.

»Aus, Barra, aus!« rief die alte Dame.

Die alte Dame ging voraus, ich ging hinter ihr her, knurrend folgte mir der Hund, und so erreichten wir das große Wohnzimmer, wo gleich neben dem Fenster ein Blüthner prangte. Es war nicht mein geliebter Blüthner, das sah ich sofort, aber ein Instrument, das vielleicht sogar noch älter war als seine Besitzerin.

»Soll ich Ihnen eine Tasse Kaffee machen, Mijnheer Goudvuil?«

»Gern, Mevrouw«, sagte ich.

Sie ließ mich mit dem Bouvier allein, der alle meine Bewegungen mißtrauisch verfolgte. Er knurrte, als ich den Klavierdeckel hochklappte. Er bellte, als ich ein paar Tasten anschlug. Offensichtlich von dem Gebell alarmiert, kehrte die alte Dame zurück und sagte: »Still doch, ist ja nichts, leg dich hin, ist ja gut.«

Zu mir sagte sie: »Sie brauchen keine Angst vor

dem Hund zu haben, er ist sehr wachsam, aber wenn Sie sich anständig benehmen, wird er bestimmt nicht beißen.«

Sie ging wieder, und ich deckte vorsichtig den Blüthner ab. Das Instrument war, das war leicht festzustellen, kaum verstimmt. Vor allem brauchte an den tiefen und hohen Tönen kaum etwas getan zu werden. Nur das tiefe B war ein Problem, ich drehte und horchte, versuchte, ein paar leise Schwingungen wegzubekommen, und beschloß, als das nicht glückte, das B zu lassen, wie es war. In dem Augenblick jedoch tippte mir jemand auf die Schulter. Aus meiner Konzentration hochgeschreckt, blickte ich mich erstaunt nach demjenigen um, der mir zwar gutmütig, aber doch recht eindringlich auf die Schulter getippt hatte. Hinter mir stand aufrecht, die linke Vorderpfote auf die Lehne eines niedrigen Sessels gestützt, mit heftig wedelndem Schwanz der Bouvier. Mit seiner freien rechten Vorderpfote tippte er mir nochmals auf die Schulter. Dann ließ er seine Pfote auf meiner Schulter ruhen. So saß ich da, sah mich um, während der Bouvier auf dem Sessel und auf meiner Schulter ruhte und ich seinen heißen Atem spürte. Wie er so dastand und mich ansah, konnte ich seinen Blick nur auf eine einzige Art interpretieren. Offenbar war er nicht damit einverstanden, daß ich nicht versuchte, das B sauber zu stimmen. Ich schlug es erneut an, drehte, und der Hund schnaubte und nahm seine Vorderpfote von meiner Schulter. Völlig sauber bekam ich das B nicht, aber, wie es schien, sauber genug. Der Bouvier, der ein kurzes Bellen hören ließ, konnte sich offenbar damit abfinden, daß ich schließlich zum H überging. Bei den höheren Tönen, bei einem lästigen Des, stand er plötzlich wieder mit wedelndem Schwanz hinter mir, aber danach beschränkte er sich auf ein deutliches Knurren, wenn er nicht damit einverstanden war, daß ich zum nächsten Ton überging. Dann drehte ich den Stimmschlüssel so lange, bis ich das kurze Blaffen hinter mir hörte. Sogar jetzt, fast dreißig Jahre später, kann ich kaum glauben, daß ich damals wirklich einen Blüthner in Gegenwart eines Bouvier gestimmt habe, der sich in meine Arbeit einmischte. Ob er an meinem Rücken oder an meiner Haltung abgelesen hat, wenn ich mit einem Ton nicht zufrieden war? Oder ob er es hat riechen können? Aber Hunde sind doch nicht musikalisch? Begreifen kann ich das immer noch nicht, ich weiß aber, daß ich, obwohl ich keine so große Angst hatte wie vor Gott, der uns zu töten sucht, dennoch beim Stimmen schweißige Hände bekam, und daß ich viel länger gebraucht habe als für jeden anderen Flügel und jedes andere Klavier, wobei man das Instrument kaum verstimmt nennen konnte. Ich verstand auch nicht, daß die alte Dame mich die ganze Zeit mit dem Hund allein ließ und nicht den versprochenen Kaffee brachte.

Nach dem letzten C stand ich auf. Ich setzte alle Holzteile, die ich herausgenommen hatte, wieder ein. Wo blieb um Gottes willen die Witwe? Um sie darauf aufmerksam zu machen, daß ich ihren Blüthner fertiggestimmt hatte, spielte ich eine Sonate von Scarlatti. Nach dem Schlußakkord wollte ich den Deckel des Instruments schließen. Bevor ich dazu kam, stand der Hund wieder aufrecht hinter mir, diesmal drohend mit beiden Pfoten auf meinen Schultern.

»Geh doch weg«, sagte ich.

Der Hund knurrte. Seine lange Zunge leckte meinen Nacken.

»Bitte, geh doch weg!« sagte ich und setzte mich wieder auf den Klavierhocker und spielte noch eine Sonate von Scarlatti.

Der Bouvier legte sich, den Kopf auf den Vorderpfoten, neben das Klavier und linste ab und an zu mir herüber. Offenbar wollte er, daß ich weiterspielte. Bei einer *Bagatelle* von Beethoven begann er, wild zu bellen. Ich hörte mitten im Takt auf und ging wieder zu Domenico Scarlatti über, spielte *Non presto, ma a tempo di ballo*, Longo 463. Hinter mir erklang befriedigtes Knurren.

Nach fünf von dem Hund gebilligten Scarlatti-Sonaten kam die alte Dame mit zwei Tassen Kaffee herein.

»Sind Sie fertig?« fragte sie.

»Ja«, sagte ich.

»Darf ich ihn ausprobieren?«

»Natürlich«, sagte ich und stand erleichtert vom Klavierhocker auf. Sofort fing der Hund wieder an laut zu bellen.

»Aus, Barra, aus!« sagte die alte Dame.

Sie setzte sich und spielte mit steifen Fingern einen Choral. Mit bebender Stimme sang sie die erste Zeile dazu: »Gott nur vertrau' ich…« Dann übermannte sie ihr Gefühl. Ich hörte sie schlucken und sah, wie das feine Netz aus Runzeln und Falten auf ihrem Gesicht und an ihrem Hals in Bewegung geriet. Sie spielte zwar weiter, sang aber nicht mehr dazu. Nach dem Choral stand sie auf, sie stellte den Kaffee vor mich auf den Tisch und sagte: »Das habe ich gespielt, als sie unser Gehöft in Brand stecken wollten.«

Abwartend schaute sie mich an. Was wollte sie? Sollte ich eine Frage stellen? Vorsichtig trank ich den dünnen Kaffee, und ich hörte, wie der Hund schon wieder knurrte.

»Barra, laß das!«

Sie blickte mich an. Sie sagte: »Ja, sie kamen mit Strohballen herein und riefen, daß wir das Haus verlassen sollten, und da habe ich mich ans Klavier gesetzt und habe: ›Gott nur vertrau' ich‹ gespielt, und sie riefen, daß ich aufhören sollte, und ich spielte einfach weiter, und da haben sie brav gewartet, bis ich fertig war. Ja, sie haben gewartet, o ja, es waren Gentlemen, man denke nur, und dann haben sie unser Gehöft in Brand gesteckt, und sie haben unsere Schafe ins Gras getrieben... in ganz hohes Gras... knochentrockenes Gras... und dann das Gras in Brand gesteckt. Und dann haben wir eine Weile in einer Höhle am Fluß gewohnt, und nach einer ganzen Zeit kamen sie wieder, und dann haben sie uns in ein Konzentrationslager gebracht, und da sind alle meine Brüder und Schwestern gestorben... sechs Brüder... vier Schwestern, und da erfuhren wir auch, daß mein Vater gefallen war. Und als der Krieg vorbei war, war niemand von unserer Familie übriggeblieben außer meiner Mutter und mir, und da hat meine Mutter einen Holländer geheiratet, der sich als Freiwilliger zum Krieg gemeldet hatte, und dann sind wir mit ihm in die Niederlande gegangen. So ist das alles gewesen, und ich hatte damals noch ein kleines Hündchen, ein kleines Hündchen hatte ich, und wir waren schon alle draußen, und unser Hof stand schon in Flammen, als ich auf einmal daran dachte, daß mein Hündchen noch drinnen war... mein Hündchen war noch drinnen... es war noch so jung, so jung, es lief mir überall nach, es war mein Hündchen, mein Hündchen...«

Sie strich eine Weile mit ihrer kleinen weißen rechten Hand über das krause Haar ihres Hundes. Der Bouvier knurrte leise, und draußen trieben weiße Wolken über einen unwahrscheinlich blauen Himmel dahin. Sie schaute hinaus und sagte: »Es war damals auch ein solches Wetter und all die Tage danach auch, und ich wollte immer nur zurück und mein Hündchen suchen, und alle meine Brüder und Schwestern sind im Konzentrationslager gestorben... sechs Brüder... vier Schwestern, und davon hört man nie etwas, während die Zeitungen voll sind von den andern Konzentrationslagern, aber von den dreitausend Kindern, die damals in den Konzentrationslagern gestorben sind, reden sie nie. Nun, ich darf Ihnen sagen: Ich habe es meinen Jungen immer wieder erzählt, und ich habe es ihnen immer wieder erzählt, daß nicht die Moffen, sondern die Gentlemen die Konzentrationslager erfunden haben. Ja, meine Söhne wußten es, ach, sie sind nun auch alle beide tot... alle beide sind sie tot, mein Ältester ist im Krieg umgekommen, und mein Jüngster ist ermordet... sie haben meinen Jüngsten ermordet.«

Der Bouvier bellte wütend. Sie sagte: »Ja, mach nur, bell du nur, beiß sie tot, diese Mörder!«

»Diese Mörder?« fragte ich vorsichtig. »Waren es denn mehr als einer?«

Sie hörte nicht zu, sie streichelte ihren Bouvier, sie sagte: »Diese Mörder! Und ich habe der Polizei noch gesagt... ich habe ihnen gesagt, wer es war. Aber sie wollten mir nicht glauben, die Polizei wollte mir nicht glauben. Die denken immer nur, daß das Böse von einer Seite kommt, wobei es doch so deutlich ist...«

»Was ist denn so deutlich?« fragte ich.

»Fall mir doch nicht immer ins Wort, junger Mann«, sagte sie, »es ist doch so deutlich... mein Sohn, er war auch bei der Polizei... im Krieg schon... und er wußte, daß sie unseren Hof in Brand gesteckt haben... daß sie vor nichts zurückschrecken... vor nichts... er wußte es, und er hat danach gehandelt, und darum haben sie ihn ermordet... niemand kann mir das ausreden, deshalb haben sie ihn ermordet, aber die Polizei will mir nicht glauben... na ja, dann glauben sie mir eben nicht. Wirklich, sie schrecken vor nichts zurück! Mein ältester Sohn... hätte er nur auf mich gehört, aber auch er war eigenwillig, wollte sie in das Land bringen... ›Tu das nicht‹, sagte ich, ›aber ich kriege eine Menge Geld dafür, Mutter‹, sagte er... eine Menge Geld? Niemals haben sie gezahlt, und mein Sohn war seinen Kutter los... und mein Jüngster hat ihnen jahrelang Briefe geschrieben, um ihnen klarzumachen, daß sie noch nicht gezahlt hätten... jedes Jahr, wenn es Weihnachten wurde, schrieb er ihnen wieder... schrieb er, daß sie noch Schulden hätten, nicht gezahlt hätten... schrieb er, daß wir durch ihre Schuld unser Schiff verloren hätten... schrieb, daß sie uns dafür entschädigen sollten... schrieb, daß sie, wenn sie das nicht wollten, zumindest ihre Überfahrt bezahlen sollten... Aber nein, nichts, niemals haben sie bezahlt, und dann hatten sie offenbar genug von seinen Briefen, da haben sie ihn ermordet, aber die Polizei will mir nicht glauben... Einmal ist hier so ein Mann mit seinem Söhnchen gewesen... Ach, das Kind... mein Hund war verrückt auf das Kind, hat sein Schnutchen und seine Hände ganz und gar abgeleckt... aber dieser Mann... wollte mir nicht glauben, hatte doch das Kind bei sich, dieses Söhnchen, hätte es daher doch besser wissen müssen, aber wollte mir nicht glauben... sagte zwar immer, er würde das untersuchen, aber ich konnte es seinen Augen ansehen, daß er mir nicht glaubte.«

Sie saß eine Weile reglos da und starrte in den blauen Himmel. Auch ihre Hände lagen jetzt bewegungslos auf dem Tisch. Es schien, als hätte sie längst vergessen, daß ich noch da war. Sie wandte sich mir auch nicht zu, als sie ihren Monolog fortsetzte. Sie wandte sich jemand anderem zu, sie sagte: »Du weißt es doch auch... wie sie waren... sie fielen in unser Land ein und haben dann alle Gehöfte verbrannt. Frauen und Kinder haben sie in Lager gesteckt, und die Kinder sind dann fast alle gestorben... nur ich... warum ich... begreifst du denn, daß ich noch lebe... alle meine Brüder und Schwestern sind da gestorben... wirklich, du weißt doch auch, wie sie waren... Schafe ins hohe, knochentrockene Gras und dann das Gras in Brand... so waren sie... und mein Hündchen... ach, dieses Hündchen...«

Der Bouvier sprang auf, legte mir seine Pfoten auf die Schultern, sah mich an, und sein Schwanz schlug wild hin und her.

»Geh weg, Hund!« sagte ich.

Die gebrechliche alte Dame blickte mich an, sagte: »Warum horchen Sie mich denn auch aus? Gehen Sie doch weg, gehen Sie doch bitte weg, Sie sind doch fertig? Warum sitzen Sie denn noch da, gehen Sie bitte weg. Barra, aus, laß den jungen Mann gehen.«

Widerstrebend nahm der Bouvier seine Vorderpfoten von meinen Schultern. Vorsichtig stand ich auf. So ruhig wie möglich ging ich zur Zimmertür. »Auf Wiedersehen, Mevrouw«, sagte ich, aber ich glaube nicht, daß sie mich hörte. Der Bouvier knurrte. Gleich nachdem ich die Zimmertür geschlossen hatte, begann er wütend zu bellen. Er warf sich gegen die Tür, und ich rannte durch den Flur, schloß die Haustür auf, und schon fuhr ich mit meinem Fahrrad unter dem strahlendblauen Himmel davon, an dem nun kein Wölkchen mehr zu sehen war. Auf dem Deich hatte ich die Meeresbrise von vorn, aber das machte mir nichts aus, denn es war noch immer Sommer, auch wenn die Wellen auf dem Waterweg kleine Schaumkronen hatten. Was die alte Dame erzählt hatte, schien zu simpel, um wahr zu sein. Auch wenn es stimmte, daß Vroombout immer wieder Briefe geschrieben hatte, um die Flüchtlinge anzumahnen, sie sollten Schadenersatz für den Verlust des Kutters leisten oder, wenn sie dazu nicht bereit waren, in jedem Fall wenigstens ihre Überfahrt bezahlen, würde dann tatsächlich auch nur einer von ihnen auf die Idee gekommen sein, deswegen Vroombout zu ermorden? Das erschien mir damals in dem wunderbaren, umflorten Septembersonnenlicht höchst unwahrscheinlich. Damals wußte ich noch nicht, wie verbittert wir werden können, wenn jemand uns, stets von neuem, einer Sache wegen für schuldig hält, an der wir unserer Meinung nach keine Schuld haben. Eigentlich hätte ich das, als ich damals auf dem Deich dahinfuhr, durch Hermans Vergebungssucht schon wissen können, aber ich war wie immer zu naiv, es war nur, als bliese der Gegenwind alle Wahngebilde davon.

Soviel war sicher: An jenem Samstag hatten die Flüchtlinge mit Vroombout über den Weihnachtsbrief sprechen wollen, den sie auch in dem Jahr wieder von ihm empfangen hatten. Vielleicht hatten sie ihm einen Vorschlag machen wollen, vielleicht hatten sie mit ihm über einen Geldbetrag verhandeln wollen, für den er wiederum von weiterer Korrespondenz absehen sollte. Wahrscheinlicher war es, daß sie ihm hatten sagen wollen: »Kann es denn zum Donnerwetter nun endlich mal vorbei sein mit diesen Stinkbriefen?« und daß sie deshalb fast alle oder, wenn der Dirigent auch dabeigewesen war, vielleicht sogar vollzählig anmarschiert waren, um ihn durch ihre erdrückende Übermacht fertigzumachen. Alle gegen einen, und gerade das machte es für mich unwahrscheinlich, daß sie mit der Absicht gekommen waren, ihn umzubringen. Das tat doch eine Gruppe nicht? Das würde viel zu sehr auffallen. Außerdem tat man das nicht während einer Evangelisationsversammlung. Nein, was sich auch immer dort abgespielt hatte, sie konnten nichts mit dem Mord zu tun haben.

Eigenartig, daß ich diesen Klavierstimmbesuch bei Vroombouts Mutter damals als etwas erlebt habe, was mich erleichterte. Es ist viel schwieriger, sich nach Jahren noch an etwas zu erinnern, was man damals gedacht hat, als an das, was damals geschah, aber ich weiß genau, daß ich, während ich damals in dem wunderbaren Licht dahinradelte, immer wieder laut gesagt habe: »Gott sei Dank, endlich bin ich es los, endlich weiß ich, warum sie da standen, Gott sei Dank, dann kann ich es nun endlich abtun, vergessen, Gott sei Dank, nun kann ich endlich meiner Klavierlehrerin, Minderhout und den Edersheims in die Augen sehen.«

Besuch

Sie hielten einander so fest eingehakt, als wollten sie sich gegenseitig vorm Hinfallen schützen. In der grellen Morgensonne konnte ich sogar vom zweiten Stock aus sehen, wie bleich ihre Gesichter waren. Mein Vater zog ein Bein nach. Meine Mutter trug ihren langen, stark taillierten, aschfarbenen Mantel. Mühsam stolperten sie über das Kopfsteinpflaster vorwärts. Ich schaute aus meinem Zimmer durch die Bogenfenster auf sie hinunter, und es war, als hörte ich Pastor Dercksen über den Bibeltext predigen: »Wer seinem Vater und seiner Mutter flucht, dessen Leuchte erlischt in der Zeit der Finsternis.«

Fast ein Jahr lang wohnte ich nun schon an der Hooglandse Kerkgracht. Jedesmal wenn ich ein Wochenende im Monat in der President Steynstraat zubrachte, hatte mein Vater leichthin gesagt: »Wenn es bei uns paßt, kommen wir mal vorbei.«

Es klang, als wolle er sagen, daß er nicht die Absicht habe, jemals zu kommen. Nun jedoch schlurften sie da unten über die Gracht, und bei jedem Schritt hätten sie am liebsten kehrtgemacht. Meine Mutter schleppte eine riesige Einkaufstasche. Mein Vater trug seinen Schlapphut, der vom zweiten Stock aus dem Hut des Mannes, der Vroombout ermordet hatte, täuschend ähnlich sah.

Es wurde Zeit, nach unten zu gehen. Ich wollte es

ihnen ersparen, daß sie klingeln mußten und meine Vermieterin die Tür öffnen würde. Darüber würden sie bestimmt erschrecken. Dennoch zögerte ich, schaute noch immer verbittert auf die beiden hinunter, wie sie da so langsam über das Kopfsteinpflaster näher kamen. Warum hatte ein Mensch Eltern? Warum riefen sie, wie sie so dahinschlurften, derartig gegensätzliche, einander widerstreitende, schmerzliche Gefühle in einem hervor, Erbarmen und Entsetzen, Mitleid und Abscheu, Anhänglichkeit und Wut? Es war, als müßte die Zuneigung im selben Augenblick von Gefühlen begleitet werden, welche diese Zuneigung wieder zunichte machten. Liebe wurde zu Groll, Anhänglichkeit zu Ablehnung.

Hastig lief ich, zwei Stufen auf einmal nehmend, die Treppe hinunter. Schnell öffnete ich die Haustür. Sie sahen mich, runzelten die Stirn, ihr Schritt wurde schwerer.

»Nun, nun«, sagte mein Vater, »ein schönes Haus ist das, in dem du wohnst, aber ich kapier nicht, daß man hier kein Geld für ein anständiges Pflaster hat.«

Sie kamen die Stufen hinauf. Dabei hielten sie einander fest, als bestiegen sie das Schafott. Sie hoben die Füße hoch und gingen über die Schwelle. Auf der Treppe zum ersten Stock blieben sie eingehakt, so unpraktisch das auch sein mochte. Immer wieder wurden sie zwischen Treppengeländer und Wand eingeklemmt. Auf der engen Treppe zum zweiten Stock mußten sie sich loslassen. Mein Vater ging voraus, meine Mutter folgte dicht hinter ihm.

Als sie endlich in meinem Zimmer standen, sagte mein Vater: »Es ist aber verflixt kalt hier.«

»Ja, ich habe leider keinen Ofen«, sagte ich.

»Macht nichts«, sagte meine Mutter, »behalten wir einfach unsere Mäntel an.«

»Setzt euch doch«, sagte ich.

»Es sind nur zwei Stühle da«, sagte mein Vater, »wo willst du denn deinen Achtersteven hinfallen lassen?«

»Aufs Bett«, sagte ich trocken.

»Es scheint mir hier ganz hübsch feuergefährlich zu sein«, sagte mein Vater.

»Dies Haus steht schon seit 1608, und es hat noch nie einen Brand gegeben«, sagte ich.

»Was nie war, kann noch werden«, sagte mein Vater.

»Soll ich 'ne Tasse Kaffee machen?« fragte ich.

»Ach wo«, sagte meine Mutter krampfhaft lustig, »wir haben unseren eigenen Kaffee mitgebracht.«

Sie holte eine Thermoskanne aus ihrer riesigen Tasche. Sie stellte eine zweite Thermoskanne daneben.

»Die zweite Tasse Kaffee«, sagte sie. Neben die zweite Kanne stellte sie noch eine dritte. »Warme Milch für den Magen deines Vaters«, sagte sie.

»Wir haben auch unsere eigenen Butterbrote mitgebracht«, sagte mein Vater, »wir wollen dir auf keinen Fall zur Last fallen.«

Meine Mutter stellte zwei Butterbrotdosen neben die Kannen.

»Ich hol eben Tassen«, sagte ich.

»Nix von nötig«, sagte meine Mutter, »ich habe Becher mitgebracht. Sonst sitzt du nachher mit einem ganzen Schwung Abwasch da.«

Meine Mutter wühlte in den Tiefen ihrer Tasche,

holte zwei Becher heraus, schraubte den Verschluß der einen Thermoskanne auf und goß ein durchsichtiges, vor lauter Milch fast weißes Getränk in die Becher. Es dampfte.

»Ich habe auch Kekse mitgebracht«, sagte meine Mutter.

Sie tranken ihren Kaffee. Meine Mutter bot mir nichts an. In meinem kleinen Alkoven, in dem ich einen zweiflammigen Gaskocher stehen hatte, setzte ich Wasser auf. Für mich würde ich dann also einen Nescafé machen.

Mein Vater nahm seinen Hut ab, strich sich über den Kopf, schaute mich an, streichelte den Rand seines Hutes, schaute, während er die Lippen spitzte, meine Mutter an. Sie runzelte die Augenbrauen und sagte: »Nun mal los!«

»Ich finde es irgendwie verflixt schwierig«, sagte mein Vater.

»Nun mach schon!«

»Kannst du es nicht sagen, du hast die Worte immer viel besser finden können als ich.«

»Nein, damit fange ich gar nicht erst an, du wolltest endlich mal damit überkommen. Du hast mich nicht sagen hören, daß es sein müßte, aber ich kann es schon verstehen, daß du es allmählich notwendig findest, aber dann mußt du es mir nicht aufhalsen, zu…«

»Nee, nee, schon gut.«

Erstaunt hörte ich ihnen zu. Was hatte das zu bedeuten? Würde mir nun endlich enthüllt werden, worauf William angespielt hatte: Daß mein Vater im Krieg ein Verräter gewesen war? Ob sie deshalb am Ende des Krieges umgezogen waren?

»Ich weiß nicht, wo ich anfangen soll«, sagte mein Vater.

»Am Anfang«, sagte meine Mutter.

»Am Anfang? An welchem Anfang?«

»Mit dem Umzug.«

»Nennst du das den Anfang?«

»Ja.«

Es war, als gäbe mir dies eine Wörtchen »Ja«, das in so verzweifeltem Ton ausgesprochen wurde, eine Ahnung davon, was mich erwartete.

Mein Vater schnalzte mit der Zunge.

»Ja, dieser Umzug«, sagte er, »wir konnten damals alles, was wir hatten, noch gerade auf diesem einen Karren unterbringen. Es war alles zusammen herzlich wenig, und unsere *hit*... unsere *dubbele hit*...«

»Ja, diese hochbeinige Mähre, was war das doch für ein munteres Tierchen«, sagte meine Mutter.

»Also, ich habe seitdem nie wieder so eins gesehen, es reagierte prompt auf den kleinsten Ruck am Zügel, das war ein helles Tierchen, heutzutage sieht man so was überhaupt nicht mehr.»

»Also der Umzug...«, sagte ich.

»Siehst du wohl«, sagte mein Vater, »er weiß es schon. Ich sagte es dir doch im Zug, wir brauchen ihm überhaupt nichts mehr zu erzählen, er weiß es längst, er hat doch einen goldenen Verstand.«

»Er weiß es noch nicht«, sagte meine Mutter. »Ich kenne ihn gut genug, um von seiner Stirn ablesen zu können, daß er es noch nicht weiß, jedenfalls nicht genau.«

»So genau braucht er es auch überhaupt nicht zu wissen«, sagte mein Vater, »und demnächst sitzt er doch im Busch, also...«

»Konntet ihr damals so einfach umziehen?« fragte ich.

»O ja, du, es war das beste, sich ganz normal zu verhalten, einfach so zu tun, als wären die Moffen gar nicht da. Dann hattest du kein bißchen zu leiden. Du hattest keinen Ärger mit ihnen, wenn du dich auf Abstand zum Untergrund hieltest, auf Abstand zur Widerstandsbewegung. Und unsere Sorte Mensch, einfache arme Krauter, also, die übersahen die einfach. Du konntest einfach leben, wie du schon immer gelebt hattest. Der Krieg – das war doch eigentlich was für reiche Leute, das ging uns eigentlich nichts an, unsereiner war immer arm gewesen, mußte schon immer jeden Cent dreimal rumdrehen. Wir haben sozusagen beinahe nichts davon gemerkt. Wir wollten auch nichts damit zu tun haben, verstehst du, und daher war... daher hatte... Ich will es dir mal ganz deutlich sagen: Als wir umzogen und alles nach draußen trugen, war da gerade was los, irgendso eine Razzia, die Moffen rannten die ganze Zeit hin und her, aber wir konnten einfach weitermachen, wir konnten damals nur nicht am Tag aus der Stadt raus, alles war hermetisch abgeriegelt, wir konnten erst spätabends mit Sack und Pack wegfahren. Und Vroombout...«

»Vroombout?«

»Ja, der arbeitete damals bei der Polizei in Rotterdam, der half auch mit bei der Razzia.«

»Also stimmt es, daß Vroombout ein Verräter war im Krieg.«

»Ach was, der war nur ganz normal bei der Polizei, der tat einfach, was seine Vorgesetzten ihm befohlen hatten.«

»Dein Wasser verkocht«, sagte meine Mutter.

Ich stand auf, lief zu meinem Alkoven. So sahen sie es also – Vroombout war kein Verräter gewesen, sondern hatte getan, was die Besatzungsmacht ihm befohlen hatte. Und sie selbst?

»Es kam sehr zupaß, daß wir gerade an dem Tag umzogen«, sagte mein Vater, während ich mit meinem Nescafé zum Bett hinüberging, »wir haben zu niemandem damals ein Sterbenswörtchen davon gesagt, und weil wir von beiden Seiten keine Familie und nichts hatten, hat auch niemand dumm geguckt. Wir kamen dann zu dritt in der President Steynstraat an, und niemand hat sich darüber gewundert.«

»Womit sie in der President Steynstraat Probleme hatten…«, sagte meine Mutter.

»… war, daß wir das Geschäft von dem Trödeljuden übernommen haben«, sagte mein Vater, »aber nun, wir konnten da so einsteigen, das war sozusagen ein gemachtes Bett, und wir konnten doch wirklich nichts dafür, daß die Moffen den Lumpenjuden und seine Frau mitgenommen haben, da haben wir doch wirklich nicht unsere Hand mit im Spiel gehabt.«

»Und doch haben sie uns das im Hoofd sehr krummgenommen«, sagte meine Mutter.

»Ja, sie haben uns vor allem zu Anfang deswegen schief angesehen«, sagte mein Vater, »und noch immer werden wir hier und da deswegen verdächtigt, in der Paul Krugerstraat wohnt einer, der…«

»Und das, wo wir doch…«, sagte meine Mutter.

»Ja, aber, na ja, das wußten sie nicht«, sagte mein Vater.

Er stand auf, lief durch mein Zimmer, klopfte mit dem Handrücken an die Taschenbücher in dem hölzernen Bücherregal und sagte: »Du hast 'ne ganze Menge Taschenbücher hier!«

»Willst du jetzt ein Butterbrot?« fragte meine Mutter ihn.

»Ja und ob«, sagte er.

Meine Mutter öffnete die beiden Butterbrotdosen. Mein Vater nahm eins, legte es auf den Tisch. Meine Mutter tat dasselbe, und dann falteten beide die Hände, und mein Vater betete laut:

»Speise, Vater, deine Kinder
tröste die betrübten Sünder,
sprich den Segen zu den Gaben,
welche wir jetzt vor uns haben,
daß sie uns zu diesem Leben
Stärke, Kraft und Nahrung geben,
bis wir endlich mit den Frommen
zu dem Himmelsmahle kommen, Amen.«

»Also, guten Appetit«, sagte meine Mutter.

Eine Fliege lief über den Tisch zu den Butterbrotdosen. Mein Vater krümmte seine Hand, legte sie auf den Tisch, holte aus, schloß die Faust und zermalmte die Fliege.

»Gekriegt«, sagte er zufrieden.

Die Türglocke klang durchs Haus. Gleich darauf rief meine Vermieterin: »Mijnheer Goudveyl, Besuch für Sie!«

»Was für ein Zulauf«, sagte mein Vater.

»Das paßt bestens«, sagte meine Mutter, »dann gehen wir so ganz sutje mal wieder zum Zug.«

Sie standen auf. Meine Mutter sagte zu meinem Vater, während sie die Thermoskannen, Butterbrotdosen und Becher in ihrer Tasche verstaute: »Haben wir nun eigentlich alles gesagt?«

»Wir haben reichlich genug gesagt«, sagte mein Vater, »und den Rest können wir uns für ein anderes Mal aufsparen.«

»Ja, aber meiner Meinung nach...«, sagte meine Mutter, »wir hatten doch eigentlich vor...«

»Ja, aber ich hab dir doch gesagt, daß er das längst weiß.«

»Glaub ich überhaupt nicht!«

Es klopfte an der Tür. »Ja«, rief ich. William kam herein, und mein Vater sagte: »Hallo, das ist ja ein bekanntes Gesicht! Gehst du inzwischen auch hier zur Schule?«

William nickte.

»Und ihr wollt jetzt zusammen loslegen? Das paßt bestens, wir gehen gerade weg.«

Auf den beiden Treppen nach unten ging ich ihnen voraus. Flink traten sie aus der Tür und die Stufen hinunter. Mein Vater sagte, als er schon auf dem Kopfsteinpflaster stand: »Ich hoffe, daß du dir hier kein Mädchen aussuchst. Was ich so an *hittepetitjes* herumlaufen sehe, sind Klappergestelle. Die kannst du alle auf einmal so wegpusten. Nimm doch bitte ein hübsch kräftiges, stattliches, so eins, an dem du ein bißchen Halt findest. Ich wünschte, du würdest einmal eine ›Erneuerte‹ kennenlernen...«

»Ach, komm jetzt, er hört doch nicht zu«, sagte meine Mutter.

Wieder in meinem Zimmer, sah ich ihnen nach. Hurtig liefen sie übers Kopfsteinpflaster davon. Als sie um die Ecke Stille Rijn bogen, drehte ich mich um und sagte zu William: »Sie hatten ihren eigenen Kaffee in Thermosflaschen mitgebracht!«

»Wollten sie mal sehen, wie du wohnst?«

»Das haben sie gesagt, ja, aber sie kamen, glaube ich, um mir zu erzählen, daß sie während des Krieges den Lumpenhandel im Hoofd von einem Juden übernommen haben, der von den Deutschen abgeholt worden ist. Wußtest du das eigentlich? Ich wußte es nicht, aber ich verstehe jetzt besser, warum sie im Hoofd überhaupt keine Freunde haben und warum manche Leute mich immer so abfällig ansehen.«

»Wir wurden auch immer abschätzig angesehen. Werden, muß ich sagen.«

»Ja, aber deine Mutter ist nicht verheiratet, das ist also nicht so merkwürdig, die Leute da sind unheimlich spießbürgerlich.«

»Spießbürgerlich? Findest du das? Das ist nicht der richtige Ausdruck. Du könntest eher sagen: beschränkt. Oder nein, das ist es auch nicht, die Menschen dort sind sehr herzlich, viel herzlicher und gemütlicher als hier in Leiden. Aber ihre Welt ist klein, sie haben immer zwischen Fluß und Bahnübergang gewohnt, sie haben den Fluß nie überquert und den Bahnübergang nur selten. Dadurch können sie vieles nicht verstehen. Für sie ist eine unverheiratete Mutter eine rätselhafte Erscheinung. Davon haben sie eigentlich noch nie etwas gehört. Und eine Universität? Na, du hast gehört, was dein Vater sagte: ›Gehst du hier auch zur Schule?‹ Ist das spießbürgerlich? Ach, nein. Es ist Unbedarftheit, Unwissenheit. Spießbürgerlich, nein, das sind sie nicht, und daß sie deinen Vater und deine Mutter nicht akzeptieren konnten, weil sie das Geschäft von einem verschleppten jüdischen Lumpenhändler übernommen haben... wie hat er das eigentlich hingekriegt? Muß doch Beziehungen gehabt haben, entweder zu den Deutschen oder... und wurden nicht alle Niederländer, die im Krieg ein jüdisches Geschäft übernommen haben, nach dem Krieg wieder rausgesetzt? Warum dann nicht auch dein Vater und deine Mutter?«

»Meine Mutter sagte, als du schon auf dem Weg nach oben warst, daß sie noch nicht alles erzählt hätten. Ich glaube, daß das noch kommen sollte. Ich habe oft gedacht, daß sie im Krieg Verräter waren, weil die Leute im Hoofd nie freundlich zu uns gewesen sind, aber das stimmt offenbar nicht.«

»Wie konnten sie dann den Laden übernehmen?«

»Ja, das weiß ich nicht, hör ich wahrscheinlich noch.«

Meine Eltern besuchten mich an einem Dienstag im November. Am darauffolgenden Donnerstagabend drosselte mein Vater, wie ich annehme bei völliger Windstille und nebligem Wetter, den Ofen, den sie, sparsam wie sie nun einmal waren, immer mit billiger Eierkohle heizten. Ebendiese Sparsamkeit war es auch, weshalb sie seit Jahren keinen Schornsteinfeger mehr hatten kommen lassen.

Am Montagnachmittag wurde erst mein Vater, danach meine Mutter in einem Grab dritter Klasse beerdigt. Pastor Dercksen sprach über Psalm 103: »Des Menschen Tage sind wie das Gras; er blüht wie die Blume des Feldes; wenn der Wind darüber geht, so ist sie dahin, und ihre Stätte weiß nichts mehr von ihr.« Die Bibelstelle erschien mir wenig passend. Gerade Windstille hatte in diesem Fall die Kohlenmonoxydvergiftung verursacht.

Mein Vater war achtundsechzig Jahre alt, meine Mutter vier Jahre jünger. Sie waren an jenem Donnerstagabend friedlich eingeschlafen. Varekamp stellte am nächsten Mittag erstaunt fest, daß die Übergardinen noch immer zugezogen waren. Mit einem Dietrich kam er ins Haus. Nach der Beerdigung sagte er zu mir: »Ich komm immer noch nicht darüber weg, ich komm immer noch nicht darüber weg, es waren so vortreffliche Leute, solche Menschen mußt du mit der Laterne suchen.« Ausführlich beschrieb er, wie er sie aufgefunden hatte, und wiederholte es stolz allen gegenüber, die mir nach der Beerdigung in meinem Elternhaus kondolierten. Sozusagen jeder, der im Hoofd »etwas mehr als nur geradeaus war«, wie es da genannt wurde, kam »mal eben vorbei«, nicht nur, um mir die Hand zu drücken, sondern auch, um mit den Nachbarn noch ein wenig zu reden. Varekamp und seine Frau schenkten Kaffee aus und am späteren Nachmittag auch Stärkeres. Es überraschte mich, daß meine Eltern so etwas im Haus gehabt hatten, allerdings war der junge Genever nicht mehr ganz so jung.

Noch gut erinnere ich mich, daß Varekamp Schrotthändler Cornelis fragte: »Willst du auch ein Gläschen?« Worauf der Schrotthändler antwortete: »Ja, gib man her, jetzt bin ich sowieso da, und morgen muß ich extra dafür kommen.«

Am Ende des Nachmittags saßen mindestens dreißig Menschen, die laut redeten und oft schallend lachten, im Wohnzimmer, in dem gerade erst mein Vater und meine Mutter eingeschlafen waren. Zu ihren Lebzeiten hatten die Nachbarn meine Eltern »schief angesehen«. Durch ihr gemeinsames Sterben war nun, um in der Sprache vom Hoofd zu bleiben, »nicht nur alles ordentlich abgewickelt, sondern auch vergeben und vergessen«.

Um sechs Uhr hatte sich der leicht angeschlagene Kondolenzbesuch verzogen. Mutterseelenallein saß ich in dem totenstillen Haus. Ich hielt es nicht aus, ging auf die Straße, schlenderte stundenlang durchs Städtchen, kam um halb zehn wieder nach Hause und schaute dann die Papiere durch, die mein Vater in der obersten Schublade des gewaltigen Büfetts aufbewahrt hatte. Ich fand darin mehrere Sparbücher. Offensichtlich hatte mein Vater es zu riskant gefunden, sein Geld nur einer Bank anzuvertrauen. Er hatte es auf fünf Banken verteilt. Außerdem hatte er auf einem Girokonto noch ein Vermögen stehen. In dem Augenblick begriff ich noch nicht, daß ich all das Geld erben würde. Als einziges wurde mir an jenem späten Abend klar, daß mein Vater vor Jahren auf eines der Sparbücher einen großen Betrag hatte gutschreiben lassen, den er später nie mehr angerührt hatte. Dieser Betrag war, so stellte ich fest, als ich das Datum der Gutschrift noch einmal genau ansah, das Geld, das er für den Blüthner kassiert hatte. Es erscheint vielleicht unbegreiflich, daß ich darüber damals rasend wütend wurde, aber ich war den ganzen Tag über schon wütend gewesen, wütend auf die Nachbarn und in Wirklichkeit auch wütend auf meine Eltern, daß sie so unvermutet gestorben waren. Um ehrlich zu sein: Als sie so überraschend starben, war ich nicht tieftraurig oder von Schmerz übermannt. Ich war von einer tiefen, heftigen Wut erfüllt. Wütend war ich, weil ich mich auf einmal vor die Aufgabe gestellt sah, den elterlichen Haushalt aufzulösen, wütend war ich, weil auf einmal so viel geregelt werden mußte und ich überhaupt nicht wußte, wie ich das anpacken sollte. Es war so ein Gefühl wie: Verdammt, nun laßt ihr mich auf einmal mit allem allein.

Außerdem war ich bestürzt, daß so etwas vollkommen unerwartet passieren konnte. Außerdem schien es, als hätten sie es selbst vorausgeahnt und wären daher zwei Tage vor ihrem Tod gleichsam als Abschied bei mir zu Besuch gewesen.

Im Hafenkontor von Notar Joosse sah ich einen Tag darauf gemeinsam mit dem Notar die Papiere noch einmal durch. Joosse hatte außerdem einen Schuldschein in Verwahrung. Noch während des Krieges, kurz nachdem sie ins Hoofd gezogen waren, hatte mein Vater Arend Vroombout einen großen Betrag geliehen. Viel später hatte er Vroombout nochmals einen ansehnlichen Betrag geliehen.

»Soweit man das nachprüfen kann, ist das alles nie zurückgezahlt worden«, sagte der Notar, »aber Vroombout lebt nicht mehr, demzufolge besteht eine Forderung an seine Erben, Sie müßten...«

»Nein, nein«, sagte ich, »das lassen wir so.«

»Wie merkwürdig, daß Ihr Vater offenbar nie bei Vroombout darauf gedrungen hat, daß er das Geld zurückzahlt«, sagte der Notar.

»Vielleicht war es ein Darlehen, bei dem beide Parteien, ohne daß es jemals ausgesprochen wurde, davon ausgingen, daß es in Wirklichkeit eine Schenkung war«, sagte ich.

»So wird es wohl sein«, sagte Notar Joosse.

Erst nach dem Besuch beim Notar begriff ich allmählich, daß ich zwar nicht steinreich, so doch vermögend genannt werden konnte. Was sollte ich mit dem Geld anfangen? Weiter studieren? Oder würde ich jetzt tun können, was ich immer gewollt hatte: an das Konservatorium gehen? Dann würde ich sofort zum Militärdienst eingezogen werden. Es war wohl das Vernünftigste, einfach weiter zu studieren. Solange ich studierte, brauchte ich nicht zum Militär, und ach, dieses Studium... Nun, da ich reich war, konnte ich so lange damit zubringen, wie ich wollte. Meere an Zeit blieben übrig für das große Wunder des Lebens. Ich hatte Geld genug, nun auch bei jemand anderem Klavierunterricht zu nehmen. Außerdem konnte ich jetzt endlich meiner Klavierlehrerin meine inzwischen ziemlich hohen Schulden bezahlen.

Dabei fiel mir wieder ein, daß Vroombout meinem Vater Geld schuldig war. Wie eigenartig, daß mein Vater Vroombout Geld geliehen hatte! Mein Vater und Geld verleihen – das war doch vollkommen undenkbar? Und nie war etwas zurückgezahlt worden! Das machte alles noch rätselhafter.

Als das Wohn- und Lagerhaus in der President Steynstraat verkauft war und alles, was mein Vater gespart hatte, nach Abzug von etwas Erbschaftssteuer an mich überwiesen worden war, setzte ich mich eines Abends in den Zug und fuhr in die Stadt meiner Jugend, um die Schulden bei meiner Klavierlehrerin zu bezahlen. Auf dem Weg zu ihrer Wohnung brauchte ich nicht durch die President Steynstraat zu gehen, aber natürlich ging ich durchs Hoofdviertel, und erst da trauerte ich um meine Eltern. Ich lief dort entlang, es nieselte, von den gelben Straßenlaternen tropfte es, das Hafenwasser roch nach Teer und Öl, und die salzige Luft vom Waterweg drang mir schon beim Bahnübergang in die Nase. Anders als noch vor zehn Jahren war dank jenes Apparats, der alle Wohnzimmer erobert hatte, keine Sterbensseele mehr auf der Straße. Schwarzweiß sah man den Schirm in den Wohnungen flackern. An einem Fenster nach dem andern vorbeigehend, hätte ich vielleicht sogar das Programm verfolgen können, aber ich wollte herausfinden, was in mir selbst vorging. In all den Jahren meiner Jugend hatte es mich so schmerzlich danach verlangt, dort wegzukommen, hatte ich nur daran gedacht, diese Sprache nicht mehr hören zu müssen, war ich sozusagen innerlich schon emigriert, aber jetzt, nachdem die Emigration vollzogen war, schien meine Seele wie aus Reispapier zu sein. Genauso schmerzlich, wie ich mich früher danach gesehnt hatte, fortzukommen, sehnte ich mich jetzt danach, meine Eltern, und sei es auch nur für einen Augenblick, wiedersehen zu dürfen. Und es war gerade so, als brauchte ich nur in die President Steynstraat einzubiegen und an meinem Elternhaus zu klingeln, und meine Mutter würde wie selbstverständlich die Tür öffnen, wie es auch selbstverständlich war, daß meine Klavierlehrerin die Haustür von oben aufzog, als ich bei ihr klingelte. Zwei Stufen auf einmal nehmend, rannte ich die Treppe hinauf, und außer Atem stammelte ich: »Ich komme, um meine Schulden zu bezahlen.«

»Was sagst du?« fragte sie.

»Ich will bezahlen«, sagte ich, »ich will alle Stunden bezahlen.«

»So, so«, sagte sie, »womit hab ich das auf einmal verdient?«

»Mein Vater hat mir… mein Vater hat mir…«

»Setz dich erst mal hin«, sagte sie, »du kippst ja gleich aus den Pantinen!«

Es tat mir gut, daß sie, obwohl sie nicht im Hoofd geboren und aufgewachsen war, die Sprache von hier benutzte. Sie ging in die Küche, ich hörte sie mit dem Kessel hantieren. Sie kam mit einem Tablett zurück, auf dem ein Teewärmer prangte. Sie stellte es hin, und sofort überreichte ich ihr einen Briefumschlag. Sie nahm ihn, sie sagte: »Es wäre gut für dich, wenn du jetzt einmal bei jemand anderem Unterricht nehmen würdest.«

»Das wollte ich auch«, sagte ich.

»Möchtest du die Kantate noch einmal hören, oder hast du nun selber die Platte und ein Grammophon gekauft?«

»Da bringen Sie mich auf einen Gedanken...«, sagte ich.

»Diese Platte ist sicher nicht mehr im Handel«, sagte sie.

»Es ist wirklich sehr angenehm, Schulden zurückzahlen zu können«, sagte ich. »Ich wollte, ich hätte noch mehr Schulden gehabt, noch etwas, das ich jemandem zu bezahlen hätte. Lieber so als andersherum. Beim Notar war noch ein Schuldschein von Vroombout. Mein Vater hatte ihm Geld geliehen, und Vroombout hat es niemals zurückgezahlt.«

»Wozu erzählst du mir das?«

»Ich habe in diesem Sommer bei Vroombouts Mutter ein Klavier gestimmt. Sie erzählte mir, daß ihr Sohn jedes Jahr einen Brief an Sie geschrieben habe, um daran zu erinnern, daß Sie noch das Geld für die Überfahrt zu bezahlen hätten.«

»Verdammt noch mal, was ist denn nun los? Es war verabredet, daß wir Schiffer Vroombout zu bezahlen hätten, wenn wir in England angekommen wären. Aber wir sind niemals angekommen.«

»Offenbar dachten die Vroombouts anders darüber.«

»Allerdings, sie fanden, daß wir sie für den Verlust

ihres Kutters entschädigen müßten. Als wenn wir den Kutter versenkt hätten!«

»Stimmt es, daß Sie an dem Samstagnachmittag damals eine Verabredung mit Vroombout hatten, um mit ihm darüber zu sprechen?«

»An welchem Samstagnachmittag?«

»An dem Nachmittag, an dem Vroombout erschossen worden ist.«

»Allmächtiger Gott, schnüffelst du etwa immer noch darin herum, hörst du denn nie damit auf? Was treibt dich eigentlich dazu?«

»Hatten Sie damals eine Verabredung...«

»Was geht dich das an? Warum willst du das wissen? Um Himmels willen, hör doch damit auf, es ist schon schlimm genug...«

Sie schwieg.

Ich sagte: »Ich bin dahintergekommen, daß Professor Edersheim und seine Frau an dem Nachmittag auch hier in der Stadt waren, und dieser Dirigent war vielleicht auch da.«

Sie stand auf. Es war, als wolle sie mich zermalmen. Hastig sagte ich: »Ich verstehe nicht, warum Sie jedesmal so entsetzlich böse...«

Weiter als »böse« kam ich nicht. Sie zog mich vom Stuhl, schob mich durchs Zimmer, sagte: »Geh, ich will dich nie mehr sehen, geh weg, ich bitte dich, geh!«

Sie ließ mich los. Ich tat ein paar Schritte zur Zimmertür, drehte mich um, schaute ihr mitten ins Gesicht und sagte: »Sicher haben Sie gute Gründe dafür, daß Sie so böse werden. Vielleicht werden Sie so böse, weil Sie viel wissen und daher auch viel zu verbergen haben. Was Sie aber sicher nicht wissen:

Daß der Mörder von Vroombout mich auch erschießen wollte. Das hat mich jahrelang verfolgt. Davon bin ich immer wieder schweißgebadet aufgewacht. Erst jetzt komme ich allmählich darüber hinweg, aber ich habe immer noch Angst, und unmittelbar nach dem Mord habe ich Todesangst ausgestanden. Wüßte ich, wer es getan hat, dann wüßte ich, vor wem ich Angst haben müßte, und das wäre ein großer Unterschied.«

Sie schaute mich lange an, lief dann zum Erker und drückte ihre Stirn gegen das kalte Fensterglas. Zögernd ging ich zurück ins Zimmer.

»Soll ich eine Tasse Tee einschenken?« fragte ich.

»Ja«, murmelte sie.

»Es scheint auf der Hand zu liegen«, sagte ich, während ich den Tee einschenkte, »daß Sie und die Edersheims und dieser Dirigent… oder vielleicht Minderhout als sein Sachwalter… Oh, das ist es natürlich, daher hat Minderhout auch etwas damit zu tun, natürlich, denn er hat alles geregelt, er hat die Verabredung mit Schiffer Vroombout getroffen, jetzt verstehe ich. Nun ja, Sie und die Edersheims und Minderhout wollten an dem Samstagnachmittag mit Vroombout über die angeblichen Schulden sprechen. Vielleicht wollten Sie zu einer Vereinbarung mit ihm kommen. Daraus folgt natürlich, daß sie ganz sicher nicht vorhatten, ihn zu ermorden. Das macht man auch nicht in einer Gruppe… nein, nach den Worten von Vroombouts Mutter leuchtete mir ein, warum Sie alle da waren, und ich war mir auch sofort im klaren, daß Sie nicht alle in den Mord verwickelt sein konnten.«

Sie wandte sich wieder um, blickte mich an, sagte:

»Wir hatten in der Tat vor, mit Vroombout über seine Briefe zu sprechen, aber mehr kann ich dir wirklich nicht darüber sagen. *It hurts me to talk about it.*«

Sie setzte sich. Wir tranken Tee, wir lauschten der *Kantate 104* von Bach. Sie drehte die Platte um, und wir lauschten auch der *Kantate 80*, der Kantate, in der Bach das Wüten der ganzen Welt heraufbeschwört und es zugleich wieder besänftigt, und als das alles verklungen war, sagte ich, daß ich mich beeilen müßte, um den Halbelfuhrzug noch zu erreichen. Sie kam mit mir bis zum Treppenhaus. Während ich die Treppe hinunterging, fragte sie: »Seh ich dich noch mal?«

»Bestimmt!« sagte ich, wandte mich um und blickte nach oben. Dabei verlor ich das Gleichgewicht, aber ich konnte mich am Treppengeländer festhalten, schwankte nur etwas hin und her. Voller Mitleid schaute sie mich an, sie sagte: »Du brauchst wirklich keine Angst zu haben, daß der Mann, der Vroombout umgebracht hat, auch noch kommt, um dich zu ermorden, bestimmt, davor brauchst du keine Angst zu haben!«

»Na, Gott sei Dank«, sagte ich.

Erst als ich draußen war und mich wieder der hoffnungslose Schmerz überfiel, weil ich nicht zu meinem Elternhaus gehen konnte, wurde mir allmählich klar, was ihre Abschiedsworte bedeuten konnten. Hatte sie das alles, ohne daß sie dazu berechtigt war, nur gesagt, um mich aufzumuntern, zu trösten, mir Mut zu machen? Oder bedeutete das, daß sie wußte, wer der Mörder war, und also auch wußte, daß dieser Mörder oft genug die Gelegenheit gehabt hätte, mich auch später noch zu vernichten, aber es nicht getan hatte? Mußte dann nicht alles neu betrachtet werden, war es dann doch einer von ihnen gewesen?

Oberstein

Mit dem Vermögen meines Vaters erbte ich auch dessen Sparsamkeit. Es wäre mir wie ein Verbrechen vorgekommen, all das Geld, das er durch seinen Handel mit Lumpen und Altmetall zusammengekratzt hatte, einfach zum Fenster hinauszuwerfen. Solange er lebte, hätte ich ihm das ohne weiteres antun können. Nach seinem Tod war mir das nicht mehr möglich. Daher lebte ich, soweit es ging, von den paar Gulden, die ich mit dem Stimmen von Klavieren verdiente. Nur einen einzigen Luxus erlaubte ich mir: die Anschaffung eines Radios und eines altmodischen Grammophons, das an das Radio angeschlossen werden konnte. Das Grammophon war eins von diesen Plattenmördern, aber das wußten wir damals noch nicht, ebensowenig wie wir wußten, daß wir uns im CD-Zeitalter insgeheim nach den rauschenden Platten, dem gelegentlichen Schaben zurücksehnen würden, nach jenen Platten, die man um so öfter spielte, je mehr man sie liebte. Je stärker sie rauschten, desto größer die Liebe. Am Rauschen konnte man hören, wieviel sie einem wert waren, und darin lag ein Reiz, der heute völlig verlorengegangen ist.

Abend für Abend hörte ich im zweiten Jahr meines Studiums nach den zermürbenden Praktikumsnachmittagen in meiner ungeheizten Dachkammer Radio. Wenn etwas Besonderes erklang, löschte ich das Licht und legte mich aufs Bett. Dann erleuchtete nur das hellgrüne Auge des Radios mein Zimmer, und durch die Ritzen auf der Rückseite des Radios fielen Lichtstreifen. Übergroß wurden die Ritzen auf die weiße Wand über meinem Bett projiziert, und während ich lauschte, beobachtete ich den Wechsel von dunklen und hellen Streifen. Nicht immer gelang es mir, mich auf das zu konzentrieren, was ich hörte. Oft dachte ich zwischendurch an das Praktikum. Das Physikpraktikum fand an zwei Nachmittagen statt. Bei diesem Praktikum machten alle dieselben Versuche, wobei jeder zu einem anderen Ergebnis kam. So mußten wir unten im Keller und oben auf dem Dachboden des Kamerlingh-Onnes-Laboratoriums den Barometerstand ablesen. Aus dem Luftdruckunterschied mußten wir die Höhe des Kamerlingh-Onnes-Laboratoriums berechnen. Obwohl jeder in ein- und denselben Keller hinunterstieg und jeder sich über eine enge Treppe und durch eine kleine Luke auf ein- und denselben Dachboden zwängte, fiel das Resultat der Höhe des Gebäudes bei jedem anders aus. Da wir aber in den Praktikumsberichten der vorherigen Jahrgänge gelesen hatten, welches die richtige Höhe des Gebäudes war, mogelten wir bei unseren Zahlen. Und wir mogelten auch, wenn wir die Rußablagerung einer Platte messen oder mit Thermokraft die Temperatur im Innern einer gekochten Kartoffel ermitteln mußten. Es war, als sollten wir bei diesem Praktikum nur eines kennenlernen: Wie betrügen wir uns selbst und die Praktikumsassistenten? Oder auch: Wie lernen wir, korrupt zu sein? Wenn ich jemals Achtung und Ehrfurcht vor der Wissenschaft gehabt habe, dann ist an jenen Nachmittagen ziemlich wenig davon übriggeblieben.

An den anderen drei Nachmittagen fand ein Praktikum über Pflanzenmorphologie statt, in dem wir so leidenschaftlich Algen, Tang und Schimmelpilze abzeichneten, als ob uns dadurch die Geheimnisse der Herstellung von Heilmitteln offenbart werden könnten. Nach diesen drei Nachmittagen gelang es mir abends leichter, mich auf das zu konzentrieren, was aus dem hellgrünen Auge erklang. Oft jedoch wurde ich von Spukbildern aus meiner Kindheit gequält; oft dachte ich dann an das, was meine Klavierlehrerin beim Abschied zu mir gesagt hatte und womit sie mich von diesen Spukbildern hatte befreien wollen. Befreit hatte sie mich jedoch nicht; im Gegenteil, wollte ich endlich zur Ruhe kommen, so schien es mir mehr denn je notwendig, daß auch ich wußte, wer Vroombout umgebracht hatte.

Beinahe jeden Abend, wenn ich dort lag und lauschte, kam meine Zimmerwirtin nach oben, um mir eine Tasse kochendheiße Schokolade zu bringen. In all den Jahren, in denen ich dort gewohnt habe, fühlte sie sich schuldig, weil sie mir ein Zimmer vermietet hatte, das ich nicht heizen konnte und durfte. Mir machte es nichts aus, daß es oft sehr kalt in meinem Zimmer war, aber sie litt darunter, brachte mir daher immer etwas Warmes und starrte mich dann von der offenen Tür aus an mit ihren Augen hinter Brillengläsern, dick wie Flaschenglas.

»Ist Ihnen nicht schrecklich kalt?«

»Nein, überhaupt nicht, ich habe einen dicken Pullover an.«

»Daß Sie das aushalten! Wenn es gar nicht mehr geht, kommen Sie ruhig mal nach unten, damit Sie sich am Ofen aufwärmen!«

»Oh, aber es geht wirklich gut.«

»Sie sitzen hier ganz allein... Sie bekommen nie Besuch von Freunden... das liegt natürlich daran, weil es hier so kalt ist... ich finde es, ich wollte, daß ich... ich weiß nicht, was ich tun soll.«

»Sie brauchen nichts zu tun, wirklich nicht.«

»Sie sitzen hier auch noch im Dunkeln... das ist doch nicht normal... und keine Freunde...«

»Im Dunkeln kann ich am besten Musik hören, Sie brauchen sich keine Sorgen zu machen.«

»Sie verkommen!«

»Nicht im geringsten.«

An ihrem Schritt auf der Treppe konnte ich hören, wie besorgt sie war, und diese Besorgnis tat mir jedesmal wieder gut und gab mir außerdem das beglückende Gefühl, daß ich anders war als all die Studenten, an die sie im Laufe der Jahre Zimmer vermietet hatte. Ich wollte auf keinen Fall ein normaler Student sein; und das war ich auch nicht, selbst als ich durch William, der viel geselliger war als ich, fünf geistesverwandte Kommilitonen kennenlernte, mit denen zusammen ich Platten hören konnte. Wir nannten uns die Prokofjew-Vereinigung. Wir erfuhren, daß die Botschaften Finnlands und Englands und Polens über Schallplattensammlungen verfügten und diese gern verliehen, um die Komponisten ihres Landes bekanntzumachen. Wir liehen die Platten aus und kamen dann einmal alle vierzehn Tage zusammen, um einem ausgeliehenen Sibelius oder Walton oder Szymanowski zu lauschen.

Grammophonplatten wagte ich übrigens bei der so unerwartet von meinem Vater ererbten Sparsamkeit kaum anzuschaffen. Nur im Ausverkauf erstand ich gelegentlich einige stark herabgesetzte Aufnahmen. Dagegen ging ich, auch wenn kein Ausverkauf war, oft in Schallplattenläden und sah die Ständer mit den Langspielplatten durch. Dabei stieß ich einige Male auch auf Aufnahmen von Aaron Oberstein mit verschiedenen Orchestern. Manchmal enthielt der Text auf den Plattenhüllen eine kurze Biographie von Oberstein, und indem ich die verschiedenen Texte auf den Plattenhüllen miteinander kombinierte, erfuhr ich allmählich etwas mehr über ihn. Oft widersprachen sich jedoch die Angaben. Als einziges schien sicher, daß Oberstein 1919 geboren und 1939 aus Deutschland in die Niederlande geflohen war. Nach dem Krieg war er ein paar Jahre lang Konzertmeister der Rotterdamer Philharmonie gewesen. Eines Abends war er für einen kranken Dirigenten eingesprungen. Es zeigte sich, daß er der geborene Dirigent war. Einige Jahre war er als Orchesterleiter zwischen den Niederlanden und England hin und her gependelt. Schließlich war er nach Australien ausgewandert.

Auf einer dieser Plattenhüllen – einer Aufnahme der Sechsten von Bruckner – war sogar ein Foto von Oberstein. Lange stand ich in einem kleinen Laden in der Breestraat und starrte fasziniert auf das äußere Erscheinungsbild des Mannes, der gemeinsam mit seiner Frau auch auf dem Kutter nach England hatte flüchten wollen. Mit der Hülle einer anderen Platte deckte ich seine Stirn ab. Meine rechte Hand hielt ich vor seinen Mund. War das der

Mann, der mich in unserem Lagerhaus bedroht hatte? Was ich sah – ein Augenpaar und tiefe Schatten unter den Augen –, erschien mir viel vertrauter, bekannter als das wenige, was ich beim Umdrehen im Lagerhaus nur kurz gesehen hatte. »Damals hatte er vielleicht noch keine Ringe unter den Augen«, flüsterte ich, und ich nahm die andere Plattenhülle und meine Hand weg und schaute das Gesicht im ganzen an. Irgendwann hatte ich das Gesicht schon einmal gesehen, das wußte ich genau, aber wo und wann? Dieser wilde schwarze Bart, woher kannte ich ihn? Und die erhabene, zerfurchte Stirn? Ich ging mit der Platte zu der untersetzten Frau, der Besitzerin des Ladens.

»Darf ich daraus ein Stück hören?« fragte ich.

»Ja, sicher«, sagte sie, »gehen Sie nur nach oben.«

Mit der Platte in der Hand stieg ich die Treppe zum ersten Stock hoch, wo man sich in Räumen, allein mit Musikgeräten ausgestattet, anhören konnte, was man eventuell kaufen wollte. Dort legte ich das Werk eines Komponisten auf, von dem ich nur wenig kannte und der mich daher auch nicht sonderlich interessierte. Während ich zuhörte, blickte ich unaufhörlich auf das Foto auf dem Plattencover. Irgendwann hatte ich das Gesicht schon einmal gesehen, aber wo? War dann doch er der Mörder?

Während ich konzentriert auf das Foto blickte und vergeblich versuchte herauszubekommen, wo ich diesen Mann schon einmal gesehen hatte, wuchs bei mir eine noch größere Empfänglichkeit für die Musik als von Natur aus. Mir war, als würde dort in dem kleinen Raum jener geheimnisvolle, schwer neurotische, in gewisser Hinsicht vielleicht sogar wahnsinnige Anton Bruckner persönlich zu mir sprechen und mir – vor allem in der über alles Lob erhabenen Coda des ersten Satzes – erzählen, daß unter dem Wahn ein vollendet friedliches, glückseliges Gleichgewicht existierte, eine mystische Verbundenheit mit der Harmonie der Sphären, eine beinahe vollkommene Ruhe, ein Vorgeschmack auf den biblischen Frieden, der über alles Vorstellbare hinausgeht. Auch der langsame Satz der Symphonie war eine Offenbarung für mich, und als er zu Ende war, ging ich die Treppe hinunter und zahlte leichten Herzens den vollen Preis für die Platte und nahm sie triumphierend mit nach Hause.

Abends im Dunkeln lauschte ich noch einmal der Sechsten, die mir die Ohren für Bruckner geöffnet hatte, und dachte: Trotz allem gut, daß jener Mord begangen wurde, sonst hätte ich diese Platte nie angeschafft.

Dennoch blieb mir das Gesicht von Aaron Oberstein ein Rätsel. Hatte ich es schon einmal gesehen? Aber wo und wann?

Ich suchte ein Plattengeschäft nach dem anderen ab und versuchte, noch mehr Aufnahmen von Oberstein mit einem Foto von ihm darauf zu finden. Doch leider schien es keine weiteren zu geben, und welche mnemotechnischen Tricks ich auch anwandte: Ich kam nicht dahinter, wo ich das Gesicht schon einmal gesehen hatte.

An einem Abend im Frühjahr kam William bei mir vorbei. Selbstverständlich ließ ich ihn meine größte Entdeckung der letzten Zeit hören: die Sechste von Bruckner. Dabei erzählte ich ihm beiläufig, wie ich dazu gekommen war, die Platte zu kaufen. Gemeinsam blickten wir das rätselhafte Foto an, und er sagte: »Ich habe diesen Mann noch nie gesehen.«

»Ich weiß bestimmt, daß ich ihn irgendwo gesehen habe, wenn ich doch nur wüßte, wo und wann!«

»Und dann?«

»Dann weiß ich vielleicht... dann weiß ich vielleicht...«

»Was weißt du dann?«

»Das weiß ich erst, wenn ich es weiß. Ich meine: Wenn ich weiß, wo ich den Mann schon mal gesehen habe, weiß ich bestimmt auch, warum es mir so wichtig ist, daß ich das Rätsel löse, wo ich ihn schon gesehen habe.«

»Jetzt hast du zweimal das gleiche gesagt. Und ich glaube nicht, daß da was dran ist, meiner Meinung nach ist es dasselbe, wenn dir eine Melodie im Kopf herumgeht und du denkst: Von wem war die denn noch? Dann erscheint dir nichts wichtiger, als dahinterzukommen, wer die Melodie komponiert hat, aber wenn du es dann einmal weißt, denkst du: War das alles, habe ich mich dafür so angestrengt?«

»Ich hätte so gern noch mehr Fotos von Oberstein.«

»Soll ich meinen Flötenlehrer fragen, ob er welche hat? Der hat noch unter Oberstein in der Rotterdamer Philharmonie gespielt.«

Eine Woche später kam er mit zwei dicken Fotoalben. »Sieh dir das an«, sagte er stolz, »mein Flötenlehrer hat aus all den Jahren Rezensionen und Fotomaterial aufbewahrt, du kannst die ganze Karriere von Oberstein bei der Rotterdamer Philharmonie mitverfolgen.«

Gemeinsam schauten wir die Alben durch. Wir

sahen, wie Oberstein zusehends alterte, wie er geradezu auf das unheilverkündende äußere Erscheinungsbild zuwuchs. Wie viele Fotos ich jedoch auch betrachtete, kein einziges rief in mir die Erinnerung zurück, wo ich Oberstein schon einmal gesehen hatte.

William sagte: »Vielleicht hast du ihn überhaupt noch nicht gesehen. Manchmal hat man solch ein unbegründetes Déjà-vu-Erlebnis. Oder vielleicht kennst du ihn aus einem früheren Leben.«

»Aus einem früheren Leben? Hör doch auf, Reinkarnation, das ist alles Unsinn!«

»Menschen unter Hypnose können sich aber...«

»... an ihr früheres Leben erinnern«, ergänzte ich und fügte hinzu: »Ach, hör auf, das ist alles Betrug. Und auch wenn es kein Betrug wäre: Gesetzt den Fall, es gäbe so etwas wie Reinkarnation, was hast du davon, wenn du dich ohne Hypnose doch an nichts aus einem deiner früheren Leben erinnern kannst?«

»Aber mit Hypnose...«

»Und nach der Hypnose ist alles wieder weg, und das, wovon du profitieren könntest – daß du nämlich aus den Fehlern, die du in einem früheren Leben gemacht hast, gelernt hättest –, ist nicht der Fall. Wir sind alle wie Esel, die sich erst an einem Stein stoßen müssen, um den zweiten zu vermeiden.«

»Einige Esel haben an einem einzigen Stein nicht genug«, sagte William.

»Um so mehr Grund, nicht an Reinkarnation zu glauben.«

»Nun, ich glaube sehr wohl daran, aber ich habe keine Lust, mit einem so eigensinnigen Skeptiker wie dir weiter darüber zu diskutieren. Leg lieber eine Platte auf!«

»Bruckner?«

»Von mir aus. Vielleicht sagt mir seine Musik ja doch etwas.«

Während Bruckner mein Zimmer füllte, blätterte ich zerstreut in den Alben. Sie enthielten vor allem Rezensionen von Konzerten des Rotterdamer Philharmonischen Orchesters. Fotos waren selten dabei, und daher blätterte ich einfach immer weiter. Von den Texten las ich nur ab und zu einen Satz, und so flogen die ersten Nachkriegsjahre an mir vorbei. Erst bei einem Benefizkonzert für die Opfer der Flutkatastrophe hielt ich im Weiterblättern kurz inne. »Geldbeutel auf, Deiche geschlossen«, murmelte ich. Und ich murmelte auch bei einem Zeitungsausschnitt über ein Benefizkonzert für die Opfer des Ungarischen Aufstands: »Budapest, unser aller Test.« Langsam blätterte ich weiter, war schon im Herbst 1957 angelangt, als ich dachte: Noch mal kurz zurück und nachsehen, was das Orchester eigentlich im Dezember 1956 gespielt hat. Nichts Besonderes, das sah ich ziemlich schnell und blickte auf die Zeitungsausschnitte, las hier und da etwas, sah den Namen Oberstein und las dann aufmerksamer:

»Gestern abend stand Aaron Oberstein, diesmal als Gastdirigent, endlich wieder vor dem Orchester, mit dem er so vertraut ist. Unter seiner beseelten Leitung hörten wir vor der Pause eine brillant gespielte *Egmont*-Ouvertüre von Beethoven mit strahlenden Holzbläsern und samtenen Streichern. Im *Vierten Klavierkonzert* von Beethoven wurde die Poesie in filigraner Detailarbeit und melodiöser Tonfärbung sehr schön von dem Solisten Leon Fleisher akzentuiert. Nach der Pause wurde die *Italienische* von Mendelssohn zu einem Erlebnis, über das noch lange gesprochen werden wird. Oberstein nahm die Musik mit einem großen Bogen und steigerte die Spannung bis zum Äußersten. Nie hat der Rezensent eine schwungvollere Aufführung des dritten Satzes gehört. Ein unvergeßlicher Abend.«

Williams Flötenlehrer hatte das Datum mit einem blauen Stift danebengekritzelt: 22. Dezember 1956. Lange starrte ich darauf und dachte immer nur: Was für ein traditionelles Konzert! Merkwürdig, daß es so lange dauerte, bis ich begriff, daß dies der Tag der Kreuzzugskampagne gewesen war. An dem Tag hatte Oberstein also abends... ach nein, der zweiundzwanzigste war das Datum, an dem der Artikel in der Zeitung gestanden hatte. Das Konzert hatte einen Tag davor stattgefunden. Da erst ging mir auf: Oberstein hatte am einundzwanzigsten ein Konzert in Rotterdam dirigiert, war also am Freitagabend ganz in der Nähe gewesen, hatte vielleicht sogar die Nacht zum Samstag bei den Minderhouts oder den Edersheims verbracht.

Pelzmütze

Im dritten Jahr meines Studiums traf ich an einem grauen Februarmorgen Professor Edersheim auf der Rapenburger.

»Mijnheer Goudveyl«, sagte er, »das ist lange her! Meine Frau und ich sprechen oft von Ihnen. Spielen Sie noch viel?«

»Ja, soviel wie möglich«, sagte ich.

»Wir sollten wieder einmal zusammen spielen«, sagte er, »aber seit mein Kollege zurück ist, ist unser Trio wieder komplett. Wir werden aber bald einen Musikabend geben... Warten Sie, haben Sie nicht Lust zu kommen? Vielleicht können Sie dann auch etwas spielen?«

»... so viele Zwischenprüfungen«, murmelte ich.

»Ach, nur ein einziger Abend«, sagte er, »das geht doch wohl? Meine Tochter würde sich bestimmt auch freuen, Sie wiederzusehen. Außerdem kommen die beiden Töchter meines Freundes Aaron Oberstein. Die Ältere bleibt in den Niederlanden, sie geht hier in Den Haag aufs Konservatorium. Sie singt wunderbar. Die Jüngere ist ein Bild von einem Mädchen.«

»Wann ist das?« fragte ich.

»Nächste Woche Mittwoch. Können Sie da?«

»Ich glaube, ja«, sagte ich.

»Wunderbar«, sagte er, »dann erwarte ich Sie so gegen acht Uhr.«

In der Woche darauf wehte ein scharfer Nordost, und die Wasserleitungen froren ein. Sogar in meinem Zimmer sank die Temperatur unter Null. Meine Vermieterin brachte mir einige Abende nacheinander zuerst Suppe, dann Kaffee, zum Schluß kochendheiße Schokolade. An dem bewußten Mittwoch schneite es. Als ich abends weggehen wollte, kam mir meine Vermieterin im Flur entgegen.

»Ach, müssen Sie noch weg bei diesem Hundewetter?« fragte sie.

»Das ist kein Hundewetter«, sagte ich.

»Müssen Sie weit?« fragte sie besorgt.

»Nach Voorschoten«, sagte ich.

»Ganz nach Voorschoten? Mit dem Fahrrad? Bei diesem Wetter?«

»So schlimm ist das nicht«, sagte ich.

»Aber Sie haben nicht einmal was auf dem Kopf, und Sie tragen eine so dünne Jacke, ach, das geht doch nicht. Warten Sie, ich habe noch eine wunderbare Pelzmütze von meinem seligen Mann. Hat er aus Ungarn mitgebracht. Und ich habe auch noch einen dicken Dufflecoat. Hol ich mal schnell.«

Sie eilte davon, kam kurz darauf mit einem langen, irgendwie militärisch aussehenden Mantel und einer riesigen Pelzmütze mit Klappen wieder.

»Na bitte«, sagte sie, »ist das nicht großartig? Kann ich Ihnen leihen. Sie müssen die Klappen über die Ohren ziehen, und dann können Sie sie vorn schön zusammenknoten, so daß Ihr Mund bedeckt ist.«

Sie setzte mir die Mütze auf, schlug die Klappen herunter und knotete sie zusammen. Danach half sie mir in den gewaltigen Mantel.

»Ja, ja«, rief sie begeistert, »nun können Sie durch Pußta und Steppe!«

Mantel und Pelzmütze boten in der Tat Schutz gegen den eiskalten Polarwind, den ich auf dem Hinweg noch im Rücken hatte. Märchenhaft sah die Welt aus, aber es war glatt. Unterwegs rutschte ich zweimal aus. Ziemlich zerzaust und durchgepustet erreichte ich die Eilandpolderlaan. Eine dünne Schicht Pulverschnee bedeckte die kahlen Baumkronen längs des Weges. Es schien, als hätte Gott die Welt gerade erst erschaffen.

Mein Fahrrad stellte ich wie immer an der Seite des Hauses ab. Ob wohl Yvonne Kogeldans wieder auftauchte in dieser eiskalten, winterlichen Einsamkeit? Um das Haus herum war der Schnee schon etwas geschmolzen. Nur der Ziegelsteinweg, der zur Haustür führte, war noch weiß. Bevor ich einen Fuß darauf setzte, ging die Haustür auf. Professor Edersheim kam mit einem Besen heraus. Offenbar wollte er den Weg fegen. Er sah mich bei der Pforte am Anfang des Ziegelsteinwegs stehen. Er hob den Besen; es war, als wolle er mich damit verjagen. Vermutlich sah ich mit Pelzmütze und Mantel ziemlich gefährlich aus. Mit meinen klammen Fingern versuchte ich, die Bänder aufzuziehen, mit denen die Ohrenklappen der Pelzmütze vor meinem Mund miteinander verknotet waren. Die ganze Zeit über stand Edersheim mit seinem erhobenem Besen da. Er machte einen Schritt auf mich zu, lehnte den Besen gegen einen Baum, nahm seine Brille ab, putzte die Gläser, setzte sie wieder auf und sagte dann: »Aaron, du hier... was machst du denn hier, wie kommst du denn hierher, du bist doch...«

»Ich bin nicht Aaron«, wollte ich sagen, aber das gelang mir nicht, weil mein Mund noch immer von den Klappen bedeckt war. Daher zog ich mir die Mütze von hinten über den Kopf.

Edersheim stand bewegungslos auf dem Pfad, sah mich zu Tode erschrocken an, lächelte dann auf einmal, sagte: »Oh, Sie sind es, Mijnheer Goudveyl, ich dachte wirklich einen Augenblick, Sie wären mein Freund Aaron Oberstein... ja, das kommt... er hat auch eine solche Pelzmütze. Die hat er von einer Konzertreise aus Ungarn mitgebracht. Und eine ähnliche Jacke hat er auch, hatte er früher auch, muß ich sagen. Setzen Sie die Mütze noch einmal auf.«

Vorsichtig zog ich sie mir wieder über den Kopf.

»Nein, nein, es ist wirklich nicht zu glauben, Sie ähneln... Sie haben die gleiche Gestalt, und Ihre Augen... ja, die sind es... warten Sie, bleiben Sie doch eben so stehen, ich hole meine Frau.«

Er lief ins Haus, kehrte gleich darauf mit seiner Frau zurück. Sie sah mich stehen, sagte: »Oh, aber das ist doch Mijnheer Goudveyl, ich verstehe nicht, warum du solchen Wirbel machst.«

»Siehst du denn nicht, daß er Aaron ähnlich sieht? Ich war einen Augenblick lang fest davon überzeugt, daß Aaron dort stehen würde.«

»Ach du, du mit deinen kurzsichtigen Augen! Es wird höchste Zeit, daß du mal wieder zum Augenarzt gehst. Wie kannst du das nur denken? Mijnheer Goudveyl hat überhaupt keinen Bart, während Aaron...«

»Ja, aber mit der Mütze konnte man das nicht sehen.«

»Ja, du nicht, weil du halbblind bist, also, kommt jetzt aber schnell mit rein, wir haben noch keinen Sommer.«

Wir gingen hinein. Im Wohnzimmer saßen zwei junge Frauen nebeneinander auf der Couch. Die Jüngere sah bildschön aus, die Ältere hatte ein liebes Gesicht, aber als sie aufstand, um mich zu begrüßen, kam eine etwas plumpe Gestalt zum Vorschein. Professor Edersheim stellte mich den Frauen vor. Er sagte: »Findet ihr nicht auch, daß Mijnheer Goudveyl eurem Vater ähnlich sieht?«

»Überhaupt nicht«, sagte die jüngere Tochter.

»Seine Augen«, sagte die ältere Tochter, »er hat genau die gleichen Augen.« Sie schaute mich lange an, ich blickte zurück, sie senkte die Augen und ließ sich auf die Couch fallen.

»Hester kommt etwas später«, sagte Edersheim, »und Fräulein Kogeldans auch.«

»Und ich habe immer gedacht, daß Sie mit Fräulein Kogeldans verlobt seien oder so«, sagte Frau Edersheim zu mir.

»Ja, das dachte Hester auch«, sagte ich.

»Aber, wissen Sie, begriffen habe ich das überhaupt nicht«, sagte Frau Edersheim, »Sie sind ein so ernsthafter Mensch, und sie... ja, wie soll ich das sagen, na ja, ihr«, sie richtete sich jetzt an die beiden Damen Oberstein, »werdet es nachher selber sehen. Wie wäre es mit einer Tasse Kaffee?«

Während dieses merkwürdigen Kaffeetrinken-Rituals konnte ich meine Augen nicht von Aaron Obersteins bildschöner jüngeren Tochter abwenden. Wenn ich sie ansah, erwiderte statt ihrer die Schwester meinen Blick. Dann sah ich diese kurz an, und sie senkte die Augen. Es war, als spürte sie, was in mir vorging, oder sie verstand, daß ich mich fühlte wie jemand, der vom hohen Sprungbrett gestoßen wird und nicht schwimmen kann. Gleich würde ich das Wasser erreichen, und was dann? Es war, als müßte ich versuchen, diesen Augenblick noch soweit wie möglich hinauszuzögern, und das konnte ich auch, solange ich nicht in Worte faßte, was mir heute abend, dort an der Gartenpforte, klar geworden war. Merkwürdig, daß es mich so enttäuschte! Als ob ich diese Bedrohung, diese Angst, die schon sieben, acht Jahre hindurch mein Leben überschattet hatte, nicht entbehren wollte, nicht entbehren könnte. Aber war denn jetzt alles verändert? War es endlich sicher, daß er... nein, nicht das Wort benutzen, nicht den Schluß ziehen, das brauchte nicht zu sein, es blieb noch Raum für Zweifel, und außerdem saß ich ausgerechnet jetzt im selben Zimmer mit seinen beiden Töchtern. Es waren sehr nette Frauen, ihnen konnte man das nicht antun, nicht einmal in Gedanken, und außerdem war doch klar, daß Edersheim, gerade weil die beiden Töchter seines Freundes im Wohnzimmer saßen, an diesen hatte denken müssen. Wären sie nicht dagewesen, hätte Edersheim mich wohl kaum für ihren Vater gehalten. Ich durfte aus dieser Verwechslung keine zu weit reichenden Schlüsse ziehen, dazu war es noch viel zu früh, und außerdem hatte Edersheims Frau alles abgestritten und ihren Mann als kurzsichtigen Maulwurf bezeichnet.

Nach dem Kaffee konnte ich mich hinter dem Klavier verschanzen, und ich spielte ein paar Sonaten von Domenico Scarlatti und trat dann meinen Platz an den inzwischen eingetroffenen Kollegen von Professor Edersheim ab. Es erklang Opus 8 von Brahms, und ich hörte das Stück kaum, konnte nur an das denken, was mir an der Gartenpforte geschehen war. Nicht einmal das verblüffende Äußere von Fräulein Kogeldans vermochte mich abzulenken. Sie trug das kürzeste Röckchen, das ich je gesehen hatte, es schien eher ein breiter Gürtel zu sein als ein Röckchen, und darunter glänzten durchbrochene hellgrüne Spitzenstrümpfe. Auch ihr Pullover war hellgrün, und auch der war durchbrochen, und sie trug Jadeohrringe, die ihr bis auf die Schultern reichten, und ihre Augenlider und ihre immer noch überlangen Fingernägel hatte sie ebenfalls hellgrün angemalt. Sie lachte mir die ganze Zeit süß zu. Sie schien überhaupt nicht böse darüber zu sein, daß ich nachts von ihr geflohen war. Vielleicht hätte mich das unter normalen Umständen immerhin für sie eingenommen, aber nach der Szene am Gartentor war ich weder für Großzügigkeit noch für Nachsicht empfänglich. Es kam einzig und allein darauf an, den Aufruhr in meinem Innern zu beruhigen.

Erst als Hester das Zimmer betrat, gelang das einigermaßen. Erst da war ich offen für die Überlegung: Wenn er es war, welches Motiv könnte er gehabt haben? Wie unwahrscheinlich, daß er ein Motiv dafür gehabt haben könnte. Wirklich, er kann es nicht gewesen sein; daß Edersheim dich für ihn gehalten hat, besagt gar nichts.

Edersheim fragte: »Will nicht jemand etwas singen?«

Die jüngere Tochter fragte leicht spöttisch: »Ist denn jemand hier, der begleiten kann?«

»Solange es keine Lieder von Hanns Eisler oder Hans Pfitzner sind, kann ich dich durchaus begleiten«, sagte ich.

»Ich habe hier Lieder von Brahms«, sagte Edersheim, »wie wäre es damit?«

Ich ging mit den Noten zum Flügel. Als ich davorsaß und sie auf den Notenständer gestellt hatte, wartete ich ruhig auf das, was kommen würde, und jemand sagte: *Feldeinsamkeit*, und ich suchte das Lied heraus und dachte währenddessen: Minderhout und Alice wissen es natürlich auch und haben ihn die ganze Zeit über gedeckt. Warum? Warum? Und zugleich dachte ich: *Feldeinsamkeit*, welch eine Anmaßung, welch ein Hochmut, selbst die Allergrößten schrecken davor zurück, und ich sagte: »Na, sag mal, du traust dich aber, das ist so etwa das schwerste Lied, das Brahms komponiert hat.«

Vorsichtig schlug ich die ersten Akkorde an. Dann sang eine Stimme: »Ich ruhe«, und ich dachte – auch weil ich schlecht aufpaßte, immer nur an Edersheim dachte, der mich für Oberstein gehalten hatte –, daß es die Stimme der jüngeren Tochter sei. Erst als das Lied zu Ende war, entdeckte ich, daß die ältere Tochter es gesungen hatte, aber da war es schon zu spät, da lag ich in Gedanken schon auf den Knien vor dieser seltsam schönen, warmen, vollen, dunklen Mezzosopranstimme. Außerdem munterte mich die Personenverwechslung auf. Wenn ich so einfach die ältere und jüngere Tochter miteinander verwechseln konnte, schien es weniger merkwürdig und auch weniger vielsagend, daß Edersheim einen Augenblick geglaubt hatte, Oberstein vor sich zu sehen. So etwas konnte demnach passieren, auch ich hatte gerade zwei Schwestern miteinander verwechselt. Daraus konnte man doch nichts ableiten, daraus konnten doch keine weitreichenden Schlüsse gezogen werden?

Nach *Feldeinsamkeit* sang die ältere Tochter noch andere Lieder von Brahms, und wir endeten mit einem Lied von Fauré. Trotz meiner Erschütterung oder vielleicht auch gerade dank meiner Erschütterung begleitete ich besser denn je, aber das kam auch daher, weil ich eine so unglaublich schöne Stimme stützen durfte. Am Schluß des Abends – da hatten wir schon Wein getrunken – wollte Hester gern noch etwas singen, und es war selbstverständlich, daß ich sie begleitete. Sie stellte die *Schlichten Weisen* von Reger auf das Klavier, sagte: »In der Stunde habe ich gerade Nummer drei.«

Und dann sang sie das liebliche Lied, dessen Titel *Waldeinsamkeit* lautet. War das Zufall? Oder wollte sie mit dem reizvollen Volkslied die *Feldeinsamkeit* auswischen, aufheben? Nach dem Lied sahen wir uns an, sie zuckte mit den Schultern, und ich dachte: Aber du hast doch schon einen Freund. Du brauchst doch nicht eifersüchtig zu sein.

»Was hat diese Joanna für eine schöne Stimme, nicht wahr?« flüsterte sie.

»Unglaublich«, sagte ich.

»Dagegen komme ich nicht an«, sagte sie.

»Und ich kann sie nicht auf dem Niveau begleiten, auf dem sie singt«, sagte ich.

»Du hast wunderbar gespielt.«

»Nicht so, wie sie singt, nein, das ist absolut von einem Rang, an den wir nicht heranreichen, gut daß wir auf dem gleichen Niveau sind, wir sollten doch öfter mal zusammen musizieren.«

»Würdest du mich dann nächste Woche begleiten? Ich muß bei einer Kabarettgruppe vorsingen. Die haben zwar einen Pianisten, aber bei dem werde ich wahnsinnig nervös, mit dir würde es tausendmal besser gehen.«

»Mach ich«, sagte ich.

»Phantastisch«, sagte sie.

»Dann werde ich jetzt nach Hause gehen«, sagte ich.

Eine halbe Stunde später radelte ich, allerdings nicht, bevor ich auch noch eine Musikverabredung mit Joanna getroffen hatte, gegen den schneidenden, scharfen Nordostwind zur Hooglandse Kerkgracht. Es war so bitter kalt, daß ich es fast bedauerte, das Angebot von Yvonne Kogeldans, mich nach Hause zu bringen (»Dein Rad paßt leicht in den Kofferraum, ragt ein bißchen heraus, macht aber nichts«), abgelehnt zu haben. Es war, als wären mir trotz meiner Pelzmütze nicht nur die Ohren, sondern auch die Gedanken gefroren.

Joanna

Ein gutes Jahr später kam ich eines Abends im Herbst nach einer Zusammenkunft unserer Prokofjew-Vereinigung ziemlich spät nach Hause. Auf dem dunklen Dachboden roch ich den beißenden Rauch einer Zigarette. Die Tür meines Zimmers stand halb offen. Vorsichtig stieß ich dagegen und machte einen Schritt nach vorn. Auf der Schwelle zu meinem Zimmer blieb ich erst einmal stehen. An einem der Bogenfenster saß eine rauchende Gestalt. Das diffuse Licht einer Straßenlaterne gab ihrem Umriß Kontur. Erst als sie »hallo« sagte, erkannte ich sie.

»Wie bist du denn hier reingekommen?« fragte ich erstaunt.

»Einer deiner Mitbewohner hat mich reingelassen.«

»Weshalb bist du gekommen?«

»Ich wollte einmal mit dir sprechen.«

»Das ist der Titel eines christlichen Radioprogramms«, sagte ich, »›Ich wollte einmal mit Ihnen sprechen‹. Aha, ich verstehe, es geht also um Gott.«

»Nein, um Liebe. Ich liebe dich.«

»Womit habe ich das verdient?« fragte ich.

Ich betrat zögernd mein Zimmer und knipste das Licht an. Sie drehte sich zu mir um, lächelte süß und drückte ihre Zigarette aus. Sie sah auffallend zivilisiert aus. Sie trug eine blaue Bluse, einen ziemlich langen, schmalen schwarzen Rock, dunkle Nylons, Schuhe mit manierlichen Hacken. Sie hatte ihre langen Fingernägel kurz geschnitten. Das erschreckte mich; sofort begriff ich, daß sie das für mich getan hatte. Um sie zu necken, sagte ich: »Was für ein Jammer! Du hast dir die prächtigen Nägel geschnitten!«

Sie geriet ein wenig durcheinander, stotterte: »Das hab ich dir zuliebe... du fandest... du sagtest...« Sie riß sich zusammen, sagte: »Meine Maniküre sagte, es sei besser, wenn ich sie abschnitte und sie dann wieder nachwachsen ließe. In einem Monat sehen sie wieder wunderschön aus.«

»Dann komm also in einem Monat wieder«, sagte ich.

Sie lächelte wieder, sie sagte: »Ach, komm, nun wollen wir uns mal aussprechen, ich bin verrückt nach dir, wirklich wahr, und du... du findest mich ein bißchen unheimlich, du hast etwas Angst vor mir, aber das ist... du weißt das noch nicht, oder du bist noch nicht soweit, um das zu wissen, aber Angst ist auch Liebe, Angst ist der beste Nährboden für Liebe, das wirst du schon noch entdecken, ich würde es nur nicht gern mit ansehen, daß du, bevor du das entdeckst, versehentlich irgendeine storchbeinige Person nett findest.«

Mit der rechten Hand wühlte ich in meinem Haar. Damals ging das noch.

Gerührt sah sie mich an, sie sagte: »Warum sehe ich dich nie mehr in der Hugo de Grootstraat?«

»Gleich nach meinem Examen habe ich der Pharmazie Lebewohl gesagt«, sagte ich angeberisch.

»Wiegen, Mischen, Rühren, Pülverchen, Salben, die LD 50, das Arzneimittelbuch, wie furchtbar!«

»Was tust du jetzt?«

»Ich bin in Den Haag auf dem Konservatorium«, sagte ich stolz.

»Aber bist du denn nicht eingezogen worden?«

»Habe ich auch schon hinter mir. Vor neun Monaten wurde ich einberufen. Drei Wochen lang habe ich es ausgehalten, oder haben die es ausgehalten, wie du willst, dann haben sie mich gehen lassen. Ich habe drei Wochen lang in einer Kaserne schwer krank im Bett gelegen. Nun ja, schwer krank, scheinbar krank. Ach, du kapierst schon... ich hatte das eine und andere mitgenommen, was man einnehmen konnte, ich wollte mir selber zeigen, daß ich nicht umsonst Pharmazie studiert hatte.«

»Nach drei Wochen schon wieder raus, dann bist du also immer noch kein Mann«, sagte sie schelmisch, »aber vielleicht könntest du mir dennoch ein Gläschen Wein anbieten.«

»Ich habe nur Leitungswasser im Hause«, sagte ich.

»Vielleicht könntest du bei einem deiner Mitbewohner eine Flasche Wein leihen?«

»Das wäre vielleicht möglich«, sagte ich.

Ruhig verließ ich meine Dachkammer, stieg die Treppe zum ersten Stock hinunter, stieg danach die Treppe zum Parterre hinunter, öffnete behutsam die Haustür und schloß sie fast geräuschlos hinter mir. Unter einer bleichen und schmalen Mondsichel, die schief und possierlich über der Hooglandse Kerk hing, schlich ich feige über das Kopfsteinpflaster zum Nieuwsteeg. Zuerst irrte ich eine Zeitlang durch die stillen Straßen von Leidens Innenstadt. Der Himmel war wolkenlos und klar, was in den Niederlanden selten ist. Ich lief nach Nordosten zur Stadt hinaus, auf eine Landstraße, Richtung Oud Ade. Je weiter ich die Stadt mit all ihren Lichtern hinter mir ließ, desto besser konnte ich die Sterne am Himmel sehen. Schließlich erreichte ich einen stockfinsteren Polderweg; links und rechts standen krumme, niedrige Kopfweiden, die wie uralte Zwerge an den Wassergräben Wache hielten. Auf der glatten Oberfläche spiegelte sich der Sternenhimmel. Ehrfurchtsvoll schaute ich zu den Sternbildern auf, deren Namen Graswinckel seinem philosophischen Verhör beiläufig hinzugefügt hatte. »Dort oben am prächtigen Sternenzelt, da ist ein herrlicher Ort«, murmelte ich. Unaufhaltsam stieg die Melodie dieses Kirchenliedes in mir hoch, und ich dachte: Da will ich niemals hin, da wohnt Gott, der dich zu töten sucht.

Während ich zum tiefschwarzen Sternenhimmel aufschaute, zu Schwan und Leier, zu Kepheus und Kassiopeia, wußte ich, daß ich mich selbst betrog, wußte ich, daß ich schon lange nicht mehr an Gott glaubte, wußte ich, daß ich vielleicht nie an Gott geglaubt hatte. Und ich wußte auch auf jenem Feldweg nach Oud Ade unter einem schwarz leuchtenden Himmel, daß diese Erkenntnis, daß dieses Selbstbekenntnis zu nichts führte. Auch wenn ich längst nicht mehr an Gott glaubte, auch wenn ich vielleicht nie an Gott geglaubt hatte, fürchtete ich mich weiterhin. Diese eine Bibelstelle verlor nichts von ihrer Kraft, von ihrer Drohung.

Der Himmel glänzte tiefschwarz und friedlich, er

war übersät mit funkelnden Sternen. Sogar den Andromedanebel sah ich als ganz vages Fleckchen zwischen der Kassiopeia und dem gleichnamigen Sternbild.

»Licht, das seit über zwei Millionen Jahren erloschen ist«, murmelte ich, »also, warum soll ich mir über Gott Sorgen machen? Oder über Yvonne Kogeldans? Oder über William?« Auch ihn hatte ich an diesem Abend gesehen, nur etwas früher, bei einer Zusammenkunft der Prokofjew-Vereinigung. Wir waren noch immer gut befreundet, dennoch würde ich nie vergessen können, daß er mir eines Abends Knall auf Fall vorschlug: »Sollen wir bei dir unter die Decke kriechen? Dann kitzel ich dich, und du kitzelst mich.«

Zwischen zwei Kopfweiden, umgeben von den gewaltigen Blättern des Huflattichs, setzte ich mich an den Rand des Grabens. Während ich zum Herbstviereck hinaufschaute, sagte ich: »Gott, ich bin hier auf dem Weg, und auch wenn es keine Herberge ist, das braucht kein Hindernis für dich zu sein, mich zu beseitigen. Wenn du mich zu töten suchst, dann bin ich bereit. Einst träumte ich davon, ein großer Komponist zu werden, aber als Mozart und Schubert so alt waren wie ich jetzt, hatten sie schon Dutzende von Meisterwerken geschrieben. Und Bach war fünfzehn, als er aus der Melodie von *O Gott, du frommer Gott* dieses Wunderwerk hervorzauberte. Und er war ebenso alt wie ich jetzt, als er den Chor über die Turteltauben aus der *Ratswahlkantate* komponierte. Nie werde ich an einen dieser drei heranreichen, niemals auch nur in ihrem Schatten stehen können. Warum also sollte ich noch weiterleben?« Und dann wartete ich in aller Ruhe ab, ein kühler Wind strich durch die Blätter der Kopfweiden, das Wasser des Grabens kräuselte sich, und fast senkrecht über mir glänzten geradezu schmerzlich Wega und Deneb an dem leuchtend klaren Himmel. Vielleicht waren meine Worte mehr spaßhaft gemeint oder rührten aus einem unangemessenen Übermut her, und doch kam ein Gefühl von großer Ruhe und Demut über mich, nachdem ich geendet hatte. *A slumber did my spirit seal, I had no human fears.* Schlaf umhüllte meine Seele, alle menschlichen Ängste waren mir fern.

Um zwei Uhr nachts kehrte ich in mein Zimmer zurück. Yvonne Kogeldans war Gott sei Dank verschwunden, aber der Geruch ihrer Zigarette hing noch darin und ließ sich nicht einmal vertreiben, als ich die Bogenfenster weit öffnete. Raucher begreifen, glaube ich, nicht, was sie ihren Mitmenschen antun.

Am Tag darauf übten Joanna und ich in einem kleinen Saal des Konservatoriums für einen Wettbewerb, an dem sie teilnehmen würde. Sie wollte Lieder von Fauré singen. Sie stellte *Premier recueil* der *Mélodies* von Fauré auf den Notenständer des Flügels, schlug Seite achtundsiebzig auf, sagte: »Zuerst dies.«

»Das kenne ich«, sagte ich, »dazu habe ich einmal Hester begleitet.«

»Das paßt ja gut«, sagte sie.

Pianissimo schlug ich die ersten Akkorde an. Sie setzte nach dem dritten Akkord ein. Sie sang:

S'asseoir tous deux au bord du flot qui passe,
Le voir passer,
Tous deux, s'il glisse un nuage en l'espace,
Le voir glisser,
A l'horizon, s'il fume un toit de chaume,
Le voir fumer,
Aux alentours si quelque fleur embaume,
S'en embaumer.
Entendre au pied du saule où l'eau murmure
L'eau murmurer,
Ne pas sentir, tant que ce rêve dure,
Le temps durer,
Mais n'apportant de passion profonde
Qu'à s'adorer,
Sans nul souci des querelles du monde,
Les ignorer;
Et seuls, tous deux devant tout ce qui lasse,
Sans se lasser,
Sentir l'amour, devant tout ce qui passe,
Ne point passer!

Zu zweit am Ufer des Baches sitzen, der fließt,
ihn fließen sehen,
zu zweit, wenn die Wolke am Himmel gleitet,
sie gleiten sehen,
am Horizont, wenn dort ein Strohdach raucht,
es rauchen sehen,
und wenn ganz nah eine Blume duftet,
im Duft versinken.
Lauschend am Fuße der Weide, am murmelnden Bach,
ihn murmeln hören,

nicht spüren, solange der Traum dauert,
die Dauer der Zeit,
doch hingegeben der einzig tiefen Leidenschaft,
sich anzubeten,
ohne Rücksicht auf das Wüten der Welt,
es nicht beachten;
und abgeschieden, nur zu zweit, bei allem Überdruß
nicht verdrossen werden
und empfinden, wie die Liebe, inmitten von Vergänglichkeit,
nicht vergeht!

Wie sie das sang, mühelos, fast ohne Vibrato und mit dem denkbar schönsten Legato, ach, dafür gibt es keine Worte. Und dann zu wissen, daß *Au bord de l'eau* selbst im Œuvre Faurés von einer unbegreiflichen und unerreichten Schönheit ist, von einer unglaublichen Einfachheit! Aber vielleicht war es auch der Text, der mich so ergriff. Als Hester das Lied sang, hatte ich nicht auf den Text geachtet, nicht achten können, weil meine Aufmerksamkeit nur darauf gerichtet war, ihr Stümpern durch meine Begleitung zu vertuschen. Aber bei Joanna oder besser: dank Joanna hörte ich den Text Wort für Wort, den Text von Sully-Prudhomme, der von murmelndem Wasser am Fuße einer Weide spricht und der mich in die »Gärtnerei« zurückversetzte, mit ihren wiegenden Zaunwinden, in der ich einen einzigen Sommer zu Gast gewesen war, einen einzigen Sommer gefischt hatte, einen einzigen Sommer, in dem ich vor den *querelles du monde*, dem Wüten der

Welt, verborgen war. Dank Prudhomme und Fauré sah ich das langsam strömende Wasser mit den kreisenden Wirbeln wieder vor mir, und es war, als würde mir ein Versprechen gegeben, daß ich noch einmal die *querelles du monde*, das Wüten der ganzen Welt, ignorieren könnte, wenn nämlich auch in mein Leben so etwas wie *sentir l'amour, devant tout ce qui passe* käme, wenn auch ich eine Liebe inmitten von Vergänglichkeit empfinden würde, die nicht vergeht. Vom Flügel aus blickte ich zu Joanna hinüber, und ich überwand für einen Augenblick meine Angst vor Gott, der Moses auf dem Weg in die Herberge zu töten gesucht hatte, und ich stand auf, sagte: »Wie unglaublich schön du das gesungen hast!« Sie lächelte dankbar, und ich legte behutsam den Arm um sie.

So geschah es, daß ich Joanna heiratete. Man könnte vielleicht meinen, daß ich wegen der Annäherungsversuche von Yvonne und William aus Bequemlichkeit in ihre Arme flüchtete. Aber so war es nicht, oder nicht allein, glaube ich. Wahrscheinlich ging es mir auch um ihren Vater, der sozusagen in Reichweite war, wenn er mein Schwiegervater würde. Yvonne Kogeldans bot mir mit ihrem überraschenden Besuch einen Vorwand, um seiner Tochter am nächsten Tag den Hof zu machen. Oder ist das alles eine nachträgliche Interpretation? Aber gilt das nicht für alles, was wir tun? Wir handeln, und hinterher denken wir uns die Motive aus. Wie dem auch sei: Sollte es meine Absicht gewesen sein, meinen Verfolger, der mich bedrohte, zu Gesicht zu bekommen und ihn zu versöhnen, indem ich seine Tochter heiratete, so mißlang das gründlich. An unserem Hochzeitstag dirigierte er in Auckland. Größer hätte der Abstand kaum sein können. Nicht einmal ein Glückwunschtelegramm fiel ab, was Joanna, für die es in Wirklichkeit nur einen einzigen Mann auf der Welt gibt – ihren Vater –, sehr schmerzte, was sie aber abends, als wir nach der Hochzeit erschöpft im Bett lagen, mit den Worten entschuldigte: »Er ist nie über den Verlust seiner ersten Frau hinweggekommen. Daher liebte er auch meine Mutter nicht, daher ist er längst wieder von ihr geschieden. Daher liebt er auch meine Schwester und mich nicht, oder lieben... vielleicht hängt er doch ein wenig an uns... ach nein, das ist nicht wahr, nein, weißt du, was es ist: Wir existieren einfach nicht für ihn, das einzige, was für ihn existiert, ist seine Trauer. Er lebt aus seiner Trauer heraus, dirigiert aus seiner Trauer heraus, sein ganzes Leben ist eine Trauerfeier.«

Teil 3

Sirius

Ende September. Es war noch erstaunlich warm, wie im Hochsommer. Dennoch waren die Nachmittagsschatten schon lang. In der windstillen Luft läutete träge eine ferne Kirchenglocke. Es war verführerisch zu denken, es könne eine »erneuerte« Glocke sein.

Minderhout, Alice, die Edersheims und ich saßen in Liegestühlen auf unserem Rasen. Es sah aus, als faulenzten wir. In Wirklichkeit warteten wir auf Joanna und ihren Vater. Sie waren gemeinsam in London aufgetreten. Er mußte weiter nach Deutschland, würde seine Reise in Schiphol unterbrechen und, wenn auch nur für eine Nacht, bei seiner Tochter zu Gast sein. Obwohl Joanna mich vor einer Woche aus London angerufen, mir dies unter Vorbehalt angekündigt und drei Tage später telefonisch bestätigt hatte, konnte ich es kaum glauben, daß ich nun endlich meinen Schwiegervater sehen würde. Wie lange wartete ich schon darauf? Früher hatte ich gemeint, ich habe Joanna geheiratet, um endlich einmal mit ihm reden zu können und Frieden zu schließen. Ein Schwiegervater konnte sich doch kaum als Mörder seines Schwiegersohns entpuppen. Natürlich, das waren Hirngespinste, Spukbilder gewesen. Hatte es überhaupt einen anderen Grund als *sentir l'amour* gegeben, um Joanna zu heiraten, dann waren eher Yvonne Kogeldans oder William Keenids der Anlaß gewesen. Aber warum war ich dann all die Jahre hindurch so enttäuscht gewesen, daß ich meinem Schwiegervater nie begegnet war? Warum hatte ich dann ein Mitglied unserer Prokofjew-Vereinigung, einen Juristen, gefragt: »Wie ist die gesetzliche Verjährungsfrist für Mord?« Warum hatte ich dann nach dessen Antwort – achtzehn Jahre – vage gehofft, daß er in jedem Fall erst nach 1974 wieder in den Niederlanden auftauchen würde? Aber auch nach 1974 hatte er die Niederlande nicht besucht, und die Jahre meines Lebens waren friedlich, ungestört, farblos verstrichen. Als Komponist hatte ich mir, genau wie Hunderte meiner Kollegen im In- und Ausland, kaum einen Namen gemacht. Dank einer einzigen Bearbeitung war ich berühmt geworden. Und diese Bearbeitung der unvergänglichen Mozart-Arie *Ruhe sanft, mein holdes Leben* hatte ich an einem Nachmittag für Hester komponiert. Na ja, was heißt komponiert, es war ein Arrangement gewesen. Der unerwartete Erfolg dieser Bearbeitung hatte meine Scheuern überreich gefüllt und meine Kelter von Most überfließen lassen.

In der sommerlichen Luft hörte man das Geräusch eines Autos, das bremste. War es das Schiphol-Taxi? Schnell erhob ich mich aus meinem Liegestuhl, sah ein silbergraues Auto vorbeifahren, sah, wie still und schattenreich die Auffahrt, die sehr lange von einem umgestürzten Baum blockiert gewesen war, da lag. An einem Winterabend hatte ich mich – aus schrecklichem Liebeskummer (und das in meinem

Leben, in dem nur die Musik zählt, ich muß sehr hinüber gewesen sein!) – betrunken und war, während es schneite, nach draußen gegangen. Ich hatte mich, an den Baum gelehnt, hingesetzt und war eingeschlafen. Der Golden Retriever der Nachbarn hatte mich aufgespürt und so lange neben mir gebellt, bis seine Besitzer kamen. Sie trugen mich in unser Haus. Dann ließen sie unsere Badewanne voll Wasser laufen und haben mich im warmen Wasser aufgetaut. Aber all die anderen Jahre meines Lebens, in denen ich auf meinen Schwiegervater gewartet hatte, waren verstrichen, ohne daß es jemals Tage gegeben hätte, in denen, nach dem Wort des Predigers, die Wächter im Hause gebebt und die starken Männer sich gekrümmt hätten.

Minderhout fragte mich: »Habt ihr keinen Ärger mit Maulwürfen?«

»Manchmal«, sagte ich, »aber was macht das schon, so ein Maulwurfshügel...«

»Nach seiner Pensionierung kaufte mein Vater einen Bungalow mit Rasen«, sagte er, »darunter wütete ein Maulwurf. Mein Vater fing ihn, frag nicht, wie, das weiß ich nicht, es war ein Prachtexemplar, aber ihm fehlte eine Hinterpfote. Daher brachte mein Vater es nicht übers Herz, ihn totzuschlagen. Er brachte ihn mit seinem Landrover zu einem Ausflugswäldchen, drei Kilometer entfernt. Nach zwei Tagen war Achterpoot zurück.«

Minderhout schwieg eine Weile, atmete schwer. Er war alt, gebrechlich, runzlig, weißhaarig. Er sagte: »Mein Vater fing Achterpoot wieder, frag nicht, wie, das hat er mir nie verraten, und brachte ihn mit seinem Landrover in einen Tannenwald, etwa fünfzehn

Kilometer entfernt. Nach drei Wochen war Achterpoot zurück.« Er schwieg wieder, griff nach seinem leeren Glas.

Langsam richtete ich mich auf, ich fragte: »Wollen Sie noch etwas trinken?«

»Nein, laß nur, nachher, wenn Aaron da ist.«

»Und Sie?« fragte ich die Edersheims.

»Wenn Aaron da ist«, sagten beide zugleich.

»Ja, wenn Aaron da ist«, sagte auch Alice.

»Mein Vater fing diesen Maulwurf wieder ein«, sagte Minderhout.

»Frag nicht, wie«, sagte Professor Edersheim schelmisch.

»So ist es, frag nicht wie, denn das weiß ich nicht, aber er fing ihn wieder und brachte ihn in den Hümmling.«

»In den Hümmling?« fragte Frau Edersheim

»Ja, kennst du den nicht? Bist du da nie gewesen? Ein großes Naturschutzgebiet in Deutschland, etwa vierzig Kilometer hinter der Grenze.«

»Nach einem Jahr war Achterpoot zurück«, sagte Professor Edersheim.

»Nein«, sagte Simon, »das war es nun gerade, der Maulwurf kam nicht zurück, und mein Vater, der den Maulwurf so unbedingt los sein wollte, aber zu feinfühlig war, ihn totzuschlagen, hielt es nicht mehr aus. Er wartete ein halbes Jahr, fuhr dann wieder zum Hümmling und suchte überall nach Maulwurfshaufen. Aber nein, nirgends Maulwurfshaufen. So an die fünfmal ist mein Vater noch dagewesen. Kurz vor seinem Tod hat er noch eine Woche in einer Pension im Hümmling zugebracht, nur um Achterpoot wiederzufinden.«

Simon schüttelte einen Augenblick lang sein greises Haupt. »Mein Vater«, sagte er, »mein Vater... er ist nun schon über vierzig Jahre tot, aber in all den vierzig Jahren ist kein Tag vergangen, an dem ich nicht an ihn gedacht habe, an meinen Vater... er flötete immer auf einem kräftigen Hausschlüssel... ja, ja, mein Vater...«

»Wie alt war er, als er starb?« fragte Professor Edersheim.

»Fünfundsiebzig, ja, ich bin inzwischen älter, als er geworden ist, womit habe ich das verdient?«

Er richtete sich auf, sah die beiden Edersheims strafend an, sagte: »Ihr seid auch schon älter.«

»Ist das nicht erlaubt?« fragte Professor Edersheim.

»Mozart ist fünfunddreißig Jahre alt geworden«, sagte Minderhout vorwurfsvoll.

»Komponisten sterben fast alle früh«, sagte Professor Edersheim, »eine ganze Reihe von ihnen hat nicht einmal die Vierzig erreicht: Purcell, Chopin, Schubert, Pergolesi, Bizet, Bellini, Mendelssohn. Nein, besser ist es zu dirigieren, als zu komponieren; Dirigenten, und dann vor allem die besten, werden uralt. Das liegt wahrscheinlich daran, daß sie während der Konzerte so unwahrscheinlich schwitzen. Unser Aaron hat noch mindestens fünfzehn Jahre vor sich, der wird uns alle überleben.«

»Wie alt ist er jetzt?« fragte Alice.

»Ungefähr so alt wie du, also jünger als wir, ach, ich freue mich so sehr darauf, ihn wieder einmal zu sehen, es ist schon so lange her.«

»Ich habe ihn noch nie gesehen«, sagte ich.

»Selber schuld«, sagte Professor Edersheim, »du

hättest doch leicht einmal mit deiner Frau mit nach Australien reisen können.«

»So weit weg«, stöhnte ich.

»Er ist oft genug hier in der Nähe als Gastdirigent aufgetreten, du hättest sehr gut...«, sagte Alice.

»Ich verstehe nicht«, sagte ich, »warum er all die Jahre hindurch überhaupt nicht daran gedacht hat, auch nur ein einziges Mal in die Niederlande zu kommen.«

»Jetzt kommt er«, sagte Professor Edersheim, »er kommt wahrhaftig, zusammen mit seiner Tochter, und ich muß sagen, und das sage ich auch im Namen meiner Frau, ich weiß es sehr zu schätzen, daß du uns hierher eingeladen hast.«

Müde bimmelte noch immer das ferne Kirchenglöckchen, das höchstwahrscheinlich nicht »erneuert« war. Frau Edersheim fragte: »Muß noch etwas vorbereitet werden?«

»Nein«, sagte ich, »es ist alles fertig, Hester hat mir heute morgen wunderbar geholfen, nachher müssen nur noch ein paar Dinge in die Mikrowelle, aber dafür wird Hester schon sorgen.«

Ich richtete mich auf, sah Hester in der Küche, und es war genauso, als sei sie meine Frau, und beinahe glückselig ließ ich mich wieder in meinen Liegestuhl zurücksinken.

»Weiß dein Schwiegervater, daß wir hier sind?« fragte Minderhout.

»Nein«, sagte ich, »es ist eine Überraschung.« Zufrieden schloß ich die Augen, dachte noch: Ich habe heute nacht so schlecht geschlafen, und dann döste ich ein.

Als ich aus dem Schlaf hochschreckte, waren die

Schatten noch länger. Die schrägstehende Sonne schien mir direkt ins Gesicht. Daher sah ich nur eine große schwarze Silhouette vor mir.

»So«, sagte die Silhouette, »so, so… na, ich muß ehrlich sagen, daß ich mir die erste Begegnung mit meinem Schwiegersohn anders vorgestellt habe, aber schon in der Bibel steht: ›Den Seinen gibt's der Herr im Schlaf.‹ Wollen wir mal annehmen, daß es bei dir so ist.«

Ich versuchte, mich aufzurichten, aber der kurze Schlaf hatte mich bleischwer gemacht. Es war, als sei ich für kurze Zeit wie vom Erdboden verschluckt gewesen. Ich versuchte, etwas zu sagen, aber es gelang mir nicht. Da streckte die große schwarze Silhouette eine dicht behaarte Pranke nach mir aus und zog mich an der rechten Hand aus dem Liegestuhl. Noch immer benommen, stand ich schwankend neben ihm, selbst da begriff ich noch nicht, daß es endlich soweit war: Daß ich ihn sah und ihn in aller Ruhe dessen beschuldigen konnte, was mich all die Jahre hindurch – wie viele Jahre waren es eigentlich? – daran gehindert hatte, ein normales Leben zu führen. Außerdem hätte ich, weil er der Vater war, seine Tochter nicht heiraten dürfen.

Aber ich stand da, schläfrig und ein paarmal gähnend, und von all dem, was ich hatte sagen wollen, von all dem, was mir in der vorigen, durchwachten Nacht hundertmal durch den Kopf gegangen war, um es ihm vor die Füße zu werfen, war nichts mehr vorhanden. Oder war ich schlichtweg eingeschüchtert? Er war riesengroß, er war kahl, aber zu beiden Seiten seines kahlen Schädels hatte er das, was noch an Haar da war, üppig wachsen lassen, so daß ihm eine graue Mähne bis auf die Schultern reichte. Was mich jedoch am meisten einschüchterte, waren seine Augen, seine durchdringenden, tiefliegenden braunen Augen.

Er sagte: »Stand dir unsere Begegnung so bevor, daß du dich vorsichtshalber in den Schlaf geflüchtet hast?«

Auch darauf wußte ich keine Antwort. Da war nur diese bleierne Müdigkeit, und ich hörte Hester rufen: »Zu Tisch!« Und während mir klar wurde, daß er wahrscheinlich schon seit mindestens einer Stunde mit den anderen getrunken hatte, stolperte ich neben ihm her zu dem großen, von Hester gedeckten Küchentisch, der jetzt auf der Terrasse stand.

Wie selbstverständlich setzte er sich mir gegenüber. Rasch schüttelte ich ein paarmal meinen Kopf, die schlimmste Dumpfheit wich, und ich blies meine rechte Wange auf und schlug die Luft heraus und merkte, daß ich die Welt wieder ertragen konnte. Er füllte sich als erster seinen tiefen Teller, wobei er mich die ganze Zeit heimlich beobachtete. Er wartete nicht, bis sich die anderen Gäste die Teller gefüllt hatten. Ohne zu zögern, fing er an, schamlos draufloszulöffeln. Joanna und ich schauten uns in die Augen, und ich lächelte noch etwas benommen und wies neckend mit dem kleinen Finger auf den Suppenteller meines Schwiegervaters. Ob sie nun wohl auch zu ihrem Vater sagen würde, was sie so oft zu mir sagte: »Nun warte doch, du darfst erst anfangen, wenn jeder sich bedient hat.«? Sie errötete nur, senkte die Augen, und ich schöpfte mir Kressesuppe auf den Teller. Als endlich jeder die *crème de cresson* vor sich stehen hatte, war er bereits so weit, daß er mit seinem Löffel über den fast leeren Boden seines Tellers schabte.

Wir aßen; er hob sein Glas. Gierig trank er das Glas leer, richtete dann dessen Fuß auf mich.

»So, Sohntje...«, sagte er.

Es wunderte mich, daß ihm, nun schon über dreißig Jahre nicht mehr in den Niederlanden, dieses Wort noch geläufig war. Außerdem ärgerte es mich. Was gab ihm, diesem australischen Grobian, diesem Antipoden ohne Tischmanieren, das Recht, mich »Sohntje« zu nennen?

»So, Sohntje...«, sagte er nochmals, während er das Glas in seiner Pranke mit den schwarzbehaarten Fingern drehte, »so ziemlich das einzige, was ich von dir weiß, ist, daß du weltberühmt geworden bist, weil du eine Arie von Mozart bearbeitet hast. Wohin man auch kommt, überall hört man diese grauenhafte Bearbeitung!«

»*Dad, please...*«, sagte Joanna.

»Halte du dich da raus«, fuhr er sie an. »Schon mindestens zwölf Jahre lang oder vielleicht sogar noch länger ärgere ich mich schwarz über diese Bearbeitung. Jedesmal wenn ich diese Mozart-Vergewaltigung wieder höre, denke ich: Das ist, Gott sei's geklagt, das Werk meines Schwiegersohns. Daher will ich, wo ich dich nun endlich einmal sehe, von dir selber wissen, ob du dich, was ich hoffe, zu Tode schämst, daß du...«

»*Dad, please...*«, sagte Joanna.

»Es ist meine Schuld«, sagte Hester, »er hat die Bearbeitung für mich gemacht. Mir fehlte eine Nummer für einen Auftritt, da habe ich Alexander gefragt, ob er noch schnell etwas für mich komponieren oder arrangieren könne, und er sagte: ›Ich habe neulich eine völlig unbekannte, aber wundervolle Mozart-Arie gehört. Die könnte ich für dich bearbeiten.‹«

»Ja«, sagte ich, »so war es. Ich habe diese Bearbeitung an einem Samstagnachmittag gemacht. Sie war nur für einen einzigen Auftritt gedacht. Ich konnte doch nicht wissen, daß sie solchen Anklang finden würde.«

»Ein so hinreißendes Stückchen Mozart«, sagte mein Schwiegervater, »und was hast du daraus gemacht? Einen Popsong! Einen banalen Popschlager, einen Walkmantiger... mein eigener Schwiegersohn... man stelle sich das vor. Und du bist auch noch steinreich damit geworden! Über dem Grab Mozarts hat mein eigener Schwiegersohn sich die Taschen gefüllt. *Zum Kotzen ist das.*«

»Dad«, sagte Joanna, *»please, stop it.«*

»Hör auf«, sagte er, »laß mich, endlich werde ich das los. Seit Jahren werde ich wild, wenn ich diesen Popschlager höre. Jetzt sitze ich diesem Stümper gegenüber, der das auf dem Gewissen hat, und nun soll er mir's büßen.«

Er blies auf einer unsichtbaren Oboe, stieß rauhe Töne aus. Es war, als versuchte er, einen Kieselstein auszuspucken.

So ironisch wie möglich sagte ich: »Sie sprechen noch verblüffend gut Niederländisch. Obwohl Sie ein halbes Menschenleben woanders verbracht haben. Sie sind ein Sprachgenie!«

»Das mit den Sprachen lassen wir mal beiseite«, sagte er grimmig.

Die Suppenteller wurden abgeräumt. Joanna und

Hester stellten große flache Teller auf den Tisch. Dann trugen sie Wolfsfisch in Aluminiumfolie, Kartöffelchen, Prinzeßbohnen und zarte Möhren auf. Während ich Wein nachschenkte, gaben die Gäste einander in Halbsätzen – »Gibst du mir bitte...«, und »Kannst du mir vielleicht...« – die Schüsseln mit Kartoffeln und Bohnen und den leuchtend orangefarbenen Möhrchen weiter.

Als wir uns alle endlich bedient hatten und als jeder, um sich die Finger nicht zu verbrennen, seine Aluminiumfolie vorsichtig auseinanderfaltete, schnaubte mein Schwiegervater noch immer entrüstet. Offensichtlich hatte er feuerfeste Hände; er faltete die Folie rasend schnell auseinander. Von dort, wo er saß, erklang ein wildes Klappern und Rasseln, während ich selbst, wütend auf ihn, noch schneller aß, als man es normalerweise von mir kennt. Dann wurde diese unselige Dodekaphonie so abrupt beendet, als seien die Schlußtakte weggelassen worden. Und ich, der ich in meinem ganzen Leben noch nie erlebt hatte, daß jemand schneller aß als ich, starrte staunend auf seinen leeren und meinen noch beinahe halbvollen Teller. Während ich schaute und schaute, wuchs mein Staunen. Das war unerhört. Das war nicht möglich. Bisher war ich, in welcher Gesellschaft auch immer, der bei weitem schnellste Esser gewesen. Darauf war ich heimlich sogar immer enorm stolz gewesen. Jetzt gab es einen, der schneller essen konnte als ich. Und das konnte, das durfte nicht sein, das ging gegen meine Ehre, das beeinträchtigte außerdem mein Selbstvertrauen. Wer sich darüber wundert, daß mich das so furchtbar schockierte, so unerwartet als schnellster Esser geschlagen zu werden, kennt nicht den Hochmut der Seele. Hinzu kommt, daß ich mir einst als Kind vorgestellt hatte, für etwas Großes bestimmt zu sein. Nichts war weniger wahr gewesen, aber doch hatte ich mich immer heimlich mit dem Gedanken getröstet: »Gut, ein besonders genialer Mensch bin ich zwar nicht, aber eins steht fest: Wenn es auf die Geschwindigkeit beim Essen ankommt, schlage ich jeden.« Es erscheint mir nicht unwahrscheinlich, daß jeder Mensch insgeheim solche Vorstellungen hat. Vielleicht könnte einer sogar denken: Ich bin zwar ein großer Trottel, aber niemand kann so kunstvoll einen Haufen scheißen wie ich. So was denk ich nämlich selber manchmal. Übrigens scheint das ein typischer Komponistengedanke zu sein. Komponisten sind nämlich, allen voran Mozart, durchweg anal fixiert. Man schlage nur in den psychoanalytischen Handbüchern nach.

Er hob wieder sein Glas. Sein schwarzbehaarter Arm ragte aus der zu weiten und dadurch zurückgeglittenen Manschette seines Oberhemds heraus. Höher und höher hob er das Glas. Er wollte es an die Lippen setzen, sah da erst, was ich bereits gesehen hatte: Das Glas war leer. Was für ein Trottel, dachte ich. Langsam drehte er sein Glas um. Der Fuß verschwand in seiner Faust. Er richtete das Glas auf mich, schaute mich grimmig an und knurrte: »Mozart-Vergewaltiger.«

Auch ich hob mein Glas, trank, bis es leer war, richtete den Kelch auf ihn und sagte ruhig: »So? Immer noch Schuldgefühle, weil Sie damals eine Pistole auf mich gerichtet haben? Und daher aus Schuldgefühl nun so aggressiv zu mir?«

»Was?« fuhr er mich an. »Was sagst du, was meinst du?«

»Sie wissen verdammt genau, was ich meine«, sagte ich.

Alle am Tisch erstarrten. Niemand aß weiter. Bestürzt, entsetzt, erschrocken schauten sie abwechselnd ihn und mich an.

Er setzte sein Glas ab. Seine starkbehaarte Hand zitterte nicht. Furchtlos, ja beinahe unbefangen schaute er mich an. Während er mit dem Zeigefinger über den Rand des Glases strich, sagte er: »Erkläre dich näher.«

»Ist das notwendig?« fragte ich.

»Für mich schon«, sagte er, »ich soll eine Pistole auf dich gerichtet haben, ich... aber Sohntje, wie kommst du darauf?«

»Sie haben am Abend vorher ein Gastkonzert in Rotterdam dirigiert. Sie waren in der Nähe, Sie haben...«

»Wovon sprichst du eigentlich? Worum geht es eigentlich in Gottes Namen?«

»Um den Mord an dem Polizisten Vroombout. Begangen in unserem Lagerhaus. Am Samstag nachmittag, dem 22. Dezember 1956. Nachdem Sie ihn erschossen hatten, haben Sie die Pistole auf mich gerichtet, und Sie wollten mich...«

»Na, na, na«, sagte er, »ich glaube, ich höre nicht recht! Kommt man ganz aus Australien, um seinen Schwiegersohn zu besuchen...«

»Ja, jetzt erst, jetzt erst, lange nach der gesetzlichen Verjährungsfrist! In all den Jahren haben Sie nie einen Fuß auf niederländischen Boden gesetzt, und Joanna hat in all den Jahren nicht verstehen können, warum Sie nie gekommen sind. Während es doch allein deshalb war, weil Sie...«

»...keinen Fuß mehr in dieses Scheißland setzen wollte, wirklich keinen Fuß mehr, es ist nur, weil meine Tochter hier wohnt, sonst hätte mich niemand hier jemals wiedergesehen.«

»Meiner Meinung nach sind Sie deswegen in all den Jahren nicht hier gewesen, weil Sie Angst hatten, verhaftet zu werden, sobald Sie einen Fuß über die Grenze gesetzt hätten.«

»Wovon redest du eigentlich?«

»Das sagte ich Ihnen schon: von einem Mord, der am 22. Dezember 1956 während einer Evangelisationskampagne begangen worden ist. Und der Mann, der ermordet worden ist, war auch auf dem Kutter, mit dem Sie und noch einige andere hier am Tisch am Dienstag, dem 14. Mai 1940, nach England flüchten wollten. Und die anderen, die hier noch am Tisch sitzen, waren alle bei der Kampagne dabei. Und Simon, der den Kontakt mit dem Schiffer des Kutters hergestellt hatte, war an jenem Samstag auch dabei.«

»Woher weißt du, daß wir auch da waren?« fragte Professor Edersheim verblüfft.

»Ihr seid an dem Wochenende mit der Harwich-Fähre nach England gefahren und habt die Kinder bei Simon untergebracht.«

»Wie hast du das denn in Erfahrung gebracht?« fragte Frau Edersheim

»Durch Hester«, sagte ich, »sie hat mir erzählt, daß sie zusammen mit ihrem Bruder an dem fraglichen Wochenende bei Simon übernachtet hat.«

In aller Ruhe schaute ich sie, außer Joanna und

Hester, einen nach dem anderen an: Simon Minderhout, der am Kopfende des Tisches saß, und die Edersheims, die mich entsetzt ansahen, und Alice, die totenbleich war, und meinen Schwiegervater, der noch immer mit seinem dichtbehaarten Finger über den Rand des Glases strich und ab und an mit einem schwachen Lächeln zu mir aufsah.

»Meiner Meinung nach«, sagte ich, »ist mein Schwiegervater auf demselben Harwich-Boot nach England geflüchtet. Am 21. Dezember hat er in Rotterdam ein Konzert dirigiert. Er war ganz in der Nähe. Niemand kann mir weismachen, daß er, wo ihr doch alle zusammen an jenem Samstag in der President Steynstraat wart, dort nicht ebenfalls dabei war.«

»Wir standen dort zufällig...«, sagte Minderhout.

»Von wegen zufällig«, sagte ich, »ihr hattet eine Verabredung mit Vroombout, ihr wolltet mit ihm über die Briefe reden, die er euch allen geschrieben hatte.«

»Von wem weißt du das, von Douvetrap?« fragte Minderhout.

»Nein, das habe ich von Vroombouts Mutter erfahren, als ich bei ihr das Klavier stimmte.«

»Richtig«, sagte Professor Edersheim, »wir wollten mit ihm über die Briefe sprechen. Er schrieb jedes Jahr um Weihnachten herum einen solchen Brief, und das waren wir langsam leid, und daher wollten wir ihm einen Vergleich vorschlagen.«

»Aber daraus ist nichts geworden«, sagte ich, »statt eines Vergleichs: Mord.«

»Als ob wir darüber nicht selbst erschrocken gewesen wären«, sagte Minderhout.

»Kann sein«, sagte ich, »aber dann doch vor allem, weil Sie wissen, wer den Mord begangen hat.«

»Wie kommst du darauf, daß ich das wissen müßte?« fragte er leichthin.

»Weil die Kleider des Mörders bei Ihnen auf dem Dachboden hingen. Ich verstehe übrigens nicht, daß Sie sie nicht sofort weggeworfen haben; wer läßt denn so einfach Beweisstücke auf dem Speicher hängen?«

»Du hast bei mir auf dem Dachboden herumgeschnüffelt«, sagte er.

»Ja«, sagte ich.

»Du enttäuschst mich«, sagte er.

»Sie enttäuschen mich, daß Sie sich immer noch dumm stellen, wo es Ihnen doch allmählich klarsein müßte, daß ich alles weiß.«

»Also, deshalb hast du uns alle hierher eingeladen«, sagte er. »Und ich dachte tatsächlich, es sei wegen meines guten alten Freundes Aaron, aber es ging dir allein darum, uns alle auf einmal beieinander zu haben, um uns alles, was du weißt, vor die Füße zu schmeißen.«

»Warum haben Sie die Kleider nicht vernichtet?« fragte ich.

Er sah mich lange an, lächelte, antwortete nicht.

»Gut«, sagte ich, »ich verstehe, daß Sie nichts sagen wollen. Wenn Sie sagen würden: Aus dem oder dem Grund, würden Sie damit auch zugeben, daß Sie darin verwickelt sind, und das wollen Sie demnach immer noch nicht. Und vielleicht waren es auch nicht die Kleider des Mörders, vielleicht waren es einfach nur ein Mantel, ein Hut und ein Schal, die denen glichen, die der Mörder anhatte, aber als ich sie angezogen habe, schaute ich in den Spiegel und sah zum Verwechseln ähnlich aus wie...«

»Du?« sagte Frau Edersheim. »Wie ist das möglich, du hast doch gar keinen Bart?«

»Oh, mein Gott«, stöhnte Minderhout.

»Nein, ich habe keinen Bart«, sagte ich etwas zu triumphierend, »aber der Mann, der Vroombout erschoß, trug einen Hut und hatte einen großen Schal um die untere Hälfte seines Gesichts gebunden. Man konnte gar nicht sehen, daß er einen Bart trug. Aber gut, nun hat endlich eine von euch zugegeben, daß sie all die Zeit hindurch gewußt hat, daß der Mörder einen Bart hatte. Also...«, schloß ich und wies auf den wilden Bart meines Schwiegervaters.

Lange Zeit war es still auf unserer überdachten Terrasse. Nach einer Weile sagte Minderhout: »Laßt uns von etwas anderem sprechen.«

»Nein«, sagte ich, »kommt nicht in Frage, ich will nun endlich wissen, warum Vroombout umgebracht worden ist.«

»Gibt es noch Dessert?« fragte mein Schwiegervater Joanna.

»Ja«, sagte sie.

»Dann schlage ich vor«, sagte mein Schwiegervater zu mir, »daß wir nach dem Dessert ein bißchen zusammen spazierengehen.«

»Ist mir recht«, sagte ich.

Professor Edersheim starrte auf seinen inzwischen leeren Teller, sah mich dann an, sagte freundlich: »Damals, als du zu uns kamst und die Pelzmütze trugst... weißt du noch?«

»Na und ob«, sagte ich.

»Da dachte ich einen Moment lang, du wärst Aaron. Wußtest du da schon... oder hast du da die Folgerung gezogen... ich meine...«

»Davor hatte ich Vermutungen«, sagte ich, »aber damals, an dem Abend, wußte ich es mit Sicherheit.«

Er sah mich an, zuckte mit den Schultern, schaute dann meinen Schwiegervater an und sagte entschuldigend: »Er sah dir wirklich zum Verwechseln ähnlich.«

»Kann sein«, sagte mein Schwiegervater.

Nach Dessert und Kaffee gingen wir zusammen die Auffahrt hinunter. Die Sonne stand niedrig am Himmel, aber die Luft war noch heiß.

»Wo kann man hier in Ruhe gehen?« fragte er.

»Auf einer kleinen Insel.«

»Weit weg?«

»Ziemlich, aber das macht nichts, wir können zu Fuß hingehen, es ist schönes, ruhiges Wetter.«

»Ja, es ist ein schöner Sommerabend, das kommt uns zugute.«

Schweigend gingen wir am Wasser entlang. Auf der Brücke zur Insel, als unsere Schuhe schwer auf die hölzernen Querbalken schlugen, sagte er: »Eines ist mir rätselhaft: Warum hat Simon meine Sachen einfach auf dem Dachboden hängenlassen? Ob er gedacht hat, das sei sicherer als sie wegzuwerfen oder zu verbrennen?«

»Also waren es Ihre Sachen?«

»Ja, nachdem... na gut, du verstehst schon... zu Hause bei Simon habe ich schnell alles, was ich trug, ausgezogen und etwas anderes angezogen, das war einfach, ich hatte soviel bei mir, ich wollte... na ja, was hat das damit zu tun. Dadurch sah ich in jedem Fall anders aus. Er würde alles, was mir gehörte, spurlos verschwinden lassen, sagte er. Warum hat er nur... einfach auf dem Dachboden... eigenartig!«

Wir gingen wieder eine Weile schweigend nebeneinanderher. Schließlich sagte ich: »Wir sind jetzt mitten auf der Insel.«

»Oh«, sagte er, »du meinst: Fang mal an mit deiner Geschichte. Nun gut, was soll ich nun sagen?«

»Warum sollte ich bestimmen, was Sie zu erzählen haben?«

»Mir wäre es lieber gewesen, wenn du es anders angefangen hättest. Nun weiß auch meine Tochter... Oder hast du irgendwann Joanna schon gesagt, was du vermutet hast?«

»Nein, nie«, sagte ich.

»Warum nicht?«

»Weil ich mir nicht sicher war.«

»Und nun, bist du dir dessen nun wirklich sicher?«

»Ja.«

»Und warum bist du dir nun wirklich dessen sicher?«

»Wegen der Bemerkung über den Bart.«

»Das sagt doch überhaupt nichts. Wie viele Männer tragen einen Bart, diese Bemerkung bedeutet noch längst nicht, daß ich der Mörder war. Außerdem, und darüber denke einmal gut nach, außerdem, Sohntje: Ich trug damals gar keinen Bart. Darin irrte Anna Edersheim sich gewaltig. Den Bart habe ich mir erst danach stehen lassen, um nicht erkannt zu werden. Und das funktionierte auch, denn als du mich wiedersahst, hast du mich nicht erkannt.»

»Sie wiedersah?«
»Ja, im Zug.«
»Im Zug?«
»Weißt du das nicht mehr? Simon erschrak zu Tode, ich allerdings nicht, ich wußte, daß du mich nicht erkannt hattest, aber ich erkannte dich sehr wohl. An einem Spätnachmittag, ein trüber Tag, dunkles Wetter, die Lampen im Zug brannten schon.«
»Sie... ja, oh, was bin ich für ein Trottel, ja, natürlich... daher hatte ich auch immer, wenn ich ein Porträt von Ihnen sah, das Gefühl: Diesen Mann habe ich schon einmal gesehen.«
»Hattest du auch, damals im Zug.«
Wieder gingen wir schweigend eine Weile nebeneinanderher. Dann sagte er: »Wenn ich jetzt sage, daß ich es nicht getan habe, was sagst du dann?«
»Daß Sie lügen.«
»Und doch trug ich damals keinen Bart, wo bleibt also dein Beweis?«
»Hören Sie, Sie waren auch dort, das steht nun fest, und daß Sie damals noch keinen Bart trugen, ändert gar nichts«, sagte ich. »Als Sie heute nachmittag so von oben herab auf mich heruntersahen, lauerten Sie... Sie schauten... Sie schauten... ja, verdammt noch mal, ich kann nicht die richtigen Worte dafür finden, wie Sie schauten, aber dieser Blick... es war derselbe Blick wie an dem Samstag nachmittag, derselbe Blick... und da wußte ich es mit Sicherheit.«
»Also, nun übertreibe mal nicht, du warst vollkommen benommen, du hast mich nicht einmal begrüßt. Was würde eine Jury... Warte, ihr habt hier in Holland keine Jurys, na gut, ein Richter also... Du wür-

dest mit deinen Beweisen keinen großen Eindruck auf einen Richter machen. Ein Bart, ein Blick, Kleider von einem Schnitt, wie sie alle Männer damals trugen, und weiter... weiter nichts... nicht den geringsten Beweis.«

»Nein«, sagte ich, »und doch bin ich mir sicher, daß Sie der Mann waren, der hinter mir stand, also haben Sie Vroombout erschossen.«

»Welches Motiv sollte ich in Gottes Namen gehabt haben?«

»Das weiß ich nicht, das hoffe ich jetzt zu erfahren.«

Der Sommerabendwind fuhr durch seine langen grauen Haare. Wir gingen an Schrebergärten entlang, in denen grausame Kaninchen sich über hilflosen Salat und die Blätter der Prinzeßbohnen hermachten.

»Nehmen wir an, ich hätte Vroombout wirklich ermordet«, sagte er, »warum willst du dann wissen, nein, laß es mich anders ausdrücken: Welches Recht hast du darauf zu erfahren, was das Motiv für diese Tat gewesen sein könnte?«

»Recht auf... ist altes Sozialistengeschwätz«, sagte ich, »Recht habe ich auf gar nichts, aber ich kann Ihnen versichern, daß ich jahrelang, wenn nicht jede Nacht, so doch sehr oft schweißgebadet aus einem Alptraum aufgewacht bin, in dem Sie mich noch im nachhinein erschossen haben. Manchmal wurde ich fast verrückt davon. Hätte ich damals gewußt, wer der Mörder ist, dann hätte mir das unglaublich viel Elend erspart. Todesängste habe ich oft ausgestanden. Weißt du nicht, wer der Mörder ist, dann weißt du auch nicht, vor wem du Angst haben mußt, und fürchtest dich sozusagen vor jedermann.«

»Was für dummes Zeug«, sagte er, »natürlich warst du erschrocken, natürlich hast du Angst gehabt, aber nun übertreibst du. Jahrelang Todesangst, viel Elend erspart, ach komm. Du bist neugierig, du willst wissen, was da geschehen ist. Du hast höchstens all die Jahre hindurch deine Angst genossen. Dagegen ist gar nichts einzuwenden: Der Mensch lebt aus seinen Ängsten, schafft aus seinen Ängsten. Sei froh über ein solches Ereignis in deinem Leben, die meisten Menschen müssen ohne auskommen.«

Wir erreichten den Pfad, der am Wasser entlangführte. Die Wellen des Sees schlugen an die Basaltblöcke des Ufers. Er stieg die Böschung hinunter. Er bückte sich, schöpfte mit seinen großen Händen Wasser aus dem See und goß es sich über die Stirn. Es war, als taufe er sich selber.

Er blieb einen Augenblick lang sitzen, drehte sich zu mir um, schaute von der Uferböschung aus zu mir hoch und sagte: »Vor mir brauchst du dich wirklich nicht zu fürchten.«

»Sie waren allerdings ganz hübsch aggressiv heute nachmittag und zu Beginn des Abends.«

»Findest du das merkwürdig?«

»Nein«, sagte ich, »Schuld schafft Aggression.«

Er kam herauf. Wir gingen weiter. Er sagte: »Weißt du, was ich mich all die Jahre über gefragt habe?«

»Nun?« fragte ich.

»Warum du nach dem Schuß so ruhig weitergespielt hast.«

»Weil ich daran gewöhnt war, daß mein Vater fast

jeden Samstagnachmittag eine Papiertüte kaputtschlug, die er aufgeblasen hatte.«

»So, tat dein Vater das?«

»Ja, das war für ihn ein hübsches Späßchen.«

»Woran Menschen nicht alles ihre Freude haben können! Nun gut, während der Schuß knallte, sangen sie draußen ein Lied, dessen Text ich natürlich sehr gut kenne, weil Bach den Choral auch in der *Matthäus-Passion* verwendet. Mit einer anderen, besseren Melodie übrigens. Ein Text, der von Gott handelt, der über dich wacht und der alles lenkt und den du nur für dich sorgen lassen sollst. Das sangen sie, während im selben Augenblick jemand erschossen wurde. Sonderbar, wie ist das möglich... wie hieß es noch gleich?«

»Laß ihn lenken, wachen, es ist Weisheit, was er schafft, so wird er alles machen, du erstaunst ob seiner Macht.«

»Genau, erstaunen, aber sie sangen erst noch etwas anderes, sie sangen zuerst die niederländische Version von *Befiehl du deine Wege.*«

»Befiehl du deine Wege und was dein Herze kränkt der allertreusten Pflege des, der den Himmel lenkt; der Wolken, Luft und Winden gibt Wege, Lauf und Bahn, der wird auch Wege finden, da dein Fuß...«

»...in die Gaskammern gehen kann«, ergänzte er.

Wir kamen an einen Weg voller Muscheln. Unter unseren Füßen knirschten die zerspringenden Schalen. Trotz des Nordwindes war es ein friedlicher Spätsommerabend. Rotkehlchen sangen ihr eitles Lied in den sich wiegenden Zweigen.

»Sind wir nun schon einmal rundherum gelaufen?« fragte er.

»Nein«, sagte ich, »wir können gleich hier abbiegen, dann gelangen wir in ein Schilfgebiet, und es folgt noch ein anderer Pfad direkt am Wasser.«

»Gut«, sagte er, »gehen wir.«

Auf diesem Muschelpfad direkt am Wasser sagte er: »1937 war ich verlobt. Eines Abends spielten wir die Zweite von Brahms. Bei der Coda des ersten Satzes, in der Brahms das Hauptthema so unglaublich schön umkehrt, blickte ich in den Saal. In der dritten Reihe saß ein dunkelhaariges Mädchen. Sie sah mich an, ich sah sie an. Wer hat noch gesagt, daß zwei Menschen einander mit dem Blick kommender Geschlechter anblicken können? So sahen wir einander an, aber ich war schon versprochen. Einen Monat später stand ich in einer Musikalienhandlung. Sie kam herein, wir sahen uns, sie lächelte, ich fragte: ›Wie heißt du?‹, sie sagte: ›Ruth.‹ Ich sagte: ›Wo du hingehst, da werde auch ich hingehen, und wo du nächtigst, da werde auch ich nächtigen.‹ Sie war auch schon versprochen. Ein Drama, na gut, was soll's. Dann waren wir einander versprochen, dann kam die Kristallnacht. Da haben wir geheiratet und sind in die Niederlande geflohen. Ein Vetter spielte bei der Rotterdamer Philharmonie, konnte mir da zu einer Stellung verhelfen. Es gefiel mir in Rotterdam, auf die Dauer wäre ich vielleicht sogar Konzertmeister geworden, aber im Mai 1940 überfielen sie das Land. Ruth wollte nicht fliehen, ich ja. Ich hatte Simon Minderhout kennengelernt. Der rief am zweiten Pfingsttag an, wußte einen Schiffer, na gut, den Rest kennst du.«

Lautlos fuhr ein Segelboot auf dem See vorbei.

Eine Frau saß am Ruder, ein Mann richtete die Segel. Mein Schwiegervater schaute ihnen nach, schloß die Augen, legte die Handflächen darauf, pfiff das Hauptthema aus der Zweiten von Brahms.

»Anfang 1943 sind wir beide untergetaucht. Zuerst noch zusammen auf einem Bauernhof in der Gegend um Rotterdam. Da konnten wir leider nicht bleiben. Anfang '44 konnte sie in der Dachkammer einer Oberwohnung in Rotterdam-Zuid unterkommen; ich schlug mich irgendwie durch. Einmal bin ich 1944 im Vorfrühling noch bei ihr gewesen, obwohl es riskant war, und vielleicht wäre es besser gewesen, wenn ich sie da nicht besucht hätte. Danach war sie, obgleich wir sehr vorsichtig gewesen waren... na ja, offenbar nicht vorsichtig genug... war sie schwanger. Konnte da nicht mehr in der Oberwohnung bleiben. Konnte anscheinend in derselben Straße bei einem kinderlosen Ehepaar unterkommen. Anfang November scheint das Kind dort geboren worden zu sein. Was damals genau passiert ist, weiß ich nicht; wir hatten keinen Kontakt mehr, ich trieb mich herum, sie konnte nicht mehr schreiben, und da, wo sie war, gab es kein Telefon, ich konnte sie nicht anrufen. Wahrscheinlich ist sie, kurz nachdem das Kind geboren war, dort von Vroombout aus dem Haus geholt worden. Oder sie ist im November 1944 bei einer Razzia ganz einfach von Vroombout auf der Straße aufgegriffen worden. Aber warum ist sie auf die Straße gegangen? Oder ist sie von dem Ehepaar glatt auf die Straße gesetzt worden? Sie ging auf der Straße, und Vroombout erkannte sie. Von dem Kutter her. So könnte es sich abgespielt haben, meint Simon. Er kann schon recht haben. Vroombout hat sie, vielleicht auch sozusagen aus Rache für den verlorengegangenen Kutter… ach, wer weiß es… Oder hat das Ehepaar vielleicht einen Deal mit Vroombout gemacht?«

Er schwieg eine Weile. Wir kamen zu einer Bank, er sagte: »Setzen wir uns einen Augenblick.«

Als wir dort saßen, er weit vornübergebeugt, die Ellbogen auf den Knien und mit geballten Fäusten den Kopf stützend, sagte er: »Die Leute von diesem Kutter gaben uns die Schuld am Verlust ihres Schiffs. Oft denke ich, daß Vroombout aus Rache… Simon glaubt das nicht, Simon hat nach dem Krieg immer wieder mit Vroombout gesprochen, auch darüber, auch wenn er nie etwas über Ruth hat erzählen wollen, nie… Nein, Simon glaubt das nicht, Simon hat wirklich alles getan, um dahinterzukommen, was damals genau passiert ist. Er hat sogar noch die alte Dame wiedergefunden, bei der Ruth Anfang '44 untergetaucht war. Ende der fünfziger Jahre, in einer Irrenanstalt. Aber sie wußte nichts mehr, sie war schwachsinnig, das einzige, was Simon noch von ihr in Erfahrung gebracht hat, ist, daß das kinderlose Ehepaar im November 1944 umgezogen ist. Daraufhin habe ich es noch einmal gewagt, damals in die Niederlande zu kommen. Simon hielt das für möglich, die Polizei dachte damals noch, Vroombout sei von einem seiner homophilen Freunde ermordet worden.«

Friedlich plätscherte das Wasser des Sees. Er sagte: »Später meinte dieser Douvetrap, daß er wüßte, was geschehen sei. Was er nicht begreifen konnte, war nur, warum ich bis 1956 gewartet haben sollte. Er wußte nicht, daß wir Vroombout noch nötig hatten, daß wir von Vroombout nicht nur erfahren wollten, was nun genau passiert war, sondern vor allem, wo das Kind geblieben war. Auch das bleibt ein Rätsel. Ruth war allein, als sie in Westerbork ankam, das ist das einzige, was wir wissen. Wo ist dieses Kind geblieben?«

»War es ein Sohn oder eine Tochter?« fragte ich.

»Auch das wissen wir nicht«, sagte er.

Eine Weile blickte er auf das plätschernde Wasser. Er sagte: »Simon denkt, daß dieses kinderlose Ehepaar Ruth nur ins Haus genommen hat, um sie gleich nach der Geburt loszuwerden, sei es nun mit Vroombouts Hilfe oder ohne, so daß sie das Kind behalten konnten. Simon meint dies, weil er selbst weiß, wie es ist, kinderlos zu sein, wie es ist, sich heftig nach einem Kind zu sehnen, keine Kinder zu haben… Er sagt immer, daß Ehepaare, die sich jahrelang nach einem Kind gesehnt haben, zu allem fähig sind, daß sie über Leichen gehen, um an ein Kind zu kommen. Und Vroombout muß dabei geholfen haben. Normalerweise wäre dieses Ehepaar nämlich auch aufgegriffen worden, dieser Mann und die Frau hatten sich strafbar gemacht, sie hatten jemanden bei sich untertauchen lassen. Wenn Vroombout aber so tat, als hätte er Ruth auf der Straße aufgegriffen, brauchte sonst keiner zu wissen, daß dieses Ehepaar… ach, es ist eine Theorie von Simon… ich… ach, was hilft es jetzt noch!«

Er schaute in die Luft, strich sich mit den starkbehaarten Händen über das Gesicht, zupfte an seinem Bart, sagte: »Vroombout schrieb uns, Alice, den Edersheims und mir, jedes Jahr einen Brief, um uns daran zu erinnern, daß wir noch Geld…«

»Ja, das weiß ich«, sagte ich.

»Simon schlug vor, wir sollten so tun, als wollten wir eine Vereinbarung mit ihm treffen. Wir verabredeten uns. Wir wollten ihn dann unter Druck setzen. Eventuell würden wir ihm im Gegenzug für die Information, die wir haben wollten, Geld anbieten. Es war ein guter Plan, Simon hatte schon immer gute Ideen. Aber eigentlich brauchte ich nicht mehr zu wissen, wo das Kind geblieben war, ich wollte am liebsten unter alles einen Strich machen und dann das Land verlassen und nie wieder zurückkommen. Ich hatte an jenem Samstagnachmittag tatsächlich den mit Vroombouts Bruder vereinbarten Betrag bei mir, ich wollte ihn Vroombout geben, ich wollte ihm den schlichtweg vor die Füße werfen, auch um ihm feurige Kohlen... um ihn zu beschämen, um alles ein für allemal zu erledigen; in gewisser Weise habe ich Simon, Alice und die Edersheims verraten. Wir hatten uns mit Vroombout bei ihm zu Hause verabredet, aber dann kamen wir alle da vorbei, ich sah ihn in das Lagerhaus gehen und bin dann auch hineingegangen, dachte damals: Ich werde es sofort erledigen, das erspart uns viel Ärger. Simon und die Edersheims und Alice wußten nicht, was ich vorhatte, sie waren zu Tode erschrocken, sie dachten, daß ich... und ich habe es dabei belassen. Ja, sie waren erschrocken, aber auch erleichtert, vor allem Alice war erleichtert. Sie machte sich Sorgen um ihren Sohn. Der hatte Kontakt zu Vroombout... nun ja, das spielt jetzt keine Rolle mehr. Erschrocken oder nicht... sie haben mir danach phantastisch geholfen. Sie haben der Polizei gegenüber nichts verraten. Während ich doch ihren Plan... ach, es hätte doch nichts gebracht, dieser Mann... dieser Vroombout... er hat Ruth... aus Rache? Ende '44! Hätte er sie damals nicht... sie hätte es überlebt. Wenn es jemand verdient hat, erschossen zu werden, dann allerdings er, Gott wird's wissen, daß ich ihn nur allzu gern wie einen tollen Hund abgeknallt hätte, wenn ich den Mut dazu gehabt hätte, aber den hatte ich nicht, nein, den hatte ich nicht, ich hatte nur den Mut, ihn mit dem vollen Betrag zu demütigen, den er jedes Jahr wieder brieflich einforderte.«

»Den Mut hatten Sie nicht?« sagte ich, starr vor Staunen. »Den Mut hatten Sie nicht? Wer hat ihn dann...«

»Sohntje, du glaubst mir wahrscheinlich nicht, und mir kann's eigentlich auch völlig egal sein, aber das kann ich dir versichern: Dieser Schuß wurde nicht von mir abgegeben, dieser Schuß wurde von irgendwo aus dem Haus abgegeben. Gab es dort irgendeinen schmalen Gang vom Lagerhaus zum Wohnhaus?«

»Ja«, sagte ich.

»Dann wurde der Schuß in dem Gang abgegeben.«

»In dem Gang? Von dem Gang aus? Aber von wem denn? Von meinem Vater? Aber der war nicht zu Hause, der machte gerade Hausbesuche.«

»Ich habe nur vage zwei Hände gesehen, die irgendso eine uralte, rostige Schrottpistole umklammerten, irgendwo schräg hinter dir...«

»Dann müßte meine Mutter... ach was... nein, das kann nicht sein, das kann absolut nicht sein, meine Mutter, hör mal zu. Mit einem einzigen Schuß sollte sie ihn... nein.«

»Derjenige, der den Schuß abgab, stand unmittelbar hinter Vroombout, er oder sie konnte ihn... ach, Sohntje, was macht das schon aus, ich wußte, daß du mir nicht glauben würdest, wie solltest du auch, wo du so viele Jahre lang geglaubt hast, daß ich es getan hätte. Aber ich habe meinerseits immer gedacht, daß du bei dem Komplott mitgemacht hast, daß du, wie verabredet, knallhart weitergespielt hast, um den Lärm des Schusses zu übertönen. Ein normaler Mensch spielt doch nicht weiter, wenn direkt neben ihm ein Schuß abgefeuert wird? Aber du spieltest nicht nur fortissimo weiter, du glaubst auch noch, daß ich den Schuß abgab. Ach, du, Sohntje, dann laß es doch dabei. Ob ich es nun getan habe oder jemand anderes, was macht es schon aus? Bram und Simon und Anna und Alice haben auch immer geglaubt, daß ich der Täter sei, und ich habe sie immer in dem Glauben gelassen, und ich will das auch so lassen, deshalb habe ich auch vorgeschlagen, mit dir allein ein Stück zu gehen. Derjenige, der Vroombout umgebracht hat, muß dafür mindestens ebenso gute Gründe gehabt haben wie ich, und daher paßte es, fand ich, wunderbar, daß es schien, als sei ich auf einmal der Tatverdächtige. Nicht etwa, daß ich damals sofort begriffen hätte, daß man mich für den Mörder halten würde. Als der Schuß abgefeuert wurde, hatte ich nur einen Gedanken: nichts wie weg. Ich muß das Schiff erreichen. Morgen muß ich in England ein Konzert dirigieren. Ich will nicht als Zeuge vernommen werden, bitte keine Verzögerung. Zu den andern habe ich nur gesagt: Ich habe es abgewickelt, laßt uns so schnell wie möglich fortgehen. Erst viel später erfuhr ich, daß sie mich aufgrund deiner Aussage für den Mörder hielten. Fand ich phantastisch. Solange sie mich verdächtigten, würden sie den wirklichen Mörder nicht verdächtigen, und er würde ungestraft davonkommen... er hat schließlich auch Ruth gerächt... Ach, Ruth, sie war so schön, so unglaublich schön, sie hatte eine so wunderbare, dunkle, volle Stimme. Immer sang sie, meine Ruth, es ist alles schon so lange her, und es fällt mir so schwer, sie mir vorzustellen. Es gibt zwar Fotos, aber die helfen nicht, gut, ich habe wieder geheiratet, ich habe zwei Töchter, aber es war nichts, ich war nicht mehr richtig dabei, es war alles verkehrt.«

Lange schauten wir zu den Wolken, zum Himmel und aufs Wasser und lauschten dem Abendwind, der leise die Blätter der Pappeln rascheln ließ. Dann sagte er: »Wirklich, ich habe all die Jahre gedacht, daß du bei dem Komplott mitgemacht hast, daß man dir gesagt hatte, du müßtest so laut wie möglich weiterspielen, wenn der Schuß fallen würde, einmal um das Geräusch des Schusses zu übertönen, zum anderen um dem Schützen die Gelegenheit zu geben, die Mordwaffe zu verstecken und selber zu verschwinden. Ich war so überrascht, als du so ruhig weiterspieltest, daß ich auf dich zeigte... das war alles, und du denkst die ganze Zeit, daß ich dich bedrohte, du denkst die ganze Zeit, daß mein Zeigefinger der Lauf einer Pistole war, ach, Sohntje, doch...«

Er schüttelte eine Weile den Kopf. Das Wasser plätscherte friedlich. Es war ein wunderschöner Sommerabend. Was sich an einem naßkalten Samstagnachmittag vor langer Zeit abgespielt hatte, schien so weit entfernt, so unwirklich, so unmöglich, und obgleich ich mir immer noch schwer vorstellen konnte, daß mein Schwiegervater nicht der Mörder gewesen war, vermochte ich jetzt doch zu akzeptieren, daß alles ganz anders gewesen sein konnte, als ich es mir in all den Jahren vorgestellt hatte. Doch konnte ich es kaum glauben, daß mein Vater oder meine Mutter in dem Gang einen Schuß abgegeben hatte, geschweige denn, daß jemand anderer dort gestanden hatte. Und erst jetzt wurde die Geschichte mit den gewechselten Kleidern merkwürdig. Wenn Oberstein nicht der Mörder war – warum hatte er sich dann bei Simon zu Hause umgezogen? Und warum hatte er sich so ängstlich den Schal vor den Mund gehalten, wenn er Vroombout nur mit viel Geld fertigmachen wollte?

Schweigend saßen wir nebeneinander, der Abendwind hatte sich gelegt. Ich hatte wohl nach dem Schal und nach den Kleidern fragen wollen, fand es aber unpassend nach seinem entsetzlichen Bericht über seine Frau und ihrer beider Kind. Nach einer Weile fragte ich, eigentlich nur, weil ich die Stille nicht mehr aushalten konnte, beiläufig und vorsichtig: »Und wenn das Kind jetzt noch auftauchen würde?«

»Das Kind? Ich weiß es nicht. Würde es riechen, wie sie roch? Würde es ihre Augen haben? Vielleicht wäre es ein Trost. Vielleicht auch nicht. Ich fand damals, 1956, oder schon früher, daß es wenig Sinn hatte, herausbekommen zu wollen, was damals mit dem Kind passiert war. Wenn es noch lebte, war es bei anderen Leuten aufgewachsen und würde in mir einen fremden, alten Mann sehen... nein, das Kind... Simon wollte es wissen, Simon hat allerlei

Theorien, Simon denkt, daß das kinderlose Ehepaar Ruth bei einer Razzia auf die Straße gesetzt hat, um das Kind... oh, das habe ich schon gesagt, ich werde alt, ich wiederhole mich, ach, laß nur, wenn du es wissen willst, frage Simon, für mich spielt es keine Rolle mehr. *Mir ist, als ob ich längst gestorben bin.* Simon hat sich noch kindlich gefreut, als er von der verwirrten Frau erfahren hatte, daß dieses Ehepaar mit einer Mähre, und zwar mit einer hochbeinigen, einer *dubbele hit,* umgezogen ist.«

Und da saß ich neben meinem Schwiegervater, zu meinen Füßen das plätschernde, manchmal schwappende Wasser des Sees und schaute nach den Windstößen, die auf dem Wasser zu Kräuselungen wurden, Kräuselungen, die sich von Westen nach Osten bewegten, und ich schaute zum Himmel hinauf und sah, daß die Abendwolken von Osten nach Westen trieben, und ich sah zwischen den dunklen Wolken die tröstliche Gegenwart der Plejaden, und ich dachte: Das ist doch unmöglich, wenn der Wind aus Südwest kommt, können ihm die Wolken doch nicht entgegentreiben? Und ich dachte auch: Das ist doch zu verrückt, um es in Worte zu fassen, dies ist der absolute, komplette, vollständige Wahnsinn, solche Dinge können in Opern vorkommen, in *Figaros Hochzeit*, aber doch nicht in Wirklichkeit? Gut, Gott sucht uns zu töten, aber einen so schlechten Geschmack kann er doch nicht haben?

Ich schaute hinauf zum Sommerabendhimmel, dachte wieder an die »Gärtnerei«, wo ich einen Sommer lang gefischt hatte, sah das Wuchern der alles erstickenden, alles erwürgenden Zaunwinden vor mir, die blühenden Zaunwinden, die alles für das Auge unsichtbar gemacht hatten: die Pforte, die Brombeerbüsche, den Flieder, die mit ihren friedlich sich wiegenden, wunderschön aussehenden weißen Blumenkelchen ein trügerisches Paradies geschaffen hatten, ein Paradies, in dem ich einen Sommer lang zu Gast gewesen war, ein Paradies *sans nul souci des querelles du monde*, ein Paradies ohne Rücksicht auf das Wüten der Welt, wo man nicht zu finden war für den, der einen zu töten suchte. Allmächtiger Gott, dachte ich, allmächtiger Gott. Und ich dachte auch: Solange ich schweige, ist es nicht wahr, ist es nicht geschehen, braucht es niemand zu erfahren. Und wie vernichtend der Gedanke auch sein mochte, der mir durch den Kopf geschossen war, am meisten wunderte es mich, daß ich eher Verbitterung als Erstaunen in mir empfand.

»Dann können wir ja allmählich wieder nach Hause gehen«, sagte ich.

»Gut«, sagte er.

Schweigend wanderten wir über die kleine Insel bis zur Brücke. Als wir fast bei der Brücke angekommen waren, sagte er: »Weißt du, was du tun mußt? Du mußt eine Oper komponieren. Dann werde ich mich, wenn mir die Zeit vergönnt ist, dafür einsetzen, daß sie hier in den Niederlanden aufgeführt wird. Und ich werde sie dirigieren. Ja, du mußt eine Oper komponieren, du hast eine zauberhafte Mezzosopranistin bei dir, gib ihr die Hauptrolle und sorge auch für eine kleine Rolle für Hester; ich habe sie nie singen hören, aber sie hat eine schöne, helle Sprechstimme. Es ist freilich ewig schade für dich, daß der Mensch nicht mit zwei Frauen zugleich verheiratet sein kann.«

Ich antwortete nicht, ich konnte nicht, und er fragte: »Was ist los? Warum sagst du nichts?«

»Ja«, sagte ich.

»Was ja?«

»Ja«, sagte ich, »ich werde eine Oper komponieren.«

»Sehr begeistert bist du nicht«, sagte er.

»Es kommt so plötzlich«, sagte ich.

»Du hast Talent dazu«, sagte er, »Joanna brachte mir, wenn wir irgendwo zusammen auftraten, ab und zu eine Komposition von dir mit, sie hoffte dann, daß ich das Werk aufführen würde, aber als Dirigent bekommst du so unglaublich viel zugeschoben, es wird so unsäglich viel komponiert, und erstaunlich vieles davon ist fabelhaft und wird niemals aufgeführt, ich habe Stapel liegen, Stapel, es kann einen manchmal zur Verzweiflung bringen, vor allem, weil das Publikum immer nur Beethoven und Tschaikowsky und Mahler und Brahms hören will.«

»Joanna hat Kompositionen von mir...?«

»Ja, sie sagte immer, daß du nichts davon wüßtest, daß sie es ohne dein Wissen täte, ich habe das nie geglaubt, ich wußte damals noch nicht, daß du mich haßtest, jetzt glaube ich es... Also gut, du hast Talent, und zwar vor allem für das leichtere Genre, du könntest ein Massenet des zwanzigsten Jahrhunderts sein, ich verstehe nicht, daß du noch nie eine Oper...«

»Die Libretti sind immer entweder unsinnig oder märchenhaft«, sagte ich, »oder sie sind fürchterlich banal und blutrünstig wie in der Zeit des Verismus.«

»Das Leben ist banal«, sagte er, »das Leben ist eine *Dreigroschenoper*, all die erhabenen literarischen

Geschichten versuchen nur, die bittere Pille zu versüßen, schlagen nur Schaum vor deinen Augen, vertuschen und vergewaltigen nur die alltägliche Wirklichkeit, blenden dich nur mit Ästhetik. Hannah Arendt spricht so eindrucksvoll von der Banalität des Bösen, aber auch das Gute ist banal, sogar das Erhabene ist banal. Das Leben ist so flach, soll ein Dichter einmal gesagt haben, daß du an seinem Ende schon deinen Grabstein stehen sehen kannst.«

Wir erreichten die kleine Brücke. Schwer stießen zum zweitenmal unsere Schuhe an die Holzplanken. In der Mitte blieb er stehen. Er sagte: »Ich bin nun weit über siebzig und habe ein über das andere Mal erfahren, wie klein die Welt ist. Du sitzt in einem Flugzeug neben jemandem, den du noch nie gesehen hast, ein Wort ergibt das andere, und ihr stellt fest, daß ihr mindestens drei gemeinsame Bekannte habt. Oder du sitzt, wie es mir in New York passiert ist, in der Subway neben einem uralten Mann. Du kommst mit ihm ins Gespräch: Er stammt aus Deutschland, war gut befreundet mit Ruths Eltern. So geht es oft, die Welt ist unheimlich klein. Verstehen kann ich das nicht, es gibt Milliarden von Menschen, und doch... Kurz und gut, so werde ich mit Sicherheit auch noch einmal dem Kind begegnen, und eines weiß ich gewiß: Schon beim ersten Blick, beim ersten Händedruck werde ich wissen, wen ich vor mir habe.«

»Und was würden Sie ihm oder ihr dann sagen?«

Er schaute mich grimmig und doch fröhlich an, sagte dann mit unverfälschtem Rotterdamer Akzent: »Nichts, gar nichts, ich werd das Maul ganz fest zuhalten.«

Er legte seine Hände auf das Brückengeländer, beugte sich vor, sah ins Wasser. Ich stellte mich neben ihn. Unter uns kräuselte sich ganz leicht die glatte Wasserfläche. Dann verschwand das Gekräusel, und im Wasserspiegel, heraufbeschworen vom Licht der Straßenlaternen, kamen unsere Gesichter zum Vorschein, erst das seine, dann das meine. Aufmerksam schauten wir unsere Spiegelbilder an. Wir sagten nichts, wir standen, starrten. Sein kahler, wilder Kopf mit all dem grauen Haar an den Seiten und diesem gewaltigen Bart und dieser verrückten kleinen Brille schien überhaupt nicht meinem ebenfalls kahlen, aber kurzgeschorenen Kopf und bartlosen Gesicht zu gleichen. Dann kräuselte sich das Wasser, und unsere Gesichter verschwanden.

Wir gingen schweigend weiter. Wir erreichten den Weg, der am Wasser entlang zu meinem Haus führte. Schon von weitem sahen wir sie alle zusammen vor unserem Haus im schwachen Lampenlicht, das aus dem Wohnzimmer nach draußen fiel, nach uns Ausschau halten. Über ihren Köpfen wölbte sich der tiefschwarze Abendhimmel. Man sah den Fuhrmann und die Kassiopeia und Andromeda und Perseus und den Schwan und die Leier; die Sterne standen natürlich noch immer am selben Fleck. Die anderen Sternbilder waren wegen der tiefschwarzen Wolken nicht zu sehen. Ich schaute zu ihnen hinauf, zu diesen uralten Sternbildern, die dort seit Millionen von Jahren existierten und noch nach Millionen von Jahren da sein würden, und es war, als dürfte ich vergessen, was ich gerade auf der Insel aus dieser einen beiläufigen Bemerkung über eine *dubbele hit*, eine hochbeinige Mähre, gefolgert hatte.

Ich suchte nach dem Fleckchen des Andromedanebels, fand es aber nicht auf Anhieb. Daher blieb ich einen Augenblick stehen; mein Schwiegervater ging weiter, sah sich dann um, fragte: »Was machst du da? Wonach suchst du?«

»Oh, ich versuche, den Andromedanebel ausfindig zu machen.«

»Interessierst du dich für den Sternenhimmel?«

»Mehr oder weniger«, sagte ich.

»Ich hätte so furchtbar gern Astronomie studiert, aber das war nicht möglich, ich mußte Geld mit meiner Geige verdienen. Ohne Fernglas kann ich den Andromedanebel mit meinen alten Augen nicht mehr sehen. Aber du ja?«

»Ja«, sagte ich, »aber ich kann das Fleckchen jetzt nicht so schnell finden.«

»Die Voyager 2 hat zwölf Jahre dazu gebraucht, um Neptun zu erreichen. Sie ist jetzt zu dem Stern unterwegs, welcher der Erde am nächsten steht. Weißt du, wie lange sie braucht, um ihn zu erreichen?«

»Keinen blassen Schimmer«, sagte ich, »hundert Jahre vielleicht?«

»Achtzigtausend Jahre«, sagte er, »ist es nicht unglaublich, achtzigtausend Jahre, so unermeßlich groß ist das Weltall, der nächste Stern ist so weit weg, daß ein Raumschiff, das schneller als die Concorde fliegt, achtzigtausend Jahre braucht, um diesen Stern, Alfa Centauri, zu erreichen. Und wir glauben, wir seien in dieser unermeßlichen Weite von Bedeutung, auch wenn Kierkegaard es nicht wahrhaben wollte: Ein Geschlecht nach dem anderen sprießt und verschwindet wie das Laub im Wald, und ein ewiges Vergessen, stets hungrig auf Beute lauernd, saugt uns in eine bodenlose Leere fort, die nie gesättigt wird, und eine wild schäumende, unberechenbare Macht, die sich in dunkler Leidenschaft dreht, bringt alles hervor und entläßt auch mühelos alles wieder.«

»Vielleicht geschieht das letztere schon bald«, sagte ich, »viele Astronomen denken, daß Sirius eine Supernova werden könnte. Wenn sich das ereignet, werden wir auf einen einzigen Schlag hinweggefegt.«

»In dem Augenblick, in dem Sirius explodiert«, sagte er, »haben wir noch etwa achteinhalb Jahre zu leben. So viele Lichtjahre ist Sirius entfernt, so lange dauert es, ehe uns das Himmelsfeuer verdampfen läßt.«

»Sirius kann schon vor vier, fünf Jahren explodiert sein«, sagte ich.

»Laß uns das nur hoffen«, sagte er, »nichts wäre nämlich besser, als daß diese Erde mit ihren Erinnerungen an Gaskammern spurlos verschwindet.«

Aus der Gruppe, die vor unserem Haus nach uns Ausschau hielt, löste sich jetzt Joanna. Langsam kam sie über den Kies auf uns zu. An der Stelle, wo der umgestürzte Baum gestanden hatte, setzte sie sich auf den Stumpf, der von ihm übriggeblieben war. Unter den freundlich blinkenden Sternen sah sie, als wir näher herangekommen waren, ängstlich zu uns auf.

»*Don't worry*«, sagte ihr Vater, während er liebkosend ihren Oberarm berührte, »dein Mann und ich haben verabredet, daß er eine Oper komponieren wird, ich werde dirigieren, und du singst die Hauptrolle.«

Kleines Brevier zum Mit- und Nachhören für die Leserinnen und Leser dieser Ausgabe

Seite 119 Ludwig van Beethoven: Sonate für Klavier Nr. 8 c-moll op. 13 (»Pathétique«)
Seite 121 f. Ludwig van Beethoven: Sonate für Klavier Nr. 7 D-dur op. 10, Nr. 3
Seite 137 Roy Harris, Symphony No. 3 (1937)
Seite 144 Ignaz Moscheles: 24 Studien op. 70
Seite 144 f., 275 Johann Sebastian Bach: Das wohltemperierte Klavier; 1. Band: BWV 846-869, 2. Band: BWV 870-893
Seite 151 Joseph Haydn: Sonata für Klavier (Un piccolo divertimento, Variationen) f-moll (Hoboken XVII, Nr. 6)
Seite 165, 167, 169 Johann Sebastian Bach: Zweite Partita c-moll für Klavier BWV 826
Seite 172 Giuseppe Verdi: La Forza del Destino (Die Macht des Schicksals)
Seite 183 f. Johann Sebastian Bach: Kantate BWV 106 (Gottes Zeit ist die allerbeste Zeit), erster Satz: Sonatina
Seite 189, 257 Johann Sebastian Bach: Sonata h-moll für Flöte und Cembalo BWV 1030
Seite 189 Johann Sebastian Bach: Partita für Flöte solo a-moll BWV 1013
Seite 191 Johann Sebastian Bach: Sonata Es-dur für Flöte und Cembalo BWV 1031
Seite 197, 219, 223, 283 Franz Schubert: Introduction und Variationen über »Trockne Blumen« für Flöte und Klavier op. 160, D 802

Seite 202 f. Wolfgang Amadeus Mozart: »Contessa, perdono, perdono, perdono« aus: Le nozze di Figaro (Figaros Hochzeit), 4. Aufzug, Finale

Seite 203 Wolfgang Amadeus Mozart: Symphonie Nr. 29 A-Dur KV 201

Seite 209 f., 257 Johann Sebastian Bach: Konzert E-dur für Violine, Streichorchester und Basso continuo BWV 1042

Seite 210, 257, 391 Johann Sebastian Bach: Matthäus-Passion BWV 244

Seite 210 Robert Schumann: Klavierkonzert a-moll op. 54

Seite 220 f. Franz Schubert: Symphonie Nr. 8 h-moll D 759 (»Unvollendete«), daraus: 2. Satz Andante con moto

Seite 241 f., 360 Johann Sebastian Bach: Choralpartita (O Gott, du frommer Gott) BWV 767

Seite 256 ff., 298, 333 Johann Sebastian Bach: Kantate BWV 104 (Du Hirte Israel, höre)

Seite 257 Johann Sebastian Bach: Doppelkonzert d-moll für 2 Violinen, Streichorchester und Basso continuo BWV 1043

Seite 257 Johann Sebastian Bach: Sechs Triosonaten für Orgel BWV 525-530

Seite 263, 305 Domenico Scarlatti: Klaviersonate D-dur, Non presto, ma a tempo di ballo, Longo-Verzeichnis 463

Seite 272 f. Joseph Haydn: Sonata für Klavier, Violine und Violoncello Es-dur (Hoboken XV, Nr. 22)

Seite 273, 352 Johannes Brahms: Klaviertrio H-dur op. 8

Seite 276 Wolfgang Amadeus Mozart: Maurerische Trauermusik c-moll KV 477

Seite 279 Felix Mendelssohn-Bartholdy: Klaviertrio Nr. 1 d-moll op. 49; Klaviertrio Nr. 2 c-moll op. 66

Seite 283, 361 ff. Gabriel Fauré: Au bord de l'eau, aus: 20 Mélodies (Premier recueil, Nr. 17)

Seite 333 Johann Sebastian Bach: Kantate BWV 80 (Eine feste Burg ist unser Gott)

Seite 339 ff. Anton Bruckner: Symphonie Nr. 6 A-dur

Seite 344 Ludwig van Beethoven: Egmont-Ouvertüre op. 84

Seite 344 Ludwig van Beethoven: Klavierkonzert Nr. 4 G-dur op. 58

Seite 345 Felix Mendelssohn-Bartholdy: Symphonie Nr. 4 A-dur op. 90 (»Italienische«)

Seite 353 f. Johannes Brahms: Feldeinsamkeit op. 86, Nr. 2

Seite 354 Max Reger: Waldeinsamkeit, aus: Schlichte Weisen op. 76

Seite 360 Johann Sebastian Bach: Ratswahlkantate BWV 71 (Gott ist mein König), daraus: Chor Nr. 6 (Du wolltest dem Feind nicht geben)

Seite 392 f. Johannes Brahms: Symphonie Nr. 2 D-dur op. 73

Inhalt

Maarten 't Hart, 1944 in Maassluis geboren, studierte 1962–68 an der Rijksuniversiteit Leiden Biologie, promovierte 1978. 1970–87 Dozent für Ethologie. 1971 veröffentlichte er seinen ersten Roman unter dem Pseudonym Martin Hart. Seitdem ist ein umfangreiches erzählerisches und essayistisches Werk entstanden. Maarten 't Hart gilt als der große Einzelgänger der niederländischen Literatur.

Bei Arche erschienen:
Das Wüten der ganzen Welt (1997)
Roman. Übers. v. Marianne Holberg. 416 S. Geb.
CD – Das Wüten der ganzen Welt (1997)
Musik und Texte, gelesen v. Maarten 't Hart
Die Netzflickerin (1998)
Roman. Übers. v. Marianne Holberg. 444 S. Geb.
Die schwarzen Vögel (1999)
Roman. Übers. v. Marianne Holberg. 320 S. Geb.
Bach und ich (2000)
Übers. v. Maria Csollány. 264 S. Geb. Mit CD
Gott fährt Fahrrad oder Die wunderliche Welt meines Vaters (2000)
Übers. v. Marianne Holberg. 320 S. Geb.
Das Pferd, das den Bussard jagte (2002)
Erzählungen. Übers. v. Marianne Holberg. 320 S. Geb.
CD – Concerto russe (2002)
Gelesen v. Christian Brückner. Musik v. Édouard Lalo
Die Sonnenuhr oder Das geheime Leben meiner Freundin Roos (2003)
Roman. Übers. v. Marianne Holberg. 336 S. Geb.
Concerto russe (2003)
Erzählungen. 192 S. Geb. Sonderausgabe mit CD

Maarten 't Hart
Das Wüten der ganzen Welt
Musik und Texte,
auf deutsch gelesen von
Maarten 't Hart
Begleit-CD zu seinem Roman
Das Wüten der ganzen Welt

1 Einleitung. Sprecher: Rainer Schmitt/Maarten 't Hart 3:15

2 **Johann Sebastian Bach** 3:48
Choral »Und wenn die Welt voll Teufel wär«
aus der **Kantate BWV 80 (Ein feste Burg ist unser Gott)**
Thomanerchor Leipzig · Neues Bachisches Collegium
Musicum · Leitung: Hans-Joachim Rotzsch
Aus: Johann Sebastian Bach: Kantaten BWV 79, 80, 192, 50

3 Fortsetzung der Einleitung. Sprecher: Rainer Schmitt 0:25

4 Maarten 't Hart: »*Dieses Mal durfte ich...*« (S. 121 f.) 0:22
Aus: Maarten 't Hart, *Das Wüten der ganzen Welt*

5 **Ludwig van Beethoven** 2:07
Menuett aus der **Sonate für Klavier Nr. 7 D-dur op. 10, Nr. 3**
Dinorah Varsi
Eine Aufnahme des Süddeutschen Rundfunks Stuttgart

6 Maarten 't Hart: »*Er sagte: ›Ich habe...‹*« (S. 183 f.) 0:23

7 **Johann Sebastian Bach** 2:11
Sonatina aus der **Kantate BWV 106**
(Gottes Zeit ist die allerbeste Zeit)
Gewandhausorchester Leipzig · Leitung: Hans-Joachim Rotzsch
Aus: Johann Sebastian Bach: Kantaten BWV 106, 31, 66

8 Maarten 't Hart: »*Er stand auf, ging zum Grammophon...*« 0:50
(S. 201 ff.)

9 **Wolfgang Amadeus Mozart** 2:06
»Contessa, perdono, perdono, perdono«
Finale des 4. Aufzugs aus: **Le nozze di Figaro** (Figaros Hochzeit)
Ensemble: Thomas Hampson, Charlotte Margiono, Barbara Bonney, Anton Scharinger, Petra Lang, Philip Langridge, Kevin Langan · Chorus of De Nederlandse Opera · Royal Concertgebouw Orchester · Leitung: Nikolaus Harnoncourt
Aus der Gesamtaufnahme, erschienen bei Teldec, Best.-Nr. 4509-90861-2 (3 CDs) bzw. Querschnitt Best.-Nr. 4509-97958-2 (1 CD)

10 Maarten 't Hart: »*Ohne ein Wort miteinander zu reden...*« (S. 220) 0:10

11 **Franz Schubert** 2:17
Beginn des zweiten Satzes (Andante con moto) aus der **Symphonie Nr. 8 h-moll D 759 (»Unvollendete«)**
Radio-Sinfonieorchester Stuttgart · Leitung: Uri Segal
Eine Aufnahme des Süddeutschen Rundfunks Stuttgart

12 Maarten 't Hart: »*Ich blätterte und spielte die Choralpartita...*« (S. 241) 0:35

13 **Johann Sebastian Bach** 1:28
Variation aus der **Choralpartita BWV 767 (O Gott, du frommer Gott)**
Herbert Collumm, Silbermann Orgel zu Reinhardts-Grimma
Recording Juli 1965 ℗ 1966 »edel« Gesellschaft für Produktmarketing mbH

14 Maarten 't Hart: »*Nach dem anfänglichen Rauschen erklang...*« (S. 256 ff.) 1:12

15 **Johann Sebastian Bach** 7:26
Arie: »Beglückte Heerde, Jesu Schafe«
aus der **Kantate BWV 104 (Du Hirte Israel, höre)**
August Messthaler (Baß) · Südfunk-Sinfonieorchester SDR
Leitung: Carl Schuricht
© Bayer Records, Bietigheim-Bissingen

16 Maarten 't Hart: »*Der Bouvier legte sich...*« (S. 305) 0:40

17 **Domenico Scarlatti** 3:08
Klaviersonate D-dur, Longo-Verzeichnis 463
Non presto, ma a tempo di ballo
Virginia Black (Cembalo)
Eine Aufnahme des Westdeutschen Rundfunks Köln
Aufnahmeort: Forde Abbey, 1988

18 Maarten 't Hart: »*Mir war, als würde dort in dem kleinen Raum...*« (S. 340 f.) 0:42

19 **Anton Bruckner** 5:02
Coda des ersten Satzes (Maestoso)
aus der **Symphonie Nr. 6 A-dur**
Gewandhausorchester Leipzig · Leitung: Heinz Bongartz
© 1996 BERLIN Classics (0091672BC)

20 Maarten 't Hart: »*Am Schluß des Abends wollte Hester...*« (S. 354) 0:13

21 **Max Reger** 1:35
»**Waldeinsamkeit**« aus: **Schlichte Weisen op. 76 (Nr. 3)**
Helga Spatzek (Sopran) und Till Alexander Körber (Klavier)
Eine Aufnahme des Südwestfunks Baden-Baden

22 Maarten 't Hart: »*Am Tag darauf übten Joanna und ich...*« (S. 361 ff.) 0:55

23 **Gabriel Fauré** 1:52
»**Au bord de l'eau**« (Text: Sully-Prudhomme)
aus: 20 **Mélodies (Premier recueil, Nr. 17)**
Véronique Dietschy (Sopran) und Philippe Cassard (Klavier)
© 1996 Adès, Paris (205422DP)

24 Maarten 't Hart: »*Eines Abends spielten wir...*« (S. 392) 0:23

25 **Johannes Brahms** 5:36
Coda des ersten Satzes aus der **Symphonie Nr. 2 D-dur op. 73**
Berliner Sinfonie-Orchester · Leitung: Günter Herbig
© 1995 »edel« Gesellschaft für Produktmarketing mbH (0065-2)

Wir danken den Rechteinhabern ebenso wie den Ausführenden: Maarten 't Hart, Rainer Schmitt, Tim Bontjes van Beek, Melanie Unseld, Tom Weber und Rolf Manzei, Direct Studios, Hamburg.